U0585010

后宫 如懿傳 肆

典藏版
Collector's Edition

流潋紫——著

作家出版社

流潋紫

浙江湖州人，中国作协会员，浙江省作协第八届主席团委员，杭州市作协第八届委员会委员、类型文学创委会副主任。代表作有长篇小说《后宫·甄嬛传》《后宫·如懿传》，编剧作品《甄嬛传》《如懿传》，散文集《久悦记》等，现为作家、编剧、自由撰稿人，被誉为80后作家群的领军人物之一。曾获浙江省“最美浙江人——2012青春领袖”、年度浙籍作家、“首届杭州文化人物”、第十三届“最美杭州人——十大杰出青年”、2017年“浙江十大杰出青年”、第五届湖州十大杰出青年等荣誉称号。

目次

鳳位 壹

立后的典礼一切皆有成例，由礼部和内务府全权主持。繁文缛节自然无须如懿过问，她忽然松了一口气，仿佛回到了初嫁的时候，由着旁人一一安排，她只需安安心心等着披上嫁衣便是。如今也是，只像一个木偶似的，等着一件件衣裳上身量定，看着凤冠制成送到眼前来。皇帝自然是用心的，一切虽然有孝贤皇后的册封礼可援作旧例，皇帝还是吩咐了一样一样精心制作。绫罗绸缎细细裁剪，凤冠霞帔密密铸成，看得多了，一切也都成了璀璨星河中随手一掬，不值一提。

惢心自然是喜不自胜的，拖着一条受伤的腿在宫中帮忙。这个时候，如懿便察觉了新来的宫女的好处。那个宫女，便是容珮。

容珮生着容长脸儿，细细的眉眼扫过去，冷冷淡淡的没有表情，一身素色斜襟宫女装裹着她瘦削笔直的腰身，紧绷绷地利索。容珮出身下五旗，因在底下时受尽了白眼，如今被人捧着也不为所动，谁也不亲近。她的性子极为利落果敢，做起事来亦十分精明，有着泼辣大胆的一面，亦懂得适时沉默。对着内务府一帮做事油惯了的太监，她心细如发，不卑不亢，将封后的种种细碎事宜料理得妥妥当当。但凡有浑水摸鱼不当心的，她提醒一次便罢，若有第二次，巴掌便招呼上去，半点也不容情。

海兰见了几回，不觉笑道：“这丫头性子厉害，一点儿也不把自己当新来的。”

如懿亦笑：“容珮是个能主事的厉害角色，她放得开手，我也能省心些。”

然而海兰亦担心：“容珮突然进了翊坤宫，底细可清楚么？”

如懿颔首：“三宝都细细查摸过她的底细了。孤苦孩子，无根无依，倒也清静。”

这样伺候了些日子，连惢心亦赞：“有容珮伺候娘娘，奴婢也能安心出去了。”

自此，如懿便把容珮视作了心腹臂膀，格外看重。而容珮因着如懿那日相救，也格外忠心耿耿，除了如懿，旁的人一个不听，也一个不认。

然而，对于这次的立后，也不是人人都心服的。

自从永璜死后，绿筠更是对亲子永璋的前程心有戚戚，不仅日日奉佛念经，渐渐也吃起斋来。若无大事，也不大出门了。直到有回听得永璋又被皇帝训斥，想赶去劝解时恰逢如懿已经劝和了出来，二人说话，才稍稍回转。如懿亦顺着她的心事缓缓道：“想想当初在潜邸，永璋刚落地，白白胖胖一个小人儿。你刚当额娘，我总来看你们，皇上也很疼爱永璋。”

“那是多远的事了。”绿筠自嘲地笑笑，“自从孝贤皇后崩逝，总不知哪里行差踏错，惹皇上对我不满。左思右想，不过是我没教导好永璜和永璋，又耳根子软被人挑唆。”

“你是爱子情切，才会被人借机挑唆。我们相处多年，难道不知道你是个好脾气的。”如懿深深凝睇绿筠渐渐被岁月侵蚀后细纹顿生而微微松弛的脸庞，还有经过孝贤皇后灵前痛责之事后那种深入骨髓的灰心与颓然，像一层蒙蒙的灰网如影随形紧紧覆盖，她不觉生出几分唇亡齿寒的伤感，“还有，换作我，绝不会如你一般问出，凭什么是谁当皇后这样的话。”

绿筠意外且震动：“没想到这时候只有你安慰我。难怪会是你成为未来的皇后。”

如懿轻声而坚定：“我本是成也家世，败也家世。我没有美貌，没有子嗣，贤名也不如孝贤皇后。可就是因为我什么都没有，皇上才觉得我可以做一个无所畏惧的皇后。”

彼时的如懿，正是盛世芳华，着华丽纯粹的郁金香红锦袍，那样纯色的红，只在双袖和领口微微缀绣金线夹着玉白色的并蒂昙花纹，袍角长长地拂在霞色云罗缀明珠的鞋面上，泛着浅淡的金银色泽，华丽如艳阳。也只有这样的时候，她才当之无愧地承担着这样热烈而纯粹的颜色，并以淡然之势，逼得那明艳的红亦生生暗淡了几分。

绿筠注视如懿良久，遗下一束灰暗的目光，垂下哀伤的面孔：“这些年我不求别的，只求我的孩子能平安有福地长大。可是那些压在我头上的人都没了，我便生了痴心妄想，也听信了嘉嫔的奉承，以为有资本争一争皇后之位，为我的孩子们争一个嫡出的身份。这实是我糊涂了，但求你谅解。”

绿筠的痛苦如懿何尝不懂得，也因这懂得而生出一分悲悯。如懿面色宁和，柔和地望着她：“我不曾怪你。绿筠，我膝下无子，所以不会偏袒任何一位皇子，更不会与你计较旧事。”

绿筠眼中一亮，心被温柔地牵动，感泣道：“真的？”

如懿坦然目视她，平静道：“自然。不为别的，只为永璜是我们都抚养过的孩子，更为了曾经在潜邸之时，除了海兰，便是你与我最为亲密。”

绿筠迎着风，落下感动的泪。永璜和永璋的连番打击，早已让绿筠的恩宠不复旧日，连宫人们也避之不及。世态炎凉如此，不过倚仗着往年的资历熬油似的度日罢了。而她，除了尊贵的身份，早已挽留不住什么，甚至，连渐渐逝去的年华都不曾眷顾她。比之同岁的金玉妍，绿筠的衰老过于明显，而玉妍，至少在艳妆之下，还保留着昔年的风华与韶艳。

她想了想，郑重而恭敬地行了一个大礼："皇贵妃若有此心，便是保全我们母子了。"

绿筠离开后，海兰却是在长春宫寻到了如懿的踪迹。

长春宫中一切布置如孝贤皇后所在之时，只是伊人已去，黄泉碧落，早已渺渺。

如懿静静立于暖阁之中，宛然如昨日重来。

海兰款步走近："不承想姐姐在这里。"

如懿淡淡而笑："皇上常来长春宫坐坐，感怀孝贤皇后。今日，我也来看看故人故地。"

海兰轻嗤："皇上情深，姐姐大可不必如此。"

如懿螓首微摇："不！与纯贵妃一席话，彼此解了心结。我才发觉当年与孝贤皇后彼此纠葛是多么无谓！我们用了彼此一生最好的年华，互相憎恨，互相阴害，一刻也不肯放过。到头来成全了谁呢？"

海兰垂眸："所以姐姐由此及彼，肯与纯贵妃和解。"

如懿瞬然睁眸，"昔日争夺后位，纯贵妃既是因为爱子心切，也是受金玉妍的挑唆。我即将正位中宫，许多事固然需要雷霆手段，但也须多一些宽和之心。"

海兰抿唇而笑，陪伴在如懿身侧："姐姐说什么，便是什么吧。我只是觉得，姐姐越来越像一个皇后了。"

如懿颦起了纤细的柳叶眉，长长的睫毛如寒鸦欲振的飞翅，在眼下覆就了浅青色的轻烟，戴着金镶珠琥珀双鸳镯的雪腕抚上金丝玉白昙花的袖，轻声道："越来越像皇后？海兰，你知道这些日子，我最常想到谁？我最常想到的却是孝贤皇后。"她见海兰浑不在意，继续道，"身为中宫，孝贤皇后也算无可挑剔，为何皇上对她也有所误会？”

海兰立于她身后，穿了一件新制的月白色缕金线暗花长衣，外罩碧玉色银线素绡软烟罗比甲，手中素白绣玉兰纨扇有一下没一下地摇着，一双眼睛似睁非睁：“各人有各人的命，姐姐替旁人操心做什么？”

如懿咬一咬唇，还是抵不住舌尖冲口欲出的话语：“海兰，我一直在想，若孝贤皇后只是妾而非正妻，不曾有与皇上并肩而立同治家国的权柄，会不会皇上待她，会像待其他女人一般，多些温存蜜爱？会不会……”

海兰接口道：“会不会姐姐的姑母也会得些更好的结果。”她柔声道，“姐姐的话，便是叫我这样冷心冷意的人听了，也心里发慌。姐姐总不会是觉得，即将正位中宫，反而惹了皇上疑忌吧？姐姐，你是欢喜过头了，才会这么胡思乱想。皇上固然一向自负，不愿权柄下移，更不许任何人违逆，但……总不至于此吧。”

如懿勉强一笑：“或许我真是多心了。”明灿的日色顺着熠熠生辉的琉璃碧瓦纷洒而下，在她半张面上铺出一层浅灰的暗影，柔情与心颤、光明与阴暗的分割好似天与地的相隔，却又在无尽处重合，分明而模糊。她只是觉得心底有一种无可言喻的阴冷慢慢地滋生，即使被夏日温暖的阳光包围着，那种凄微的寒意仍然从身体的深处开始蔓延，随着血脉的流动一点一点渗透开去。

欲回宫时已是入夜时分，陪着她的人是惢心。而她去的，却是已多年无人居住的景仁宫。

呵，多少年前，她初入六宫，便是这般来与姑母拜别，听她临终肺腑之言。

夜风中思绪如潮，倒惹得惢心不安，怕她就要做皇后了，不能让人发现私自到了景仁宫。因着空置的缘故，纵然平时有人打扫，可那荒败气息却是怎么也掩不住。仿佛一踏入这里，连草木都没了生气。

如懿不言，肃穆对着正殿三拜：“我一直记得姑母临终前对我说的话。她要我成为乌拉那拉氏的皇后，我却没有想过原来真的会有这一天。”她有无限感慨，“我来叩谢姑母当年的教诲。也很想问问姑母，当年她在封后那一刻是怎样的心情，是否如我一样感慨万千。”

惢心且喜且忧：“老主子必定也是长夜无眠。因为今后小主便是立于万人之上的巅峰了，巅峰固然好，却也更高更险。”

若是姑母在，也会对她说这些话吧。可惜她在时，只来得及叮咛她要在后宫存活下去，却未曾告诉过她，如何做一个皇后。

或许她在也不能教导她什么吧。乌拉那拉氏，出过一个失败的皇后，一个只有输的经验、不曾赢过的皇后呵。

那么她的皇后之路，会是坦荡前途，还是荆棘满地呢？

乾隆十五年八月初二，皇帝正式下诏，命大学士傅恒为正使，大学士史贻直为副使，持节赍册宝，册立皇贵妃乌拉那拉氏如懿为皇后。

册文隆重而华辞并茂：

> 朕惟乾始必赖乎坤成健顺之功以备，外治恒资于内职，家邦之化斯隆。惟中闱之久虚，宜鸿仪之肇举。皇贵妃那拉氏，秀毓名门，祥钟世德。早从潜邸，含章而懋著芳型。晋锡荣封，受祉而克娴内则。今兹阅三载而届期，成礼式遵慈谕。恭奉皇太后命，以金册金宝立尔为皇后。逮螽斯樛木之仁恩，永绥后福。覃茧馆鞠衣之德教，敬绍前徽。显命有光。鸿庥滋至钦哉。

立后前夜，皇帝独自在长春宫孝贤皇后的画像前立了许久，倾诉衷肠：“三年了。琅嬅，朕决定要册立继后了。朕选的人是如懿，朕知道你不喜欢她，可是朕觉得她合适。她是朕一早就倾心的人，而且没有家世，没有儿女。什么都没有，她只能做一个依附于朕的皇后，也不会像你一样，处处为家族为儿女筹谋，耗尽了心血。朕定了，就是她了。朕来告诉你一声，希望你于九泉之下能明白朕的决定。为了增添她册后的荣光，朕会让你的弟弟，傅恒为册封正使。”

果如皇帝所言，是孝贤皇后的亲弟弟傅恒为册封正使，极尽隆重。

立后这日，天气并不如何烦热，皇帝曾执如懿手含笑：“朕选在八月初二，那是你当年嫁入潜邸的日子。八月，和朕的万寿节，又和中秋团圆同一个月。朕希望与你朝朝暮暮相见，年年岁岁团圆。”

对镜更皇后冠服，是海兰、惢心与容珮相伴。她木然地站着，如木偶一般被她们精心妆饰，蓦然想起当年选福晋那天，姑母、绣夏和阿箬伺候自己更衣的情景。那三个人，都已经不在了。眼前人，却是如那日一般热泪盈眶，对她满心期待。如今，她穿上了和姑母当年一样的皇后冠服。姑母说，乌拉那拉氏没有前朝的重臣，只有后宫的女人。姑母和她要做的就是延续乌拉那拉氏的荣耀。姑母当日说的每一句话，她到了今日都记得。不管为了什么缘由，她会穿着这身冠服，走到一直等着她的人身边去。

如懿着皇后朝服，正衣冠，趁着立后大典之前前往慈宁宫拜见太后。彼时太后已经换好朝服，佩戴金冠，见她来，只是默然受礼。

“无论太后是否愿意臣妾成为皇后，但臣妾能有今日，终究得多谢太后提点。”

太后抚着衣襟上金龙妆花，目色平淡宁和：“等行过了立后大典，你就该叫哀家皇额娘了吧？哀家最不中意你做皇帝的皇后，但最终也还是你走到了这个位置。”

如懿伏首三拜，诚恳道：“臣妾走到今日，全都仰赖太后。”

太后平和地摇头：“哀家不敢受你这个仰赖。是皇帝执意要选你。哀家当年跟你说过的，不过是要你好好思量，不要像你姑母一样作茧自缚。”

如懿知道太后是抓着她昔年的话头作筏子，只得恭顺垂首：“臣妾记得。臣妾还记得，当时臣妾跟太后说的是，臣妾对后位并无心思。”

太后笑意微冷，如初寒霜雪：“是啊，那之后皇上就晋了你为皇贵妃。如今，你更要继位皇后了，这话又怎么说？”

怎么说呢？她与他，是少年情牵，多年相伴。有疏离，有亲密，有无可取代的情意相守。她敢说的，她从未妄求皇后之位。

太后见她沉默，越发嗤之以鼻：“你自然可以得意，你的后位不是你要的，是皇帝给的。”

如懿郑重一拜，身姿肃然：“皇上的厚爱与情意，臣妾感激不尽。不敢得意，唯有珍惜。”

太后望着她，不知怎的，心中的不满却懒怠了下去。比起如懿的沉静自如，她终究是失之急切了。这种急切，无疑是一种失败，因她对后位的不可把控，更多的是对皇帝这个养子的不可把控。甚至，她在如懿和皇帝身上看到了情爱相许的痕迹。

许多年前，他不也是这样执意选那个还叫青樱的小格格为嫡福晋么？如今，他终是如愿选了她为自己的皇后了。深宫如许岁月，没有人比太后更懂得权衡、制约，却也明白，若沾上了情意，便再难制衡了。

她沉默的瞬息，如懿望住她，满目盈盈：“太后，臣妾想问您，先帝有没有在您面前落过泪，有没有对您说过他的孤单和害怕？让您站到他身边去？”

太后怔住了。迷茫的前尘浩浩茫茫，便是成了太后，成了后宫之尊，那日子也是过得算计而庸碌，她根本无心去想，也无心去记得。有过么？或许很年轻很年轻的时候，她也还是个刚入宫的小小嫔妃时，她的那个男人也这样说过吧？可后来她成了妃，成了贵妃，成了整日与景仁宫皇后针锋相对的女子，那个男人也不再说了。

谁没有自己的孤独呢？万人中央，万人之上，想说一句孤独的话，也被山巅的狂风给吹得没了开口的欲望。

如懿的眼底有了微澜：“永璜过身，皇上在臣妾面前强忍着泪，说他不敢面对永璜的离去，说他欢喜皇子的长成又害怕皇子的长成。说他站在万人之上，却也是身在无人之巅，觉得孤零零，没人陪。那一刻，臣妾就只想跟皇上说一句皇上最让臣妾安心的话，你放心，有我在。”

太后微微坐正了身子，显然也是动容。她鬓边的金凤九转赤玉簪垂落细细的暗红碎玉流苏，映得她腮边微有醺然的红：“然后皇帝就跟你说，让你到他身边去，成为他的皇后？”

如懿点点头。

太后似乎也觉得这动容来得不该，转了微凉语气，刺道：“这不正好合了你的心。”

“臣妾的确想与心爱之人并肩携手，但臣妾也向皇上坦言，中宫之位，臣妾惶恐。”

太后明白她的疑惑，或许，是因为她那位在景仁宫被困到死的姑母吧。

其实这身皇后冠服穿在身上，她与她的姑母并不相似。性情不同，成为皇后的路不同。可同为乌拉那拉氏的女人，她始终还是隐隐担忧的吧。

外头的光曦如灿烂的碎金子，漫天漫地地透进屋子，卷起珠帘间的微尘点点茫茫，恍若一个幽远的梦。沉重的凤冠后袍压在她身上，连声调也越发低了下去：“姑母生前对臣妾的叮嘱，太后也知道。这份叮嘱，多年来臣妾没有想明白。以至臣妾听皇上说出皇后、后位的那刻，心中都有逃避。但也是皇上的一句话，让臣妾猛然惊醒。多年来，可能是因为姑母的话，臣妾似乎是被皇后身份、中宫位分这些说辞困住了，但这些其实从来都不是臣妾在意、想要的，臣妾在意、想要的，从来都只有与皇上的情意而已。”

太后低头抿了一口茉莉花茶，用唇齿间的花香不动声色地抿去了好奇之意：“皇帝跟你说的那句话，是什么？”

有温然的暖意霎时笼上了如懿心头：“皇上说，他是皇帝，也是人夫。他想要陪伴身侧的，是皇后，也是妻子。”

太后全身一震，旋即恢复宁静从容高高在上之姿。

如懿的脸上有淡淡迷醉的光华，如丹芝玉华于烈日云霞下绽放："太后，臣妾心中所向，不在后位。更不似姑母所求，只为延续乌拉那拉氏的荣光。臣妾为皇后，臣妾只想在皇上身边，成为他的正妻，陪他在孤峰之上。生也同衾，死也同穴。”

太后听得专注，半晌之后才幽幽地叹一口气："痴儿，说出这样的话来，你如何对得起你姑母的教诲？哀家错了，原以为你比你姑母长进，原来你比她更看不透。皇帝是天子，身在万人之上、无人之巅，他们从来就不可能真正成为一个女人的夫君。身为皇后，不仅是皇帝的妻子、盟友，也是国母，更是他的臣子、奴才。”

如懿微微惊讶，在她的印象中，太后一向是城府极深、妙算心至的。却不想，她也会有这样的无奈和慨叹。

如懿轻声问："太后难道就从未想过，成为先帝的正妻？”

太后看她一眼，淡淡道："哀家从未做过皇后，不可能没想过后位，但哀家没有真正在意过后位，更没有执念过君心。因为君心，从来都是这世上最难揣摩、最难把握的东西。”

如懿不语。

太后望着殿外浮金万丈，微微眯了双眼："你今日来说了这么多，哀家明白你的用情用心了。你是皇帝亲选的皇后，哀家不会再说什么。哀家只再和你说一句，做皇帝的继后，不会是一件容易的事，而大清开国以来，你们乌拉那拉氏的皇后，从来就更是不易。”

太后的话，似是诅咒，亦是事实。太祖努尔哈赤的大妃乌拉那拉氏阿巴亥，被太宗皇太极殉葬后，又因顺治爷厌弃其子多尔衮，阿巴亥死后被逐出努尔哈赤的太庙，并追夺一切尊号，下场极为凄凉。而自己的两位姑母，又何尝不凄凉，一个个无子而死。到了自己，自己的来日，又会如何？

如懿的笑意静静的，像瑰丽日光下凝然不动的鸳鸯瓦，瑰丽中却让人沉得下心气：“也许臣妾看不清后位，看不清前路，甚至不够完全看清皇上，臣妾只看得清自己的心。臣妾不喜欢孤寒高处，可皇上说他孤单，臣妾便只想到他身边去。”

太后望向如懿，细细打量了片刻：“事到如今，哀家再告诉你一句。哀家从未斗赢过你的姑母。能斗赢你姑母这位当年的皇后的，只有一个人，那便是先帝。”太后的声音是苍老中的冷静，便如秋日冷雨后的檐下，郁积着的水珠一滴滴重重坠在光滑的石阶上，激起沉闷的回响，“历朝历代，即便有宠妃专权，使皇后之位不稳当的，那也只是不稳当而已。从来能动摇后位的，只有皇帝一个。成亦皇帝，败亦皇帝。”

如懿来不及细想，亦没有时间容她细想。喜悦的礼乐声已经响起，迎候她成为这个王朝的女主人，与主宰天下的男子共同成为辽阔天日下并肩而立的身影。

如懿叩首，缓步离开。走出慈宁宫的一刻，她转头回望，日色如金下，慈宁宫的匾额恍有灿灿的金粉挥扬。或许有一日，与太后一样成为慈宁宫的主人，鞠养深宫终老一生，将会是她作为一个皇后最好的归宿吧。

册立之时，钦天监报告吉时已到，午门鸣起钟鼓。皇帝至太和殿后降舆，中和韶乐奏起“隆平之章”。銮仪卫官赞“鸣鞭”，丹陛乐队也奏起“庆平之章”的乐声。皮鞭落在宫中的汉白玉石台上格外清脆有力，仿佛整个紫禁城都充满着这震撼人心又让人心神眩晕的巨大回声。

如懿站在翊坤宫的仪门外，天气正暑热，微微一动，便易汗流浃背，湿了衣衫。容珮和惢心一直伺候在侧，小心替她正好衣衫，除去汗迹，保持着端正的仪容。其实，比之皇贵妃的服制，皇后的服制又厚重了不少，穿在身上，如同重重金丝枷锁，困住了一身。然而，这身衣衫又是后宫多少女子的向往，一经穿上，便是凌云直上，万人之巅。明亮得发白的日光晒得她微微晕眩，无数金灿灿的光圈逼迫到她眼前，将她绚烂庄重的服色照得如在云端，让人不敢逼视，连身上精工刺绣的飞凤也跃跃欲试，腾云欲飞。

终于走到与自己的男人并肩的一刻，如懿忽然想到了从前的人。同样是继后，她的姑母，在那一刻，是怎样的心情？是否如自己一样，激动中带着丝丝的平静与终于达成心愿的喜悦，感慨万千。

而翊坤宫之侧便是从前孝贤皇后所居的长春宫，比对着翊坤宫的热闹非凡、万众瞩目，用来被皇帝寄托哀思的长春宫显得格外冷清而荒落。或许，连孝贤皇后也未曾想到，最后入主中宫的人，居然会是她，乌拉那拉如懿。

阳光太过明丽炫烈，以諴亲王福晋为首的命妇们着冠服在后列位。諴亲王福晋体弱，如此折腾了一日，被晒得摇摇欲坠。如懿察觉，轻声嘱咐道："今年出奇地热，辛苦诸位。諴亲王福晋不适，请至偏殿稍坐。"

諴亲王是圣祖皇帝的幼子，甚得圣祖疼爱，到了先帝时，先帝爱怜幼弟，也是十分厚待，封了亲王。这位福晋吴雅氏儿女双全，更是抚养过太后的幼女柔淑长公主，深为太后太妃看重，算得上是皇室的大长辈，便是在皇帝跟前，说话也颇有分量。此刻她得如懿关切，也是十分谦和，连连告罪。

如懿不居皇后之尊，只执后辈之礼："福晋德高望重，是皇室的长辈，您保重身子要紧。菱枝，端一碗香薷饮来给福晋祛暑。"

諴亲王福晋颇为感激，这才领着命妇们稍事歇息，解了暑热才又过来。

很快，正副册使承命而来，内监依次手捧节、册、宝由中门入宫，将节陈放于中案，册文和宝文陈放于东案。再由赞引女官引如懿在拜位北面立，以册文奉送，如懿行六肃三跪三拜礼。至此，册立皇后礼成。赞引女官引如懿步向宫门。众人浩浩荡荡随后。

烈日过于晃眼，这样的明亮近乎有着灼目之痛。如懿下意识地抬手遮挡，恍然间，已有戴着两枚细长锐利赤金护甲的手，无声扶上她的臂肘。

如懿暗中一惊，回头见是和敬公主。如懿定住神色。和敬面上带笑，眼底却冷，手紧紧抓住如懿的胳膊。

如懿想抽手出来，奈何和敬用了十成气力："皇后大封，我乃大清固伦和敬公主，自当道贺。也当以嫡女之尊，奉皇后至太和殿。"

如懿淡然地看着和敬："这不大合规矩。"

和敬的笑意有些古怪，有些鄙夷："我是孝贤皇后的嫡女，难道还不配么？"如懿倒也不惧，反手搭在和敬的腕背上。

一别数年，和敬公主出落成一个明艳照人的妇人，蒙古的水草丰美让她显得丰腴而娇艳，风沙的吹拂让她更添了一丝坚毅凛冽。而京中公主府的养尊处优，让她更添嫡公主的高贵。在外人眼里，她二人似是无比亲密，一同前行，早无了先前的隔阂。

如懿温和地笑："一别数年，公主自蒙古回京，出落得更明艳照人了。"

和敬扬着美眸望着如懿，目光无所顾忌地扫视在她身上："人靠衣装嘛，自然不同了。只是我怎么觉得这皇后冠服穿在皇额娘身上那么妥帖合适，穿在你身上总觉得不利索。皇后娘娘，穿了旁人的衣袍走路，可觉得舒坦么？"

如懿也不肯在这时候退让，只是淡淡道："什么人穿什么衣裳要看场合。公主觉得谁合适呢？"

和敬沉沉道："我没有想到居然是你成了皇后。直到皇阿玛下旨命我回来观礼，我都不能相信。"她甚是鄙夷，"你凭什么呢？"

如懿对着她的视线静静回望："本宫也想不到会与公主成了名分上的母女。"

和敬骄傲地仰起头："我皇额娘是嫡后，我是嫡长公主，你不过是继后而已。民间继室入门，见嫡妻牌位要执妾礼，所以，无论如何，你是不能与我皇额娘比肩的。”

如懿笑意蔼蔼，不动声色地将气得脸色发青的容珮掩到身后：“孝贤皇后以‘贤’字为谥，本宫自认，无论如何也得不到一个‘贤’字为谥了。德行既不能与孝贤皇后比肩，家世亦难望其项背，本宫只有将这后位坐得长久些，恪尽皇后之责，才能稍稍弥补了。”

和敬乍然变色，但闻得周遭贺喜声连绵不绝，她亦不敢多生了是非：“只可惜……我皇额娘早逝，幼弟也无福留在人世，才落魄如此，由得你上居后位。”她重重地咬着唇，衔了冷毒的目光，忽而冷笑声声，“享得住这泼天的富贵，也要受得住来日弥天的大祸。我且看着，看你得意多久！”

如懿望着她年轻的面庞，真是天真不知世事愁苦。她不觉叹了口气，和缓了语调道：“公主，当年孝贤皇后将你嫁给科尔沁，为的是保有尊荣之余可以避开宫中祸端。既然如此，你何不平心静气，好好守住自己这一段姻缘。要知道如今你是蒙古王妃，你的一言一行系着蒙古安宁与富察氏的荣耀。切记，切记！”

如懿才说罢，便有执礼女官催促她往皇帝身边去，只余下和敬呆立当地，怔怔不言。

和敬不意她说得这般直接，简直目瞪口呆，不知该如何回话。她正要变色，諴亲王福晋不动声色上前，微笑着扶住了如懿，她微微欠身：“公主，扶皇后前行之人得是身份尊贵、儿女双全的福寿之人。我年长公主许多，又替太后娘娘教养过长公主。还是由我扶着皇后娘娘更妥当。”

如懿知她是特意为自己解围，正好领了这份心意，二人相视一笑，便往前去了。和敬落在最后，看着众人簇拥如懿而去，她浑身支撑的力气都被抽空了，失魂落魄地靠在墙边，满心的怨气，却怎么也提不起劲儿来了。她几乎是从心底悲愤地呐喊出来：“皇额娘！她们都忘了你，明明你才是嫡后啊！”

没有人听见她的心声。热闹是别人的，她只是喧闹欢喜里一个不喜父亲娶了继母的女儿。良久，是傅恒走近，疼惜地唤她："公主。"

她看着傅恒，心底的怨恨终于有了着落处，她不忿地喊："舅舅！你是皇额娘的亲弟弟，怎可做继后的册封使？"

傅恒的面容平静无波澜："公主还不明白么？时移世易啊。皇上的旨意，我如何能违抗？"

和敬哪里肯服气："舅舅是皇阿玛的心腹宠臣，自然可以婉拒。"

婉拒之后是什么呢？傅恒苦笑，日日在朝中，没有人比他更清楚，从讷亲到张廷玉的下场，九五之尊跟前只有顺从，没有违抗。他看着这个成婚后还不知宫廷艰辛的外甥女，好声好气道："公主，继后再让你不满，有句话是对的，你得保着富察氏的荣耀啊。"

和敬的声音里带了一丝呜咽："自从我嫁到科尔沁部，我就明白了其中的利害、皇额娘的苦心。"她衔恨，"有得宠就有失宠。皇额娘有儿有女有家世，仍有伤心之时。我就忍着，等乌拉那拉氏伤心绝望的那一天。"

和敬的不满，如懿自然是知道的。如同任何一个要处理与继女关系的继母一般，她懂得这里头的酸与涩。庆幸的是，她明白彼此已经没有握手言和亲如母女的可能，和敬毕竟也嫁人了，不在眼前，少了挂碍。更要紧的是，哪怕做不到客客气气，皇家的疏离还是能帮她们维持住安全的距离。

日光是一条一条极细淡的金色，如懿仿佛走了很远，终于走到了皇帝身边。皇帝望着她，含着笑意，向她伸出手来，引她至自己身边。

如懿立在皇帝身侧，只觉得自己俯视在万人之上，看着殿下的人山幡海，听着欢呼如山，敬贺之声排山倒海。那声音因为太过庞大而显得遥远，仿佛是在说"祝皇上皇后凤凰于飞，和鸣铿锵。白首之喜，百年合心"，又有人齐声"帝后同心，万世其昌"。

她有渺茫的错觉，仿佛在浩瀚云端飘浮，相伴终身的人虽在身边，却如一朵若即若离的云，那样不真实。

可是，终也是他，带自己来到这里，不必簇拥在万人中央，举目仰望。如懿的眼角闪过一滴泪，皇帝及时地发现了，轻轻握住她的手，低声道："别怕，朕在这里。"

如懿温柔颔首，微微抬起脸，感受着日光拂面的轻柔，浅浅地微笑出来。二人高高地立着，显得无比孤独而亲密。

贰 鸳盟

种种繁文缛节，如懿在兴奋之余，亦觉得疲累不堪。然而，那疲累亦是粉了彩绘了金的，像脸上的笑，再酸，也不会凋零。

真正的大婚之夜，便是在这一晚。

虽然已是嫁过一次的了，然而，皇帝还是郑重其事，洞房便设在了养心殿的寝殿之中。自大婚前一月，皇帝已不在养心殿中召幸嫔妃，仿佛只为静待着大婚之夜。

如懿缓步踏上养心殿熟悉的台阶时，有一瞬的错觉，好像这个地方她是第一次来。如何不是呢？从前侍寝，她亦不过是芸芸众妃之一，被裹在锦缎被幅中，只露出一把青丝婉转，被抬入寝殿，从皇帝的脚边匍匐入内。

比起那时，或许此刻的自己真的是有尊严了太多。如懿静静地想，或许，她所争取的只是这一点儿生存的尊严吧。当然，这或许是太过奢侈的事。

她缓步走完重重台阶，那样静，连裙角拂过玉台的声音都清晰可闻。仰起脸时，先看到的居然是凌云彻的面孔，他笑意欣慰，屈膝行礼：“皇后娘娘万安。”

这两日一声声入耳皆是“皇后娘娘”，听得连自己都恍惚了，此刻从他口中唤出，才有了几分真实的意味。如懿含笑：“凌侍卫。”

凌云彻起身相迎：“微臣在此恭迎娘娘千岁。恭喜娘娘如愿以偿。”他微微侧身，“这一路并不好走，幸好，娘娘走到了。”

如懿盈然微笑：“多谢你，陪本宫走到这里。”

他拱手，神态萧肃：“微臣会一直陪着娘娘走到想去的地方。”

如懿颔首，亦不多言。彼此懂得，何须再多言呢，就如她伤心之时，凌云彻只默默在身后相随，便是最好的陪伴与宽慰。

如懿行至殿外，是李玉躬身相迎：“皇后娘娘，里头布置妥当，请娘娘举步入内。”

如懿推门而入，素日见惯的寝殿点缀满了让人目眩的红色和金色，连垂落的云锦鲛绡帐也绞了赤金钩帘，缀着樱红流苏。阁中仿佛成了炫彩的海洋，人也成了一点，融入其中，分不清颜色。如懿这才想起，自己已经换下白日的皇后吉服，按着皇帝送来的衣衫，穿上了八团龙凤双喜的正红色锦绣长袍。那锦袍用的是极轻薄软和的联珠对纹锦，触肌微凉，袖口与盘领皆以金线穿雪色小珠密密绣出玫瑰并蒂花朵。裙底以捻银丝和水钻做云水潇湘纹，显出蔚蓝迷离的变幻之色。两肩、前后胸和前后下摆绣金龙凤同合纹八团，以攒枝千叶海棠簇拥，点缀在每羽花瓣上的是细小而饱满的蔷薇晶与海明珠，透着繁迷贵气。锦袍下质地轻柔的罗裙，是浑然一体的郁金香色，透明却泛着浅淡的金银色泽，仿佛日出时浅浅的辉光，光艳如流霞。

这并不是寻常的皇后服色，乃是皇帝亲许内务府裁制，仅供这一夜穿着。连佩戴的珠饰也尽显玲珑别致的心思。绿云鬟髻正中是一支九转连珠赤金双鸾镶玉嵌七宝明金步摇，其尾坠有三缕细长的翡翠华题，深碧色的玉辉璀璨，映得人眉宇间隐有光华流转熠熠。髻边点缀一双流苏长簪，衔着三串流云珍珠红宝石坠角长穗，都以红珊瑚雕琢的双喜与温润白玉间隔，垂落至肩头。因如懿素喜绿梅，点缀的零星珠花皆以梅花为题，散落其中。而宫中素来爱以鲜花簪发，如懿便在内务府所供的鲜花中弃了牡丹，只用一朵开得全盛的“醉仙枝”玫瑰，如红云初绽，妩媚娇妍。

那时容珮便笑言：“衣裳上已经有牡丹，再用牡丹便俗了。还是玫瑰大方别致，也告诉别人，花儿又红又香却有刺，谁也别错了主意。”

是呢。这样步步走来，谁还是无知的清水百合，任人攀折。再美，终究亦是带了刺的。

李玉引着如懿坐下，轻声道：“皇后娘娘安坐，皇上稍后便到。”

如懿安静地坐下，描金宽榻上的杏子红苏织龙追凤逐金锦平整地铺着，被幅四周的合欢并蒂莲花纹重重叠叠扭合成曼妙连枝，好似红霞云花铺展而开。被子的正中压着一把金玉镶宝石如意和一个通红圆润的苹果。她凭着直觉去摸了摸被子的四角，下面果然放置枣子、花生、桂圆、栗子，取其早生贵子之意。

如懿怔了怔，缓缓有热泪涌至眼底，她知道这样的日子不能哭，忍了又忍，只是没想到，重重的失望复希望之后，皇帝还这样待她，以民间的嫁娶之道，再还她一次新婚之夜。

因为，那是她所缺失的。当年失了嫡福晋之位，以侧福晋身份入府，到底也是妾室，哪里有红烛高照、对影成双的时刻，那时她的房中，最艳的亦不过是粉色而已。而粉色，终究是上不了台面的侧室之色。

如今，皇帝是补她一次昔日的亏欠，让她再无遗憾。

浸淫在往事的唏嘘中，皇帝不知何时已悄然入内，凝视她道：“想什么这样出神？”

如懿有些不好意思，忙拭了拭眼角道：“皇上万安。”

皇帝温然含笑，眉目淡淡，似有无限情深：“今夜，朕不是万岁，而是寻常夫君。”他有些愧然，“如懿，朕很想还你一个真正的大婚之夜。但再三问了礼部，皇帝只有登基之后第一次册立皇后，才能在坤宁宫举行大婚，否则便不能了。朕思来想去，祖宗规矩既不能改，那么朕便许你一个民间的婚仪，明媒正娶一回。”

如懿只觉得一颗心温软如春水，绵绵直欲化去：“虽然皇上不是亲自来迎娶臣妾，但能有此刻，臣妾已经心满意足。”

皇帝仔细端详她，温柔道：“寻常的皇后服制太过死板严肃，朕希望给你一夜美满，所以特意嘱咐内务府制了这身衣裙，既有皇后服色的规制，也不失华美妩媚。朕希望朕亲自选定的皇后，可以与众不同。”

如懿温柔绵绵，如要化去：“即便只穿一夜，臣妾亦会珍藏。”

皇帝牵着她的手并肩坐下，击掌两下，諴亲王福晋和毓瑚便满面堆笑地进来，把皇帝的右衣襟压在如懿的左衣襟之上。毓瑚端上备好的红玉酒盏，道：“请皇上皇后饮交杯酒。”

如懿与皇帝相视一笑，取过酒盏互换饮下。许是喝得急了，如懿唇边滑落一滴清绵酒水，皇帝以手擦去，温柔一笑。

福晋喜滋滋地端过一盘子孙饽饽，屈膝道：“请皇上皇后用子孙饽饽。”

如懿取过银筷子夹起吃了一口，连忙皱眉道：“哎呀，是生的！”

福晋笑得欢喜：“千金难换皇后这句话呀！”

如懿这才回过味来，不觉脸上飞红。皇帝已笑得痴了，便也吃了一口道：“皇后说是生的，那自然是生的。借一借福晋儿女双全的福气吧。”

福晋见皇帝说得风趣，便也笑了：“交杯酒已经喝过，子孙饽饽也已经吃了，请皇上与皇后听一听《合婚歌》吧。”她说罢，打开寝殿的长窗，窗外庭院中立着的四位年长的亲王福晋唱起了《合婚歌》。《合婚歌》共分三节，每唱一节后，左首的年长福晋即割肉一片掷向天，注酒一盅倾于地，以供神享，祝愿帝后和和美美。

终于，曲终人亦散去，寝殿中亦安静了下来。

皇帝的眼中有如许情深，似要将如懿刻进自己的眼眸最深处：“如懿，这两天，朕虽然亲自下旨册封你为皇后，可也只有此时此刻，你与朕宁静相对，朕才觉得，你是真的成了朕的皇后了。”

如懿温婉侧首：“臣妾与皇上一样，如在梦中，此刻才觉美梦成真。”

皇帝轻轻握住如懿的手，低头吻了一吻，那掌心的暖意，便这样分分寸寸地蔓延上心来，一脉一脉暖了肌肤，融了心意。

皇帝执着她的手，声音低而沉稳，仿若青山逶迤，岿然不动：“如懿，朕能许你天下女子中至高无上的地位，却不能许你一生一世一双人的夫妻安稳。这是朕对不住你的地方，亦是朕最不能给你的。”

如懿微微低下头，镏金百合大鼎里有缥缈的香烟淡若薄雾，袅袅逸出。她从未发觉那样轻的烟雾，也会有淡淡水墨般的影子，笼上人荫翳的心间。

这样的话，从前她不是不知，一路妻妾成群过来，她不能，也不敢期许什么。哪怕是午夜梦回，孤身醒转的一瞬，曾经这样盼望过，也不敢当了真。可如今听他亲口这样说出来，哪怕是情理之中、意料之内，也生了几分失落。

她依偎在皇帝胸前，轻声道：“皇上说的，臣妾都明白。臣妾所企求的，从来不是位分与尊荣。”

皇帝轻轻颔首，下颔抵在她光洁的眉心，仿佛叹息：“如懿，不管皇额娘是否反对，朕都会立你为皇后。或许皇后之位也不是最要紧的，朕能给你的是一份真心意。或许这份真心意抵不上荣华富贵、权倾后宫来得实在，可是这是唯一能由着朕自己，不被人左右的东西。”

如懿心头震动，仿佛看着陌生人一般看着眼前这个相守相伴了十数年的男子，她不是不知道他的多疑他的反复，也不是不知道他身边从来有无数的姹紫嫣红。可是她深深地觉得，哪怕是陪在他身边最长久的时刻，也比不上这一刻内心的百感交集，倾尽真心。

他不过是弘历，她也只是青樱，是红尘万丈里最凡俗不过的一对男女。没有雄心万丈，没有坐拥天下，更没有钩心斗角、你死我活。只有一个男人和一个女人，这一刻的真心相许。

如懿微微含泪，紧紧伏在他的胸口，听着他的心跳沉沉入耳，只是想，倾这一生，有这一刻，便也足够了。她这般凝神，伸手缓缓解下衣袍下一个金线绣芙蓉鸳鸯荷包，荷包上缀赤金红丝流苏，鸳鸯成双，花开并蒂，是花好月圆影成双的文采。

她轻轻解开荷包，一样一样取出其间物什，呢喃低语："这是臣妾嫁给皇上那日戴过的一双耳坠，这是皇上第一次写给臣妾的家书，这是臣妾在潜邸第一次生辰时皇上所赠的玉佩……"她一一数了七八样，无一不爱惜珍重。

皇帝拈起一个薄薄的胭脂红纸包抖开，里头是两束发丝，一粗一细，各自用细巧红绳分别扎好，并排放着，显然是属于两个不同的人。皇帝的眼里忽然沁出星子般的光，冲口而出："朕记得这个。这是你初嫁那夜，朕与你各自剪下一缕发丝作存，以待来日白首之时再见。你竟然真还存着！"

浅笑的唇线牵动一弧梨窝浮现于如懿面上："臣妾一直仔细保存，便是进冷宫前，亦交由海兰保管。幸好，一直以来都未曾错失。"她有些不好意思，引过华彩映红的袍袖掩在唇际，"只是那年，臣妾嫁与皇上为侧福晋，所以这两束发丝可放在一处已是皇上格外垂怜，却不可行结发之仪。"

皇帝慨然微叹："那年大婚，能与朕结发的唯有嫡妻，所以朕与琅嬅是结发之礼。"

这样明好的夜里，谈起故去的人，总有几分伤感。皇帝很快撇开这些情绪的浮缕，和声道："不过今夜，你终于是朕的妻子了。"

一双明眸水光潋滟，如懿将手心之物珍重存起，期许而感慨："臣妾左思右想，皇上为了今日费尽心思博臣妾欢悦之心，臣妾所有皆为皇上所赐，无以为报，只能将旧年岁月里值得珍惜之物一一保存妥帖，以表臣妾之心。”

皇帝的眼里是满满的感动：“谁说你无以为报？这两束头发不能结也罢了。”他手指轻溜，滑至她发髻后拨出细细一缕，取过紫檀台上的小银剪子，又捋出自己辫梢一缕一并剪下，对着灼灼明火用一根红绳仔细结好，放入胭脂红纸中一并叠好，“那是从前的不够完美，今夜结发之后，一并存起。”

如懿怔怔地看着，有泪水轻轻溢上眼睫，她只是一味垂首，摇头道：“皇上不可。少年结缡，原配夫妻才可为结发。臣妾不是。”

皇帝将温柔眸光深深凝住：“朕知道与你不是原配，结发之礼不甚相宜，所以只取其‘结发为夫妇，恩爱两不疑’[①]之意。”

莫名的情绪泛着巨大的甜蜜和那甜蜜里的一丝酸楚，她无言，只能感受着泪水的润与热，与她的心潮一般，温柔地汹涌，喃喃细语：“‘结发与君知，相要以终老’[②]。满人不可轻易剪发，皇上是为了臣妾，臣妾都知道。”

他且行且笑：“是了。满人头发珍贵，若无决绝之事，不可断发，否则形同悖逆。可今夜朕与你，是欢喜之事。”他缓身行至攒枝金线合欢花粟玉枕边，俯身取出一个浮雕象牙锦匣，打开莲瓣宝珠金纽，里头薄薄一方丝帕，只绣了几颗殷红荔枝，并几朵淡青色的樱花。他叹道：“青樱、弘历，并存于此，便是你最好的回报。”他轻吻她的眉心，温柔得如同栖落花瓣的蝶，“你出冷宫之后，朕告诉过你，希望和你长长久久地走下去。如懿，如今你是朕的妻子，生同衾、死同穴，会一直一直、永永远远和朕在一起了。”

她无言应对，唯有以感动的蒙眬泪眼相望，还报情深，低低吟道：“愿我如星君如月，夜夜流光相皎洁。皇上说过的话，臣妾都记得。”她

---

① 出自汉代苏武《诗》之三。

② 出自清代陈梦雷《青青河畔草》。

垂首，略有几分无奈，却终究仰望着他，切切道，“臣妾知道，往昔来日，臣妾择不尽皇上身边的人。臣妾所求，唯有一句。”

皇帝拥着她，问道：“什么？”

她郑重而恳切：“臣妾不敢求皇上一心，但求此生长久，不相欺，不相负！不管去到何处，皇上总是信臣妾的，便如臣妾信皇上一般。”

皇帝亦是沉沉慨然：“如懿，此生长久，不相欺，不相负！君无戏言，这个君，既是天子君王，亦是你枕畔夫君。”

如懿有说不出的感动，一颗心像被浪潮裹挟着，退却又卷近，唯有巨大的喜悦与温情将她密密匝匝包裹，让她去释怀，去原谅，去遗忘。

皇帝的吻落下来，那是一对经年夫妻的轻车熟路，彼此熟知。她以温柔的低吟浅唱相应，看着红罗帐软肆意覆落，轻轻地闭上了眼睛。

唯余龙凤花烛，红影双双，照彻一室旖旎。

殿中的烛火越来越暗，终于只剩下了一双花烛如双如对的影子。守夜的太监在廊下打开了蒲团和被铺守着。李玉打了个哈欠道：“皇上和皇后都睡下了。你们也都散了吧。”便有小太监将檐下悬挂的水红绡纱灯笼摘下了一半，守在养心殿外的侍卫也散去了两列。凌云彻亦在其中。

李玉拱手道：“这一日辛苦了。凌大人早些回去歇息吧。”

凌云彻道：“哪里比得上李公公的辛劳，皇上大婚，一刻也离不开您上上下下打点着。”二人寒暄罢，便也各自散了。

八月初的天气，即便是夜深，也有些许残留的暑意。这几日的喧闹下来，此刻只觉得紫禁城中安宁得若无人之境。凌云彻说不出自己此刻的心情是喜是愁，倒像是汪着一腔子冰冷的月光倒在了心里，似乎是分明地照着什么，却又是稀里糊涂的。

他这样想着，脚也不知迈去了哪里，并非自己平日休息起居的侍卫房，抬头一看，却是到了坤宁宫。他想了想，左右赵九宵也在这里当差，便进去他所住的庑房。赵九宵见了他来十分欢喜，二人倒了一瓮酒，拨了几个菜，相对而饮。赵九宵拿胳膊撞了撞他，道：“你在皇上跟前挺得器重的，今儿又是皇上大喜的日子，你怎么不高兴？是不是看着皇上娶亲，自己也想娶亲了？”

凌云彻笑道：“你自己这样想便罢，别扯上我！”

赵九宵搓着手道：“你还别说，我倒真为了一个姑娘朝思暮想呢。”

凌云彻好奇：“谁？是宫里的宫女么？”

赵九宵凑近了道：“就是令嫔娘娘宫里的澜翠，那模样那身段儿，我……”

凌云彻横了他一眼，道：“别人也就罢了，要是永寿宫，想都别想！”

赵九宵啧啧道：“你这个人也太小心眼儿了！人往高处走嘛，也不能都说她不对。你就这么忌恨令嫔娘娘？”

凌云彻冷冷不言，赵九宵也无趣了：“弄了半天，你不高兴也不是为了令嫔娘娘？我还当皇上立了新后，你是心疼她被冷落了呢。”

凌云彻喝了几大杯酒，那是关外的烧刀子，入口烫喉，一阵阵热到肠子里，却也容易上头。他有些昏昏沉沉：“皇后？你以为立了皇后就好么？从前的孝贤皇后出身名门，还不是活得战战兢兢的？我是心疼，心疼坐到这个位子上的人会受苦。”

赵九宵也有些晕了，往他胸口戳了一拳，道：“谁的婆娘谁心疼！你心疼个什么劲儿？这个年纪了，也不成个家，孤零零的什么意思？”

凌云彻按着自己的心口：“我也不知道，孤零零的为了什么；我更不知道，她是什么时候在我心里落了个影儿，这么个只能远不能近的影儿。她伤心的时候我只敢远远看着她，可是她的伤心，我都明白。如今见她好，我自然高兴，可是高兴了还是担心来日她还会遇到什么。”

赵九宵吃了块牛肉，伏在桌上昏昏沉沉道：“你看，你看，你还是想着令嫔娘娘不是？”

凌云彻苦笑了一刻，仰起头，把酒浇入了喉中。任由酒气浓烈，弥漫心间。

福珈回到慈宁宫时已是夜深，她悄然入内，却见暖阁中灯火通明，太后托腮凝神，双眼微闭。福珈吃了一惊，忙道："太后怎么还不安置呢？时辰不早了。"

太后淡淡一笑，睁开眼道："知道。只是喧闹了这两日，总觉得喜悦之声还聒噪在耳边，嗡嗡的，让人不想睡。"

福珈忙道："那奴婢去点安神香吧。"

太后摆摆手，支起身来，道："人老了就是心事多，不容易睡着。你陪哀家说说话。"

福珈应了声"是"，在太后膝边坐下。太后出神片刻，似是自言自语："养心殿那儿都好了？"

福珈嘴角不觉多了一丝笑意："都好了。这个时辰，怕已经安置下了。洞房花烛，皇上对皇后真是有心了。"

太后颔首道："皇帝肯用心，真是难得。"她的目光落在远处空茫的一点，隐隐多了一丝沉溺的微笑，"肯被人这样用心相待，又能用心待之，真好。乌拉那拉如懿，到底是有福的。"

福珈垂下脸，恭谨道："皇后的福气再好，又怎能与太后比。"

太后微微侧首，一串碧棱双枝长簪垂下蓝宝流苏微微摇曳："哀家到底没有做过皇后，不能与她相比了。只是皇帝的用心，男人的用心啊……"

福珈低眉敛目："太后见过的真心，绝对胜于今时今日皇上对皇后的。"

太后似有万千感触，眼中莹然有光："是。只是怕真心相待太短，伸手挽留也留不住。"

福珈微笑："但是只消一刻，便已经胜却人间无数。"

太后唇边有沉醉的笑意，片刻，又恢复了往日的从容镇静："是啊，但愿男女相悦之心，能得长久，而非一时之兴。"

远远地，有雷声骤然响起。

太后吃了一惊，推窗望天，果然那雷电一阵接一阵地赶了过来。太后面色微变：“怎么？大婚之夜起雷了？这可不是什么好兆头啊。”

启祥宫中并未掌灯，雪白的雷电照亮了玉妍铁青的脸。她着北族吉服，袅袅起身点亮一盏红烛，狰狞而凄微地笑了起来：“打雷了？好啊！好！谁要你们花好月圆，就要你们雷滚九天。”

如懿睡在皇帝身侧，这一夜睡得颇沉，竟未觉干雷打了半宿，只做着繁迷的梦。梦里，有皇帝的执手相看两不厌，有琅嬅的泪眼哀怨，亦有云彻与海兰的相伴在侧。但是梦见最多的，居然是姑母唇边不退的微笑。姑母穿着与自己一样的皇后冠服，神色悲喜交加，更是欣慰。那声音似远忽近，是姑母的叮嘱：“乌拉那拉氏不可出废后！如懿，乌拉那拉氏再不能有弃妇了！”

她终于松一口气，原来只与自己有数面之缘的姑母，是那样深刻地活在自己的记忆里，又深远地影响着今时今日的自己。

她从梦中醒来，隐隐觉得夜凉如水，似游弋浮动在身侧。皇帝仍在熟睡，眉心带着舒展的笑意，大约是个好梦。她披衣坐起，才发觉寝殿的窗扇不知何时已微微开了一隙，凉风徐徐穿入。她正要起身关窗，忽然周身的血液一凉，竟呆住了。

案几上所供的龙凤花烛，不知何时，那支凤烛上的火焰已然湮灭，只余一卷烧焦了的烛芯，映着累累烛泪，似一只流泪至盲的眼睛。

心中的恐惧骤然冰裂灌入，不是没有听说过，龙凤花烛要在大婚之夜亮至天明，若有一支先灭，便是夫妻中有一人早亡，或是半路分折，恩爱两绝。民间传闻虽然有些无稽，谁能保证夫妻能白首到老，又同年同月逝去，只是这样夜半夭灭一支，却也实在是不吉。

她回头见皇帝犹自沉睡，忙关上了窗扇，又仔细检视一遍无碍，重新点燃了凤烛。做完这一切，她才觉得自己的双手有些发抖。

原来她还是怕的，是那样怕，怕夫妻恩情中道断绝。如懿回到皇帝身边，紧紧依在他身侧，仿佛只有他的温热才能提醒着自己一切的美好才刚刚开始。

这样思虑，再度入梦便有些艰难。蒙蒙眬眬中，便已天色微明。皇帝照例要去早朝，嘱咐她起身后再休息片刻。如懿想着今日是嫔妃陛见的日子，也随着皇帝起身。

皇帝颇为细心，为她描眉妆罢，便道："今儿是高兴日子，你便穿朕为你裁制的那身红裙。"他停一停，贴耳过来，亲昵低语，"如懿，你穿那红裙甚美，谁也不敢与你比肩。"如懿含笑答应了，又听皇帝道："这次立后大典，北族玉氏也来进贺。朕想着嘉嫔若一直不复位贵妃，北族面子上也不好看。但若由朕下旨复位，也太给她面子了。朕思来想去，这个恩典便由你来给她，也让她知道该怎么敬着你。"如懿便也答允了，一同穿戴整齐，含笑送了皇帝出门，亦回自己宫中去。

穿耳 叁

这一日是立后之后嫔妃第一次合宫拜见。如懿按着时辰在翊坤宫与嫔妃们相见，倒是众人矜守身份，越发早便候在了宫中。

彼时纯贵妃绿筠与愉妃海兰分列左右首的位置，绿筠下首为嘉嫔玉妍、婉嫔婉茵、庆贵人沐萍、秀常在，海兰之下为舒妃意欢、玫嫔蕊姬、令嫔嬿婉、晋贵人、平常在、揆常在及几个末位的答应。为免妨皇后正红之色，嫔妃们多穿湖蓝、萝翠、银朱、淡粉、霞紫，颜色明丽，绣色繁复娇艳，却不敢有一人与如懿的穿戴相近，便是嫔妃中位列第一的苏绿筠，也不过是一身橘色七宝绣芍药玉堂春色氅衣，配着翡翠银丝嵌宝石福寿绵长钿子，有陪同着喜悦的得体，也是谦逊的退让。

嫔妃之中，唯独玉妍一身胭脂红缀绣八团簇牡丹氅衣，青云华髻上缀着点满满翠镶珊瑚金菱花并一对祥云镶金串珠石榴石凤尾簪，最耀目的是一对硕大如拳的嫣红玫瑰簪鬓，明艳华贵，直逼如懿。

如懿心中不悦，却也不看她，只对着绿筠和颜悦色：“本宫新得了乌木红珊瑚笔架一座，白玉笔领一双，想着永瑢正学书法，等下你带去便好。”

绿筠见如懿关爱自己儿子，最是欢喜不过，忙起身谢道：“皇后娘娘关怀，臣妾感激不尽。”说罢便向着玉妍道：“嘉嫔为贺皇后娘娘正位中宫之喜，打扮得这样娇艳。”

嬿婉温婉道：“臣妾等侍奉皇后娘娘，穿戴再好也只博皇后娘娘一笑罢了。不枉嘉嫔穿了这么一身颜色衣裳，好赖都是讨皇后娘娘喜欢。”

玉妍的笑冷艳幽异：“令嫔一心想着讨好皇后，本宫只惦记着皇上说过喜欢本宫穿红色。皇后娘娘不会怪臣妾吧。”

嬿婉有些窘迫，掩饰着取了一枚樱桃吃了，倒是海兰笑道：“皇上与皇后娘娘本是夫妻一体，嘉嫔记得皇上，便是记得皇后娘娘了。”

玉妍见如懿端坐其上，慢慢合着青花洞石花卉茶盅的盖子，热气氤氲蒙上她姣美的脸：“皇后是新后，翊坤宫却是旧殿。臣妾记得当时皇上把翊坤宫赏赐给还是娴妃的皇后娘娘居住，便是取翊为辅佐之意，请娘娘辅佐坤宁，原是副使的意思。怎么如今成了中宫之主，娘娘住的还是辅佐之殿呢？”

这话问得极犀利。如懿想起封后之前，皇帝原也提起过换个宫殿居住，但东西六宫中，只有长春宫、咸福宫、承乾宫和景仁宫尚不曾有人居住。长春宫供奉着孝贤皇后的遗物；咸福宫乃是慧贤皇贵妃的旧居，慧贤皇贵妃死后便空置着；景仁宫，如懿只消稍稍一想，便会想起她可怜的姑母，幽怨而死的姑母，如何再肯居住。皇帝倒也说起，承乾宫意为上承乾坤，历来为后宫最受宠的女子所居住，顺治帝的孝献皇后董鄂氏便是。但年久失修，总得修一修才能让如懿居住。只是，这样的话何必要对她金玉妍解释。

如懿淡淡一笑：“嘉嫔居嫔位，却有胸怀六宫之心。”嬿婉抿起唇角轻笑，纤细的手抬起粉彩绣荷叶田田的袍袖掩在唇际，带着一丝讥诮的眸光潋滟，拨着耳上翠绿的水玉滴坠子，柔柔道：“皇后便是皇后，名正言顺的六宫之主，不拘住在哪里，都是皇上的正妻，咱们的主子娘娘。”

玉妍笑意幽微，微微侧首，满头珠翠，便曳过星灿似的光芒，晃着人的眼：“主子娘娘倒都是主子娘娘，但正妻嘛……”她的身体微微前倾，对着绿筠道：“纯贵妃出身汉军旗，自然知道民间有这么个说法吧？续弦是不是？还是填房、继妻？”她甩起手里的打乌金络子杏色手绢，笑道，“到底是续娶的妻子，是和嫡妻不一样的吧？”

这话，确是刻薄了。绿筠一时也不敢接话，只是转头讪讪和意欢说了句什么，掩饰了过去。

有那么一瞬间的沉吟，如懿想起了她的姑母，幽怨绝望而死在景仁宫，或许，她生前也是一样在意吧？在意她的身份，永远是次于人后的继后。如懿忽然微笑出来，坦然而笃定。

如懿轻瞟她一眼：“嘉嫔最在意名位，难为有这么多心思。其实在这个位置上唯一的人，才是最重要的人，之前之后都只是虚妄而已。譬如嘉嫔曾居贵妃，也被贬为贵人，但谁计较呢。”她见玉妍露出恼羞成怒之态，不觉含了几分笑意，“那今日本宫更还你一个明白。这些日子以来嘉嫔静思己过，看在北族的颜面，也看在你两位阿哥的面子上，本宫复你贵妃之位。”

玉妍愣住了：“这……不是皇上的旨意？”她抬首，见如懿稳居高位，只是淡然微笑，忽而明白，她不过是在提醒自己，她这位新后，才主后宫之事。她脸上一阵阵火辣起来，讪讪谢恩，却见如懿已经笑吟吟看着绿筠叮嘱：“纯贵妃，你是嫔妃中第一人，往后要替本宫约束众人谨记宫规。”

玉妍稍稍正坐，如懿侧脸，召唤容珮：“去将本宫备下给纯贵妃与嘉贵妃的耳环呈上来。”

容珮答应了一声，立刻从小宫女手中接过一个水曲木镂牡丹穿凤长盘，上面搁着两只粉红色织锦缎圆盒。玉妍伸手要取锦盒，容珮一让避开，先送到绿筠面前：“纯贵妃娘娘为尊，您先选。”

容珮将左边锦盒打开送到绿筠面前，是一耳三钳所用的三对玛瑙穿明珠玉珏耳坠，颜色大方又不失明亮，极适合绿筠的年纪与身份，显然是精心挑选过的。绿筠再三谢过，神色恭谨。容珮又将另三对耳环送到玉妍面前，玉妍只瞟了一眼，矍然变色，只道："什么阿物儿，臣妾看也寻常。"

如懿恍若未见："给嘉贵妃的这一对是红玉髓的耳环，配着七宝中所用的松石和珊瑚点缀，在最末垂下拇指大的雕花金珠，颜色明丽，很适合嘉贵妃这样亮烈妩媚的性子。"

海兰亦笑言："红玉髓到底不如玛瑙名贵，那也是没办法的，纯贵妃到底资历深厚，儿女双全，自然是在嘉贵妃之上了。"

这话，既是褒奖绿筠众妃之首的超然地位，稳了她永璜和永璋被贬斥后惶惑不安的心思，亦是提点着玉妍当日意图用七宝手串暗害她的事。前因后果，她都记得分明。

玉妍果然有些失色，脸色微微发白，并无意愿去接那对耳环。如懿的脸色稍稍沉下，如秋日荫翳下的湖面。嬿婉觑着如懿的面色，立刻道："怎么？嘉贵妃不愿接受皇后娘娘的心意么？"

说话间，绿筠已经摘下自己耳垂上的碧玺叶水晶耳坠，将如懿赏赐的耳环戴上，起身道："皇后娘娘赏赐，臣妾即刻便戴上，以表敬重。"

如懿满意地颔首，平静目视玉妍，玉妍勉强道："谢过皇后，臣妾回去自会戴上。"

嬿婉轻笑，脆生生道："嘉贵妃若有心，此刻戴上便是了。您可别忘了这贵妃之位还是皇后娘娘给您复的。"

意欢素来不喜玉妍，侧目道："嘉贵妃不喜欢便是不喜欢，何必伪作托词，可见为人不实。"

婉茵亦劝："嘉贵妃，皇后娘娘赏赐的耳环极好看，也便只有你和纯贵妃有，咱们羡慕都羡慕不来呢。"

玉妍只得伸手掂了掂耳坠，勉强道："皇后娘娘可真实诚，这么大的金珠子，想必是实心的吧，臣妾戴着只怕耳朵疼呢。昔年孝贤皇后在时，最忌奢侈华丽，这么华贵的耳坠，臣妾实在不敢受。”

这一来，已经戴上耳环的绿筠不免尴尬，还是海兰笑道：“孝贤皇后节俭，那是因为皇上才登基，万事草创。如今皇上是太平富贵天子，富有四海，便是贵妃戴一对华贵些的耳环怎么了，只怕皇上瞧见了更欢喜呢。”

如懿一双妙目闲闲望住她，口中说得轻松：“嘉贵妃来自北族，也是本宫不好，以为宫中尽人皆知，便不曾早早教你玛瑙与红玉髓的区别。”

玉妍越是见她气定神闲，越是心头如油浇火，不觉气得瞠目：“你……”

嬿婉掩口哧哧笑：“异族到底是异族，我满蒙汉女子，谁会分不清红玉髓和玛瑙？便是妹妹出身寒微，也知道这个。”

这一来，众人都笑了起来。玉妍饶是镇定，也经不起这般被人鄙薄。

如懿眸中微冷，定定言语：“嘉贵妃一时不知，教你以为红玉髓是华贵之物，便可用来一步登天。”

玉妍气结，几乎要拍案立起，只得硬生生忍住了道：“臣妾没有分不清红玉髓和玛瑙，臣妾明白！”

如懿徐徐饮茶，淡淡道来：“明白？那你明白何谓对错？何谓是非？何谓安分守已？本宫赏你的这三对红玉髓耳坠，自然会时时提醒你，别再生事犯错，辜负了本宫的深意。”

玉妍气焰下去些，仔细看那耳坠，穿孔的针原是银针做的，头上比寻常的耳坠弯针尖些，针身却粗了两倍不止，便道：“这耳针这么粗，臣妾耳洞细小，怕是穿不过的。”

如懿不欲与她多言，扬了扬下巴，容珮会意，便道：“戴耳坠原不是嘉贵妃娘娘的事，穿不穿得进是奴婢的本事，肯不肯让奴婢穿便是嘉贵妃自己的心意。”

绿筠笑得惬意：“贵妃之位复位不易，妹妹你别轻易丢了。”

玉妍满脸恼怒，到底也不敢发作，只得低下了头对着容珮厉色道：

“仔细你的爪子，别弄伤了本宫。”

容珮答应一声，摘下玉妍原本的耳环，不管三七二十一，对着她的耳孔便硬生生扎了下去。那耳针尖锐，触到皮肉一阵刺痛，很快粗粗的针身被阻住，怎么也穿不进去。容珮才不理会，硬生生还是往里穿，好像那不是人的皮肉似的。

玉妍低喝一声：“好痛！放开。”

容珮冷着脸道：“嘉贵妃且忍一忍，为了记着教训，总得吃些苦头。”

玉妍起先还稍稍隐忍，后来实在吃痛，转头喝道：“不是教你仔细些了么？你那手爪子是什么做的，还不快给本宫松下来！”

容珮面无表情，手上却不肯松劲儿，只板着脸道：“不是奴婢不当心，是奴婢的手不当心，认不得人。当初嘉贵妃把惢心姑姑送进慎刑司，自己可没做什么，可慎刑司那些奴才不就是嘉贵妃您的手爪子么，您的手爪子遂不遂您的心奴婢不知道，可现在奴婢的手爪子不听自己使唤了，非要钻您的耳朵，您说怎么办呢？”

玉妍又惊又怒，痛得脸孔微微扭曲：“皇后娘娘！你就这么纵容你的奴婢欺凌臣妾么？”

如懿双眸微瞬：“惢心，给嘉贵妃说说后宫的规矩。她进宫年久，看来还不大懂得规矩呢。”

惢心一瘸一拐从后头走出来，双目直盯着玉妍，一字一字缓缓道：“嘉贵妃，您身为妃嫔，是北族送给我大清的大礼，也是一份敬意。皇后娘娘身为中宫，只能教导，不能责罚，伤您的脸面，也伤了北族的脸面。所以皇后娘娘只会厚待您，何来欺凌呢？”

玉妍见如懿如此，愈加惊恼：“皇后，惢心的腿坏了，是慎刑司的人下手太重，皇上也已经贬斥过臣妾。如今臣妾复位，那是皇上都不计较了，皇后还敢计较么？”

如懿看着她，和煦如春风：“本宫与皇上同心一体，所以这是赏赐，而不是惩罚。你可别会错了意。”

容珮冷若冰霜道："嘉贵妃，耳针已经穿进去了，您要再这么挣扎乱动，可别不当心伤了自己的耳朵。再说了，您规矩一些，奴婢立刻穿过去了，您也少受些罪不是？"

玉妍恨得双眼通红："皇后娘娘，您是拿着赏赐来报自己的私仇！臣妾不服！"

如懿笑得从容："本宫是皇后，坐在你最想坐的凤位上。所以对你，赏也是罚，罚也是赏！就如皇上对你们北族玉氏那位逼死发妻的王爷一样。"

玉妍浑身一震，几乎要跳起来，切齿道："就算王爷有错，也已受了皇上责罚，轮不到后宫妇人说三道四。"

她的不自然与震怒都落在如懿心底，愈增了然。北族新王，果然是金玉妍最不能碰的软肋。"本宫不想说什么，只想提醒你，你的一切错处都会干系北族……和北族王爷，你自己想清楚。"

嬿婉伸着柔若无骨的指，缓缓地剥着一枚新橙："皇后娘娘已经足够宽宏大量了。身为嫔妃，对着皇后娘娘你呀你的，敬语也不用，还敢撞了皇后娘娘的颜色。说白了，嘉贵妃再尊贵，再远道而来，还不是和咱们一样，都是妾罢了。我倒是听说，北族遵守儒法，妾室永远是正室的奴婢，妾室所生的孩子永远是正室孩子的奴婢。怎么到了这儿，嘉贵妃就忘了训导，尊卑不分了呢？若是皇上知道，大约也会很后悔那么早就复您的贵妃之位了。这么不懂事，可不是辜负了皇上的一片苦心么？"

玉妍到底也不敢再多争辩，只得红了眼睛，死死咬牙忍住。容珮下手毫不留情，仿佛那只是一块切下来挂在钩子上的五花肉，不知疼痛、不知冷热的，举了耳针就拼命钻。玉妍痛得流下泪来，她真觉得这对耳垂不是自己的了。这么多年来养尊处优，每夜用雪白的萃取了花汁的珍珠粉扑着身子的每一寸，把每一分肌理都养得嫩如羊脂，如何能受得起这般折腾。可是，她望向身边的每一个人，便是最胆小善良的婉茵，也只是低垂了脸不敢看她。而其他人，都是那样冷漠，只顾着自己说说笑笑，偶尔看她一眼，亦像是在看一个笑话。

玉妍狠狠地咬住了唇，原来在这深宫里，她位分再高，皇子再多，终究也不过是一个异类而已。

也不知过了多久，容珮终于替玉妍穿上了耳坠，那赤纯的金珠子闪耀无比，带着她耳垂上滴下的血珠子，越发夺目。容珮的指尖亦沾着猩红的血点子，她毫不在乎的神情让人忘记了那是新鲜的人血，而觉得是胭脂或是别的什么。倒是玉妍雪白的耳垂上，那过于重的耳坠撕扯着她破裂的耳洞，流下两道鲜红的痕迹，滴答滴答，融进了新后宫中厚密的地毯。

有须臾的安静，所有人都被这一刻悲怒而绮艳的画面怔住。

如懿面对玉妍的怒意与不甘，亦只沉着微笑。她忽然想起遥远的记忆里，她偶然去景仁宫看望自己的皇后姑母，在调理完嫔妃之后，踌躇满志的姑母漫不经心地对她说："皇后最要紧的是无为而治，你可以什么都想做，但若什么都亲手做，便落了下乘了。要紧的，是借别人的手，做自己想做的事。"

如懿知道，此时此刻的自己早已违背了姑母的这一条禁忌。但，她是痛快的。此刻的痛快最要紧，何况作为新任的皇后，自己从妃妾的地位一步步艰难上来，她懂得要宽严并济，所以平抚了苏绿筠，弹压了金玉妍。

如懿笑意吟吟地打量着玉妍带血的艳丽耳垂，那种鲜红的颜色，让她纾解了些许惢心残废的心痛和自己被诬私通的屈辱。她含笑道："真好看！不过，痛么？"

玉妍分明是恨极了，却失了方才那种嚣张凌厉，有些怯怯道："当然痛。"

如懿笑着弹了弹金镶玉的护甲："痛就好。痛过，才记得教训！起来坐吧。"

玉妍身边的丽心吓得发怔，听得如懿吩咐才回过神来，畏怯地扶了玉妍起身坐下。

意欢瞟了眼丽心，语气冷若秋霜：“你可得好好儿伺候嘉贵妃，别和贞淑似的，一个不慎被送回了北族。贞淑有北族可回，你可没有！”

丽心吓得战战兢兢，哪里还敢作声。

容珮见玉妍脸色还存了几分怒意，便板着面孔冷冷道：“嘉贵妃的眼泪珠子太珍贵，要流别流在奴婢面前，在奴婢眼里，那和屋檐上滴下的脏水没分别！但您若要把您的泪珠子甩到皇上跟前去，奴婢便也当着各位小主的面回清楚了。皇后娘娘给的是赏赐，是奴婢给您戴上的，要有伤着碰着，您尽管冲着奴婢来，奴婢没有一句二话。但您若要把脏水往皇后娘娘身上泼，那么您就歇了这份心吧。所有的小主都看着呢，您是自己也愿意承受的。不为别的，只为您自己做了亏心事，那是该受着的。”

众嫔妃何等会察言观色，忙随着为首的绿筠起身道：“是。臣妾们眼见耳闻，绝非皇后娘娘之责。”

如懿和颜悦色，笑对众人：“容珮，把本宫备下的礼物赏给各宫吧。”

如是，嫔妃们又陪着如懿说笑了一会儿，便也散了。

到了人后，惢心却也有些担心，直道如懿原不必为了自己当面打压嘉贵妃。海兰却对惢心的说法甚是不以为然：“我倒觉得姐姐今日之事做得极好，安抚了纯贵妃，弹压了嘉贵妃。众人才会知道什么是赏罚。而且您是中宫，只要不打骂伤了嫔妃，怎么教导都不为过。便是嘉贵妃告到皇上跟前，皇上也不能说您什么。”如懿只是一笑，宽严并济，自然心中有数。

到了晚间时分，皇帝早早便过来陪如懿用膳。如懿站在回廊下，遥遥望见了皇帝便笑：“皇上来得好早，便是怪臣妾还没有备好晚膳呢。”

惢心俏皮道：“可不是！皇上来得急，皇后娘娘亲自给备下的云片火腿煨紫鸡才滚了一遭，还喝不得呢。”

皇帝挽过如懿的手，极是亲密无间：“别行礼了，动静又是一身汗。”他笑道，“不拘吃什么，朕批完了折子，只是想早些来陪你坐坐。”

如懿笑道：“皇上说不拘吃什么就好，有刚凉下的冰糖百合莲子羹，皇上可要尝尝么？”

皇帝眼底的清澈几乎能映出如懿含笑的仿佛正在盛放的莲一般的面容：“自然好。百合百合，百年合欢，是好意头。”

如懿婉然睨他一眼：“一碗羹而已，也能惹得皇上如此多情。”

惢心顷刻便端了百合莲子羹来，又奉上一个冰碗给如懿。那冰碗是宫中解暑的佳品，用鲜藕切片，鲜菱角去皮切成小丁块，莲子水泡后去掉皮和莲心，加清水蒸熟，再放入切好的蜜瓜、鲜桃和西瓜置于荷叶之上，放入冰块冰镇待用。这般清甜，如懿亦十分喜欢。

如懿才舀了一口，皇帝便伸手过来抢了她手中的银勺：“哎，看你吃得香甜，原来和朕的不一样。”说着便就着如懿用过的银勺吃了一口，叹道，“好甜！”

如懿奇道：“臣妾并不十分喜甜，所以这冰碗里不会加许多糖啊。”

皇帝便道：“不信，你自己再尝尝。”

如懿又尝了一口，道：“皇上果然诳臣妾呢。”

皇帝忍不住笑了，凑到她耳边低低道：“是朕自己心里觉得甜。”

如懿笑着瞋了皇帝一眼，啐道：“皇上惯会油嘴滑舌。”

皇帝眉梢眼角皆是笑意：“油嘴滑舌？也要看那个人值不值得朕油嘴滑舌啊。”他陪着如懿用完点心，话锋骤然一转，“方才嘉贵妃来养心殿见朕，哭哭啼啼了一回。”

长长的睫毛如寒鸦的飞翅，如懿羽睫低垂，暗自冷笑，金玉妍果然是耐不住性子去了。她抬起眼，看着皇帝的眼睛笑意盈盈道：“臣妾只是教导嘉贵妃，并不曾苛待她。嫔妃们个个亲见。”

皇帝慢慢舀了一颗莲子在银勺里：“与你无关。是她有错在先，性子也桀骜。你初登后位，若不稍加弹压，往后也难教导。”

如懿直截了当：“臣妾待嫔妃，可以教导训责，却不能伤人。这点臣妾铭记在心。若再有责罚，也一定先请皇上定夺。”

皇帝粲然一笑，眉毛一根根舒展开来：“你总是让朕放心的。”

如懿见皇帝这般神色，索性将心中所想一一道来：“今日臣妾教导嘉贵妃，更想一改后宫倚仗母族内外勾连生事的风气。嘉贵妃出身北族，不代表嫁给皇上后还要处处为北族殚精竭虑，将北族利益置于您之上，甚至危及大清的利益。所以金氏可以复位贵妃，但不可对北族全无压制。”

皇帝如何不知嘉贵妃争夺后位和有挑唆永璜的嫌疑，都是为了北族的利益，而非只为自己。如懿的思量，也是自己的顾虑：“嘉贵妃因自己作恶惊动胎气，又为北族新王安危思虑，不顾自己即将临盆，依旧拼力求情，这才害了九阿哥。朕让嘉贵妃每日去奉先殿罚跪，对着列祖列宗思过，想想自己害了儿女的罪过。”

如懿道：“这是其一，其二有不少北族人氏在京中经商生财。臣妾虽不知这些人中是否有人会与宫中联系，为嘉贵妃传递消息，但不能不小心。不如安排他们回到北族安生度日，免得再有贞淑之流祸害宫闱。”

皇帝心下明白，如懿是想断了北族的商道，可要赶人，理由却难寻。皇帝正为难，如懿已然猜到，盈然一笑绽放，寥寥一语对之：“重农轻商是国本，皇上对本国如此，对他族也如是。”

皇帝微微点头。

如懿低眉颔首，十分温婉：“嘉贵妃出身北族，本该格外优容。可是前两日臣妾见到和敬公主，深觉公主有句话讲得极是。”

皇帝饶有兴味，笑道：“和敬嫁为人妇，如今也不再任性。她说出什么话来，叫朕听听。”

如懿拨着手里的银匙，轻轻笑道：“公主说，享得住泼天的富贵，也要受得住来日弥天的大祸。”

皇帝轩眉一挑，显是不豫：“前两日是朕的立后大典，她说这般话，是何用心？”

如懿知他不悦，浅浅笑道:“公主这句话放诸六宫皆准，臣妾觉得倒也不差。皇上开恩垂爱，嘉贵妃便更应谨言慎行，不要再犯昔日之错。”

皇帝摆手，温言道:“嘉贵妃之事你已经处置了便好。和敬……她到底已经出嫁，你也不必多理会。对了，再过几日便是朕的万寿节。朕想来想去，有一样东西要送与你。”

描绘得精致的远山黛眉轻逸扬起，如懿笑道:“这便奇了。皇上的生辰，该是臣妾送上贺礼才是，怎么皇上却倒过来了?”

皇帝握住她的手，眼中有绵密情意:“朕今日往漱芳斋过，想起你在冷宫居住数年，苦不堪言，而同住的女子，多半也是先帝遗妃。所以，朕已经下了旨意，将这些女子尽数遣往热河行宫，择一僻静之处养老，不要再活得这般苦不堪言。”

有轻微的震动涌过心泉，好像是冰封的泉面底下有温热的泉水潺潺涌动，如懿似乎不敢相信，轻声道:“皇上的意思是……”

“朕不想宫中再有冷宫了。”皇帝执着如懿的手郑重道，“没有冷宫，是朕要宫中夫妻一心，再无情绝相弃之时。”

心中的温热终于破冰而出，如懿望着皇帝，两人的额头轻轻抵在一起。

殿中清凉如许，如懿只觉得心中温暖。只是在那温暖之中，亦有一丝不合时宜的惆怅涌过。其实，冷宫也不过是一座宫殿，若有朝一日皇恩断绝，哪怕身处富贵锦绣之地，何尝不是身在冷宫，凄苦无依呢?

只是这样的话，太过不吉。她不会问，亦不肯问。只静默地伏在皇帝的肩头，劝住自己安享这一刻的沉静与温柔。

皇帝只缓缓提起另一件事，只道当日初初封琅嬅为后，太后曾让皇帝与琅嬅同入画像，晞月便羡慕不已。如懿一笑:“臣妾与皇上也有画像。”

那张画像，是他与她情意所在。

“那个到底潦草。你已是皇后，朕会让郎世宁为你与朕画一幅画像。同在画中，两情长存。”皇帝笑着挽过她鬓边碎发，“便是画个三五年也不要紧。朕与你白头还早呢。”

她不言，只是轻轻握住他的手，彼此相依。

肆 母家

封后之后，如懿的父亲那尔布被追尊为一等承恩公，母亲亦成为承恩公夫人，在如懿册封为后的第五日，入宫探望。

一家团聚，如懿自然是喜不自胜。从前为贵妃、皇贵妃之时，母亲也不是没来探望过，但那时谨言慎行、战战兢兢，到底比不上此刻的舒展畅意。

如此一家子絮絮而言，母亲说得最多的一句，便是“乌拉那拉氏中兴，你阿玛在九泉之下亦可瞑目了”。这样的话在喜庆时节听来格外招人落泪，如懿适时地阻止了母亲的喜极而泣，再论起来，便是小妹的嫁龄已到，求婚的人家都踏破了门槛。

如懿沉吟道：“从前无人问津，如今踏破门槛，不过是因为女儿这皇后之位。可见世人多势利！”

母亲便道：“若论势利也总是有的。额娘冷眼瞧着，来求婚的人家里头，有皇上的亲弟弟和亲王来求娶侧福晋的，还有便是平郡王来求娶福晋，赵国公为他家公子。”

母亲的话尚未说完，如懿便连连摆手：“额娘别再说这个。皇上嘴上不说，心里却是最忌讳与皇室或重臣多沾染的。咱们和皇家的牵扯还不够么？若要女儿说，在从前相熟不嫌弃咱们落魄的人家里选一个文士公子，便是最安稳了。武将要出征沙场，文士才子便好，还得是不求谋取功名的，安安稳稳一生便了。”

母亲迟疑片刻，摇头道：“咱们这样的人家，好容易兴旺了，便嫁与这样的人，便是你妹妹甘心，我也不能甘心呀！”

如懿道：“额娘万勿糊涂。富贵浮云，有女儿一个在里头便是了。妹妹清清静静嫁给有情人便好，连弟弟，以后也是承袭爵位便好，不要沾染到官场里头来。”

如此郑重其事地嘱咐，母亲终于也应允了。

母亲离去时已是黄昏时分。晨昏定省的时刻快到，嬿婉候在翊坤宫外，看着如懿亲自将母亲搀扶到门外，不觉微湿了眼眶，低低道：“春婵，也不知本宫的额娘在家如何了。有心要见一见，可本宫到底不算是得宠的嫔妃，家中又无人在朝为官，想见一面也不能够。”

春婵好生安慰道：“小主想见家人又有什么难的，您与皇后娘娘常有来往，请皇后娘娘的恩典便是了。”

嬿婉迟疑：“也不知皇后娘娘肯不肯？”

春婵笑道：“嘉贵妃的事小主是出了力的，皇后娘娘自然会疼小主呢。而且，皇后娘娘刚被册封，自然是肯施恩惠下的。何况您曾在她落魄时为她求情呢。”

嬿婉寻思半日，想着这件事如懿若答允，正好借机亲近。若是不允，少不得说说家中苦楚，惹如懿怜惜。果然去求时，如懿亦允准了，慨叹道：“你家人原在盛京，本宫让人早些准备下去，好接你家人入宫探视。”

嬿婉的母亲和弟弟便是在十来日后入宫的。那一日晨起，嬿婉便吩咐备下了母亲和弟弟喜爱的点心，又将永寿宫里里外外都打扫了一遍，更换了重罗新衣，打扮得格外珠翠琳琅，只候着家里人到来。

果然，到了午后时分，如懿身边的三宝已经带着嬿婉的母亲和弟弟入内，打了个千儿便告退了。

嬿婉多年未见母弟，一时情动，忍不住落泪，伏在母亲怀中道：“额娘、弟弟，你们总算来了。”

魏夫人仔仔细细打量着永寿宫的布置，又推开怀中的女儿上上下下看了一遍，方郑重了神色问道：“小主可有喜了么？”

嬿婉满心感泣，冷不防母亲问出这句来，不觉怔住。还是澜翠乖觉，忙道：“魏夫人和公子一路上辛苦了，赶紧进暖阁坐吧，小主备下了两位最喜爱的点心呢。”

魏夫人不过四十多岁，穿着一身烟灰红的丝绸袍子，打扮得倒也精神。而嬿婉的弟弟虽然身子壮健，但一身锦袍穿在身上怎么看都别扭，只一双眼睛滴溜溜打量着周围，没个定性。魏夫人虽然看着有些显老，但一双眼睛十分精刮，像刀片子似的往澜翠身上一扫，道：“你是伺候令嫔的？”

澜翠忙答了“是”，魏夫人才肯伸出手臂，由着她搀扶进去了。

到了暖阁中坐下，澜翠和春婵忙将茶点一样一样恭敬奉上，便垂手退在一边。魏夫人尝了几样，看嬿婉的弟弟佐禄只管自己狼吞虎咽，也不理会，倒是澜翠递了一盏牛乳茶过去，道：“公子，喝口茶润润吧，仔细噎着。”

佐禄不过十六七岁，看着澜翠生得娇丽，伺候又殷勤，忍不住在她手背上摸了一把，涎着脸笑道：“好滑。”

澜翠自幼在宫里当差，哪里见过这般不懂规矩的人，一时便有些着恼，只是不敢露出来，只得悻悻退到后头，委屈得满脸通红。

嬿婉脸上挂不住，忙喝道：“这是宫里，你当是哪儿呢？！”

佐禄便垂下脸，抓了一块点心咬着，轻轻哼了一声。

魏夫人什么都落在了眼里，便沉下脸道：“左不过是伺候你的奴才，也就是伺候你弟弟的奴才，摸一把便摸一把，能少了块肉怎的。”嬿婉一向视澜翠与春婵作左膀右臂，听母亲这般说，只怕澜翠脸皮薄生了恼意，再要笼络也难了，便嘱咐道：“澜翠，你出去伺候。”

魏夫人立刻拦下，也不顾澜翠窘迫，张嘴便道：“出去做什么？当奴才的，这些话难道也听不得了？”她见嬿婉紫涨了脸，也不顾忌，只盯着嬿婉的肚子道：“方才我看小主你吃那些甜食吃得津津有味，偏不爱吃那些酸梅辣姜丝儿，怕是肚子里还没有货搁着吧？”

嬿婉听她母亲说得粗俗，原有十分好强之心，此刻也被挫磨得没了，急得眼圈发红道：“额娘，这命里时候还没到的事，女儿急也急不来啊。”

魏夫人嘴角一垂，冷下脸道：“急不来？还是你自己没用，拢不住皇上的心。别怪你兄弟眼皮子浅，连伺候你的奴才的手都要摸一把。话说回来，还是你不争气的缘故，要是多得宠些，生了个阿哥，也可以多给咱们家里些嚼用，多给你兄弟娶几个媳妇儿，他也不会落得今天这个样子了。”

佐禄听母亲训斥姐姐，吸了吸鼻子，哼道：“不会下蛋的母鸡！”

嬿婉自侍奉皇帝身侧，虽然明里暗里有许多委屈，但到底是养尊处优的嫔妃，再未受过母弟这么粗鲁的奚落。如今母女重逢，又听见幼年时听惯了的冷言冷语，禁不住落下泪来：“旁人怎么说是旁人的事，怎么额娘和弟弟也这么说我？这些年我有什么好的都给了家里，满心的委屈你们看不见，好容易来了宫里一趟，人家都欢欢喜喜的，偏你们要来戳我的痛处！”

魏夫人一不高兴，神色更加难看：“人家欢喜是因为人家高兴，我们有什么可高兴的？你伺候了皇上这么些年，怎么到了今天还是个嫔位？嫔位也就罢了，这肚子怎么还是一点儿动静也没有？你这个年纪，我们庄上多少人都拖儿带女一大群了。”

春婵听不过，只得赔笑道：“夫人别在意，小主一直吃着坐胎药呢。

小主心里也急啊！再说了，孩子跟恩宠也没什么关系，愉妃有五阿哥，皇上还不是不大理会她。便是皇后娘娘，也还没有子嗣呢，可皇上还不是照样封了她为皇后。”

魏夫人浑不理会，横了春婵一眼：“人家的福气是生在骨子里的，咱们姑娘的福气是要自己去争取来的。她要有皇后娘娘这个本事，一个孩子也没有便封了皇后，我还有什么可说的。我记得我们姑娘这个嫔位总有两年没动了吧，伺候皇上也四五年了，眼见着年纪是越来越大了，我这个当娘的能不着急么？都说进了宫是掉在金银堆里了，福气是堆在眼前的，怎么偏咱们就不是呢？”她看着嬿婉道：“你看，额娘来了，坐了这么久，皇上那边连个使唤的人也没派来看看，可见你的恩宠是一日不如一日了吧。”

春婵听魏夫人说的话句句戳心，实在是太不管不顾，便她是个宫女也听不下去了，忙将嬿婉准备的绫罗绸缎、金银首饰一一捧上来给魏夫人看了，殷勤道：“这些绸缎都是江南织造进贡的，宫里没几个小主轮得上有。这些首饰有小主自己的，也有皇后娘娘知道了夫人要来特意赏赐的，夫人都带回家去吧。来一趟不容易，小主的孝心都到跟前了呢。”

魏夫人看一样便念一句佛，眼见得东西精致，脸色也和缓了许多：“还是皇后娘娘慈悲。”她看完，神神秘秘对着嬿婉道，“听说皇后娘娘跟你长得有几分相像，真的假的？怎么她成了皇后，你连个妃子也没攀上呢？要不，皇后娘娘赏赐了这许多，我也带了你弟弟去给皇后娘娘谢个恩？”

嬿婉听得这一句，急得眉毛都竖了起来，哪肯母亲去翊坤宫丢丑。还是春婵机敏，笑吟吟劝道：“这个时候，皇后娘娘怕是在处理六宫的事宜呢，不见人的。”如此，魏夫人才肯罢休。

好容易时辰到了，小太监来催着离宫，魏夫人抱着一堆东西，气都缓不过来了，还是连连转头嘱咐：“赶紧怀上个孩子，否则你阿玛死了也不肯闭眼睛，要从九泉之下来找你的。”

魏夫人一走，嬿婉还来不及关上殿门，便落下泪来：“旁人的家人入宫探望，都是一家子欢喜团圆的，怎么偏本宫就这么难堪。原以为可以聚一聚，最后还是打了自己的脸。”她拉过澜翠的手，“还连累了你被本宫那不争气的兄弟欺负。”

澜翠见嬿婉伤心，哪里还敢委屈，只得道：“小主待奴婢好，奴婢都是知道的，奴婢不敢委屈。”

春婵叹气道：“奴婢们委屈，哪里比得上小主的委屈。自己的额娘兄弟都这么逼着，心里更不好受了。其实，夫人的话也是好心，就是逼得急了，慢慢来，小主总会有孩子的。便是恩宠，小主还年轻，怕什么呢。”

嬿婉紧紧攥住手中的绢子，在伤感中沉声道：“可不是呢。娘家没有依靠的人，一切便只能靠自己了。”她转身想走，长街下，凌云彻已与两名小侍卫并肩过来。他还是昔日的模样，简直叫她无地自容。相见时，他也是如常行礼，只叫那两名小侍卫在墙根下等候。他的语气明显客气了两分，嬿婉立即明白：“你看见我的额娘和弟弟了？”

凌云彻颔首，维持着恭敬的语调：“老夫人和公子还是从前模样，一点未变。”

嬿婉异常敏感，又悲又气，几乎要打战，是否连他也要讽刺自己。再看凌云彻，他却是神色平和，略带悲悯之意。嬿婉的感伤更深了一重：“我有这样的额娘，这样的弟弟，他们眼里从来没有我。你现在知道了，我为什么要选择走这条路。因为哪怕我走了这条路，成了嫔妃，额娘眼里还是没有我，只有我弟弟。”

凌云彻直言道：“哪儿都一样，觉得女人不值钱，男儿值万金。其实都是人，一样的骨肉，有什么不同。”

这话在这时候听着甚是暖心。嬿婉低低悲泣，似是自问：“为什么？为什么没有人真心疼惜我？”

凌云彻自知再不能答，默然片刻，拱手告退。嬿婉看着他离去的背影，恍然还是昔年，他在冷宫，她在四执库，每一回都是他这样目送她离开，哪怕多看她一眼也是好的。如今，却只能是她望着他离开了。她再忍不住，呜咽出声："是有人真心疼惜我，是我自己不要的。我拼命求成了皇上的嫔妃，皇上也不疼惜我啊。"

当然，魏夫人母子行事这般难看，宫里少不得有人知道了。事后嬿婉难堪极了，坐到了如懿跟前哭诉："今儿的事，说起来真是丢脸，辜负了皇后娘娘对臣妾的恩典。"

嬿婉的家世，如懿如何不知，只道毕竟是至亲，哭归哭，还是得奉养着。嬿婉含着泪，将多年为额娘与弟弟所做之事一五一十地说了一遍，如懿安慰几句，便也罢了。待嬿婉离开，容珮也感慨："听着怪可怜的。"

如懿望着茶水默默出神片刻，只是摇头，世间出身贫寒之人众多，但未必个个都会做出嬿婉这般选择，两度抛弃旧爱，一心攀附龙恩，便道："啜菽饮水，尽其欢，斯之谓孝。奉养无度而无约束，非孝也。背情弃爱，自择前路而归罪母弟，更非孝也。"

容珮明白过来，连连称是："哪怕出身贫寒，未必人人都会成为令嫔，做和她一样的选择。"

尽菽水之欢，甘齑盐之分，未尝不是一种乐事。可惜嬿婉不懂，也不会愿意去懂了。

纵然闹了这样的笑话，宫中也唯有玉妍不知。她整日跪在奉先殿里思过，环壁唯有列祖列宗的画像，面无表情地俯视着她。贞淑走后，玉妍更是连个交心之人也无，越发孤苦无依。唯有丽心在身边端茶送水安慰："您被皇后娘娘穿耳折辱，皇上不仅不为您做主，还让您日日来奉先殿罚跪，为九阿哥早殇思过。"

玉妍恨到了极处，反而淡然微笑："这奉先殿挺好，看着列祖列宗的画像，本宫挺有指望。"

丽心看着她的样子便有些怕，更不敢接话。玉妍睁着一双美眸，幽幽道:“这儿的祖先都是大清的历代皇帝。本宫看着他们，就盼着本宫的儿子来日也能成了大清的皇帝。皇上断了北族的商道，听从皇后之意将本宫的族人送回北族，让本宫传递消息不便，更少了族人在近侧。这些本宫都忍下来。”玉妍想站起来，却是跪得久了，双膝疼痛不已，一个没站稳，丽心已然扶住了。玉妍挣扎着站好，指着奉先殿的画像，厉声道:“别以为你们有什么了不起！将我视为异族，我偏要让我流着北族血液的儿子成为继位的皇帝。我要我们玉氏和爱新觉罗一样，成为最高贵的姓氏。”

册后大典的半个月后，皇帝便陪着新后如懿展谒祖陵，祭告列祖列宗，西巡嵩洛，又至五台山进香。

细细算来，那一定是一生中难得的与皇帝独处的时光。他与她一起看西山红叶绚烂，一起看蝶落纷飞，暮霭沉沉。在无数个清晨，晨光熹微时，哪怕只是无言并立，静看朝阳将热烈无声披拂。虽然也有嫔妃陪伴在侧，但亦只是陪侍。每一夜，都是皇帝与如懿宁静相对，相拥而眠，想想亦是奢侈。然而，这奢侈真叫人欢喜。因为她是名正言顺的皇后，皇帝理当与她出双入对，形影不离。

后宫的日子宁和而悠逸，而前朝的风波却自老臣张廷玉再度受到皇帝斥责而始，震荡着整个九月时节。

自皇长子永璜离世，初祭刚过，张廷玉不顾自己是永璜老师的身份，就急匆匆地向皇帝奏请回乡。皇帝不禁动怒，斥责道:“试想你曾侍朕讲读，又曾为皇长子师傅，如今皇长子离世不久，你便告老还乡，乃漠然无情至此，尚有人心么?”

张廷玉遭此严斥，惶惶不安。之后，皇帝命令九卿讨论张廷玉是否有资格配享太庙，并定议具奏。九卿大臣如何看不出皇帝的心意，一致以为应该罢免张廷玉配享太庙。皇帝便以此为依据，修改先帝遗诏，罢除了张廷玉死后配享太庙的待遇。自此，朝中张廷玉的势力，便被瓦解大半。

如懿这新后的位置，因着孝贤皇后去世时慧贤皇贵妃母家被贬斥，而孝贤皇后的伯父马齐早在乾隆四年去世，最大的支持者张廷玉也就此回了桐城老家。据说地方大员为了避嫌，无一人出面迎接，只有一位侄子率几位家人把他接进了老宅之中。

前朝自此风平浪静，连西藏郡王珠尔默特那木札勒的叛乱亦很快被岳钟琪率兵入藏平定，成为云淡风轻之事。皇帝可谓是踌躇满志。而为了安抚张廷玉所支持的富察氏，皇帝亦遥封晋贵人为晋嫔，以示恩遇隆宠，亦安了孝贤皇后母家之心。

这样的日子让如懿过得心安理得，而很快地，后宫中便也有了一桩突如其来的喜事。

这一年十一月的一夜，皇帝正在行宫书房中察看岳钟琪平定西藏的折子，如懿陪伴在侧红袖添香；嬿婉则轻抚月琴，将新学的彝家小曲轻巧拨动，慢慢奏来；而意欢则临灯对花，伏在案上，将皇帝的御诗一首首工整抄录。

嬿婉停了手中的弹奏，笑意吟吟道："舒妃姐姐，其实皇上的御诗已经收录成册，你又何必那么辛苦，再一首首抄录呢？"

意欢头也不抬，只专注道："手抄便是心念，自然是不一样的。"

如懿轻笑道："舒妃可以把皇上的每一首御诗都熟读成诵，也是她喜欢极了的缘故。"

皇帝合上折子，抬首笑道："皇后不说，朕却不知道。"

如懿含笑："若事事做了都只为皇上知道，那便是有意为之，而非真心了。"

皇帝看向意欢的眼神里满盈几分怜惜与赞许："舒妃，对着灯火写字久了眼睛累，你歇一歇吧，把朕的桑菊茶拿一盏去喝，可以明目清神的。"

意欢略答应一声，才站起身，不觉有些晕眩，身子微微一晃，幸好扶住了身前的紫檀梅花枝长案，才没有摔下去。

如懿忙扶了她坐下，担心道：“这是怎么了？”

皇帝立刻起身过来，伸手拂过她的额，关切道：“好好儿的怎么头晕了？”

荷惜伺候在意欢身边，担忧不已：“这几日小主一直头晕不适，昨日贪新鲜吃了半个贡梨，结果吐了半夜。”

嬿婉怔了一怔，不自禁地道：“该不会是遇喜了吧？”

皇帝不假思索，立刻道：“当然不会！”

意欢对皇帝的斩钉截铁颇有些意外，讪讪地垂下脸。如懿微微一怔，才反应过来皇帝是答得太急了，便若无其事地问：“月事可准确么？有没有传太医来看过？”

意欢满脸晕红，有些不好意思：“臣妾体弱，月事迁延。太医说臣妾子嗣缘薄。”

荷惜掰着指头道：“可不是。左右小主也已经两个多月未曾有月信了。”她忽然欢喜起来，“奴婢听说有喜的人就会头晕不适，小主看着却像呢。”

嬿婉看着荷惜的喜悦，心中像坠着一个铅块似的，扯着五脏六腑都不情愿地发沉，她便道：“这样的话不许乱说。咱们这儿谁都没生养过，别是病了硬当成身孕，耽搁了就不好了，还是请太医来瞧瞧。”

这一语提醒了众人，皇帝沉声道：“李玉，急召齐汝前来，替舒妃瞧瞧。”

李玉当下回道：“正巧呢。这个时候齐太医要来给皇上请平安脉，这会儿正候在外头。”

说罢，李玉便引了齐汝进来，为舒妃请过脉后，齐汝的神色便有些惊疑不定，只是一味沉吟。皇帝显然有些焦灼：“舒妃不适，到底是怎么回事？”

齐汝忙起身，毕恭毕敬道：“恭喜皇上，贺喜皇上，舒妃小主的脉象是喜脉，已经有两个月了呢。”齐汝虽是道贺，却无格外欢喜的口吻，只是以惴惴不安的目光去探询皇帝的反应。

行宫的殿外种了成片的翠竹，如今寒夜里贴着风声吹过，像是无数的浪涛涌起，沙沙地打在心头。

如懿心中一沉，不自觉地便去瞧着皇帝的脸色。皇帝的唇边有一抹薄薄的笑意，带着一丝矜持，简短道："甚好。"

这句话过于简短，如懿难以去窥测皇帝背后真正的喜忧。只是此时此刻，她能露出的，亦只有正宫雍容宽和的笑意："是啊，恭喜皇上和舒妃了。"

意欢久久怔在原地，一时还不能相信，听如懿这般恭喜，这才回过神来，想要笑，一滴清泪却先涌了出来。她轻声道："盼了这么些年……"话未完，自己亦哽咽了，只得掩了绢子，且喜且泪。

皇帝不意她高兴至此，亦有些不忍与震动，柔声道："别哭，别哭。这是喜事。你若这样激动，反而伤了身子。"

如懿见嬿婉痴痴的有些不自在，知道她是感伤自己久久无子之事，便对意欢道："从前木兰秋狝，舒妃你总能陪着皇上去跑一圈，如今可再不能了吧。好好儿养着身子要紧。"

进忠忙在旁轻碰嬿婉，嬿婉这才含笑道喜，又道："舒妃姐姐要好好儿保养身子呢，头一胎得格外当心才好。"她小心翼翼地伸出手，抚着舒妃的肚子，满脸艳羡，"还是姐姐的福气好，妹妹便也沾一沾喜气吧！"

意欢低头含羞一笑，按住嬿婉的手在自己尚且平坦的小腹上："多谢令嫔，望你也早日心愿得偿。"

皇帝神色平静，语气温和得如四月里和暖的风："舒妃，许是你从前坐胎药喝得勤，苍天眷顾，终于遂了心愿。"

意欢小心地侧身坐下，珍重地抚着小腹："说来惭愧，臣妾喝了那么些年坐胎药，总以为没了指望，所以有一顿没一顿地喝着，这些日子陪皇上出宫，几乎是不喝了，谁知竟有了！"

齐汝忙赔笑道："那坐胎药本是强壮了底子有助于怀孕的。小主的体质虚寒，再加上以前一直一心求子，心情紧张，反而不易受孕。如今调理多年身子壮健了，自然就遇喜了。"

意欢连连颔首，十分信任："齐太医说得是。那本宫安胎之事，都有赖齐太医了。还求皇上允准。"

皇帝温声嘱咐道："齐汝是太医院的国手，资历又深。你若喜欢，朕便指了他来照顾你便是。"

意欢眉眼盈盈，如一汪含情春水，有无限情深感动："臣妾多谢皇上。"

皇帝嘱咐了几句，如懿亦道："幸好御驾很快就要回宫了，但还有几日在路上。皇上，臣妾还是陪舒妃回她阁中看看，她有了身孕，不要疏漏了什么才好。"

嬿婉亦道："那臣妾也一起陪舒妃姐姐回去。"

皇帝颔首道："那一切便有劳皇后了。"

三人告退离去，皇帝的脸色慢慢沉下来，寒冽如冰："齐汝，怎么回事？"

齐汝听皇帝说完，不觉神色惊恐："舒妃娘娘突然遇喜，而坐胎药也没有按时喝下，那必定是坐胎药上出了缘故。皇上，因您怜惜舒妃娘娘，所以那坐胎药并非是绝育的药，而是每次临幸后喝下，才可保无虞，漏个两次三次也无妨。只是听舒妃娘娘口气，大约是有一两年这么喝得断断续续了，药力有失也是有的，才会一朝疏漏，怀上了龙胎。"

皇帝微微一惊："你的意思是，舒妃或许知道了那坐胎药不妥当？"

齐汝想了想，摇头道："未必。若是真知道了，大可一口不喝，怎会断断续续地喝？怕是舒妃娘娘对子嗣之事不再指望，所以没有按时喝下坐胎药，反而意外得子。"他忙磕了个头，诚惶诚恐道，"微臣请旨，舒妃娘娘的身孕该如何处置？"

皇帝脱口道：“你以为该如何处置？”

齐汝不想皇帝有此反问，只得冒着冷汗答道：“若皇上不想舒妃娘娘继续遇喜，那微臣有的是神不知鬼不觉的法子落胎。左右舒妃娘娘是初胎，保不住也是极有可能的。”他沉声道，“宫里，有的是一时不慎。”

皇帝有些迟疑，喃喃道：“一时不慎？”

齐汝颔首，伏在地上道：“是。或者皇上慈悲，怜惜舒妃和腹中胎儿也罢。”

皇帝怔怔良久，搓着拇指上一枚硕大的琥珀扳指，沉吟不语。许久，皇帝才低低道：“舒妃……她是皇额娘的人，她也是叶赫那拉氏的女儿……她……她只是个女人，一个对朕颇有情意的女人。”

齐汝见皇帝语气松动，立刻道：“皇上说得是。舒妃娘娘腹中的孩子，也有一半的可能是公主。即便是皇子，到底年幼，也只是稚子可爱而已。”

“稚子可爱，稚子也无辜！”皇帝长叹一声，“罢了！她既然有福气遇喜，朕又何必亲手伤了自己的骨血！留下这孩子，是朕悲悯苍生，为免伤了阴骘。至于这孩子以后养不养得大，会不会像朕的端慧太子和七阿哥一般天不假年，那便是他自己的福气了。你便好好儿替舒妃保着胎吧。”

齐汝得了皇帝这一句吩咐，如逢大赦一般：“那么，令嫔娘娘和宫里的晋嫔娘娘也还喝着那坐胎药呢，是否如旧还给两位小主喝？”

皇帝的手指笃笃地敲着乌木书桌，思忖着道：“令嫔么，喝不喝原是由她自己的性子，朕可从来没给她喝过，是她自己太要强了，反而折了自己。至于晋嫔……”皇帝一摆手，冷冷道，“她还是没有孩子的好，免得富察氏的人又动什么不该有的心思。左右你想个法子，让她永无后顾之忧便是。”

齐汝道：“用药是好，但就怕次数频繁了太过显眼。”

皇帝犹豫再三，便道：“也是。那就朕来。”

齐汝听皇帝一一吩咐停当，擦着满头冷汗唯唯诺诺退却了。

伍 驚孕

从意欢阁中出来已经是皓月正当空的时分了。如懿吩咐了侍女们换了柔软的被褥，每日奉上温和滋补的汤饮，又叮嘱了意欢不要轻易挪动，要善自保养。

如懿守在意欢身侧，见她行动格外小心翼翼，便笑道：“你也忒糊涂了，自己有了身子竟也不知道。”

意欢且喜且叹：“总以为臣妾身子孱弱，是不能有的。哪里想到有今日呢。”如懿见她手边的鸡翅木小几上搁着一盘脆炸辣子，掩袖更笑：“这么爱吃辣？也不觉得自己口味变了。”

嬿婉忙笑道：“酸儿辣女，说不定舒妃姐姐也会喜欢吃酸的了呢。”

意欢红晕满面：“男女都好。我一贯爱吃辣，总觉得痛快，所以口味也无甚变化。”

如懿伸出手去刮她的脸：“你呀！只顾着自己痛快淋漓，以后也少吃些。辛辣总是刺激腹中胎儿的。”

意欢殷殷听着，一壁低下雪白柔婉的颈，唏嘘道：“从未想过，竟也有今天。”

嬿婉赔笑道：“其实依照舒妃姐姐的盛宠，怀上龙胎也是迟早的事。”

意欢略略沉吟，重重摇头：“不是的，不是。男欢女爱，终究只是肌肤相亲。圣宠再盛，也不过是君恩流水，归于虚空。只有孩子，是我与他的骨血融合而成。从此天地间，有了我与皇上不可分割的联结。只有这样，才不枉我来这一场。”

如懿听得怔怔，心底的酸涩与欢喜、执着与期盼，意欢果然是自己的知己。她何尝不是只希望有一个小小的人儿，由他和她而来，在苍茫天地间，证明他们的情分不是虚妄。这般想着，不觉握住了意欢的手，彼此无言，也皆明白到了极处。

如此，直到意欢有些倦怠，如懿才回自己宫中去。

嬿婉伴在如懿身边，侍奉的宫人们都离了一丈远跟着。如懿看着嬿婉犹自残留了一丝笑意的脸，便道：“令嫔，你一直在笑，但心里却是难过。”

嬿婉摸了摸自己的脸，低低道：“臣妾知道，待在这宫里，该笑的时候，再想哭也得笑；该哭的时候，再高兴也得哭出来。”

如懿淡淡地道：“你很聪明。”

嬿婉眼波流转，低柔若叹息：“臣妾看着舒妃姐姐如愿以偿，是为她高兴，但心里还是发酸，可怜自己不会生养。不瞒您说，舒妃喝什么坐胎药，臣妾也一样喝了。这么多年却是一点动静也没有。”

如懿伸出手，接住细细一脉枝头垂落的清凉夜露：“舒妃遇喜也是意料之外。你也是太想得子了，或许如舒妃一般停了药养一养，也就能有了。”

嬿婉一语勾中心思，不觉泪光盈然：“但愿臣妾能如舒妃姐姐一般，得上苍垂怜。”

如懿虽然明白个中原委，但如何能够说破，只得劝道：“凡事不要急，放宽了心，自然会好的。若是急于求成，反而自败。”

如在冰天雪地中忽得一碗热汤在手，嬿婉眼中噙了晶莹的泪：“多谢皇后娘娘眷顾。”

嬿婉的殿中烛火幽微，那昏暗的光线自然比不上舒妃宫中的灯火通明、敞亮欢喜。嬿婉的面前摆了十几碗乌沉沉的汤药，那气味熏得人脑中发沉。嬿婉脸上似笑非笑，似哭非哭，像发了狠一般，带着几欲癫狂的神情，一碗碗地往喉咙里灌着墨汁般的汤药。

春婵看得胆战心惊，在她喝了七八碗之后不得不拦下道：“小主，别喝了！别喝了！您这样猛喝，这到底是药啊，就是补汤也吃不消这么喝啊！”

嬿婉夺过春婵拦下的药盏，又喝了一碗，恨恨道：“舒妃和本宫一样喝坐胎药，她都怀上了，为什么本宫还不能怀上！我不信，我偏不信！哪怕本宫的恩宠不如她，多喝几碗药也补得上了！”

她话未说完，喉头忽然一涌，喝下的药汤全吐了出来，一口一口呕在衣衫上，滑下混浊的水迹。

春婵心疼道：“小主，您别这样，太伤自己的身子了！您还年轻，来日方长啊！”

嬿婉痴痴哭道：“来日方长？本宫还有什么来日？恩宠不如旧年，连本宫的额娘都嫌弃本宫生不出孩子！一个没有孩子的女人，算是什么！”

春婵吓得赶紧去捂嬿婉的嘴，压低了声音道：“小主小声些，皇后娘娘听见算什么呢！”

嬿婉吓得愣了愣，禁不住泪水横流，捂着唇极力压抑着哭声。她看着春婵替自己擦拭着身上呕吐下来的汤药，忽然手忙脚乱又去抓桌上的汤碗，近乎魔怔地道：“不行，不行！吐了那么多，怎么还有用呢？本宫再喝几碗，得补回来！一定得补回来！”

春婵吓得赶紧跪下劝道：“小主您别这样！这坐胎药也不一定管用。您看舒妃小主不就说么，她也是有一顿没一顿地喝着，忽然就有了！”

她凝神片刻，还是忍不住道，“小主！您不觉得奇怪么？当初舒妃怎么喝也没怀上，怎么不喝了就有了？”

嬿婉当即翻脸，喝道：“你胡说什么？这药方子给宫里的太医们都看了，都是坐胎助孕的好药！”

春婵迟疑着道：“奴婢也说不上来，宫里的药……宫里的药也不好说。小主不如停一停这药，把药渣包起来送出去叫人瞧瞧，看是什么东西！”

嬿婉柳眉竖起，连声音都变了：“你是疑心这药不对？”

春婵忙道：“对与不对，奴婢也不知道。只是咱们多个心眼儿吧！谁让舒妃是停了药才遇喜的呢，奴婢听了心里直犯嘀咕。”

嬿婉被她一说，也有些狐疑起来：“那好。这件事本宫便交给你办，办好了本宫重重有赏。”

春婵磕了个头道：“奴婢不敢求小主的赏，只是替小主安安心罢了。奴婢的姑母就在京中，等回去奴婢就托她去给外头的大夫瞧瞧。这些日子小主先别喝这坐胎药就是了。”

嬿婉沉静片刻：“好！本宫就先不喝了。”

春婵忙道：“是啊。小主总急着想有了身孕可以固宠，其实反过来想想，咱们先争了恩宠再有孩子也不迟啊！左右宫里头的嫔妃一直是舒妃最得宠，如今她有了身孕也好，正好腾出空儿来给小主机会啊！”

嬿婉的神色稍稍恢复过来，她掰着指头，素白手指上的镏金玛瑙双喜护甲在灯光下划出一道道流丽的光彩：“宫里的女人，皇后、纯贵妃、嘉贵妃、愉妃和婉嫔都已经年过三十，再得宠也不过如此了。年轻的里头也就是舒妃和晋嫔得脸些罢了。舒妃这个时候遇喜，倒实在是个好机会。”

春婵笑道：“如此，小主可以宽心了。那么奴婢去端碗黑米牛乳羹来，小主喝了安神睡下吧。”

御驾是在九日后回到宫中的。意欢直如众星捧月一般被送回了储秀宫，而晋嫔亦在来看望意欢时被如懿发觉了她手上那串翡翠珠缠丝赤金莲花镯。嬿婉一时瞧见，便道“眼熟”，晋嫔半是含笑半是得意道：“是皇上赏赐给臣妾的晋封之礼，说是从前慧贤皇贵妃的爱物。”

嬿婉闻言不免有些嫉妒：“慧贤皇贵妃当年多得宠，咱们也是知道些的。瞧皇上多心疼你。”

那东西实在是太眼熟了，如懿看着眼皮微微发跳，一颗心又恨又乱，面上却笑得波澜不惊：“这镯子还是当年在潜邸的时候孝贤皇后赏下的，本宫和慧贤皇贵妃各有一串，如今千回百转，孝贤皇后赏的东西，最后还是回到了自家人的手里。”

众人笑了一会儿，便也只是羡慕，围着晋嫔夸赞了几句，便也散了。

这一日陪在如懿身边的恰是进宫当值的惢心，背着人便有些不忍，垂着脸容道：“晋嫔小主年轻轻的，竟这样被蒙在鼓里，若断了一辈子的生育，不也可怜。”

有隐约的怒意浮上眉间，如懿冷下脸道：“你没听见是皇上赏的？慧贤皇贵妃死前是什么都和皇上说了的，皇上既还赏这个，是铁了心不许晋嫔遇喜。左右是富察氏作的孽落在了富察氏自己身上，有什么可说的！”

惢心默然点头：“也是！当年孝贤皇后一时错了念头，如今流毒自家，可见做人，真当是要顾着后头的。”

檐下秋风幽幽拂面，寂寞而无声。半晌，如懿缓了心境，徐徐道：“若告诉了晋嫔，反而惹她一辈子伤心，还是不知道的好，只当是自己没福罢了。”

太后得到意欢遇喜的消息时正站在廊下逗着一双红嘴绿鹦哥儿，她拈了一支赤金长簪在手，调弄那鸟儿唱出一串嘀呖啼啭，在那明快的清脆声声里且喜且疑：“过了这么些年了，哀家都以为舒妃能恩宠不衰便不错了。皇帝不许她生育，连自作聪明的令嫔都吃了暗亏，怎么如今却突然有了？”

福珈含笑道：“或许皇上宠爱了舒妃这么多年，也放下了心，不忌讳她叶赫那拉氏的出身了。”

太后松一口气，微微颔首：“这也可能。到底舒妃得宠多年，终究人非草木，皇帝感念她痴心也是有的。”

福珈亦是怜惜：“太后说得是。也难为了舒妃小主一片情深，这些年纵然暗中为太后探知皇上心意，为长公主之事进言，可对皇上也是情真意切。如今求子得子，也真是福报！”

太后停下手中长簪，瞟一眼福珈，淡淡道：“所谓一赏一罚，皆是帝王雨露恩泽。所以生与不生，都是皇帝许给宫中女子的恩典，只能受着罢了。不告诉她明白，有时也比告诉更留了情面。糊涂啊，未必不是福气。何况对咱们来说，舒妃遇喜自然多一重安稳，可若一直未孕，也不算坏事。”

福珈幽幽道：“奴婢明白。舒妃对皇上情深，遇喜自然是地位更稳，无孕也少了她与皇上之间的羁绊，所以太后一直恍若不知，袖手未理。”

太后不置可否，只道：“对了，舒妃遇喜，皇帝是何态度？”

福珈笑道：“皇上说舒妃小主是头胎，叫好生保养着，很是上心呢。”

太后一脸慈祥和悦：“皇帝是这个意思就好。那你也仔细着些，好生照顾舒妃的身子。记着，别太落了痕迹，反而惹皇帝疑心。”

福珈笑容满面答应着：“以后是不能落了痕迹，可眼下遇喜，也是该好好儿赏赐的。”

太后笑道：“可不是，人老了多虑便是哀家这样的。那你即刻去小库房寻两株上好的玉珊瑚送去给舒妃安枕。还有，哀家记得上回北族遣使者来朝时有几株上好的雪参是给哀家的，也挑最好的送去。告诉舒妃好好儿安胎，一切有哀家。”

福珈应道：“是。可是太医院刚来回话，说晋嫔小主身子不大好，太后要不要赏些什么安慰她，到底也是富察氏出来的人。”

太后漫不经心地给手边的鸟儿添了点儿水，听着它们叫得啭呖婉转，惊破了晨梦依稀：“晋嫔的病来得蹊跷，这里怕是有咱们不知道的缘故，还是别多理会。你就去看一眼，送点子哀家上回吃絮了的阿胶核桃膏去就是了。”她想了想，“舒妃遇喜，玫嫔的宠遇一般，身子也不大好了，哀家手头也没什么新人备着。”

福珈想了半日，为难地道：“庆贵人年轻，容颜也好，可以稍稍调教。”

太后点头道：“也罢。总不能皇帝身边没一个得宠的是咱们的人，你便去安排吧。”

这边厢意欢初初遇喜，宫中往来探视不断，极是热闹，连玉妍也生了妒意，不免嘀咕道：“不就是怀个孩子么，好像谁没怀过似的，眼皮子这样浅！”然而，她这样的话只敢在背后说说，自上次被当众穿耳之后，她也安分了些许，又见皇帝不偏帮着自己，只好愈加收敛。

而嬿婉这边厢，春婵的手脚很快，将药托相熟的采办小太监送出去给了姑母，只说按药拟个方子，让瞧瞧是怎么用的。她姑母受了重托，倒也很快带回了消息。

嬿婉望着方子上的白纸黑字，眼睛里几乎要滴出血来。她震惊不已，紧紧攥着手道：“不会的！怎么会？怎么会！”

春婵吓了一跳，忙凑到嬿婉跟前拿起那张方子看，上面却是落笔郑重的几行字：“避孕去胎，此方极佳，事后服用，可保一时之效。”

阳光从明纸长窗照进，映得嬿婉的面孔如昨夜初下的雪珠一般苍白寒冷。嬿婉的手在剧烈地发抖，连着满头银翠珠花亦玲玲作响。春婵知道她是惊怒到了极点，忙递了盏热茶捧到她手里道：“不管看到什么听到什么，小主千万别这个样子。”

嬿婉的手哪里捧得住那白粉地油红开光菊石茶盏，眼看着茶水险些泼出来，她放下了茶盏颤声道：“你姑母都找了些什么大夫瞧的？别是什么大夫随便看了看就拿到本宫面前来应付。”

春婵满脸谨慎道：“小主千叮咛万嘱咐的事，奴婢和姑母怎敢随意，都是找京城里的名医看的。姑母不放心，还看了三四家呢。您瞧，看过的大夫都在上头写了名字，是有据可查的。小主，咱们是真的吃了亏了！”

嬿婉摊开掌心，只见如玉洁白的手心上已被养得寸把长的指甲掐出了三四个血印子。嬿婉浑然不觉得疼，沉痛道：“是吃了大亏了！偏偏这亏还是自己找来的！”她沉沉落下泪来，又狠狠抹去，“把避胎药当坐胎药吃了这些年，难怪没有孩子！”

春婵见她气痛得有些痴了，忙劝解道：“小主，咱们立刻停了这药就没事了。方子上说得明明白白，这药是每次侍寝后吃才见效的。舒妃小主停药不久就怀上了，咱们也可以的。小主还年轻，一切都来得及。”

嬿婉的眼中闪过一丝冷厉：“可是这药是皇上赏给舒妃，后来又一模一样赏给晋嫔的。咱们还问过了那么多太医，他们都说是坐胎的好药，他们……”

春婵忙看了看四周，见并无人在，只得低声道：“说明皇上有心不想让舒妃和晋嫔遇喜，而小主只是误打误撞，皇上并非不想让小主遇喜的！”

嬿婉惊怕不已：“那皇上为什么不许她们遇喜，皇上明明是很宠爱舒妃和晋嫔的……”

春婵也有些惶惑，只得道：“皇上不许，总有皇上的道理。譬如舒妃是叶赫那拉氏的出身，皇上总有些忌讳……”

嬿婉脸上的惊慌渐渐淡去，抓住春婵的手道：“会不会是舒妃已经察觉了不妥，所以才停了那药，这才有了身孕？”她秀丽的面庞上有狠辣的厉色刻入，“她知道了，却不告诉我？”

春婵忙道：“小主，咱们喝那药是悄悄儿的，舒妃不知道，倒是皇后跟前您提过两句的。”

嬿婉雪白的牙森森咬在没有血色的唇上："是了。皇后屡次在本宫和舒妃面前提起要少喝些坐胎药，要听天由命，要随缘。这件事，怕不只是皇上的主意，皇后也是知道的。"

春婵惊道："小主一向主动与皇后亲近，皇后知道竟不告诉您这药有问题？您可是为了皇后娘娘下了好大的力气整治嘉贵妃的呀。皇后娘娘的心也太狠了！"

嬿婉死死地咬着嘴唇，却不肯作声，任由眼泪大滴大滴地滚落下来，湮没了她痛惜而沉郁的脸庞。她终于狠狠道："本宫做小伏低，奉承示好，都换不来皇后一句真心告诉，皇后真是铁石心肠。不，何止铁石心肠，简直是焐不热的石头，怎么用心也没用！"

这一日是意欢怀孕满三月之喜，因为胎象稳固，太后也颇喜悦，便在储秀宫中办了一场小小的家宴以作庆贺。

席间言笑晏晏，便是皇帝也早早自前朝归来，陪伴意欢。太后颇为喜悦，酒过三巡，便问道："近些日子时气不大好，皇帝要留心调节衣食才是。"

皇帝坐于意欢身侧，忙赔笑道："请皇额娘放心，儿子一定随时注意。"他转脸对着意欢，关切道："你如今有了身子，增衣添裳更要当心。"

意欢满面红晕，只痴痴望着皇帝，含羞一笑，一一谢过。

太后的韶华日渐消磨于波云诡谲的周旋中，仿佛是紫禁城中红墙巍巍、碧瓦峨峨，却被风霜侵蚀太久，隐隐有了苍黄而沉重的气息。然而，岁月的浸润，深宫颐养的日子却又赋予她另一种庄静宁和的气度，不怒自威的神色下有如玉般光润的和婉，声音亦是柔软的、和蔼的："看舒妃盼了那么多年终于有了身孕，哀家也高兴。只是舒妃如今不能陪侍皇帝，皇帝可要仔细。"

皇帝极为恭敬："是。巡幸归来，前朝的事情多，儿子多半在养心殿安置了。”

太后夹了一筷子凤尾鱼翅吃了，慢悠悠道：“养心殿好啊，孟子云‘养心莫善于寡欲’，便是宫中其他殿阁名讳，都是有典故来头的。”

皇帝连连点头，笑道：“是。”

太后停了手里的银累丝祥云筷子，庄重道：“譬如皇帝常经过螽斯门……”

皇帝顺从道：“螽斯羽，诜诜兮，宜尔子孙，振振兮。”他停一停，低首道，“螽斯门的典故源自《诗经·周南·螽斯》，儿子都记得的。”

太后横了如懿一眼：“那么，皇后也知道吧？”

如懿伴在皇帝身侧，微微地偏过头，精致的翡色宫花，玲珑的花枝玉钿，随着她语调的起伏悠悠地晃：“皇上博学，此诗是说螽斯聚集一方，子孙众多。”她与皇帝相视一笑，又面向太后道：“内廷西六宫的街门命名为螽斯，与东六宫的麟趾门相对应而取吉瑞之意，便也是意在祈盼皇室多子多孙，帝祚永延。”

太后微微眯眼，颔首道：“皇帝与皇后博学通识，琴瑟和鸣，哀家看在眼里真是高兴。可是宜尔子孙几个字么……皇后啊……”

原先渺然的心便在此刻沉沉坠下，如懿如何不明白太后所指，只得不安地起身，毕恭毕敬地垂手而听。皇帝的面色也渐渐郑重，在底下悄悄握了握如懿的手，起身笑道：“皇额娘的教诲，儿子都明白。正因皇额娘对上缅怀祖先，对下垂念子孙万代，儿子才能有今日儿女满膝下的盛景啊。”

皇帝此言，绿筠、玉妍、意欢、海兰等有所生育的嫔妃都起身，端正向太后敬酒道：“祖宗福泽，太后垂爱，臣妾等才能为大清绵延子嗣。”

太后脸上含着淡淡的笑意，却未举杯接受众人的敬酒。皇帝眼神一扫，其余的嫔妃都止了笑容，战战兢兢地站起身来，一脸敬畏与不安：“臣妾等未能为皇家开枝散叶，臣妾等有愧。”

太后仍是不言，只以眼角的余光缓缓从如懿面上扫过。如懿只觉得心底一阵酸涩，仿佛谁的手狠狠绞着她的心一般，痛得连耳根后都一阵阵滚烫起来，不由得面红耳赤。她行至太后跟前，跪下道："臣妾身为皇后，未能为皇上诞育一子半女，臣妾忝居后位，实在有愧。"

太后并不看她，脸上早已没了笑容，只是淡淡道："皇后出身大家，知书识礼，对于螽斯门的见解甚佳。但，不能只限于言而无行动。"她的目光从如懿平坦的腹部扫过，忧然垂眸，"太祖努尔哈赤的孝慈高皇后、孝烈武皇后皆有所出；太宗的孝庄文皇后诞育世祖福临，孝端文皇后亦有公主；康熙爷的皇后更不必说；先帝的孝敬宪皇后，你的姑母到底也是生养过的；便是连皇帝过世的孝贤皇后也生了二子二女。哀家说的这些人里，缺了谁，你可知么？"

如懿心口剧烈一缩，却不敢露出丝毫神色来，只得以更谦卑的姿态道："皇额娘所言历代祖先中，唯有世祖福临的两位蒙古皇后，废后静妃和孝惠章皇后博尔济吉特氏没有生育，无子无女而终。"

太后眉眼微垂，一脸沉肃道："两位博尔济吉特氏皇后，一被废，一失宠，命运不济才会如此。可是皇后，你深得皇帝宠爱，可是不应该啊！"

脸上仿佛挨了重重一掌，如懿只觉得脸上烧得滚烫，像一盆沸水扑面而来。她只能忍耐，挤出笑道："皇额娘教诲得是，是臣妾自己福薄。"

海兰看着如懿委屈，心头不知怎的便生了股勇气，切切道："太后，皇后娘娘多年照顾永琪，尽心尽力，永琪也会孝顺皇后娘娘的。"

太后一嗤，冷然不屑道："是么？"

皇帝上前一步，将酒敬到太后跟前，连连赔笑道："儿子明白，儿子知罪了。这些年让皇额娘操心，是儿子不该。只是皇后未有所出，也是儿子陪伴皇后不多之过，还请皇额娘体谅。而且儿子有其他妃嫔诞育子嗣，如今舒妃也见喜，皇额娘不必为儿子的子嗣担心。"

太后的长叹恍若秋叶纷然坠落："皇帝，你以为哀家只是为你的子嗣操心么？皇后无子，六宫不安。哀家到底是为了谁呢？”

皇帝忙道：“皇额娘自然是关心皇后了。但皇后是中宫，无论谁有子，皇后都是嫡母，也是一样的。”

有温暖的感动如春风沉醉，如懿不自觉地望了皇帝一眼，满心的屈辱与尴尬才稍稍减了几分。到底，他是顾着自己的。

意欢见彼此僵持，忙欠身含笑道：“太后关心皇后娘娘，众人皆知。只是臣妾也是侍奉皇上多年才有身孕，皇后娘娘也会有这般后福的。”

许是看在意欢遇喜的面上，太后到底还是笑了笑，略略举杯道：“好了，你们都起来吧。哀家也是看着舒妃的身孕才提几句罢了。皇帝，哀家的女儿都不在自己身边，若是舒妃生了个阿哥，不如交给哀家抚养，膝下也热闹些。”

皇帝颇为意外，脸色便有些不大好，意欢亦不知该如何回话。

倒是嬿婉先笑了：“都说皇子公主们生下后就送去了阿哥所，太后娘娘疼惜孙儿养在身边，真是舒妃腹中孩儿无上的福气。”

皇帝亦赔笑：“舒妃这是头胎，儿子本想让舒妃自己养育，若是皇额娘喜欢，舒妃你便常带去皇额娘宫里陪伴。”

太后微微蹙眉，不想会这样被婉拒，意欢却是得了无上欢喜，尚未生育就得皇帝允许将孩子养在身边，一时感动于心，立刻起身道：“皇上厚爱，臣妾无以为报。太后喜爱臣妾腹中孩儿，无论男女，臣妾都会日日带到太后身边请安。”

如懿知皇帝与意欢心意：“也是，若是个公主，文静可爱，皇额娘更喜欢。”

如此，太后眉头微松，也不再言此事，只是对如懿道：“皇后，有空儿时，便多去螽斯门下站一站，想想祖先的苦心吧。”

如懿诺诺答应，转眼看见玉妍讥诮的笑色，心头更是沉重。她默默回到座位，才惊觉额上、背上已逼出了薄薄的汗。仿佛激烈挣扎扑腾过，面上却不得不支起笑颜，一脸云淡风轻，以此敷衍着皇帝关切的神色。到底，这一顿饭也是食之无味了。

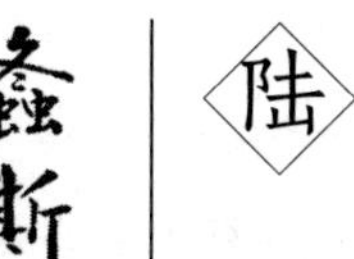

自储秀宫归来时已经是月上中天了。如懿回到宫中，卸了晚妆，看着象牙明花镂春和景明的铜镜中微醺的自己，不觉抚了抚脸道："今儿真是喝多了，脸这样红。"

容珮替如懿解散了头发理妆，道："娘娘今儿是为舒妃高兴，也是为皇上高兴，所以喝了这些酒，得给您揉揉头发散散才好。"

容珮说罢，便蘸了薄荷香膏，一下一下更用心地为如懿揉着太阳穴，又让菱枝和芸枝在如懿床头的莲花镏金香球里安放进醒醉香。那是一种以花蕊制成专用于帮助醉酒的人摆脱醺意的香饼，以它散发出的天然花香，混着手中薄荷的清郁凉意，让人摆脱醉酒的不适。

如懿素来雅好香料，尤其是以鲜花制成的香饵，此刻闻得殿中清馨郁郁，不觉道："舒妃有孕，本宫自然是高兴的。只是……太后也看上了那孩子。舒妃是太后安排的人，本宫又没有嫡子，只怕太后想抚养舒妃的皇子，是想扶持一个自己养大的孙儿吧。"

容珮越听越是心惊，回想筵席上皇帝的反应，渐渐明白了几分，不觉同情意欢："舒妃自己夹在皇上和太后中间做人，没想到没落地的孩儿也要受这般为难。幸好娘娘提了舒妃的孩儿或许是公主，太后才不作声了。"

如懿微微点头，想着若舒妃真生了阿哥，怕又是一场风波。可她，也实在谋划不了那么多了。实在不成，就将舒妃生的孩儿如永琪一般归到自己名下，然后还是留给舒妃自己养育。哪怕太后再不喜自己这般作为，至少也解了皇帝的烦忧。这样想着，头脑中越发昏沉，她沉吟着道："前儿内务府说送来了几坛子玫瑰和桂花酿的清酿，说是跟蜜汁似的，拿来给本宫尝一尝吧。"

容珮知道她心中伤感与委屈，便劝道："娘娘，那酒入口虽甜，后劲儿却有些足。娘娘今日已经饮过酒了，还是不喝了吧？"

如懿笑："喝酒最讲究兴致。兴之所至，为何不能略尝？你快去吧！"

容珮经不得她催促，只好去取了来："那娘娘少喝一些，免得酒醉伤身。"

如懿斟了一杯在手，望着盈白杯盏中乳金色的液体，笑吟吟道："伤身啊，总比伤心好多了！"

容珮知她心意，同情却不服，见她饮了一杯，便又再添上一杯："今儿这么多人，太后也是委屈您了。"

如懿仰起脸将酒倒进喉中，擦了擦唇边流下的酒液，哧哧笑道："不是太后委屈本宫，是本宫自己不争气。太后让本宫去螽斯门下站着，本宫一点儿也不觉得那是惩罚！若是能有一个自己的孩子，让本宫在螽斯门下站成一块石头，本宫也愿意！"她眼巴巴地望着容珮，眼里闪过朦胧的晶亮，"真的，本宫都愿意！舒妃入宫这么多年，喝了这么多年的坐胎药，如今多停了几回，便也怀上了。到底是上苍眷顾，不曾断了她的念想。可是本宫呢？本宫已经三十三岁了，三十三岁的女人，从来没有过自己的孩子，那算什么女人？！"

容珮难过道："娘娘，您还年轻！不信，您照照镜子，看起来和舒妃、庆贵人她们也差不多呢。”

如懿带着几分醉意，摸着自己的脸，凄然含泪：“是么？没有生养过的女人，看起来或许年轻些。可是年轻又有什么用？！这么些年，本宫做梦都盼着有自己的孩子。”她拉着容珮的手往自己的小腹上按，“你摸摸看，本宫的肚子是扁的，它从来没有鼓起来过。容珮，本宫是真心不喜欢嘉贵妃，可是也打心眼儿里羡慕她。她的肚子一次又一次鼓起来，鼓得多好看，像个石榴似的饱满。她们都说怀了孕的女人不经看，可是本宫眼里，那是最好看的！”

容珮眼里沁出了泪水：“娘娘，从奴婢第一次看到您，奴婢就打心眼儿里服您。宫里那么多小主娘娘，可您的眼睛和别人不一样。人家的眼睛是流着眼泪珠子的，您的眼睛再愁苦也是忍着泪的。奴婢佩服您这样的硬气，也担心您这样的硬气。不爱哭的人都是伤了心的。奴婢的额娘也是，她生了那么多孩子，还是挨我阿玛的打。我阿玛打她就像打沙袋似的，一点儿都不懂得心疼。最后奴婢的额娘是一边生着孩子一边挨着我那醉鬼阿玛的打死去的。那时候奴婢就想，做人就得硬气些，凭什么受那样的挫磨。可是娘娘，现在奴婢看您哭，奴婢还是心疼。奴婢求求老天爷，让一个孩子来您的肚子里吧！”

如懿伏在桌上，俏色莲蓬绣成的八宝瑞兽桌布扎在脸上硬硬地发刺。她伸着手茫然地摩挲着：“还有纯贵妃，这辈子她的恩宠是淡了，可是她什么都不必怕。儿女双全，来日还能含饴弄孙。宫里活得最自在最安稳的人就是她。”

容珮从未见过如懿这般伤心，只得替她披上了一件绛红色的拈金珠大氅：“娘娘，您是皇后，不管谁的孩子，您都是嫡母；她们的子孙，也都是您的子孙。”

如懿凄然摇首：“容珮，那是不一样的。人家流的是一样的血，是骨肉至亲。而你呢，不过是神庙上的一座神像，受着香火受着敬拜，却都是敷衍着的。”

容珮实在无法，只得道：“娘娘，好歹您还有五阿哥啊。五阿哥多争气，被您调教得文武双全，小小年纪已经学会了满蒙汉三语，皇上不知道多喜欢他呢！来日五阿哥若是得皇上器重，您固然是母后皇太后，愉妃娘娘是圣母皇太后，一家子在一块儿也极好呢。”

如懿带着眼泪的脸在明艳灼灼的烛光下显出一种苍白的娇美，如同夜间一朵白色的优昙，独自含着清露绽放：“永琪自然是个孝顺的好孩子。可是容珮，每一次盼望之后，本宫都恨极了。恨极了自己当年那么蠢钝，被人算计多年也不自知；恨极了孝贤皇后的心思歹毒。所以，本宫一点儿都不后悔，旁人是怎样害得本宫绝了子嗣的希望，本宫便也要绝了她所有的希望。可是容珮，再怎么样，本宫的孩子都来不了了！”

迷蒙的泪眼里，翊坤宫是这般热闹，新封的皇后，金粉细细描绘的人生，怎么看都是姹紫嫣红，一路韶华繁盛下去。阔大的紫檀莲花雕花床上铺着一对馥香花团纹鸳鸯软枕，上面是金红和银绿两床苏织华丝凤栖梧桐被。皇帝在时，那自然是如双如对的合欢欣意。可是皇帝不在的日子，她便清楚地意识到，那才是她未来真正的日子。她会老，会失宠，会有“红颜未老恩先断，斜倚熏笼坐到明”的日子。那种日子的寂寞里，她连一点儿可以依靠可以寄托的骨血都没有。只能嗅着陈旧而金贵的古旧器皿发出陈年的郁郁的暗香，一丝一缕地裹缠着自己，直到老，直到死。

那就是她的未来，一个皇后的未来，和一个答应、一个常在，没有任何区别。

容珮自知是劝不得了，她只能任由如懿发泄着她从未肯这般宣之于口的哀伤与疼痛，任由酒液一杯杯倾入愁肠，代替一切的话语与动作安慰着她。

过了片刻，芸枝进来低声道：“容姐姐，令嫔小主来了，想求见皇后娘娘。”

容珮有些为难地看着醉得不省人事的如懿，轻声道：“娘娘酒醉，怕是不能见人了。这样吧，你去好生回了令嫔小主，请她先回去吧。”

芸枝答应着到了外头，见了嬿婉道：“令嫔小主，皇后娘娘方才从储秀宫回来，此刻醉倒了，怕不能见小主了。”

嬿婉向着暖阁的方向望了一眼，道：“方才看娘娘从储秀宫回来有些薄醉，所以特意回宫拿了些醒酒汤来。怎么此刻就醉倒了呢？”

芸枝笑道：“娘娘回来还喝了些酒呢。今儿酒兴真是好！”

嬿婉心中一突，很快笑道：“是啊。舒妃有喜，娘娘与舒妃交好，自然是高兴了，所以酒兴才好！”

正说着，却见菱枝端了一碗醒酒汤走到殿外，容珮开了门道：“娘娘醉得厉害，吐得身上都是，快去端热水来，醒酒汤我来喂娘娘喝下吧！”

菱枝忙答应着去了。嬿婉一时瞧见，不觉道：“皇后娘娘醉得真厉害，本宫便不妨碍你们伺候了，好好儿照顾着吧。”

芸枝恭恭敬敬送了嬿婉出去。春婵候在仪门外，见嬿婉这么快出来，不觉诧异道：“小主这么快出来，皇后娘娘睡下了么？”

澜翠本跟着嬿婉进去，嘴快道：“什么睡下，是喝醉了。”

春婵打趣道：“哎哟！贵妃醉酒也罢了，怎么皇后也醉酒呢！”

嬿婉嘴角衔了一缕冷笑，道：“贵妃醉酒也好，皇后醉酒也好，不过都是伤心罢了。本宫还以为皇后多雍容大度呢，原来也是个小心眼儿而已。也就是整天拿架子给本宫看罢了。”

春婵笑道：“小主说得是。女人就是女人，哪怕是皇后也不能免俗。”

嬿婉长睫轻扬，点漆双眸幽幽一转：“所以啊，来日哪怕舒妃的胎出了什么事儿，那也是小心眼儿的人的罪过，跟咱们是不相干的。”

春婵会心一笑，扶着嬿婉悠然回宫。

如懿醉酒自伤，齐汝那边担着意欢的身孕照顾之责，也是惴惴不安，只以年纪老迈为由，请求等舒妃平安生产后，便要还乡安度晚年。太后悠然呷一口清茶，笑吟吟许诺：“你在宫里辛苦了一世，处处周全。

既照顾了皇帝龙体，又助孝贤皇后有孕产子，更为哀家了了慧贤皇贵妃，报了高斌远嫁恒娖之仇。等舒妃生下孩子，哀家便许你回家养老。”

齐汝叩谢天恩不已，立刻告退了。

他才出慈宁宫，皇帝这边便已知晓。毓瑚盯着齐汝良久，早已纳罕他与慈宁宫私下这份亲近：“有好几回了。不是太医请安问脉的时候，齐太医身边也没跟着随侍的太医院内监。奴婢才觉得奇怪。”她见皇帝眉心的荫翳渐重，“皇上可还记得，舒妃是太后送给皇上的人，而舒妃停喝了齐太医开的坐胎药才遇喜了。”

这言下之意，分明是说齐汝有意将此事泄露给舒妃，让舒妃遇喜。

这简直是公然为太后做事，违逆他的心意。那么他的打算，几乎从来就是暴露在太后眼皮子底下的。这算什么？

毓瑚见他有怒意，忙道：“想来齐汝不敢，否则按舒妃的性子早就闹起来了。”

皇帝冷哼一声：“那就是齐汝暗中讨好皇额娘，让皇额娘暗示舒妃停喝了坐胎药，否则舒妃怎会那么巧就遇喜了。”他骤然想起一事，仿佛那人的逼问又到了跟前，“慧贤皇贵妃死前曾说受齐汝医治却越治越病，不得子嗣。而齐汝是朕派去照顾慧贤皇贵妃的。”

毓瑚吃惊不已：“慧贤皇贵妃是认定皇上让齐汝害得她无子病重而薨？”

皇帝霍然起身，怒目扬眉：“既然朕没吩咐了齐汝将慧贤皇贵妃的病越治越重，那会是谁指使的？”

不必毓瑚回答，皇帝也想得到，慧贤皇贵妃的父亲高斌曾极力促成端淑长公主远嫁之事，必是太后怀恨报复。

皇帝后背有冷汗涔涔，一个伺候自己这么久的太医，对他的龙体盛衰之状最是了然的一个人，居然暗中勾结了太后。从前连嫔妃也敢暗害，万一哪日得令，暗害自己也难说。一个太医，想要对他做什么手脚，简直是易如反掌。

毓瑚哑然片刻，只得道：“皇上别急，这件事奴婢去彻查清楚。若真是齐太医违背皇上意思，暗害了慧贤皇贵妃，皇上再处置也不迟。”

事情要查倒也是快。半月之后，毓瑚已经将一沓厚厚的药方呈到了皇帝跟前。毓瑚眉目微曲：“奴婢查到慧贤皇贵妃用过的方子，悄悄找宫外的大夫问了，都说没有问题。皇上提醒过奴婢找药渣，可慧贤皇贵妃故去这么多年，药渣哪里找得到呢，只有方子罢了。”

皇帝随手翻了翻方子，摇头道：“方子是写给旁人看的，下什么药可以不用按着方子来，这些齐汝最清楚。慧贤皇贵妃当年病重，药方没问题，那就出在药上。”

皇帝也清楚，慧贤皇贵妃的药都是齐汝自己配的，少有旁人经手。以为齐汝一心为自己效忠，任劳多年，却不想早暗里讨好了太后。如此看来，自己身边还有几个可信之人？

毓瑚眼见皇帝神色，知道他是动了杀机，不觉也有些胆战心惊，忙和缓道：“齐太医只是在舒妃的身孕和慧贤皇贵妃的病上违背过皇上的心意，其他也没什么。”

毓瑚说的也是实话，可皇帝不能不后怕，齐汝可以为了讨太后喜欢就违背自己的意思，让舒妃遇喜，让慧贤皇贵妃身死。那来日若自己与太后生了嫌隙，他会帮谁呢？齐汝的心思，皇帝不敢赌也不愿意赌。

毓瑚知道躲不过去了，只得问道：“皇上打算如何处置？”

皇帝的笑意森森的，他的手指微叩案上，有沉坠的闷声：“朕出巡照例是要带着齐汝的。朕就想看看，齐汝一身医术，治得了别人，能不能也治得了他自己。”

乾隆十六年，前朝安静，西藏的骚乱也早已平定，皇帝以为西北无忧，便更重视江南河务海防与官方戎政。正月，皇帝以了解民间疾苦为由，奉母游览，第一次南巡江浙。

起初，倒颇有几位朝中官员进谏，以为南巡江浙，行程千里，惊动沿途官员百姓，趋奉迎接，未免靡费。亦有言皇帝登基以来虽有出巡，但未曾远至江浙，舟车劳顿，只怕于圣体有妨的。

皇帝都不以为意，只道群臣都称天下安定富庶，那安定富庶都是在奏折上看到的，未曾眼见。圣祖也曾南巡，下江南与官民同乐，了解民生疾苦，皇帝为圣祖子孙，理当效仿。如此，也无人再敢进谏了。

如懿得知消息时，正在隆禧馆端坐，由郎世宁画画。皇帝进来，那笑意便不觉从唇边溢出，照得眉眼都熠熠生辉。皇帝按住了如懿，不许她起身，如懿便笑："臣妾来得比您早。"

皇帝在她身侧坐下："你这么早过来？也不怕大臣们劝阻朕不要南巡江浙，绊住了朕么？"

"不是稍等片刻皇上就来了么？皇上要做的事，从来无人能阻拦。"

皇帝笑着勾住她手指，俯近她耳边轻声道："你一直向往杭州。朕当日只是皇子，并不能擅自带你离京。如今朕便与你一同实现心愿，去咱们最想去的地方。"他眼底有明亮的光，像星子在墨蓝夜空里闪出钻石般璀璨的星芒，"朕答允你，不仅是这次，往后咱们还有许多时日，朕会一直陪着你去山水之间。"心底的暖色仿佛敷锦凝绣的桃花，迎着春风一树一树绽放到极致，那样轻盈而芬芳，充斥着她的一颗心。如懿亦反握住他的手："只要是皇上想去的地方，臣妾一定伴随身侧，绝不轻离。"

二人了然微笑。小太监们早背过身去避讳不敢看了。唯有郎世宁大笑："其实皇上与皇后娘娘这样握着手入画，比一起坐着更好。"

皇帝索性拉住如懿的手，落落大方："那你就画下来，朕与皇后如何执手相看两不厌倦。"

如懿简直不好意思，偏郎世宁笑得胡子都飞起来了。她只好道："这样的画不合规矩。"

皇帝也顾不得规矩了，一味拉住她："是不合规矩，但合你与朕的心意。"

郎世宁拼命忍着笑，下笔如神，细细描摹了起来。窗外有薄薄的飞雪如柳絮轻扬，而他与她的眸光相触间，唯有无限欢喜与安宁。

按着皇太后的意思，因是巡幸江南烟柔之地，随行的嫔妃除了皇后，纯贵妃、玫嫔、令嫔、婉嫔、庆贵人都陪着去了，连嘉贵妃也免了跪奉先殿之苦，一同随行。

皇帝甚是满意，便将六宫中事都托了愉妃海兰照应。临行前，如懿又去探望了意欢。彼时意欢已经有五个多月的身孕了，逐渐隆起的腹部显得她格外有一种初为人母的圆润美满。如懿含笑抚着她的肚子道：“一切可都还好么？”

身下浅碧色的玉兰花样坐褥软似棉堆，意欢爱惜地将手搭在腹部：“一切都还好。只是总觉得像是在梦里似的，不太真切。”

如懿忍不住取笑：“肚子都这么大了，孩子也会踢你了，还总是如在梦中么？”

窗外的雪光透过明纸映得满殿亮堂，意欢满是红晕的脸有着难言的柔美，似有无限情深：“娘娘知道么？臣妾第一次见到皇上的时候，是在入宫的前一年。皇上祭陵回来，街上挤满了围观的百姓，臣妾便跟着阿玛也在茶楼上看热闹。隔了那么远的距离，臣妾居然能看清皇上的脸。在此之前，臣妾作为备选的秀女也曾熟读皇上的御诗，可是臣妾从未想过，这个人会有着这样好看的一张脸。从那时开始，这个人便扎在了臣妾心里。知道皇上那年不选秀的时候，臣妾哭得很伤心，却也没想到会被太后选中入宫侍奉。跟着太后的日子里，太后待臣妾很好，她告诉臣妾皇上喜欢翰墨，喜欢诗词，喜欢画画。咱们满人马背上得天下，可是皇上精通琴棋书画风雅典趣，几乎没有什么是他不会的。有时候皇上来慈宁宫，臣妾便躲在屏风后悄悄瞧他一眼。那时臣妾真是高兴，原来我一生为人，熟读诗书，都是为了要走到这个人身边去。”

如懿见她痴痴地欢喜，隐隐却有莫名的忧愁盘旋在心间，她只得笑道："妹妹如今又有了孩子，是该高兴。"

意欢眼底有明亮的光彩，仿佛满天银河也倾不出她心中的喜悦与幸福："臣妾一直觉得，能在皇上身边是最大的福气。因为这福气太大，所以折损了臣妾的子嗣。皇后娘娘，这话臣妾对谁说她们都不会明白，但是娘娘一定会懂得。满宫里这么些人，她们看着皇上的眼神，她们的笑，都是赤裸裸的欲望。只有皇后娘娘和臣妾一样，您看皇上的眼神，和臣妾是一样的。"

果真一样么？她在心底怅惘地想。其实连她自己也怀疑，当初所谓的真心，经过岁月的粗糙挫磨，还剩了几许？看到的越多，听到的越多，她质疑和不信任的也越来越多。那样纯粹的爱慕，或许是她珍惜意欢，愿意与之相交的最大缘由。那是因为，她看见的意欢，恍然也是已然失去的曾经的自己。可那样的自己，那样的意欢，又能得到些什么？

这样的念头在她的脑中肆意穿行，直到荷惜担心地上前劝道："小主一直害喜得厉害，到了如今，闻见些什么气味不好还是呕得厉害。这会子说了这许多话，等下又要难受了。"

如懿强按下自己纷繁的念想，关切道："你是头胎，难免怀着身孕吃力些。不过本宫也听人说，越是害喜得厉害，腹中的孩子往后便越聪明。你大可安心就是。"说罢又嘱咐了伺候的荷惜，哪些东西不能碰不能闻，连茶水也要格外当心。

荷惜笑道："皇后娘娘嘱咐了许多次了，奴婢一定会当心的。"

如懿叹道："不是本宫不放心，本该留着江与彬伺候你的，可是他如今在太医院颇有资历，也得皇上信任，要跟着南巡一路伺候，所以你这里要格外小心留意。"

意欢颔首道："皇后娘娘对臣妾这一胎的关切，臣妾铭感于心。好在愉妃姐姐是个细心的，有她在，皇后娘娘也可以放心了。"

如懿含笑道："可不是，本宫就是看你遇喜了欢喜，所以左也放不下右也放不下的。不过话说回来，本宫此次跟着皇上南巡，永琪年幼不能带在身边，海兰又要照顾永琪，又要料理后宫中事，只怕也是吃力。凡事你自己多小心。”

意欢且笑且忧，小心翼翼地护着小腹：“且不说前朝如何，就是当今，从仪嫔、玫嫔的孩子的事儿，还有愉妃姐姐生产时的凶险，臣妾还不知道警惕么？这个孩子是臣妾与皇上多年情意的见证，臣妾必定好好儿爱护，不许任何人有任何机会伤他分毫！”

这一年正月十三，皇帝奉皇太后离京，经直隶、山东至江苏清口。二月初八，渡黄河阅天妃闸、高家堰，皇帝下诏准许兴修高家堰的里坝等处，然后由运河乘船南下，经扬州、镇江、丹阳、常州至苏州。三月，御驾到达杭州，观敷文书院，登观潮楼阅兵，遍游西湖名胜。

毕竟西湖六月中，风光不与四时同。何况是江南三月，柳绿烟蓝。姹紫嫣红，浓淡相宜的繁花天地，就那样偎依着西湖烟水。

日常除了与文官诗酒相和，如懿亦陪着皇帝尝了新摘的雨后龙井、鲜美的西湖莼菜和宋嫂醋鱼，还有藕粉甜汤、桂花蜜糕。虽然年年有岁贡，但新鲜所得比之宫中份例，自然更胜一筹。闲暇之时，苏堤春晓、柳浪闻莺、雷峰夕照、双峰插云、南屏晚钟、三潭印月，都留下皇帝纵情游览的足迹。

只是某日回到寿心殿，如懿亲自服侍皇帝穿上龙袍，那纽子一个接一个，她扣得手酸。皇帝也叹息："这龙袍穿一重便多一重限制，失了自在随意。待一重重穿在身上，沉重已极。"如懿只得笑言："虽然沉重，但世人向往莫及。”

其实重的不是衣物，而是肩上的责任与担当，还有这无限尊荣后的烦恼。皇帝幽幽道：“朕登基那么多年，无一日懈怠，真是有些倦了。”

如懿与皇帝相处，知他自登基后一直励精图治，效仿先帝与圣祖皇帝，从未生过片刻倦怠之心，如今这般说，倒真是意料之外。她为皇帝正好衣冠，道：“皇上宵衣旰食，不懈于治，为的就是要继先帝之志，定盛世江山。臣妾陪着皇上一路走来，为您这样的夫君骄傲至极。”

皇帝笑着为她抚平凤袍衣襟上的粉色碧玺十八子手串，笑盈盈道：“盛世已定，你我都可安享片刻了。”他还要说什么，进忠已经来报浙江总督求见。皇帝无奈地笑笑：“你看，出来一趟也躲不开烦扰。”

当然，杭州的时光还是闲暇松散的。皇帝每常感叹，虽然是春来万物生，自然有“桃红复含宿雨，柳绿更带朝烟。酌酒会临泉水，抱琴好倚长松”之美，但断桥残雪不能访见，曲院风荷亦是只见新叶青青，未见满池红艳擎出了。

这一夜本是宫中夜宴，皇帝陪着太后与诸位王公、嫔妃临酒西湖之上。亲贵们自然是携带福晋，相随而行；后妃们亦是华衫彩服，珠坠摇曳，更不时有阵阵娇声软语传开。人们挨次而入，列上珍馐佳肴，白玉瑞兽口高足杯中盛着碧盈盈的醇香琼浆，还未入口，酒香就先无孔不入地沁入心脾。仿佛是觉得这西湖鲜花不够繁盛，更要再添一枝明艳似的，陪行的官员将侍奉的女子都换成年方二八的少女，软语烟罗。嫔妃们虽然出身汉军旗，却也不得不稍逊江南女子的柔媚了。

皇帝叹道：“皇额娘属意曲院美景，只是风荷未开，唯有绿叶初见，不能不引以为憾了。”

太后笑吟吟道：“哀家承皇帝的孝心，才得六十天龄还能一睹江南风光。哀家知道皇帝最爱苏堤春晓，可惜咱们不能在杭州留到夏日，所以也难见曲院风荷美景了。只是哀家想，既然来了，荷叶都见着了，怎么也得瞧一瞧荷花再走啊。”

说罢，太后轻轻击掌，却见原本宁静的湖面上缓缓漂过碧绿的荷叶与粉红的荷花。那荷叶也罢了，大如青盏，卷如珠贝，小如银钱，想是用色色青绿生绢裁剪而成，湖上的真荷叶掺杂其间，一时难辨真假。而那一箭箭荷花直直刺出水面，深红浅白，浮漾于湛碧之上。偶尔有淡淡烟波浮过，映着夹岸的水灯縠波，便是天上夭桃，云中娇杏，也难以比拟那种水上繁春凝伫，潋滟彩幻。

其中两朵荷花格外大，几有半人许高，在烟波微澜之后渐渐张开粉艳的花瓣。花蕊之上，有两个穿着羽黄绢衣的女子端坐其中，恰如荷蕊灿灿一点。二人翩翩若飞鸿轻扬，一个缓弹琵琶，一个轻唱软曲。

灯火通明的湖面渐渐安静下来，在极轻极细的香风中，琵琶声淙淙，有轻柔舒缓的女子歌声传来，唱出令人沉醉的音律：

> 西湖烟水茫茫，百顷风潭，十里荷香。宜雨宜晴，宜西施淡抹浓妆。尾尾相衔画舫，尽欢声无日不笙簧。春暖花香，岁稔时康。真乃上有天堂，下有苏杭。[①]

那女子的歌声虽不算有凤凰泣露之美，但隔着水波清韵，一咏三叹，格外入耳。更兼那琵琶声幽丽入骨，缠绵无尽，只觉得骨酥神迷，醉倒其间。直到有水鸟掠过湖面，又倏忽飞入茫茫夜气，才有人醒转过来，先击节赞赏。

皇帝亦不觉赞叹，侧身向如懿道：“词应景，曲亦好，琵琶也相映成趣。这些也就罢了，只这曲子选得格外有心。”

如懿低首笑道：“素来歌赞西湖的词曲多是汉人所作，只这一首《仙吕 · 太常引》乃是女真人所写，且情词独到，毫不逊色于他作。”

---

① 出自元代奥敦周卿《仙吕 · 太常引》：这首小令着力描绘杭州西湖春暖花开时的美丽风光。全曲既描写了秀丽怡人的自然景观，也表现了人寿年丰的欢乐气氛。

皇帝不觉含笑："皇后一向雅好汉家词曲，也读过奥敦周卿[①]？"

如懿轻轻侧首，牵动耳边珠络玲珑："臣妾不是只知道'墙头马上遥相顾，一见知君即断肠'，元曲名家如奥敦周卿，还是知道一些的。"

皇帝伸出手，在袖底握一握她被夜风吹得微凉的手："朕与你初见未久，在宫中一起看的第一出戏便是这白朴的《墙头马上》。"他的笑意温柔而深邃，如破云凌空的旖旎月色，"朕从未忘记。"

如懿含羞亦含笑，与他十指交握。比之年轻嫔妃的别出心裁，事事剔透，她是一国之母，不能轻歌，亦无从曼舞，只能在不动声色处，撩拨起皇帝的点滴情意，保全此身长安。

太后转首笑道："皇帝是在与皇后品评么？如何？"

皇帝笑着举杯相敬，道："皇额娘又为儿子准备了新人么？"

太后笑着摇首，招手唤荷花中二女走近："皇帝看看，可是新人么？"她的目光在如懿面上逡巡而过，仿佛不经意一般，"宫中新人太多，只怕皇后要埋怨哀家不顾她这个皇后的辛劳了。"

如懿心头一突，却笑得得体："有皇额娘在，儿臣怎么会辛劳呢？"

太后不置可否地一笑，只是看着近前的两名女子，弹琵琶的是玫嫔，而唱歌的竟是入宫多年却一直不甚得宠的庆贵人。

玉妍举起自己手中的酒盏，抿嘴笑道："旧瓶装新酒，原来是这个意思。"

皇帝颇有几分惊喜之意："沐萍，怎么是你？"

绿筠亦笑："玫嫔的琵琶咱们都知道的，除了先前的慧贤皇贵妃，便数玫嫔了。但是庆贵人的歌声这样好，咱们姐妹倒也是第一次听闻呢。"

众人的目光都只瞧着庆贵人，唯独玫嫔立在如懿身旁。如懿无意中

---

① 奥敦周卿：元代散曲作家，女真族人。姓奥敦，名希鲁，字周卿。其先世仕金。父奥敦保和降元后，累立战功，由万户迁至德兴府元帅。

扫她一眼，却见她脸色不大好，便是再娇艳的脂粉也遮不住面上的蜡黄气息。她正暗暗诧异，却听太后和缓问道："庆贵人，你是哪一年伺候皇帝的？"

庆贵人依依望着皇帝，目中隐约有幽怨之色，道："乾隆四年。"

太后叹息一声："是啊，都十二年了呢。哀家记得，你刚侍奉皇帝那年是十五岁。"

庆贵人垂下娇怯怯的脸庞："是。太后好记性。"

"哀家记得，你刚伺候皇帝的时候，并不会唱歌。"

庆贵人含羞带怯看了皇帝一眼，很有几分眉弯秋月、羞晕彩霞的风采："臣妾自知不才，所以微末技艺，也是这十二年中慢慢学会，闲来打发时光的。还请皇上和太后不要见笑。"

庆贵人这几句话说得楚楚可怜。皇帝听得此处，不觉生了几分怜惜："这些年是朕稍稍冷落了你，以致你长守空闺，孤灯寂寞，只能自吟自唱打发时光。以后必不会了。"

玉妍媚眼横流，笑吟吟道："皇上待咱们姐妹，总是新欢旧爱都不辜负的。"

婉嫔亦打趣："嘉贵妃难不成还说自己是新欢么？自然是最难忘的旧爱了。"

如此闲话一晌，太后略觉得湖上风大，便先回去，只留了嫔妃们陪伴皇帝笑语。才出了宴饮之地，福珈便拿今夜之事细细分辨，陆氏与蕊姬没有辜负太后的一番苦心，福珈自然得意，可也瞧见了皇帝根本不曾正眼看过蕊姬，也是难怪，蕊姬的病时断时续，人都熬得干瘦了，也是可怜。可也唯有拿蕊姬做陪衬，才能显得本就不出众的陆氏不那么平庸了。太后回望一眼，徐徐道："今晚哀家这样费心推了庆贵人出去，也不知皇帝是否明白哀家心思。不过光一个庆贵人也不够。福珈，官家格格里若有出色的，还得留意着。"福珈知道太后悬心何事，忙忙答允了，又听太后叹气道："不知道恒娖在准噶尔怎么样了？上回寄信来总说额驸与她不睦。唉，虽不盼着和离，但若有归来之日，哀家就心满意足了。”

正说话间，二人已转过了行宫长街。夜风微凉，却是故人转至眼前。太后见齐汝踽踽独行过来，便问：“这么晚了，齐太医你怎么还在这儿？”齐汝忙请安行礼，说起皇帝这几日略感疲乏，这才召了齐汝请平安脉，齐汝便在此处候着夜宴结束。太后当下点点头，便也回宫歇息。齐汝才候了片刻，进保便过来招呼道：“齐太医，夜宴结束还要一会儿，奴才陪您慢慢往里头走吧。”

齐汝年纪老迈，行走视路有些模糊，正巴不得进保这一句，忙道：“也好。行宫多水路，你扶着我些。我可不会水。”进保点点头，扶着他转过花池，池中碧水映着月明，也不知有几多深浅。

忽然，池中一声闷响，月影碎成了无数锋刃般凌厉的碎片。

彼时皓月当空，湖上波光粼粼。有三五宫裳乐伎坐于湖上扁舟之中奏笛。笛声顺着和煦的微风飘来，细长有如山泉溪水，醇和好似玉露琼浆，丝丝绵绵宛若缠萦的轻烟柔波，在耳畔萦绕不绝。湖边彩灯画带，悉数投影在微凉如绸的湖水中，让人仿似身处灿灿星河之中。

皇帝与身侧的庆贵人絮絮低语，也不知是谁先惊唤起来：“是下雪了么？”

此时正当三月时节，南地温暖，何曾见三月飘雪。然而，众人抬起头来，却果然见有细碎白点缓缓撒落，尽数落在了湖上，恍惚不清。

有站在湖岸近处的宫眷伸手揽住，唤起来道：“不是雪花，是白色的梅花呢！”

如懿惊喜：“人间三月芳菲盛，怎么此时还会有梅花？”

和亲王弘昼素来喜好风雅，便道：“皇嫂有所不知，孤山与灵峰的寒梅开得晚，或许还有晚梅可寻。再不然，附近的深山里也还有呢。”他转首惊叹：“寒梅若雪，此人倒有点心思。”

如懿微微不悦：“梅花清雅，乃高洁之物，只这般轻易抛撒，若为博一时之兴，实在是可惜了。”

玉妍托腮欣赏，手指上累累的宝石戒指发出炫目的光：“皇后娘娘喜欢梅花，自然珍爱，可不是人人都和皇后娘娘一个心思呀。话说回来，甭管什么心思，臣妾倒也挺喜欢看这漫天飞花呢。”

玉妍话音未落，已被湖上飞起的雪白绸带吸引了目光。只见一叶墨色扁舟不知何时已经驶到了漫天如虹的绸缎之下，一名着莹白色薄缦的女子曼立当中，举着一枝盛开的红梅和韵翩然起舞。她的衣衫上遍绣银线梅花，上面缀满银丝米珠，盈盈一动，便有无限浅浅的银光流转，仿若星芒萦绕周身。大片月光轻泻如瀑，玉人容色柔美，如浸润星月光灿中，温柔甜软，人咫尺可探。

婉嫔低声惊道：“这不是令嫔么？”

玉妍看了片刻，手上绕着绢子，撇嘴冷笑道：“今儿晚上可真是乏味，除了歌便是舞，咱们宫里的女人即便是铆足了心思争宠，也得会点儿别的吧。老跟个歌舞乐伎似的，自贬了身价，有什么趣儿。”

绿筠笑着瞥了眼玉妍，慢悠悠道：“嘉贵妃也别总说旁人。你忘了自己刚入潜邸那会儿，什么长鼓舞啊扁鼓舞啊扇舞啊剑舞啊，又会吹短箫又会弹伽倻琴，一天一个花样儿，皇上宠你宠得不得了。如今也惯会说嘴了，也不许别人学一点儿你的样儿么？”

玉妍嗤笑道：“那也得舞得起弹得出才好啊。我出身北族，学的也是北族的歌舞，到底还能让皇上喜欢个新鲜。可如今庆贵人和令嫔她们不过是东施效颦罢了，有什么好看的。”

绿筠叹了口气，有些自怨自艾：“东施效颦也得看是谁效啊，像我和嘉贵妃都是半老徐娘了，哪里比得上十几二十来岁的妹妹们年轻水嫩呢。”

玉妍笑道：“那也难说。有时候女人的韵味，非得年纪长一点儿才能出来。岂不知半老徐娘还风韵犹存呢。姐姐忘了，我生四阿哥那会儿是二十六岁，愉妃生五阿哥也是二十六了，舒妃如今头胎也二十六了。姐姐生三阿哥是二十二岁，那还算是早的。咱们皇上啊，或许就是觉得十几岁的丫头们嫩瓜秧子似的，伺候得不精细。且看庆贵人就知道了，从前十几岁的时候跟着皇上也不得宠，倒是如今开了点儿眉眼了。所以啊，姐姐别整天念叨着人老珠黄，除了把自己念叨得絮烦了，其他真没什么好处。”

如懿笑道：“有嘉贵妃这句话，本宫也宽心多了。原来越老，好处越在后头了。”

玉妍犹自在那儿絮絮，只见湖上景致一变，四艘青舫小舟遍盛鲜花围了过来，舫上一页页窗扇打开，连起来竟是一幅幅西湖四时图。嬿婉曼舞在那绸带之间，衣袂飘飘，宛若凌波微步，跌宕生姿。最后轻妙一个旋身，往最末的舫上一靠，身姿纤柔，竟融进了西湖冬雪寒梅图中。

高台之上掌声四起，惊赞之声不绝于耳，歌舞乐姬在众人的赞叹中逐一退场。

皇帝拊掌叹道：“舞也罢了，最难得的是匠心独运，白衣红梅，轻轻一靠，便融入画中。”他轻含了一缕薄笑，“如今令嫔也进益了，不是当日只知燕窝细粉，连白瓷和甜白釉也不分的少女了。”

如懿闻言而知意，当下亦点头：“在皇上身边多年，耳濡目染，自然长进。此刻令嫔白衣胜雪，手中红梅艳烈，果然是用心思了。”

玉妍轻哼一声：“这样的好心思，怕也是皇后娘娘的安排吧。”

如懿懒得顾及，只淡漠道：“心思若是用在讨皇上喜欢也罢了，若是一味地旁门左道，可真是白费一番心思了。”

玉妍见皇帝笑意吟吟，目光只凝在舫中寻找嬿婉的身影，也不觉有些讪讪。

皇帝眼中有无限惊艳赞叹之意，扬声道：“令嫔，再不出来，真要化作雪中红梅了么？”

须臾，嬿婉从冬雪寒梅图中盈然而出，手中捧着一束红梅，却先奉到如懿身前，盈然一笑若春桃轻绽：“臣妾知道皇后娘娘素爱绿梅，原想去寻些绿梅来奉与皇后娘娘的，只是绿梅难得。虽是红梅，却也请皇后娘娘笑纳吧。”

如懿凝眸嬿婉手中所捧，乃是江南盛产的杏梅，花头甚丰，叶重数层，繁密斑斓如红杏一般，大似酒晕染上玉色肌肤。如懿一时未伸手去接，只道：“这些日子不见令嫔，原来是在忙这些呢。”

嬿婉眼波流漾，掩饰着微微的尴尬：“臣妾不过是花点心思博皇上和皇后一笑罢了。”

如懿见她将红梅捧在手中，进退有些难堪，也不欲把这些心思露在人前，便颔首示意容珮接过。

皇帝笑着招手，示意她在身边坐下：“庆贵人与玫嫔弹琴唱曲，确实有心，你却能融情于景，借着西湖三月落一点儿白雪之意。”

嬿婉低眉浅笑：“臣妾曾听皇后娘娘读张岱之文，向往雪湖之美，虽不能够逼真，也多一分意境罢了。”

皇帝笑着在她鼻尖一刮：“意境二字最好，朕最喜欢。”嬿婉靠在皇帝肩头，他顾向如懿，“皇后甚爱梅花，你今日一舞，必合皇后心意。”

如懿悄然转一眼后方，凌云彻站在皇帝身后，直视远方，绝不肯将目光往嬿婉身上再移一分。

如懿心底有数，故意问：“令嫔不会也喜欢梅花吧？”

嬿婉目光稍挪三分，悄悄瞥一眼凌云彻，很快收回眼神，用假笑掩饰了真心：“臣妾喜欢凌霄花。少年时最爱，如今也不曾改。”

凌云彻脸色微微一黯，几乎要转头去分辨嬿婉眼中的真意，到底死死忍住了。皇帝哪知这其中关节，只是微笑：“朕与皇后也喜欢。”

话音尚未散去，敬事房总管太监徐安上前道：“皇上，太后请您别忘了翻牌子。”

红漆托盘里，“玫嫔”和“庆贵人”的绿头牌放在最前头。皇帝目光扫过，微露不满。如懿看明白，轻轻摇了摇皇帝的袖子。

皇帝将笑意维持得恰到好处："皇额娘要朕雨露均沾，不忘旧爱，朕当然记得。"

庆贵人面露期盼地起身，玫嫔黯然低笑，自觉地往后退了一步："臣妾年长，还是庆贵人陪伴皇上为佳。"

皇帝也不看她俩，执着嬿婉的手，笑语亲昵："不必翻牌子了，便是令妃侍奉朕吧。"

这一言，举座皆惊，还是玫嫔反应得快，忙躬身道："是。恭喜令妃娘娘。"

皇帝与嬿婉笑意盈盈，眉眼生春。如懿如何不知皇帝和嬿婉个中心思，借着不胜酒力，便带着嫔妃们先告辞了。凌云彻默默退到屋宇的暗影中，好像从未出现过。

回去的路上静得听得见绿窗下的虫鸣。

玉妍十分不满，向着绿筠轻哼道："说句不好听的，咱们当年都是生了皇子才封的妃位。她凭什么，便也一跃封妃了？"

绿筠扬了扬绢子道："那有什么？舒妃当年不也没生孩子便封妃了么？"

玉妍轻嗤一声道："那可不一样！舒妃是满军旗贵族的出身，又得太后亲自举荐，得了皇上多年宠爱。令妃怎能和她比呢？"

绿筠郁郁失色，道："比不比的，都是人家的恩宠。螳螂捕蝉，黄雀在后，那是人家的本事。太后今晚替玫嫔和庆贵人费了这一番心意，却是便宜了令妃呢。"

玉妍悻悻："皇后娘娘，令妃伶俐过了头。即便您的手是五指山，也拢不住这样的孙猴子吧！"

这话落在如懿耳中，便更是不能悦耳。她转过脸，沉声道："本宫不是弥勒佛，令妃也不是孙悟空，否则和令妃不睦的，不都成了山妖水怪？嘉贵妃，皇额娘许你不必罚跪奉先殿，你更该谨言慎行。"

玉妍咬唇冷笑："太后是怜惜臣妾有子，说到底有儿子就是好啊。"

如懿如何听不出她语中讥讽，只是不在意："有儿子当然好。为娘的积德积福，福泽子孙才更好。否则像九阿哥一般，真是可怜。"

玉妍遽然变色，只是不得反驳，气得无奈。

绿筠听得这话知道不好，忙另起了话头道："说来也有趣，太后一直不大搭理玫嫔，今日抬举庆贵人，也拉上了玫嫔，万一玫嫔也跟着复宠，倒是运气。"

如懿感慨道："玫嫔失子后一直吃药调理，身子并不好，想再得宠也难。"

绿筠说起玫嫔就有一肚子话："也是。这些年看她脾气越发古怪，臣妾还记得，孝贤皇后离世那晚玫嫔就有些奇怪，言辞尖酸不说，臣妾听见仿佛有落水声，玫嫔也不愿去察看，否则或许能救了孝贤皇后上来。"

玉妍听得旧事，便有些不自在，只拨着手串不作声。

如懿越听越是有些起疑："有这样的事，当日你与愉妃都不曾说起。"

绿筠浑不放在心上，只是当闲事来说："孝贤皇后落水崩逝，咱们都乱了方寸，谁还记得这些。今日要不是玫嫔和庆贵人一同在水上出现，臣妾早就忘了这茬事儿了。"

玉妍警觉，握紧了帕子，面上却闲闲道："皇后娘娘也看看，令妃和皇上这般亲昵，成什么样子呢。到底宫女上来的，就是轻浮冶艳。"

如懿回首，见皇帝与嬿婉举止亲昵，宛若一对密好情人，细语呢喃，将一应的烟花璀璨、歌舞升平都拂到了身后，成了无数心机谋算下浮起的华影，成了成双影儿后头的盛世点缀。

待回到殿中，如懿便有些闷闷的。容珮支开了伺候的小宫女，亲自替如懿换了一件家常的深红绫暗花夔龙盘牡丹纹衬衣，拿玉轮替她轻轻摩挲着手背的经络。"皇后娘娘，今晚嘉贵妃的话是不中听，但不中听的话也有入耳的道理。按说令妃小主一直和翊坤宫来往亲密，她若想多得些宠爱，皇后娘娘也不会不成全了她。怎么忽然有了这样自作主张的心思却不让咱们知道呢？奴婢倒以为，嘉贵妃的心思有多深，咱们到底是碰到过有些数的，但令妃小主的心思，却是不知深浅的啊！”她想一想，“不过令妃小主再怎么样，跳完了舞还是先把红梅奉给了娘娘，可见她还是顾忌娘娘的。有顾忌，就不怕她太出格。”

如懿闭着眼缓缓道：“一个人越想左右逢源，越见心思机巧。可今日皇上捧她为妃，未必有多真心，只怕更多是对太后安排庆贵人和玫嫔的不满。”

容珮直皱眉头：“那真是便宜了令妃。只是她不想想，这般做作讨巧，娘娘心里不喜。”

如懿若有所思，把玩着一个金腰线青花茶盏沉吟：“她想讨本宫喜欢，种种巴结奉承，归根结底只是为了博皇上恩宠。如今直接得了皇上喜爱，就不必再在本宫面前虚与委蛇了。”

正说话间，只见底下的小太监瑞穗儿跑了进来。瑞穗儿原是来往京城替海兰和如懿传递宫中消息的。如懿见了他便问：“这么急匆匆的，可是宫里出了什么事？愉妃和舒妃都还好么？”

瑞穗儿忙道：“回皇后娘娘的话，自从御驾离京，从二月里起，五阿哥便断断续续地风寒咳嗽，一直不见好。愉妃娘娘都快急坏了，这才不得已想问问，能不能拨了江太医回京照顾。”

如懿为难道：“皇上的圣驾一直是齐汝齐太医照顾的。这一向齐太医身上也不大好，一应请平安脉之类的起居照顾，都托付了江太医，一时三刻怕是不能够呢。”她到底还是着紧，“五阿哥的病到底要不要紧？”

瑞穗儿道：“要紧却不要紧，只是这伤风缠绵未愈，愉妃娘娘到底心疼。还有……”

如懿心中一紧：“还有什么？”

瑞穗儿道：“还有便是舒妃娘娘，原先是害喜吐得厉害，一吐完就胃疼吃不下东西，人见天儿就瘦下去了，那太医就调了药，胃是不疼了。如今月份大了便水肿，手上脚上肿得晶晶亮的，又得调了泻水的药。小主遇喜之后太医一直说小主肾气弱，这些日子脸上全是黄斑。愉妃娘娘也是担心得不行，找了太医再去看，可是除了肾气弱也没别的了。”

“那孩子呢？孩子有没有事？”

瑞穗儿忙张了笑脸道：“娘娘安心，一切都好。”

如懿抚着胸口，想来想去还是不放心：“海兰一向精细，照顾着永琪怎么会出错？偏偏永琪一病，舒妃也身上不安。虽然怀了孕的女人肾气弱是常事，可是起斑水肿也厉害了些。”

瑞穗儿道：“那奴才回去一定提醒着，多请几个太医瞧瞧。”

如懿叮嘱道：“舒妃这一胎不容易，仔细着点儿。”

这般怀着心事睡去，也不大安稳。如懿昏昏沉沉地睡着，一会儿梦见嬿婉长袖翩翩，一会儿梦见永琪烧得通红的小脸与海兰焦灼的神情，一会儿是意欢惊惶的面孔。

如懿吃力地辗转着身子，忽然背后一凉，惊醒了过来，才发觉冷汗湿透了罗衫寝衣。容珮便睡在地下，听得动静，忙起身秉烛，照亮了如懿不安的面庞。

容珮仔细替如懿擦着汗，又端来了茶水：“娘娘可是梦魇了？”

如懿喝了几口茶水润泽了干涸的心肺：“老是梦见心里头不安的事，尤其是舒妃和永琪。”

容珮劝道：“娘娘别着急，女人怀了孕起斑是再寻常不过的，从前奴婢的额娘怀着奴婢的妹妹时也这样。至于五阿哥，亲娘照顾着，不会坏到哪里去。”

如懿犹豫片刻，霍然坐起身，惊起手腕上的赤金镯子玎玲作响：“不行！不管怎么样，还是得让江与彬回去一趟！”

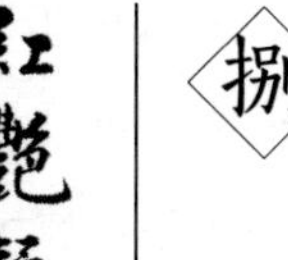

捌 紅艷凝香

这一夜如懿不安枕，玉妍也是夜不能寐，虽然嬿婉得宠，但她无子，皇帝待她也是有一阵没一阵的，并不大长久。只是一想起蕊姬弹琵琶的模样，心中总是不安。

玉妍不把嬿婉放在心上，太后早起知道却是动了起床气，向福珈怨道：“咱们一走，没想到还有令妃这出好戏。真是螳螂捕蝉，黄雀在后。令妃聪明过头了。福珈，你得多留意着。”

福珈心中有数，道：“是。魏氏都封妃了，陆氏还是贵人。皇上怕是故意捧了令妃压庆贵人呢。”

太后冷笑一声，舀起一勺银耳汤喝下，极力平缓气息，道：“皇帝是有脾性，可他未必敢这么对哀家不敬。且看他怎么待庆贵人再说。”

太后喝罢，便由着老嬷嬷梳头整妆。因着上了年纪，太后除了日常保养，梳头篦发也得半个时辰。福珈懂得规矩，点上了玉华宁心香，便退了出去。哪知还不到半炷香时间，福珈慌了神色，急匆匆进来禀报说齐汝落水死了。太后这一惊可是非同小可，又听福珈细细回禀，说齐汝是夜黑去行宫，失足落入荷花池中，皇帝也颇难过，还厚赏了齐汝家里。太后更是诧异，分明那时见到人还是好好的，越想越觉得蹊跷。福珈蹙眉，示意梳头嬷嬷下去，方低声道："奴婢想起前些日子，皇上身边的毓瑚去打听过慧贤皇贵妃曾经的脉案。"

太后手里的梳子一落，震起余音袅袅。那一瞬间她也有些失了往日的镇定："你的意思……皇帝是知道齐汝为哀家做事了。"福珈不敢言，太后愈加明白，"那是皇帝忌讳了，动了杀心。唉，也怪道皇帝对哀家安排庆贵人之事，那般防备。"

福珈也有些不知如何应对："太后，那咱们该怎么办？"

太后闭目片刻，眼角的皱纹软弱地深陷："若齐汝是悄悄被皇帝灭了口，还赏了他死后的体面，那皇帝就是不想让人知道这事儿是他做的。"她很有些伤感，无奈地摇头，"嗐，母子之间落得这般疏远疑忌，哀家还能怎么办？连讷亲因金川战事被皇帝正法，哀家都不能说什么。"

福珈替太后缓缓揉着额头，轻声道："便是齐汝为太后办事，皇上何至于此。难道皇上还疑心太后您会害他不成？"

太后默然不言，只看着镏金小兽炉里的乳色香烟静静出神，不是亲生母子，便是这般无奈吧。只是可惜了齐汝，这般殒命了。

太后那边仿若不知，皇帝也渐渐放下了心来，只在无人时与毓瑚说起，并不想与太后撕破了脸面。毓瑚只道所有事儿就是个意外。齐汝家中得了赏赐，也对皇帝感恩不尽。齐汝既亡，皇帝身边也不能没个可用的太医，医术自然要好，心术也不能坏了，江与彬倒是可堪一用。只是他是如懿一手提拔上来的……这个念头一转，皇帝自己也觉得可笑，怎的如懿也疑进去了。可要不是太后的手太长，他也不会有这般想头。原本不过是安排嫔妃在身边窥探进言，他也睁一只眼闭一只眼，想着只是几个女子，能掀起什么风浪来。可没想到，连贴身的御医太后都惦记上了。如此看来，他的后宫也该好好料理料理了。自然，虽然都是太后送来后宫的，舒妃到底是最有真心的那个，他非草木，自然也明白舒妃点点滴滴的好处。

皇帝才与毓瑚议定，如懿便过来了，她如实向皇帝说起永琪与舒妃的事，皇帝听着亦十分焦急，立即唤了江与彬来，嘱咐了他回去照看。江与彬立时赶回京去，一刻也不敢耽搁。为着怕水路缓慢，还特意快马加鞭，只夜里赶到驿站休息。如此，如懿才放心了小半。

自嬿婉封妃，便常在皇帝身边伴随，虽然出行在外，封妃的礼数都省了。可嬿婉这般得宠，到底是好事，头一个欢喜的就是进忠。这日进忠来传话，皇帝午后让令妃至翠雨轩一聚。嬿婉便笑言：“令妃？这个称呼还不是最顺耳的。来日令贵妃、令皇贵妃，本宫要一步步往上走。”

进忠笑眯眯看着她意气风发的样子，真是怎么看都好看。他思忖片刻，贴近两步，摸着嬿婉的鬓发细声道：“奴才还有一言，是一片真心。小主这次得宠封妃，是借了太后捧庆贵人，皇上又暗自不满的东风，实在有些侥幸。小主千万记着，谁都可以不理会，皇后娘娘正得圣宠，又掌六宫，绝不可轻易与皇后娘娘冲突了。”

嬿婉强忍着恶心，面上挂着微笑，推开他道：“你的好意，本宫都记在心上。”

进忠连连颔首，又微眯了略肿的眼泡，似笑非笑道：“知道您得宠，别忘了奴才的好。还有，那个凌云彻……”

嬿婉浑身一凛，立刻盯住他，眼里多了几分寒气。进忠笑眉笑眼的，带了一丝阴阳怪气：“奴才什么都还没说，您急什么呀？难道您还没忘了他？”

嬿婉理了理胸前的白玉鸣蝉上垂下的桃粉色流苏，冷冷道：“别胡说！本宫是皇上的妃子，他只是一个侍卫。”

日色从镂花长窗里悠悠洒进，进忠站在窗下的阴影里，白皙的面孔上落着长窗一格一格的影子，像是地下冒出来的一个幽幽的鬼魅，唇边的笑意有了几分森然之意。

嬿婉的胸微微平复，显然是松了口气。她不欲进忠发觉，只是转了话头：“哦。进忠，你觉得皇上除了朝政与子嗣，最在意什么？”

进忠掸了掸袖子，手在空气中轻轻一撂金色的拂尘，轻描淡写道：“祥瑞咯。”

嬿婉自倚赖进忠，虽然知道他有别样的心思，但只能按捺着脾气，先按他所言讨好如懿要紧。毕竟湖上起舞那一役，她虽然封妃，又得恩幸，可心中终究没底，一怕太后追究，二怕皇帝的宠爱不过是过眼云烟，少不得还是要对正当时得令的新后如懿低头。

春和风熏，正是江南好时节。如懿与皇帝闲话家常，甚是惬意随心。才说完江与彬去照顾舒妃之事，又道齐汝忽然失足落水，殒了性命，也实在可惜。皇帝不欲提此事，只用手拈了一枚糖渍樱桃吃了，才缓缓道：“齐汝之事，朕也是始料未及、不愿相信。医者医术再深厚，医人容易，自己的生老病死也不是自己能作数的。”

如懿听他的话似有深意，却不敢再细细想去，换了轻松语气道：“皇上，皇额娘那里总是希望皇上后宫繁茂、子嗣昌隆。令妃便罢了，宫中其他嫔妃，皇上是否多看顾些？否则臣妾这个皇后也确是耽于私情，有失责任。”

皇帝神色微微一顿，便有些意兴阑珊：“朕与你新婚宴尔，难道要抛下你去宠遍后宫嫔妃？皇额娘分明是为了私心，要朕宠她举荐的女人。”

如懿含了蕴静笑意，娓娓劝道：“庆贵人侍奉皇上日久，行事并无差池，本也可晋个嫔位了。否则魏氏无子都封妃，庆贵人却迟迟没有动静……”

皇帝心中再清楚不过，嬿婉封妃，只是他不喜欢太后当众干涉自己宠幸嫔妃的私事，气恼之下见了嬿婉，便抬了她的位分，这多是赌气之意。如懿看他神色，也猜到了几分，只是不愿两宫就此嫌隙愈深，便劝和道：“臣妾明白皇上心情，也感念皇上厚爱。只是皇额娘身为太后，是得顾及六宫嫔妃。皇上若与太后赌气，有伤皇额娘脸面，也不利母子天和。”

皇帝含着一枚樱桃，前头的糖渍甜味已经弥散而去，那樱桃本身的酸味一点点渗出去。他静闭双眼，只是如深海静默。

待得御驾离开杭州之时，皇帝已晋陆沐萍为庆嫔，与嬿婉平分秋色，二人都颇得恩幸。

嬿婉因是在行宫册封妃位，一切从简。这一日嬿婉着一身艳梅色点纱鹅黄蕊儿百蝶常服，特意去寻了如懿行大礼叩首，谢封妃之恩，听得如懿在寿心殿陪伴皇帝，便殷殷去了，打算向帝后一同谢恩。

春婵明白她的意思，但是好言道：“小主，咱们现在行宫，一切从简，您的册封礼也是回宫才办，其余礼数上也不必特别拘着。等皇后娘娘回来了，咱们再来拜见也不迟。”

嬿婉眼里闪过一丝狠色，口中却淡淡的：“本宫靠自己走到这妃位上，自然要步步齐整、稳稳当当走下去。封了妃，该拜见皇后，本宫便拜。他们从简，本宫偏不从简。缺了哪道礼数，本宫还要追上去齐全了它。”

春婵点头，忙扶着她袅袅婷婷去了。

才到殿前，进忠便热络迎上，扶住了她的手，见她鬓发如蝉翼，薄薄贴在脂腻般的肌肤上，说不出地妩媚动人，心中大动，低低道：“都安排好了，您放心吧。”嬿婉甚是矜持，斜眼儿也不瞟他，径自进去，规规矩矩向皇帝和如懿行礼叩首，方才觉着自己这妃位来得名正言顺了。

如懿只是淡淡的，并不大接她的话。

自杭州离去之时，皇帝仍叹惋不已：“未能抛得杭州去，一半勾留是此湖。”又道，“晴湖不如雨湖，雨湖不如月湖，月湖不如雪湖。”深以不能如张岱一般湖心亭看雪为憾。

如懿似笑非笑：“那日令妃一舞，若雪中红梅，还不能让皇上一窥西湖雪夜之美么？”

皇帝笑道："小女子取巧而已，怎可与漫天雪景相媲美。"

这个自然是难不倒如懿的。她擅长绣工，待到回京之时，一幅《湖心亭看雪》图必早已奉于皇帝的养心殿内，足以让他时时回味雪中西湖之美了。

此时皇帝说起那夜嬿婉湖上一舞的情致，嬿婉眉目低垂如柳，温顺如乳燕："臣妾不过是取巧，博皇上皇后一笑。哪里比得上西湖真情实景，又哪里真入得了皇上和皇后娘娘的眼。"

说罢，便认认真真三跪九叩，行了封妃叩头的礼数。

正礼毕，进忠领着钦天监监正求见。钦天监日夜监察天象，向皇帝进言，颇有分量。此刻过来，皇帝也是意外。嬿婉见皇帝肃穆，只是温婉赔笑："钦天监骤然求见，想来是皇上恩泽江南，天象祥瑞吧。"

皇帝听她说得乖巧，微微颔首。皇帝以为天象有异，自然关切。何况乾隆十三年七阿哥夭折，孝贤皇后离世，天象便有预警。

果然监正神色郑重禀告："今日微臣见紫微星周有小星相冲，有刑克之象，微臣惶恐，特来禀告。"

嬿婉陪伴在侧，颇为紧张："皇上，紫微星乃帝星，有小星刑克，那是克着皇上。"

监正十分不安："此小星不祥，且是从紫微星中分离而出，似主皇嗣降生。若真如此，乃指父子相克。"

宫中皇嗣为重，如懿亦有些不安。皇帝比她更早问出口："你是指朕的儿子里有人对朕不忠不孝？可有化解之道？"

监正连连摆手："只需父子不相见，于皇上便是无碍。眼下皇上还不在宫中，只怕这小星已经克着命弱的皇子了。"

如懿转念一想，便记挂着意欢的身孕，暗暗心惊。虽然她不太相信天象之说，但七阿哥与孝贤皇后之死也算合了天象，而皇帝最是在意这些说法，她便问："如何克法？"

监正说话倒是干脆，不肯有所隐瞒："轻则抱病，重则丧命，与皇上相克也是如此。”

嬿婉轻轻“呀”了一声，有些惴惴，看着皇帝，很是担忧：“监正所指莫非是舒妃腹中皇嗣，五阿哥可不是就在宫里病了么。”

如懿扫一眼嬿婉，示意她不要胡乱揣测。嬿婉连忙低头，恭谨侍奉在侧。皇帝便问：“若真是朕的皇嗣相克，何谓不相见？”

监正一语概之，无缘为父子便是。

监正禀告完了便先出去，嬿婉也跟着告退。嬿婉才一出来，便见蕊姬等候在外，正有离去之意。嬿婉便招呼道：“玫嫔姐姐？你要求见皇上？”蕊姬有些不自在：“知道你当宠，我就不能见皇上了么？”

嬿婉不欲得罪她，便殷殷笑道：“那我替你告诉皇上。”蕊姬也不理会，径自转身离开。嬿婉嗤笑道：“自己不得宠，朝我撒气做什么。”

蕊姬疾步走着，便往太后宫里去。俗云有些惴惴：“小主，这些日子皇上没召见您，您见太后说什么呢？”

蕊姬笑得悲苦：“就是皇上心里没有我，我若不在太后面前尽些心力求存，那更无立足之地了。”

蕊姬去得远了，监正只在甬道角落等候。无人见时，陪候在外的进忠将一张银票塞到监正手里，二人一笑，都知自七阿哥和孝贤皇后离世，皇帝极信天象。今日虽未表态，但必然是介怀了。监正恭谨道：“皇后娘娘耿直，微臣便有赖令妃娘娘眷顾了。”

殿中格外寂静，仿佛出巡的欢悦也被这突如其来的天象扫去了不少。皇帝有些犹疑，缓缓道：“永琪这孩子一直康健，忽然病了，不会是舒妃腹中孩儿相克吧？”

如懿心中微冷，知道皇帝多半是信了，只得温言道：“皇上，天象之言不可尽信。永琪风寒乃是时气不佳，皇上乃天子，那孩子更不会妨着皇上。”

皇帝的笑意薄薄的，他站在窗口，不知在想什么：“朕知道。舒妃的孩子自然也是朕的孩子，朕怎会不要他。”如懿还要劝解，皇帝摆手，“不要想这么多，让江与彬赶回去全心照顾永琪和舒妃就是。”

离开杭州，御驾便从江宁绕道祭明太祖陵，且在太祖陵前阅兵扬威。皇帝为解太后枯闷，亲自陪着皇太后到江宁织造机房观织，又命江宁织造赶制皇太后六十寿辰所用的布料，以讨皇太后欢心。

淮扬风情，江宁原是六朝古都，彼时金陵王气已收，更添了几许秦淮柔媚，引得皇帝驻足了好些日子。嬿婉因着得宠，也深得官员们巴结。嬿婉倒也乖觉，有什么好的，都先奉着如懿，也不管如懿是否喜欢，都往她宫里送去。

嬿婉这里花团锦簇般热闹，玉妍倒是闲着，这一日蕊姬正见陆氏坐了恩辇前去侍寝，春风酥软，拂在她身上却是寒浸浸地生凉。这么颠倒半生，费尽了心思往上爬，还是落在不尴不尬的境地里，子嗣不得，恩宠无望，一颗心也是灰了。

如今连陆氏也能沾得些恩宠，封了庆嫔，她却不得皇帝一眼回顾，连伺候的俗云都替她抱屈：“令嫔封妃，庆贵人封嫔，怎么皇上就不给小主您提提位分？”

蕊姬笑意微冷，似是看透了一切：“太后就是怕庆嫔一个人不够出挑，才拿本宫去做陪衬的。若不是还能为太后做点事，那就连做陪衬的资格都没有了。”

俗云伺候她最久，想起她的身世便难过，便挽住她的手：“小主太命苦了。”

都说北地的风刮骨生寒，可江南也不觉得和暖到哪里去。都说六朝烟云，不过是繁华如梦。桃红柳绿都是旁人的，自己不过是衰颜寒草，在后宫的人群里熬日子罢了。蕊姬叹了口气：“本宫身子不好，不知还能拖多久，或许很快就会成为一枚弃子。呵，耗尽心血，不过是大梦一场啊。”

这一语，说得俗云都含了泪。主仆二人正感伤，只听得后头幽幽一句笑声传来："人生如梦，你在梦里还痛快么？"

蕊姬使个眼色，要俗云退开，丽心便也跟着走了。蕊姬冷冷的，却是无比痛快："梦里大半伤心，只有报仇那一刻才是痛快的。"

玉妍伸出涂了鲜红蔻丹的手，摸着她小小一张巴掌脸儿，似笑非笑道："有时真怕你想不开，把梦里的痛快事儿说了出来。"

蕊姬如何不明白她的担心和威胁，伸出手拨开玉妍的手，冷冰冰道："梦境之事，岂能轻言？嘉贵妃这话是不放心我吧？咱们一条船上的，说出你来有我什么好儿，除非是我不想活了。"

玉妍哧地笑出来，笑得鬓边一串赤金红璎宝石珠沙沙作响："活着好，好好儿活着。"说着，头也不回，便径自走了。

这一日早膳刚毕，皇帝由江宁一地的官员陪着赏玩了玄武湖与莫愁湖，便留了一众嫔妃在行宫中歇息。

嬿婉得了江宁织造私下奉送的几十匹名贵锦缎，心中正自高兴，偏那织造府遣来的小侍女口齿格外伶俐，指了一匹道："这是最名贵的杂珠锦，须得最好的织娘用最细最亮的米珠按着纹路织，又华贵，上身又轻盈，配给令妃娘娘是最合适了。这些都是咱们大人的一番心意，还请娘娘笑纳，便是咱们大人的荣光了。"

一席话说得嬿婉心花怒放，抓了一大把金瓜子放在她手里，好好儿打发了出去，又让春婵挑了好几匹最名贵的杂珠锦，亲自送去如懿殿中。

彼时风光晴丽，行宫又驻在栖霞山上，风景秀美乃是一绝。嬿婉坐在步辇上，闲闲地看着手腕上的九连赤金龙须镯，道："这镯子的颜色不大鲜亮了，得空儿拿去炸一炸。"想想又蹙眉，"罢了，炸过了也是旧的了。匣子里多的是这些镯子，也不是什么稀罕玩意儿。"她随手摘下递给春婵，"赏你戴了吧。"

春婵千恩万谢地接过了戴上。嬿婉掠起水红色的宫纱云袖，倚在步辇的靠上抚弄着葱管似的指甲："等下晚膳去问问御膳房，有什么新鲜的吃食么。前几日中午夸了一句他们做的鸭子好，便顿顿都是鸭子了。什么酱烧鸭、八宝鸭、盐水鸭、煨板鸭、水浸鸭，弄得宫里一股鸭子味儿，吃什么都是一样的。"

春婵笑道："那还不是因为小主一句话，他们就跟得了玉旨纶音了似的，个个巴结着咱们。虽然庆嫔小主也得宠，却不能像小主这般一言九鼎了。便是这江宁织造私下孝敬的东西，咱们也比别的宫里足足多上三倍呢。"

嬿婉得意一笑："知道就行了，别挂在嘴上。"

春婵应了"是"，又道："小主如今这么得宠，为何还那么殷勤去皇后娘娘那里？连最好的杂珠锦都不自己留着，反而给了皇后。"

嬿婉轻嗤一声："本宫上次费的那一番心思，原是借了太后抬举庆嫔和玫嫔的力，否则哪有这么顺利。只是即便这样也好，到底借了太后的东风，事先皇后也不知，只怕两宫心里都有些嘀咕，所以本宫得格外殷勤小心，别得意过了头落了错处才好。"

春婵笑道："虽然是借了东风，可到底也是小主青春貌美，否则您看玫嫔，到底人老珠黄，太后怎么安排也是不得力了。"

嬿婉细长的手指轻轻抚在腮边，娇滴滴问道："春婵，人人都说本宫和皇后长得像，你觉得像么？"

春婵听她语气如常，却不敢不多一分小心："是有几分相似，但是小主比皇后娘娘年轻貌美多了。"

嬿婉撇下手，拧着手里的桃花色双莺结绢子，淡淡道："皇上喜欢皇后，本宫这张脸便也得了便宜。只是想要比皇后更得宠，就要看她日日如何得宠，还有，便是将皇后的短处变成本宫自己的长处。"

春婵微微诧异："皇后也有短处么？"

嬿婉的唇扬起优美的弧度："是人总会有短处。如今情爱欢好，短处也看成了长处。哪一日情分浅了，短处就更成了容不下的错处。本宫只有将皇后没有的做得更好，才能屹立不倒啊！”

嬿婉笑语盈盈，正说得得趣，转头见凌云彻领着侍卫走过，向她欠身道：“请令妃娘娘安。”

嬿婉的脸色便有些不自在，略略点头示意：“凌大人有礼。这个时候，凌大人怎么不陪着皇上在外呢？”

凌云彻简短道：“李公公怕皇上在外人手不够，特意派微臣回宫多调派些。”他拱手又道，“自杭州以来，一直未曾恭贺小主晋封之喜。”

嬿婉此刻只觉得扬眉吐气，眼角亦绽开一点儿粉色的笑意：“凌大人有心了。能得凌大人这一声道贺，真是比什么都难得。”

凌云彻的脸上并无多余的表情：“恭喜小主是因为小主得偿所愿，以后许多不必要的聪明心思和计谋都可以收起来了。”

嬿婉的脸色倏地一变，如遭霜冻，可是那么多人在，她如何能发作，只得极力维持着矜持的笑容：“聪明是长在骨子里的，去也去不掉。至于计谋嘛，本宫可听不懂大人在说什么。”她的脸色愈加冷淡，“原来你的道贺并非真心，你是否始终看不起本宫的所作所为？”

凌云彻十分恭谨：“娘娘心思过人，微臣卑下，实在不敢看不起娘娘。”

凌云彻施礼离去。嬿婉一时性起，下了轿丢下众人就往前走。春婵如何不懂，忙留了王蟾看着众人等候，自己疾步跟了上去。

嬿婉正在恼恨头上，发狠似的扭着手里的绢子，沉声道：“他就是厌恶本宫！从本宫弃他而择皇上，从本宫糊涂了想要给他下药搏一个孩子，从……他就厌恶本宫了。”

春婵正不知从何劝起，进忠从后面跟上来，阴恻恻地拧着嗓子唤：“令妃娘娘。”

嬿婉吓了一大跳，哪里还敢存着恼怒神色，强笑道：“进忠，你怎么来了？”

进忠慢悠悠走到她跟前，微眯了双眼打量她的眉梢眼角：“奴才替皇上去庆嫔处传旨，远远看您和凌侍卫叙旧，不敢上前打扰。又见您生气才想着跟了上来，才听见什么下药求子的事儿……”

嬿婉一张俏生生的脸都白了，正想分辩什么。进忠一把握住了她手里的桃子红打金线绢子，轻轻绕在自己的手指上：“别瞒了。你们的旧情奴才知道，为了争宠得子干点什么事儿也像您的脾气。选凌云彻，怕是您心里还惦念着他吧。”

嬿婉冷下脸，看着别处道：“本宫早不念着他了。”

进忠顺着她的目光又走过去，总是不肯离开她的视线。嬿婉心中厌烦，又不敢表露出来，只得一味笑着，笑得脸都酸了。进忠这才慢慢地道：“那就好。奴才是怕凌侍卫对当日您亲近皇上之事怀恨，他日日在皇上跟前当差，难保哪一日不会在皇上面前进谗言。万全之策，还是除了他为妙。”

嬿婉几乎是脱口而出：“他不敢。”

进忠脸上的笑纹儿更浓，一双眼却是冷得让人望之生寒。他伸出手，拿着绢子细细替她擦额头急出来的汗珠子：“瞧您，奴才才说一句您就急成这样！”

嬿婉知道进忠的心性，也有些急了：“凌云彻对皇后娘娘有恩，要除他只怕难过皇后那一关。”

进忠皮笑肉不笑地望着她，只是不应。她越发有些心虚了。想了想，还是拿出了嫔妃的架子，伸手搭在进忠手腕上，二人慢慢走着。进忠见她如此，也不敢扬着嗓子说话了，低眉顺眼听着嬿婉分说：“别忘了你与本宫的约定。你要学的是李玉，挪开了李玉，你才能爬到顶峰去。凌云彻不是你的挡路石，他没碍着你。”

进忠扶着她的纤手，想着凌云彻却无这般机会，倒也好受些：“凌云彻从来不是奴才的挡路石，是您的。扎心窝子的刀从来不在敌人手里，而是在您最亲近最心爱的人那儿。凌云彻知道您太多秘密了，随便往皇上跟前说那么一两件，您还能有活路么？”

嬿婉悚然一惊："不会的。他不会的。"

不过那么一瞬，冷汗已经浸透了衣背，暖风一吹，冷得她打了个寒噤。这样的念头不是没有转过。凌云彻知道她太多的过去，他就是她的软肋。

进忠幽幽道："您自己明白，凌云彻已经不像从前那样待您了。您可以为了荣华富贵不要他，他不能为了荣华富贵出卖您？您想想，凌云彻是皇后一手提拔起来的，您要争宠，迟早得和皇后撕破脸。到时候凌云彻把您一卖，您这半辈子的心血可就白费了。连您额娘和弟弟都得受苦去。"他见嬿婉沉默，继续说下去，"您担心李玉挡了奴才，他得皇上信任，还有皇后撑腰，要对付也不急在一时。可凌云彻这个人，您要心软，就害死自个儿啦。"

嬿婉紧紧地咬着牙，面上的惊恐之色越来越浓。她被进忠的目光逼得受不住，终究狠下心肠："那就……除了他！"

进忠的眉眼立刻都舒展了开来，笑着答允了："奴才一定给您办得妥妥当当的。您呀，安安生生去皇后娘娘那儿吧。"

嬿婉来到如懿殿中。彼时如懿正香梦沉酣，躺在暖阁的长榻上静静沉眠。嬿婉算着如懿午睡也快醒了，便候在一边，取过如懿在绣的一幅《湖心亭看雪》图绣了起来。不过一炷香时分，如懿便醒转了过来，见她在侧，不觉有些诧异："令妃怎么来了？"

嬿婉忙搁下手中的绣针，起身道："臣妾来给皇后娘娘请安的，不防娘娘还在歇息，便在外等候。"她指着绣架上的《湖心亭看雪》图笑道，"臣妾看娘娘绣这个，一时技痒，娘娘莫怪。"

如懿就着芸枝的手起身漱了口浣了手，方看了她一眼，话里藏着话道："本宫不备的时候，令妃做了些什么？"

嬿婉蓦然一凛，指着绣布笑道："臣妾能做什么，不过是皇后娘娘绣了什么，臣妾跟在后面绣什么罢了。"她双眸清灵如水，看来似有无限诚恳，"皇后娘娘既是臣妾的姐姐，又是臣妾的主子，臣妾自然是亦步亦趋，跟随娘娘罢了。”她笑生两靥，赔着小心，“娘娘，臣妾对皇后娘娘之心不敢怠慢。望皇后娘娘受臣妾敬拜。”

嬿婉正欲行礼，如懿取过菱枝端来的莲子羹慢慢喝了一盏，方看了她一眼道：“礼数在人心，何必一定求这一跪，屈膝人前？”

嬿婉恭敬无比：“臣妾在皇后娘娘跟前始终卑微，能得封妃，也是有皇后娘娘成全。以为娘娘一定也愿意臣妾为皇上献舞，令皇上欢悦。不想臣妾自作主张了，臣妾愿长跪谢罪。”

如懿微微一笑：“你有什么罪过？本宫意愿如何，也不必你主张了吧。”

嬿婉低头跪着：“臣妾冒失，不该妄言。”

如懿当下也不再说什么。

嬿婉起身谢过：“臣妾新得了一些杂珠锦，臣妾想着此物名贵，不敢擅专，所以特意奉送给娘娘，也只有娘娘才配得起这样华贵的锦缎。”

如懿瞧了一眼春婵捧进的缎子，淡淡道：“妹妹有心了。”

嬿婉这才松了一口气。二人正说着话，却见瑞穗儿打了个千儿进来。

如懿本不想瑞穗儿当着嬿婉的面说话，但看瑞穗儿神色匆匆，心下便有些不安，问道：“出什么事了？”

瑞穗儿道：“回皇后娘娘，江太医自奉了皇上的旨意一路赶着回京北上，可是到了山东境内，不知是劳累还是饮食不慎的缘故，一行人一直拉肚子，两条腿直打晃，根本没法走路。”

如懿惊异不已：“江太医自己就是太医，难道医不好自己么？”

瑞穗儿擦着额头上的汗道：“江太医是想医治自己来着，可是病得太厉害，跟着去的人也未能幸免。那地界又偏僻得很，缺医少药的，驿站的驿丞赶出去买个药就得一天，一来二去到底耽搁了。”

容珮疑道：“这就奇怪了，怎么早不病晚不病，偏在那些个穷乡僻壤给误了。”

嬿婉将唇角一缕笑意及时抿了下去，急道：“真是可怜见儿的。皇上要他回去便是看着五阿哥和舒妃姐姐的，这别的能耽搁，皇嗣的事可耽搁不得呀！”她看着如懿，“娘娘，不如再派个人去瞧瞧江太医吧。”

如懿沉思片刻，道：“远水救不得近火。江太医能救人，必能自救。且看他自己的。”她又问瑞穗儿，“五阿哥和舒妃如何了？”

瑞穗儿道：“都好。五阿哥病症有缓，舒妃小主除了掉点儿头发，也没什么别的不适了。”

如懿稍稍放心，嬿婉宽慰道：“山东离京城也不远了，就算江太医不适，顶多耽搁个十天半个月，既然五阿哥和舒妃姐姐不要紧，娘娘且放宽心。听说咱们行宫所在有座栖霞寺，十分灵验。臣妾愿为五阿哥和舒妃姐姐祈福，祈佑五阿哥和舒妃姐姐一切安好。”

如懿不言。

春婵忙答应了道：“皇后娘娘，我们小主是实诚人，嘴上不说，心里总记挂五阿哥和舒妃娘娘。在杭州时，便托了奴婢去各个有名的寺庙里替五阿哥挂了寄名符儿，替五阿哥求取平安呢。”

嬿婉满脸诚挚：“皇后娘娘，臣妾自己没有孩子，看旁人的孩子心里也是疼爱得紧。”

如懿见她说得动容，口气也和缓了不少：“你还年轻，迟早会有自己的孩子的。”

嬿婉黯然地垂下眼眸，伸手拨弄着几上新供的一盆蔷薇花，暗红的汁液带着柔靡的气味从她身旁萦绕散开。“早有多早，迟有多迟，不过都是心里虚盼着罢了，娘娘也不必安慰了。”她轻叹一口气，“便是眼前的恩宠，皇后娘娘或许觉得臣妾是费尽心机争来的，可是臣妾想争的，不过是一个日后可以相依为命彼此依靠的孩子，并不是贪求荣华富贵。”

如懿别过脸，轻叹一声：“心口合一是无上的好处，但愿令妃有这般好处。”

嬿婉寒暄之后，便也离开了。她走出殿阁，正见容珮带了两个小宫女开了库房的门，将杂珠锦搬了进去。不过是门缝开合的一瞬，嬿婉已被库房中成堆的杂珠锦惊住。正巧一个小宫女退了出来，嬿婉便笑道：“原来皇后娘娘有这许多杂珠锦了，本宫还送来，可是白白占了你们的地方了。”

那小宫女拍着手笑道：“江宁织造原也要送来的，可是皇后娘娘说，皇上已经私下赏了这么多，连最名贵的鲛文万金锦皇上也全赏了娘娘，便叫江宁织造不必费事了。”

所谓的鲛文万金锦，原是汉成帝殊宠的飞燕与合德二姐妹的爱物。早些年皇帝偶然读《飞燕外传》所知，吩咐江宁与江南二织造竞相复原此锦，不想江宁织造真是做了出来，且皇帝全数赏给皇后，她竟一点儿也不知。

嬿婉慢慢地走出如懿的庭院，嘴角忽而多了一丝冷凝的笑意。原来她所以为的荣宠万千，与如懿的皇后之尊相比，竟是如此不堪一击。她心里忽然闪过一丝旋电般的念头，何时她亦能享有这样的尊荣之宠，临天下凤位，便是好了。

那念头不过一瞬，她便连自己也惊着了。站在甬道的风口上，身上一阵阵发冷。

春婵忙道：“小主，左右您的心意也到了。咱们要给皇后娘娘看的，不就是这一份心意嘛。其他的，皇后有多少好东西，关咱们什么事呢。”

嬿婉淡淡地笑了笑，那笑像个阴天的毛太阳似的挂在唇边。春婵看了有些害怕，没话找话地道：“小主别担心，有澜翠在宫里，一切都好着呢。”

嬿婉浅浅一笑：“这个本宫自然知道。她要是个不能干的，本宫也不留她了。本宫志不在五阿哥，也不想和皇后、愉妃撕破脸，五阿哥那儿的药要斟酌着用。至于江与彬，拖得久一点，舒妃要治愈也慢一些。本宫看她满脸斑块，如何再自负美貌缠着皇上。”

春婵笑吟吟道：“皇后有一个江与彬忠心耿耿，却不知道太医院那么多太医，许官许银子，有几个人抵得住。”

二人正说着，便又往皇帝宫里去。

旋波 玖

嬿婉正得宠，少不得要在皇帝跟前多亲近侍奉。进忠当完了差事，正步上台阶，抬头见戍守在外的凌云彻，心中不喜，只是不动声色往上走。殿门“吱呀”一声，只见玉妍穿了一袭蜜色透纱银闪缎旗装，明艳照人地出来了。进忠才想起，原来玉妍怕被皇帝冷落，隔三岔五就到皇帝跟前来说话。此刻见她满面含笑，想是她又与皇帝说了什么高兴事。嬿婉正下辇轿，见是玉妍，便有些不喜，却也照足了礼数行礼。

玉妍斜眼瞟了嬿婉一眼，伸出水葱似的指甲托在自己腮边，笑道：“哟，爬龙床爬得利索，别以为成了妃子，就忘记自己当年的低贱样儿了。”

彼时凌云彻在旁，嬿婉听得这话便有些窘迫，却也不肯这般颜面扫地，便道：“有嘉贵妃为榜样，我怎敢不好好学着。”

玉妍怎肯把嬿婉放在眼里，只拿旧事道：“我是你的主子，你是伺候我的婢子。主子的模样，奴才再怎么学也学不像。”她一伸手，作势便要去摸嬿婉纤细的腰肢，咯咯笑道，“让我瞧瞧你的肚子，还没鼓起来过吧。趁着年轻还能风骚勾引皇上，能得意几时呢？”

有宠无子一直是嬿婉的伤心事，她登时面红耳赤，下不了台来。凌云彻实在听不下去，亦是不忍：“嘉贵妃娘娘，令妃娘娘，太后娘娘要去栖霞寺禅修，皇上即刻要出来相送。”

嬿婉知他为自己解围，便道：“皇上要去送太后，本宫就不打搅了。”玉妍占了口舌机锋，当下也痛快，便先走了。行至凌云彻身边，嬿婉心中不安，低声道：“多谢。”

凌云彻也不接话，嬿婉还想再说什么，扭头瞥见廊下的进忠，心中一阵发紧，当下也不敢多说话，便走了下去。

春婵甚是不满，抱怨地啐了一口：“一把年纪了，还打扮得这么妖妖调调的，嘴也不饶人。”

进忠看着凌云彻挺拔的背影，眼中闪过一丝阴狠，进了殿去。

春夜里格外安静，这一夜皇帝翻的是玉妍的牌子。长夜得闲，如懿便捧了一卷《小山词》在窗下静静坐着，窗外偶尔有落花的声音轻缓而过，像是谁的低吟浅唱。如懿侧首问道：“容珮，是什么花落了？”

容珮推开朱漆长窗，望了一眼笑道：“娘娘的耳力真好，是窗外的玉兰呢。”

如懿道：“哪里是本宫耳力好，长夜如斯，寂静而已。”她轻声吟道，“千干万蕊，不叶而花，当其盛时，可称玉树。这样干干净净的花，凋零了真是可惜。”

容珮笑道：“说起玉兰花，昨儿奴婢还碰到凌大人，他也说这样的花儿落在污浊的泥里可惜。”

如懿笑道：“他这么个男人，也这么怜花惜草，伤春悲秋的？”

容珮认真道：“是啊。所以凌大人说，还不如做个玉兰羹炸个玉兰片什么的，吃进肚子里也尽干净了。”

如懿忍不住笑道：“原来说了半天，到底还是副男人的心肠。罢了罢了。”

容珮道：“男人家心肠豁达，笑一笑就过去了。倒是今日令妃娘娘来，她说的一番话，娘娘可信么？”

如懿淡淡道：“她既要陈情，本宫就听着。不过心口不一之人，不可轻信。”

容珮松了一口气：“奴婢就怕娘娘被轻易说动了。”

如懿淡然一笑：“凡事只看她做了什么，只凭说什么，本宫是不信的。”

二人正说着，却见三宝慌慌张张进来道：“皇后娘娘，凌大人出事了！”

如懿一怔，放下手中的书卷道：“怎么了？”

三宝急惶惶道：“皇上寝宫传来的消息，今晚本是嘉贵妃侍寝，谁知围房里送嘉贵妃进去的宫女嚷了起来，说才一会儿工夫，收拾嘉贵妃的衣衫时发现贵妃的肚兜小衣不见了。这才闹了起来。”

“那她的肚兜去了哪里？”

三宝不安道：“是在当值的侍卫们休息的庑房里凌大人的衣物里夹着的。”

如懿下意识地脱口而出：“不会！”

三宝忙道：“皇后娘娘，这会不会的谁也说不清啊！毕竟，毕竟……”他吞吞吐吐道，“凌大人一直没有成婚，或许是私下恋慕嘉贵妃的缘故，也是有的。”

如懿不悦道：“旁人胡说八道就算了，你是翊坤宫里出来的人，怎么也跟着胡乱揣测，不言不实！”

三宝吓得发昏，立刻道：“皇后娘娘恕罪，皇后娘娘恕罪！奴才也是把皇上寝宫那边的话如实说给娘娘听而已。不管怎么样，皇上发了好大的脾气，嘉贵妃还一直缠着皇上处死凌大人。凌大人现在已经受了刑了，李公公递来消息，问怎么办。”

如懿立刻起身："容珮，替本宫更衣备轿，即刻去皇上那儿！"

如懿赶到时，凌云彻已经挨了满身的鞭子，衣衫破得不堪入目，连绑着他的庑房的廊柱下的石砖上都沾上了斑斑血迹。然而，进忠犹未收手，一鞭一鞭下去，又快又狠，直打得血沫飞溅，皮肉绽开。

进忠边打边骂："皇上的女人你也敢打主意，打死你也活该！"

凌云彻咬牙道："我没有！"

进忠恶狠狠道："没有！小爷还会冤枉了你？"

他骂着，下鞭更狠。凌云彻倒也硬气，硬生生忍着，不肯发出一丝呻吟。

如懿听着不入耳，脚步一滞，想要近前去看，还是觉得不妥。她扬了扬脸，容珮会意，朝着进忠摆了摆手，低低道："皇后娘娘要进去向皇上回话，先停一停手。"进忠无奈，只得答应了。

进得寝殿中，烛火下流动着水样的光泽，明明灭灭，樱红色的流苏款款漾漾，一摇一摇地拖出皇帝与玉妍细细长长的影子。皇帝在寝衣外披了一件湖蓝团墨外裳，脸色铁青。玉妍半坐在榻边，散着一把青丝，身上一袭艳梅色绛丝八团春花秋月衬衣，几颗镏金錾花扣疏疏地开着，露出雪白的一抹脖颈，正伏在皇帝手臂上哭得梨花带雨，连声说着恨不得去死了才好。

如懿见她打扮得如此艳，不觉蹙了蹙眉，只对着皇帝行礼如仪。

皇帝满脸不悦，并无招呼如懿的心思，便道："起来吧。夜深，皇后怎么来了？"

如懿和婉道："臣妾听得皇上寝殿闹了起来，便来请罪。"她含了几分谦卑与自责，"后宫不宁，是臣妾无能。还请皇上降罪。"

皇帝摆摆手，气恼道："不干你的事，到底是朕身边的人手脚不干净，做出这等见不得人的事来。"他问李玉，"人在外头，打得怎么样了？"

李玉探头向外看了看道："打得没声气儿了，进忠手都酸了呢。"

玉妍晃着皇帝的胳膊，恨声道："皇上！一定要活活打死他，才能泄了臣妾心头之恨！"

如懿轻声道："李玉，说是不见了嘉贵妃的肚兜，给本宫瞧瞧，是什么肚兜？"

李玉忙答应着捧了上来，如懿看了一眼，却是一个包花盘金鸳鸯戏水的茜香罗肚兜，四周滚连续暗金色并蒂玫瑰花边纹，周匝压青丝绣金珠边儿，兜身极小，只能稍稍蔽体，十分香艳。

如懿故意蹙眉道："这是嘉贵妃的东西么？怎么瞧着便是几个小常在她们十几岁的年纪也不用这样艳的东西呀。"

玉妍撇了撇嘴，转脸对着皇帝笑色满掬："皇上说臣妾皮肤白，穿这样的颜色好看，是不是？"

那原是闺房私语，这样骤然当着如懿的面说了出来，皇帝也有些不好意思，掩饰着咳嗽了一声，道："什么年纪了，说话还没轻没重的。"

玉妍娇声道："皇上在臣妾眼里，从来都是翩翩少年，那臣妾在皇上身边，自然也是永远不论年纪的。"

如懿听着不堪入耳，看着玉妍问："到底怎么回事？"

玉妍抽泣着道："回皇后娘娘，有浪荡之徒私盗臣妾贴身之物，羞辱臣妾。"

李玉忙回禀："皇后娘娘，今晚本是嘉贵妃侍寝，谁知围房嬷嬷们收拾嘉贵妃的衣衫时发现贵妃的肚兜不见了。奴才带人寻起来，竟在侍卫庑房里凌侍卫的衣物里找着了。"

如懿又问当时凌云彻在何处，嘉贵妃侍奉皇帝时凌云彻可曾离开过殿外。李玉一一回禀凌云彻是在殿外当值，侍卫们轮了一班，凌云彻回过庑房歇息过，又换去了皇上殿前守卫。

玉妍白着脸，含羞忍辱道："皇后娘娘还问这些做什么？教臣妾再听一回，简直让臣妾没脸面活下去。"

如懿正色道："你的脸面要紧，是非清白更要紧。皇上，干得出这样的事的，必是思慕嘉贵妃之人。可平素并不曾见凌侍卫思慕贵妃啊。李玉，你与凌云彻一同伺候，可知他有这样的心思？"

李玉毫不犹豫地答："回皇后娘娘的话，凌侍卫是个正派人，素无这样的事。"

这一来，皇帝也有些听愣了。

如懿笑道："李玉，你告诉本宫，什么人会偷肚兜啊？"

李玉满脸通红："这个……这个……"

玉妍翻了个白眼，叱道："必是浪荡之徒做的下作事情！皇上，贱奴觊觎臣妾，难道还到处说去！听说这个贱奴一直没有成婚，许是私下恋慕臣妾，早就存了坏心，到今日才动手。"

如懿瞥着玉妍笑道："也是啊！嘉贵妃保养得宜，青春不老，别说皇上喜欢，是个男人也动心啊。干得出这样的事的，总得是思慕嘉贵妃的人才是吧？"

玉妍嫌弃地扬了扬绢子，靠得皇帝更近些，可怜巴巴地道："皇上，臣妾可什么都不知道。"

玉妍粉面低垂，一身艳梅色八团折枝西番莲花样的纱袄衣裙，灯光下愈加容光夺魄，却比平日倍添妩媚别致。如懿蹙眉道："若是巴巴儿的偷了这不能见人的东西，就该贴身藏着啊。怎么放到侍卫庑房那种人多手杂的地方去？也不怕人随手就翻出来？"

李玉亦道："这更像是故意等着人翻出来，好叫凌侍卫受责呢。"

进忠湊在门外，神色紧张起来。

皇帝道："皇后的意思，此事有蹊跷？"

殿内安静极了，遥遥听见远处不知名的虫儿有气无力地鸣叫着。镏金八方烛台上的红烛还在滋滋燃烧着，流下的丝丝缕缕的红泪，似凌云彻身上滴落的血迹，静静淌下。如懿欠身，神色分明："出了这样的事，嘉贵妃是该羞恼。不过凌侍卫自伺候皇上以来一直忠心耿耿，而嘉贵妃也承宠多年，为什么偏偏在行宫便出了这样的事？”

皇帝乜了如懿一眼，淡淡道：“你是在替凌云彻求情？”

如懿深深地垂下眼，以谦和恭敬的姿态深吸一口气，道：“臣妾替凌云彻求情，更为皇上着想。凌云彻曾舍命救过孝贤皇后，乃是有功之人。若为此等有蹊跷之事杀他，来日他到了地下对孝贤皇后喊冤，只怕孝贤皇后也要怪罪臣妾主理六宫不善，使人冤屈致死了。”

皇帝正沉吟，嬿婉领着春婵进来。进忠一脸看好戏地跟在后头。嬿婉请了安，皇帝诧异道：“你怎么也来了？”

嬿婉笑吟吟的，婉顺如常：“臣妾听说寝殿生事，怕皇上气坏了身子，特意赶来。”

玉妍盯着嬿婉，更是恼羞成怒：“好事不出门，坏事传千里。这连令妃都知道了，来看臣妾的笑话。皇上，凌云彻非杀不可。”

嬿婉心中一沉：“皇上，这出行在外的，一动死刑，不闹得都知道了，还坐实了传言丑闻。不如掩下去罢了。”

进忠大为吃惊，微微变了脸色，只得退了两步忍耐着。

玉妍气得几乎要跳起来：“丑闻？就是他闹出丑闻来才非死不可！”

嬿婉瞟了眼那艳丽逾常的肚兜：“其实外头闲人的嘴最坏，事儿闹大了，不会说侍卫好色，而是议论宫中嫔妃众多，年轻貌美的不被沾染，怎么非到了贵妃您身上，安知不是贵妃行事轻浮惹了人家！”

玉妍闻言，简直如火上浇油一般：“你胡说什么？”

嬿婉毫不变色，只是端着笑道：“不敢，妹妹是揣测外头闲人的话罢了。少不得这事儿还要扯进皇上去，议论纷纷，不堪入耳。”

玉妍霍然起身，恼恨异常，直以为嬿婉是故意要和她过不去，不觉扬声道：“令妃，你为这个该死的奴才求情，是存心来看我的笑话的吧。事儿不出在你身上，你就想大事化小？皇上，臣妾怎么咽得下这口气？”

嬿婉也不退却，只看着皇帝，柔声道：“嘉贵妃，您想错了。我是觉着区区侍卫有何要紧，皇上龙体安康才最重要。”

如懿知她与凌云彻旧事，想她这般维护，定是为了旧情，也不觉心软。她向玉妍道：“本宫与令妃都想维护皇家清誉，嘉贵妃为何偏要张扬，难道不为皇上思量？”

嬿婉转头瞟一眼进忠，嘴上却只对着玉妍：“您觉得谁碍眼，就别留在跟前了，打发得远远的去服役，还不够出气的么。”

玉妍哪里肯如此轻易放过，咬着唇恨声道：“死罪可免，活罪难逃，必得罚去做最辛苦的差事才行。”

皇帝见玉妍气恨难平，又看看如懿和嬿婉关切之色，沉吟着道：“罢了。上回东巡时凌云彻救过孝贤皇后，眼看着这回南巡快到济南了，朕不能在这时候杀了他，寒了孝贤皇后在九泉之下的心。”

嬿婉放低了柔柔的声音：“皇上总是最顾念孝贤皇后的。”

皇帝略略凝神，亦觉得困倦。他抚慰似的拍了拍玉妍香肩：“也罢。那便打发凌云彻去木兰围场做个打扫的苦役，以后再不许回京就是。”

玉妍这才稍稍泄恨：“留着这条贱命，便宜他了。”

玉妍还欲再说什么，如懿肃了脸容，及时打断了她：“嘉贵妃是位分尊贵得人尊重的年纪了，行事言语不该如此轻佻，于自己声名也不好。皇上，今夜既然闹出这么大的事，还是先送嘉贵妃回去的好。”

皇帝不耐烦地摆了摆手，道：“嘉贵妃，你跪安吧。令妃，你留下吧。”

如懿亦告退离去。到了门外，如懿见是李玉亲自送出来，便低声道：“多谢你传话过来。”

李玉忙道：“凌侍卫对皇后娘娘有救命之恩，奴才是知道的。且奴才是皇后娘娘在宫里的一只眼睛，凌侍卫便是另一只。奴才可不愿看着旁人生生剜了娘娘的眼珠子去，免得剜了这一只，到时候就来剜奴才的了。”

如懿点头道：“你是个乖觉的。好好儿给凌侍卫上点儿药，择日送去木兰围场。一切便靠你打点了。”

李玉答了“是”，恭恭敬敬送了如懿出去。

透破厚厚的云层洒落的微弱月光，在宫巷一片迷蒙的黑暗之中浮荡着，像是一层薄纱摇曳，落下迷蒙的湿润。夜风拂面微凉，如懿心头却不松快，只沉着脸，默默前行。

容珮扶着如懿，低声道："娘娘以为，今夜的事是不是有人在背后算计娘娘？"

如懿摇了摇头："本宫是举荐过凌云彻，但他并非帮本宫做事，也算不得本宫心腹，又有谁要算计呢？便是令妃也赶来为凌云彻求情，不算无义。"

容珮疑心道："莫不是嘉贵妃……"

如懿凝神道："嘉贵妃要害人也不会如此显眼地扯了自己进去，坏自己的名声。"

容珮想了半晌，低声道："这可真是奇了，谁要凌侍卫的命呢？而且这人必和皇上身边的人有关系。"

如懿长叹一声："无论怎样，此事先瞒住了太后，免得她老人家从栖霞寺回来知道了生气。你再送些上好的金疮药去给凌云彻治伤，免得伤口溃烂。等悄悄儿送了凌云彻去木兰围场安置好，再问问他可曾得罪了什么人。"

容珮见如懿如此郑重，忙答应了不敢再提。

后半夜侍寝回来，嬿婉便辗转反侧，没有睡好。春婵也是愁容满面："事到临头，小主您怎么舍不得了？如今凌云彻没死，进忠公公白费了手脚，他能不来兴师问罪？"

嬿婉靠在青绫绣凌霄花的软枕上，瞪着满绣折枝花的帐顶，吐了一句："来就来。"

那密密匝匝的花朵，漫天漫地地落下来，平时是满满的热闹，此刻看着却让人眼晕。嬿婉厌倦地闭上眼睛："本宫不能眼睁睁看凌云彻死，毕竟，只有他真心待过本宫。"

春婵不无担忧："可是进忠公公说凌大人会挡着您的路。"

"挡着就挪开，未必要他赔上性命。"

春婵越发地陪着睡不着了，搓着被角发呆："咱们宫里宫外都没靠山，不能和进忠公公闹翻了呀。"

嬿婉霍然坐起身来，连连啐了几口，恨声道："阉货！恶心！污秽！要不是他逼迫怂恿，本宫不会一时糊涂想要凌云彻的命。"

春婵吓坏了，忙起身给嬿婉端了一碗茶水，服侍她喝下，见她神气好些，方敢劝道："小主，您要继续得宠，离不开进忠公公递消息。"

嬿婉心下一阵阵发软，抱着那满绣凌霄花的软枕，轻轻贴在脸上。那密密的刺绣，针脚虽轻，可贴在面上总不如素缎那么和软。嬿婉感受着那针脚的摩挲，才觉得稍稍安心。那一朵一朵的凌霄，是少年情意的旖旎，她轻声道："得宠又如何？本宫是个女人，还体味不出谁待自己是真心么？皇上待本宫若有凌云彻的一半，本宫何必连一个太监都要讨好！"

春婵默然无言，只得道："一早进忠公公必定过来，您可要想好怎么应付啊。"

果然正在用早膳，进忠便铁青着脸过来了。嬿婉慢悠悠喝着一盏牛乳茶，春婵替她细细吹着一个松花饼的碎屑，主仆二人都不看进忠。进忠待着没趣，忍不住开口道："您昨夜伺候皇上可好？别叫皇上瞧出了您人在宁心殿，心在凌云彻身上。"

嬿婉就着春婵的手咬了一口松花饼，嫌弃口干，喝了牛乳茶，方才慢条斯理地道："是。本宫就是不想让凌云彻死。他不死，本宫自然专心伺候皇上。"

"你……嬿婉！"进忠气得脸色都变了，一屁股坐下道，"你要我去除了凌云彻，我下手了你却去求情，你是什么打算？"

春婵正要拦着进忠不许这么对嬿婉说话。嬿婉倒是镇定："你急了？那你大可去告诉皇上，本宫曾经为了向上爬，怎么来求的你，怎么没给自己留后路，答允事败了就和你悄悄对食。你看皇上是厌恶本宫还是厌恶你？”

进忠嘴都挂下来了，看着嬿婉花容月貌的一张脸，都止不住满腹怒气：“嬿婉，你翅膀硬了，还唱的好一出美人救英雄，跑去给凌云彻那个好色之徒求情，还真不怕被皇上知道你们俩曾经有私情。”

“知道又怎样？”嬿婉笑意微冷，放下筷子，大约是手势重了，那银筷子头上的流苏沥沥作响，“你我是一根绳上的蚂蚱，求的是荣华富贵，平步青云。你要和本宫彼此算计，要挟本宫，那就一拍两散。”

进忠也翻了脸：“好！好！你果然忘不了那个贱奴！明明是你要除了他，我才替你动手的！”

“本宫是要除了凌云彻，但不是杀了他。如今他被赶走，也是一样。当初是本宫对不起他，如今就当还他。进忠，你以后安分老实，咱们就一起求富贵！否则这回的事拼着闹出来，皇后为了保自己的救命恩人凌云彻，多少会拉本宫一把。而你呢，嘉贵妃知道你害她没脸，头一个杀了你！”

嬿婉从未这般脸酸心硬地和进忠说过话，进忠一时也吓住了，不觉就软了气焰，喃喃道：“你……你……魏嬿婉……小主……好小主。”

嬿婉心头微微一松，换了温和笑颜，示意春婵递了一碗熘鸡丝白菜汤给他：“一肚子气说什么话，热热地喝一口再发火吧。”进忠见她如此，心中一软，便喝了两口。

春婵好声好气劝道：“进忠公公，您真是冤枉我们小主了。小主除了一心伺候皇上，就惦记着和您的扶持之谊。昨夜要不是怕皇上皇后和嘉贵妃追查下去扯出您来，小主怎么会赶走了凌云彻，了了这件事呢。”

进忠顺势下了台阶，赔着笑脸道：“令妃娘娘，奴才也是心疼您，您的恩宠来得不易，您自个儿好好珍惜。”

嬿婉看着一桌子早膳，心里早就饱了，便亲手拣了一个花卷放在进忠手里：“本宫和你都是没心肝的人，荣宠权位比情意更重要。自然会把拥有的一切死死抓在手里。你呢也别轻举妄动，以后夹着尾巴做人，别叫皇后和李玉他们发觉是你做的事。”

进忠这才觉得好受些，把嬿婉给的花卷一口口吃了，敷衍几句，方才离开。

凌云彻的伤养了三五日，便被催着押送去了木兰围场。木兰围场原是皇家林苑，里头千里松林，乃是皇家每年狩猎之处。但除了这一年一回的热闹，平时只有与野兽松风为伍，更何况是罚做苦役，不仅受尽苦楚，更是断送了前程。

如懿自然是不能去送的，只得命容珮收拾了几瓶金疮药供他路上涂抹，又折下一枝无患子相送，以一语凭寄：长恨此身非我有，何时忘却营营？

容珮叹道：“娘娘是以此物提醒凌大人，希望他无忧无患。”

如懿道：“无患子抗风耐旱，又耐阴耐寒。本宫是希望凌侍卫无论身在何处，都能耐得住一时苦辛，图谋后路。再告诉他，走得不体面，若想回来，就必得堂堂正正，体体面面。”

容珮依言前去相送，回来只道：“凌大人走了，只有一句话，娘娘的恩情他无以为报，只能谢过，也谢过……为他求情的令妃娘娘。”

如懿叹息：“令妃是贪图富贵工于心计些，但对凌云彻，实在还留了余地。”

四月过江宁后，御驾便沿运河北上，从陆路到泰安，又到泰山岳庙敬香。五月初四方才回到宫中。

到了私下，嬿婉也与如懿私语过几句：“终于离了江宁这是非之地，可以回京了。凌侍卫也在路上了。臣妾不敢去送。”

如懿看她一眼，只淡淡道：“许多事已成往事。你有心便好，也不必再提了。”

嬿婉无限伤感："是。臣妾自知不配提那些往事，只盼能稍有偿还，作为回报，心里也好受些。皇后娘娘，臣妾虽然求保命求富贵，但始终不敢昧了良心，求皇后娘娘明白。"

如懿不欲多言，嬿婉也不再提起。

回京后第一件事，如懿便是去储秀宫看望了意欢。彼时海兰亦带着永琪在意欢身边陪着说话。海兰素来装扮简素，身上是七成新的藕丝穿暗花流云纹蹙银线纱衫，云鬓上略微点缀些六角蓝银珠花，唯有侧鬓上那支双尾攒珠通玉凤钗以示妃子之尊。海兰行动间确有几分临水拂风之姿，楚楚动人，然而，却是永无恩宠之身了。

时在五月，殿中帘帷低垂，层层叠叠如影纱一般，将殿中遮得暗沉沉的。意欢穿着一袭粉红色纱绣海棠春睡纹氅衣，斜斜地靠在床上，爱怜地抚摩着永琪的手，絮絮地嘱咐着什么。江与彬便跪坐在一侧，替意欢搭脉请安。

见了如懿来，意欢便是一喜，继而羞赧，背过身去，低低啜泣道："臣妾今日这个样子，岂敢再让皇后和皇上瞧见。"

如懿微笑着劝慰道："皇上还在养心殿忙着处理政事，是本宫先来看你。大家同为女人，你何必在乎这些。"

海兰勉强笑道："这些日子，舒妃妹妹也只肯见臣妾罢了。"她环顾四周，"连殿里都这么暗沉沉的，半点儿光也不肯透进来。"

如懿懂得地点点头，搂过永琪："永琪病了这些日子，脸也小了一圈，叫皇额娘好好儿瞧瞧。"

海兰心疼道："可不是，总是断断续续的。幸好二十多日前江太医终于赶回来了，可算治好了。"

如懿蹙眉："不晓得什么缘故？"

海兰摇头："小孩子家的病，左右是晚上踢了被子什么的受了凉，乳母们一时没看严。"

如懿沉吟道："那这几个乳母便不能用了，立刻打发出去。"

海兰微微点头："打发出去前得好好儿问问，别是什么人派来害咱们永琪的。"她疑惑，"可若真是害永琪，偏又害得那么不在点子上，只是让臣妾揪心，分不得身罢了。"

江与彬请完了脉，如懿问："不要紧么？"

江与彬温和道："就是起斑，其他也无碍。"

意欢缓过劲儿来，终于肯侧转身来。她面上黄黄的，虽然敷了脂粉，仍看得出与自己的肤色不合，隐约有斑点。女子素来以容貌白皙为美，起了孕斑，难免使她容貌折损。

如懿忙道："脸色还好，可是江太医调理了之后见好了些？"

意欢难过道："面上斑点甚多。吃了多少汤药，一点儿效果也没有。"

论容貌，意欢乃是宫中嫔妃的翘楚，与金玉妍可算是花开并蒂，一清冷一妩媚，恰如白莲红薇。偏偏意欢的性子与玉妍爱惜美貌逾命不同，她拥有清如上弦月的美貌，却从不以为自己美。但女子终究是女子，真的损了容貌，自然难过无比。如懿只得安慰道："你现如今怀着孩子呢，肾气衰弱也是有的。等生下了孩子月子里好好儿调理，便能好了。"她爱惜且艳羡地抚着意欢高高隆起的肚子，又问，"孩子都还好么？"意欢这才破涕为笑，欣慰道："幸亏孩子一切都好。"

海兰抱着永琪慨叹道："只要孩子好。做母亲的稍稍委屈些，便又怎样呢？花无百日红，青春貌美终究都是虚空，有个孩子才是实实在在的要紧呢。"

意欢怀着深沉的喜悦："是啊，这是我和皇上的孩子呢。真好。"

海兰这话是肺腑之言，意欢也是由衷地欢喜。如懿怕惹起彼此的伤感，便问："你又不爱出去，也不喜见人，老这样闷着对自己和孩子都不好。这些日子都在做什么呢？"

意欢脸上闪过一点儿羞赧的笑色，像是任春风把殿外千瓣凤凰花的粉色吹到了她略显苍白的面颊上。她招招手，示意荷惜将桌上厚厚一沓纸全拿了过来，递给如懿，道："皇后娘娘瞧瞧，臣妾把皇上自幼以来所写的所有御诗都抄录了下来，若有一字不工整便都弃了，只留下这些抄得最好的。臣妾想好了，要用这些手抄的御诗制成一本诗集，也不必和外头那些臭墨子文臣一般讨好奉承了编成诗集，便是自己随手翻来看看，可不是好？”

海兰笑道：“还是舒妃妹妹有心，皇上一直雅好诗文，咱们却没想出这么个妙事儿来。”

如懿笑道：“若是人人都想到，便没什么稀罕的了。这心意就是难得才好啊！什么时候见了皇上，本宫必得告诉皇上这件妙事才好。”

意欢红了脸，忙拦下道：“皇后娘娘别急，事情才做了一半儿呢。等全好了再告诉皇上也不迟。”

从意欢宫中出来时，海兰望着庭院中晴丝袅袅一线，穿过大片灿烂的凤凰花落下晴明不定的光晕，半是含笑半是慨叹：“舒妃妹妹实在是个痴心人儿。”

如懿听她一语，想起了自己初嫁皇帝时的时光，那样的日子是被春雨润透了的桃红明绿，如这大片大片绚烂的凤凰花，美得让人无法相信。原来自己也曾经这样绽放过。

诚然，封后之后，皇帝待她是好的，恩宠有加，也颇为礼遇。但那宠爱与礼遇比起新婚宴尔的时光，到底是不同了。像画笔染就的珊红，再怎么艳，都不是鲜活的。

如懿笑了笑，便有些怅惘：“痴心也有痴心的好处，一点点满足就那样高兴。”

海兰深以为然：“是。娘娘看咱们一个个怀着孩子，都是为了荣宠、为了自己的将来，只有舒妃，她和咱们是不一样的。看着冷冷清清一个人儿，对皇上的心却那么热。”

如懿道：“这样也好。否则活着只营营役役的，有什么趣儿呢？”

海兰长叹一声：“但愿舒妃有福气些，别痴心太过了。人啊，痴心太过，便是伤心了。”

壹拾 玫凋 上

意欢这一胎怀着虽然母体不适，但太后也是十分看重，皇帝来请安时说起舒妃孕中肾气衰弱，又是头胎，自己照顾不了，送去撷芳殿也不放心，自己长日无事，便有心将意欢腹中的孩儿养在自己身边。

皇帝亲手为太后点了水烟，便笑："皇额娘又不是第一次做皇祖母了，还这般喜欢孩子。"

太后看皇帝这般笑眉笑眼，便索性道："舒妃是哀家举荐给皇帝的人，自然心疼些。皇帝觉得如何？若舒妃舍不得，常来慈宁宫就是。这孩子还在母腹中舒妃就病歪歪的，若是父母兄弟缘薄，还怕妨着谁的，不如养在哀家身边的好。"

皇帝心中一突，原本愿意的三分心思也旋即泯然不见，只是面上笑容不退，"皇额娘说得是，有您亲自照料，是舒妃母子的福气。"

话是这么说，出了慈宁宫，皇帝的脸色便不好看。待到了养心殿，嬿婉已经候在了暖阁等着陪伴皇帝。皇帝无心与她闲言，只是对李玉道："李玉，当日朕与皇后、令妃、钦天监监正谈论天象，论及舒妃皇嗣之事，并未声张。你去细查，谁传到了皇额娘耳中。”

李玉忙答应了先去钦天监查问。嬿婉脸色微变，转头看见进忠也是这般着急，二人不免面面相觑。嬿婉寻思片刻，似想起什么：“皇上，臣妾想无您旨意，无人敢声张此事。但那日臣妾在行宫与您听完钦天监禀报出来，曾见玫嫔等候在外说是求见皇上。”

进忠忙道：“奴才记得那日玫嫔并未来见皇上。怕是玫嫔在外偷听什么被令妃娘娘看见了才这般搪塞。”

皇帝的眉心越来越紧，那不悦之意慢慢升腾上来，留住了李玉吩咐：“李玉，入夜后再让玫嫔过来。”

李玉依言去传旨，正巧在长街碰到蕊姬，当下便一齐说了。丽心远远听见，回到启祥宫禀告，也觉得奇怪：“皇上要见玫嫔娘娘。入夜后去，也不是翻牌子侍寝。”

玉妍正拿着一个黄玉制成的玉轮轻轻摩挲皮肤，听得此节，不觉警觉起来：“上回在杭州行宫，太后这么抬举也没见皇上理会玫嫔，这会儿怎么突然想起来了要与她叙话，还这么郑重其事？”她思来想去，越发疑心，“上回纯贵妃就多嘴，在皇后面前说起孝贤皇后落水时玫嫔举动反常，就怕是皇后说了什么，才惹得皇上要问玫嫔，她带出本宫来就不好了。”

丽心也急起来：“那您得想想办法啊。”

玉妍寻思片刻，从妆台的嵌银贝匣子里取出一根中间带花苞的长银针交给丽心。丽心看那样子，与寻常用膳时试毒的银针颇为相似，但见玉妍这般郑重其事，便知道不同。玉妍低低道：“这是本宫从北族带来的好东西，一头是试毒的银针，另一头花苞那端的银针里有点儿好东西，听说服下后死状会跟心悸症发作的样子差不多，去给玫嫔的饮食里添一点儿吧。”

丽心心中虽有些怕，但也放心些许，急忙珍重收好：“奴婢明白了。人一死，皇上想问什么也问不出了，这才叫一了百了。可毒物沾了银器不会发黑么？”

玉妍眼中闪过一丝狠色，照旧在美人榻上躺下，悠悠然道：“那是寻常的毒物。这东西难得，沾银针不会变黑，只会在吃下后心悸抽搐而死。左右玫嫔身子一直不好，犯了心悸症也寻常。”

到了晚膳时分，天色尚且明亮。御膳房的小太监端着晚膳的食盒一个个往各宫走，秩序井然。食盒上挂着各宫的名牌，里头的膳食按着嫔妃的位分安排，等级分明。小太监甲拎着挂了“永和宫”和“启祥宫”牌子的四个食盒往前走。海兰陪着如懿从宝华殿出来，道：“听皇后娘娘这么说，臣妾也觉着孝贤皇后落水那日，玫嫔在纯贵妃船上的言行有些蹊跷。可玫嫔与孝贤皇后有什么仇怨？就算有，她一个人能做什么呢？臣妾也实在想不通啊。”

如懿披着一件墨蓝色弹花织锦披风，轻声疑惑：“本宫也是百思不得其解。等下我们便去永和宫，看看能问出玫嫔什么来。”

说话间，二人已到了启祥宫的转角处，丽心站在启祥宫宫门口，拿着银针在打开的食盒里一个个试毒，一一检验了无事，便吩咐身边的小宫女道：“咱们宫里的晚膳试完毒了，送进去吧。”说罢又看送膳的小太监，“把永和宫的打开，我一并试了。”

小太监甲赶紧殷勤打开了食盒笑：“丽心姐姐真是好心，永和宫不得宠，您还帮她们做差事。”

丽心手里忙活着：“我们小主也失宠过，可怜玫嫔不得宠，所以帮她一把。你也歇歇，我来吧。”

小太监甲乐得轻松不用当差，打开食盒，自己在台阶边坐下，拿帕子擦汗，迎着风纳凉，嘴里有一搭没一搭地说着天儿热得早。丽心嘴里应着，背过身趁他不防，将银针换了靠近花苞那一头，银针里洒出点白色粉末，落在米饭上，再三看了并看不出来，才又合上食盒，笑眯眯道：“好了，去吧。”

小太监再三谢过了。海兰远远看着，只觉得怎么初夏了还这么气闷得紧，实在有些憋气，便扇了扇绢子道："启祥宫的人会这么好心？这点事都要丽心亲自做？"

容珮低低道了一声："无事献殷勤，非奸即盗。"

如懿沉吟片刻，便往永和宫方向走。

俗云拎着食盒进来，一一在桌上摆出菜色，口中嘟囔道："小主，送晚膳的小太监说启祥宫给饭菜试毒的时候一并替我们试了，咱们还要再试毒么？"

彼时天色如灿金一般。初夏的暑热蒸着栀子花的气味满满地腾起来，香得人欲醉。

蕊姬喝了半盏药，嫌着味道苦，也是药石无效了，便索性不愿意再喝，只拔了一支烧蓝嵌红宝石花银簪站在长窗下逗一只鹦鹉，口中不耐烦道："要试就去取银针，不试便罢了。启祥宫的人难道还想毒死我么？"俗云口中答应着，布置好了饭菜，又将剩余的汤药给倒了。

海兰陪着如懿进来。蕊姬甚少见如懿亲自来永和宫，又与海兰一起，也是十分诧异，才请了安，海兰便示意众人出去。如懿倒是客气："想着你身子不好，本宫和愉妃过来看看你。怎么，正要用膳？"

蕊姬才点头，海兰便道："启祥宫的人多此一举替你试毒，你倒也不觉得她们多事，看来你虽然病后少在宫中走动，对启祥宫却很信任。"

蕊姬听出她话中有话，也懒得分说，只和鹦鹉逗趣："愉妃，我和启祥宫素来少来往，但她好意，我也无须多怀疑。若是因此事惹愉妃你疑心，我再用银针一试便是。"她说罢，取过试菜的银针一道道菜试下去，眼见银针不曾变色，不觉讥诮道，"愉妃你是不是枉做小人了？"

如懿在桌边坐下，看着一道道菜色，慢慢道："启祥宫的嘉贵妃是什么人，本宫心里有数。她这么为你操心，要么是有莫大的好处，要么就是你们关系紧密。"

蕊姬神色微微一变，冷着脸道："皇后娘娘，臣妾与嘉贵妃的确少有来往，您实在多心了。"她是抱病的人，没什么耐心，索性夹了一筷子米饭放到鹦鹉架子上，"左右臣妾喝药喝得气闷，也用不下晚膳。您再不放心，给鹦哥儿吃了也罢。"

蕊姬养的绿羽红嘴鹦鹉最是机灵通灵性，平素永和宫里寂寞，也是它与蕊姬解闷说话。此刻见有吃食，便不停地啄几粒吃，又张开一身翠华闪金的羽毛，呀呀叫唤几声"好吃"。蕊姬被它逗得懒懒闷笑了一声，也不去理会海兰和如懿。

海兰微微蹙眉，只得找了话头："知道玫嫔你身子不好心里烦躁，从前咱们还在一块儿说话解闷，孝贤皇后离世后，便少在一块儿了。"

蕊姬懒洋洋摸着鹦鹉的羽毛，道："我懒怠走动，喝了药就静静歇息。"她的逐客之意再明显不过，"皇后娘娘，方才臣妾喝了药，现下就很想一个人歇一歇。"

如懿凝视她片刻，见她真是无意多言，便道："你歇着也好，本宫只提醒你，嘉贵妃是个无利不起早之人，与你来往除了利用就是为她自己谋利，你想明白就是。"

蕊姬的唇角含了一丝冷峭的笑意，淡漠着一张脸，道："多谢皇后娘娘提醒，臣妾明白孰是孰非。嘉贵妃是不该为了和您争后位污蔑您的清誉，可事儿过了，罚也罚了，何必再与臣妾说这些是非呢。"

蕊姬这般不客气，当下如懿和海兰都有些尴尬，正要寻了话头告辞出来。铜制的鹦鹉架上，那本还活泼泼的鹦鹉扑棱着咕咕两声，便软了翅膀，直直落了下来。众人登时都惊呆了。

蕊姬的脸色难看到了极点，几步上前抱起鹦鹉摸了摸，含泪道："这鹦哥儿方才还好好的。"

如懿看一眼桌上的饭菜，旋即道："本宫会将这晚膳的饭菜都留出一份送去江与彬那里，看看有何不妥。玫嫔，你还不觉得有异么？"

蕊姬这才真正怕了，一双镏金坠红珊瑚的耳环打在雪白如霜的面孔上，微微斜出暗暗的影子。她的声音有些发颤，还不能完全相信：“真是嘉贵妃所为？臣妾……臣妾得想一想。”

俗云走到门边，低声催促：“小主，皇上传您入夜后前往养心殿，时辰到了。”

蕊姬的脸上说不清是什么神色。她拧着细细的杨柳眉，俏丽的唇烦愁地垂下，却也多了几分诚恳：“臣妾得想一想，回来再向皇后娘娘回话。您和愉妃的好意，臣妾方才误会了，向您和愉妃赔罪。”

如懿也不催逼，只是温和道：“你想明白了，好好和本宫回话。”

二人说着，便从永和宫出来走到了长街上。在外许久，突然走在宫内长长的甬道上，看着高高的红墙隔出一线天似的蓝色天空，便觉得无比憋气，好像活在一个囚笼里似的。可是这囚笼里，终究是有人快乐的。

海兰闷声道：“走到长街上臣妾还痛快些。方才在永和宫里憋得透不过气来，生死是那么轻易的事，都被人在后头算计着。”

如懿苦笑道：“宫里的女人，活得像鹦哥儿，像老鼠，像金鱼，就是不被当一条人命看待。你看玫嫔得宠又失子失宠，这一辈子就那么一点快活的时候，接下来的日子就活得畏畏缩缩。”

如懿想起在杭州的时候，她那样费尽心思和庆嫔一起讨皇帝的欢心，最后还是受了冷落，及不上令妃与庆嫔的千宠万爱。而且，她的脸色那样不好，听江与彬说起过，玫嫔常常是大半年都没有月信，一来便是一个月，身子都坏了。年纪到了，也没个孩子，更没什么家世，只能这样熬着。她想了想，只是道：“玫嫔是可怜。可嘉贵妃要这么害她，她之前又显得似乎对嘉贵妃那边颇为信任，处处回护，一定有咱们不知道的缘故。”

海兰摆摆手，也动了恻隐之心：“玫嫔一生最在意的就是失子之事，若无此事，她不会坏了身子又失宠，过得失意潦倒。”

“失了那个孩子是玫嫔最痛心之事，嘉贵妃一定是抓住了她这个软肋。而嘉贵妃要玫嫔死，一定是守着与那个孩子有关的秘事。”如懿想起玫嫔的身世和那只见过一眼便离开了人世的孩子，心下仿佛被秋风打着，沙沙地酸楚。她想说什么，微微张了唇，也唯有一声幽凉叹息而已。

待回到宫中不久，如懿便召来了江与彬问起蕊姬险些中毒的药。江与彬早已查了个干净，道：“玫嫔娘娘的饭菜无异样，米饭中被下了一种药粉，不像是寻常毒物，微臣用银针试，银针无变色，再给太医院的猫儿喂了一些，那猫儿抽搐心悸而死，和那鹦哥儿的样子差不多。”

如懿如何还不明白，事情不会出在御膳房，多半就是启祥宫动的手脚。“玫嫔是明白人，她想通了首尾，定会告诉本宫嘉贵妃要杀她的缘由。但愿以此可以除了嘉贵妃这包藏祸心之人。”

江与彬所忧虑的并不只在蕊姬差点中毒之事，说起意欢的身体，他便很是忧虑，道：“舒妃娘娘遇喜后一直有呕吐害喜的症状，呕吐之后便有胃疼，这原也常见。为了止胃疼，医治舒妃娘娘的太医用的是朱砂莲，算是对症下药。朱砂莲是一味十分难得的药材，可见太医是用了心思的。这朱砂莲磨水饮服，见效最快，却也伤肾。且舒妃娘娘越到怀孕后几个月，水肿越是厉害。微臣看了药渣中有关木通和甘遂两味药，那都是泻水除湿热的好药，可却和朱砂莲一样用量要十分精准，否则多一点点也是伤肾的。舒妃娘娘常年所服的坐胎药，喝久了本来会使肾气衰弱，长此以往，也算是积下的旧病了。有了身孕本就耗费肾气，只需一点点药，就能使得肾虚起斑，容颜毁损。一时间想要补回来，却也是难。”

如懿听了他这一大篇话，心思一点点沉下去：“你的意思，替舒妃诊治的太医是有人指使？”

江与彬思虑再三，谨慎道：“这个不好说。用的都是好药，不是毒药。但凡是药总有两面，中药讲究君臣互补之道，但是在烹煮时若有一点儿不当，哪怕是三碗水该煎成一碗被煎成了两碗，或是煎药的时间长或短了，都必然会影响药性。”

如懿还是疑虑不已：“替舒妃诊治的太医可知道舒妃久服坐胎药？”

江与彬踌躇着道：“这个不好说。齐太医已殁，许多事未必会向同僚张扬。除非开方子的太医早就看过舒妃坐胎药的药方，还执意加这两味药进去。”

如懿沉吟道：“那舒妃若要黄斑去除，得要多久？”

江与彬掰着指头想了想：“少则两三年，多则五六年。”

如懿无奈，只得问：“那对孩子会不会有影响？”

江与彬道：“一定会。母体肾气衰弱，胎儿又怎会强健？所以十阿哥在腹中一直体弱，怕是得费好大的力气保养。只是，若生下来了，能得好好儿调养，也是能见好的。”

如懿抚着额头，头痛道：“原以为是昔年的坐胎药之故，却原来左防右防，还是落了错失。”

江与彬道：“坐胎药伤的是根本，但到底不是绝育的药，只是每次侍寝后用过，不算十分厉害。女子怀胎十月，肾气关联胎儿，原本就疲累，未曾补益反而损伤，的确是雪上加霜，掏空了底子。再加上微臣在山东境内腹痛腹泻，耽搁了半个多月才好，也实在是误了医治舒妃娘娘最好的时候。”

如懿眉心暗了下去：“你也觉得你在山东的病不太寻常？”

江与彬颔首：“本是寻常的腹泻，却在不寻常时发生了，所以微臣疑虑。微臣细细想来，似乎是有人不愿意微臣即刻赶回宫中。而愉妃娘娘因为五阿哥的身子不好，一时顾不上舒妃娘娘，那些汤药上若说有什么不谨慎，便该是那个时候了。”

如懿闭上眼睛：“本宫知道了。会不会也与嘉贵妃有关？”

江与彬道：“彼时嘉贵妃在失意时，之前皇后娘娘又断了京中北族的商道，让北族人士离开，嘉贵妃要安排手脚，怕也不那么方便。”

如懿暗暗颔首："本宫思来想去，嘉贵妃最有嫌疑。因为海兰生永琪难产，孕中胎儿过大，都是嘉贵妃安排太医做的手脚。"

江与彬却不是十分肯定："嘉贵妃与舒妃似乎也无甚仇怨，除非是介意舒妃娘娘和愉妃娘娘一样与您亲近。"

如懿只得再三叮咛："无论如何，舒妃的胎，你务必小心照顾。"她微微睁开双眼，"对了。听说玫嫔的身子不大好，是怎么了？"

江与彬道："玫嫔小主从那时怀胎生子之后便伤了身体，这些年虽也调养，但一来是伤心过度，二来身子也的确坏了。微臣与太医们能做的，不过是努力尽人事罢了。"

如懿心头一悚，惊异道："玫嫔的身子竟已经坏到这般地步了么？"

江与彬悲悯道："是。玫嫔小主底子里已经败如破絮，从前脸色还好，如今连面色也不成了。微臣说句不好听的，怕也就是这一两年间的事了。只是玫嫔要强，一直不肯说罢了。"

思绪静默的片刻里，忽然想起玫嫔从前娇妍清丽的时候，一手琵琶声淙淙，生生便夺了高晞月的宠爱。从前，她亦是满庭芳中沾尽雨露的那一枝，到头来昙花一现，这一生最美好的时光，便那样匆匆过去了，留着的，不过是一个残败的身体和一颗困顿不堪的心。

如懿虽然感叹，却无伤春悲秋的余地，第二日起来，整妆更衣，正要见来请安的合宫嫔妃，骤然闻得外头重物倒地的闷声，却是忙乱的惊呼："庆嫔！庆嫔！你怎么了？"

如懿霍然站起，疾步走到殿外，却见庆嫔昏厥在地，不省人事。她定了定神，伸手一探庆嫔鼻息，即刻道："立刻扶庆嫔回宫，请齐晟太医去瞧。余人不得打扰。"

众人领命而去，忙抬了庆嫔出去。

如懿立刻吩咐："三宝，先去回禀皇上，再去查查怎么回事。"

到了午后时分，江与彬提了食盒进来，笑吟吟道："惢心在家无事，做了些玫瑰糕，特来送与皇后娘娘品尝。"

如懿惦记着庆嫔之事，便道：“你来得正好。正要请你回太医院去，瞧瞧庆嫔素来的药方。”

如懿正细述经过，正巧三宝进来了，低低道：“皇后娘娘，庆嫔小主的事儿明白了。”

接二连三的事端，如懿已然能做到闻言不惊了，便只道：“有什么便说吧。”

三宝道：“庆嫔小主喝下了牛膝草乌汤，如今下红不止，全身发冷抽搐，怕是不大好呢。”

江与彬惊道：“草乌味苦辛，大热，有大毒，且有追风活血之效，而牛膝有活血通经、引血下行的功效。牛膝若在平时喝倒还无妨，只是庆嫔小主这几日月事在身，她本就有淋漓不止的血崩之症，数月来都在调理，怎经得起喝牛膝汤？”

如懿的入鬓长眉蜷曲如珠，盯着江与彬道：“你确定？”

江与彬连连道：“是，是！为庆嫔小主调理的方子就在太医院，且这几日都在为她送调理血崩的固本止崩汤。这一喝牛膝草乌汤，不仅会血崩不止，下红如注，更是有毒的啊！”

如懿沉声道：“三宝，有太医去诊治了么？”

三宝道：“事情来得突然，庆嫔宫中已经请了太医了，同住的晋嫔小主也已经请了皇上去了。”

如懿本欲站起身，想想还是坐下，嫌恶道：“这样有毒的东西，总不会是庆嫔自己要喝的吧？说吧，是谁做的？”

三宝微微有些为难，还是道：“是玫嫔小主送去的。”

如懿扬了扬眉毛：“这可奇了，玫嫔和庆嫔不是一向挺要好的么？”

三宝道：“是要好。所以玫嫔小主一送去，说是替她调理身子的药，好容易托外头弄来的，比太医院那些不温不火的药好，庆嫔小主一听，不疑有他，就喝了下去。谁知才喝了半个时辰就出事了。”

如懿不假思索道：“那便只问玫嫔就是了。”

三宝躬身道：“事儿一出，玫嫔小主已经被拘起来了。皇上一问，玫嫔就自己招了，说是嫉妒庆嫔有宠，所以一时糊涂做了这件事。可奴才瞧着，她那一言一行，倒像是早料到了，一点儿也不怕似的。”

有一抹疑云不自觉地浮出心头，如懿淡淡道：“可怜见儿的，做了这样的事，还有不怕的。”她说罢亦怜悯，“算了，出了这样的事也可怜。容珮你陪本宫去瞧瞧庆嫔吧。”

待到景阳宫里，庆嫔尚在昏迷中，如懿看着帮着擦身的嬷嬷将一盆盆血水端了出去，心下亦有些惊怕。暖阁里有淡淡的血腥气，太后坐在上首，沉着脸默默抽着水烟。皇帝一脸不快，闷闷地坐着。晋嫔怯怯地陪在一旁，一声也不敢言语。宫人们更是大气儿不敢出一声。

如懿见过了太后与皇帝，亦受了晋嫔的礼，忙道：“好端端的怎么会出了这样的事。庆嫔不要紧吧？”

晋嫔显然是受了惊吓，忙道：“回皇后娘娘的话。庆嫔身上的草乌毒是止住了，但还是下红不止，太医还在里面救治。”

太后敲着乌银嘴的翡翠杆水烟袋，气恼道：“玫嫔侍奉皇上这么多年，一向都是个有分寸的。如今是失心疯还是怎么了，竟做出这种丧心病狂的事来？”

皇帝的语气里除了厌恶便是冷漠：“皇额娘说玫嫔是丧心病狂，那就是丧心病狂。儿子已经吩咐下去，这样狠毒的女人，是不必留着了。”

太后一凛，发上垂落的祖母绿飞金珠珞垂在面颊两侧，珠玉相碰，泛起一阵细碎的响声，落在空阔的殿阁里，泛起冷脆的余音袅袅。“皇帝的意思是……”太后和缓了口气，“玫嫔是糊涂了，但她毕竟伺候皇帝你多年，又有过一个孩子……”

皇帝显然不愿听到这件陈年旧事，摇头道：“那个孩子不吉利，皇额娘还是不要提了。”

太后被噎了一下，只得和声道：“阿弥陀佛！哀家老了，听不得这些生生死死的事。但玫嫔毕竟伺候了你十几年，没有功劳也有苦劳，且庆嫔到底也没伤了性命。若是太医能救过来，皇帝对玫嫔要打要罚都可以，只别伤了性命，留她在身边哪怕当个宫女使唤也好。”她斜眼看着进来的如懿：“皇后，你说是不是？”

皇帝显然是恨极了玫嫔，太后却要留她继续在皇帝身边，这样烫手的山芋，如懿如何能接，旋即赔笑道：“有皇额娘和皇上在，臣妾哪里能置喙。且臣妾以为，眼下凡事都好说，还是先问问庆嫔的身子如何吧。”

太后有些不悦：“平日里见皇后都有主意，今日怎么倒畏畏缩缩起来，没个六宫之主的样子。”

如懿低眉顺眼地垂首，恰好齐晟出来，道：“皇上，庆嫔小主的血已经止住了。只是此番大出血太伤身，怕要许久才能补回来。”

太后双手合十，欣慰道：“阿弥陀佛，人没事就好。”

齐晟微微一滞：“性命是无虞，但伤了母体，以后要遇喜怕就难了。”

太后嘴角的笑容霎时冻住，再不能展开。皇帝一脸痛心地道：“皇额娘听听，那贱人自己不能为皇家生下平安康健的皇子，还要害得庆嫔也绝了后嗣。其心恶毒，其心可诛！”

福珈有些不忍心，叹道：“皇上，按着庆嫔这么得宠，是迟早会有孩子的。但今年是太后的六十大寿，就当是为太后积福，还是留玫嫔一条命吧。”

皇帝的眉眼间并无一丝动容之色：“按着从前的规矩，玫嫔这样的人不死也得打入冷宫。”皇帝脸色稍稍柔和些，“只是朕答应过皇后，后宫之中再无冷宫，所以玫嫔只能一死。且她自己也已经招认了，朕无话可说，想来皇额娘也无话可说吧。”

太后的目光中有一丝疑虑闪过，逡巡在皇帝面上。片刻，太后冷淡了神色道：“既然皇帝心意已决，那哀家也没什么好说的。就当是玫嫔咎由自取，不配得皇帝的宠爱吧。及早处死便也罢了。”她摇头道，“景阳宫的风水可真不好，昔年仪嫔死了，庆嫔又这么没福。”太后伸过手起身，“福珈，陪哀家回宫。”

如懿见太后离去，便在皇帝身边坐下：“皇上别太难过。”

皇帝倒真无几多难过的神色，只是厌烦不已：“朕没事。”

如懿温声道：“那，皇上打算怎么处置玫嫔？”

皇帝显然不想多提玫嫔，便简短道：“还能如何处置？不过是一杯鸩酒了事。”

如懿颔首道：“臣妾明白了。那臣妾立刻吩咐人去办。”她想一想，“只是如今天色已晚，皇上再生气，也容玫嫔活到明日。免得有什么惊动了外头，传出不好听的话来。”

皇帝勉强颔首：“也好。一切交给皇后，朕不想再听到与此人有关的任何事。”

如懿婉顺答应了，亦知皇帝此刻不愿有人多陪着，便嘱咐了李玉，陪着皇帝回了养心殿。才出了景阳宫，容珮好奇道：“皇后娘娘，玫嫔犯了这么大的事儿，是必死无疑的。难道拖延一日，便有什么转机么？”

“没有任何转机，玫嫔必死无疑。”如懿轻叹一声，“犯了这么不可理喻没头没尾的事儿，也只有死路一条。只是宫里不明不白死了的人太多了，本宫虽不能阻止，但总得替她做些事，了她一个久未能完的心愿。”

如懿望着遥远的天际，那昏暗的颜色如同沉沉的铅块重重逼仄而下。她踌躇片刻，低声道：“叫三宝打发人出去，吩咐惢心替本宫做件事。”

蕊姬闹出了如此大事，玉妍倒是笑得开怀，直道自己没来得及要玫嫔死，皇上就出手了。

丽心本来没完成差事，正在惴惴，如今听得事情这般峰回路转，也不由得放心了，轻松道：“玫嫔这么去害庆嫔，皇上怎么饶得了她？自己这么无宠，还断了庆嫔的子嗣，皇上就随口赐死了。”

玉妍掰着手指头，眉梢眼角全是笑意：“无宠，无子，无家世，都是致命的弱点。她又上赶着自己寻死。自己作死，谁也容不得她。本宫也安心了。”

宫里这般乱了一日，到了第二日，惢心一早便匆匆忙忙进了宫。如懿正嘱咐了三宝去备下鸩酒，见了惢心连眼皮也不抬，只淡淡道："事情办妥了？"

惢心忙道："一切妥当。奴婢连夜准备了祭礼和元宝蜡烛，选了个风水宝地放了玫嫔母子的生辰八字，还赶在子时前做了场法事，希望他们母子可以在地下相见。"

如懿眉心一松，安宁道："虽然本宫只见过那孩子一眼，但到底心里不安。如今这事虽然犯忌讳，但做了也到底安心些。你便悄悄去玫嫔宫里，告诉她这件事情，等下本宫遣人送了鸩酒去，也好让她安心上路。"

惢心答应着去了，不过一炷香时分，便匆匆回来道："皇后娘娘，玫嫔小主知道自己必定一死，所以恳求死前见一见娘娘。"

彼时如懿正斜倚在窗下，细细翻看着内务府的记账。闻言，她半垂的羽睫轻轻一颤，却也不抬，只淡淡问："事情已经了了，本宫遂了她无人敢帮她遂的心愿，难道她还有什么非说不可的话么？”

惢心沉吟着道：“玫嫔小主只求见娘娘，只怕知道要走了，有什么话要说吧。”她说罢又央求，“皇后娘娘，奴婢看着玫嫔小主怪可怜见儿的，您就许她一回吧。她只想在临走前见见娘娘，说几句话。她是要死的人了，娘娘……”

如懿念着与玫嫔同在宫中多年，惢心又苦苦央告，便点了点头，道：“等晚些本宫便去看她。”

永和宫中安静如常，玫嫔所居的正殿平静得一如往日，连侍奉的宫人也神色如常，唯有来迎驾的平常在和揆常在的面上露出惶惶不安或幸灾乐祸的神色，才暗示着永和宫中不同于往日的波澜。

如懿也不看她们的嘴脸，只淡淡道：“不干你们的事，不必掺和进去。”

平常在看着三宝手里端着的木盘，上头孤零零落着一个钧釉灵芝执壶并一个桃心忍冬纹的钧釉杯，不由得有些害怕，垂着脸畏惧地看着如懿。揆常在答应了一声，努了努嘴堆了笑道：“皇后娘娘，那贱人一回来就待在自己房里没脸出来呢。也真是的，怎么做下这种脏事儿。说来贱人也不安分，还让自己的贴身侍女请了您来的吧，还是想求情饶她那条贱命么？”

揆常在是和亲王弘昼的侧福晋送进宫来的美人儿，桃花蘸水的脸容长得妖妖调调的，素来不大合如懿的眼缘，眼下张口闭口又是一个“贱”字，听得如懿越发不悦。如懿皱了皱眉：“她做的什么事儿，用得着你的嘴去说么？”

如懿素来不大言笑，揆常在听得这句，更是诺诺称是。还是平常在扯了扯揆常在的袖子，揆常在忙缩到一边，再不敢说话了。如懿懒得与她费唇舌，瞥了惢心一眼，吩咐道：“你去瞧瞧。”说罢，便往内殿去了。

外头的太监们伺候着推开正殿的殿门，如懿踏入的一瞬，有沉闷的风扑上面孔。恍惚片刻，仿佛是许多年前，她也来过这里，陪着皇帝的还是新宠的蕊姬。十几年后，宫中的陈设还是一如往常，只是浓墨重彩的金粉暗淡了些许，雕梁画栋的彩绘亦褪了些颜色。缥缈的暮气沉沉缠绕其间，好像住在这宫里的人一样，年华老去，红颜残褪，也不过是弹指一挥间的事。

江湖子弟江湖老，深宫红颜深宫凋。其实，是一样的。

晚来的天气有些凉，殿内因此有一种垂死的气息。尽管灯火如常点着，但如懿依然觉得眼前是一片深深幽暗，唯有妆台上几朵行将凋零的暗红色雏菊闪烁着稀薄的红影，像是拼死绽放着最后的艳丽。

玫嫔独自坐在妆台前，一身嫔装的香色地翔凤团纹妆花缎吉服，暗金线织出繁复细密的凤栖瑞枝花样，正对镜轻扶侧鬓的双喜如意点翠长簪，让六缕金线宝珠尾坠恰到好处地垂在洁白的耳郭旁。她照花前后镜，虽已明艳动人，却仍不满足，从珠匣里取了一枚金盏宝莲花的彩胜佩在了鬓边。

如懿依稀记得，那枚彩胜是昔年玫嫔得宠的时候皇帝赏赐给她的首饰中的一件，她格外喜欢，所以常常佩戴。那意头也好，是年年岁岁花面交相映，更是朱颜不辞明镜，两情长悦相惜之意。

如懿在后头望着她静静梳妆的样子，心下一酸，温言道：“皇上并没有废去你的位分，好好儿打扮着吧，真好看。”

玫嫔从镜中望见是她，便缓缓侧首过来：“皇后娘娘来了。”她并不起身，亦不行礼，只是以眸光相迎，却自有一股娴静宜雅，裙带翩然间有着如水般的温柔。

如懿也不在意礼数，只是伸出手折下一小朵雏菊簪在她鬓边，柔声道：“好好儿的，怎么对庆嫔做了这样的事？在宫里活了十几年，难道活腻了么？”

玫嫔轻轻点头，洁白如天鹅的脖颈垂成优美的弧度。“每天这样活着，真是活腻了。”她看着如懿，定定道，“皇后娘娘不知道吧？我和庆嫔，还有舒妃，都是太后的人。”

如懿的惊异亦只是死水微澜：“哦？”

玫嫔取过蔻丹，细细地涂着自己养得水葱似的指甲，妩然一笑：“是啊。天下女人中最尊贵的皇太后，也要在皇上身边安插自己的人，窥探、进言、献媚，是不是很好笑？”

如懿的神色倒是平静：“人有所求，必有所为。没什么好笑的。既然你和庆嫔是一起的人，为什么还要害庆嫔？”

玫嫔看着自己玫瑰红的指甲，露出几分得意：“太后自己的人给自己人下了毒药，绝了子嗣，伤了身子，好不好玩儿？”她慵懒一笑，似一朵开得半残的花又露出几瓣红艳凝香，越发有种妖异得近乎诡艳的美，“反正众人都以为在曲院风荷那一夜，庆嫔占尽风光，我却是为他人作嫁衣裳，做了陪衬。那便随便吧，反正我是看穿了，说我嫉妒便是嫉妒好了，什么都不打紧。”

如懿轻颦浅蹙，凝视她片刻：“你若真嫉妒庆嫔，就应该下足了草乌毒死她，何必只是多加了那么多牛膝让她血崩不止，伤了本元呢。这么无能，不像是太后调教出来的人啊。”

“我无能？”玫嫔抹得艳红的唇衬得粉霜厚重的苍白的脸上有种幽诡凄艳的美，她郁郁自叹，幽幽飘忽，“是啊！一辈子为人驱使，为人利用，是无能。不过，话说回来，有点儿利用价值的人总比没有好吧。这样想想，我也不算是无能到底。”她微微欠身，“皇后娘娘，请你来不为别的，只为在宫里十几年，临了快死了，想来想去欠了人情的，只有你一个。”

“本宫已经替你们母子做了法事，安了吉穴。你们母子到了地下也会团聚。”如懿凄微一笑，“本宫这一世都注定了是没有孩子的女人，替你的孩子做了旁人忌讳做的事，就当了了当年见过他的一面之缘。”

玫嫔的眸中盈起一点儿悲绝的晶莹：“多谢你，愿意为我的孩子做这些事。”

“他是个很好看的孩子。”如懿的声音极柔和，像是抚慰着一个无助的孩子，“他很清秀，像你。”

一阵斜风卷过，如懿不觉生了一层恻恻的寒意，伸手掩上扑棱的窗。玫嫔痴痴地坐着，不能动弹、不能言语，唯有眼中的泪越蓄越满，终于从长长的睫下落下一滴泪珠，清澈如同朝露，转瞬消逝不见。片刻，她极力镇定了情绪：“谢谢你，唯有你会告诉我，他是个好看的孩子。不过，无论旁人怎么说，在我心里，他永远是最好的孩子。”玫嫔长长地舒了一口气，那面上细细一层泪痕水珠瞬间凝成寒霜蒙蒙，绽出冷雪般的笑意，“我这个做额娘的，到了地下终于可以有脸见我的孩子了。他刚走的那些年我真怕他在地下孤单单的，没人就伴儿。如今我可以和我的孩子就伴儿去了。你猜现在我的孩子会和七阿哥永琮一块儿等着我吗？”

如懿见她这般冷毒而笃定的笑容，蓦地想起一事，心中狠狠一搐：“永琮？”她情不自禁地迫近玫嫔，“永琮得了痘疫，跟你扯不开干系，是不是？”

像是挨了重重一记鞭子，玫嫔霍地抬起头：“孝贤皇后害死了我的孩子，一命抵一命，公平得很！皇后娘娘，不是只有你见过茉心。她求不到你，便求了我。”

如懿极力压着心口澎湃的疑惑：“你不过是小小嫔位，不易接近孝贤皇后的长春宫，也未必有能力做这些事，茉心怎会来求你？”

玫嫔自顾自说着，根本不理会她：“我为什么会生出那样的孩子，我的孩子是怎么死的，我都蒙在鼓里呢。那时候，你被指着害了我和仪嫔的孩子，其实我的心里终没有信了十分！但是只有你进了冷宫，皇上才会看见我的可怜，看见我和我的孩子的苦，看见我们母子俩不是妖孽！所以我打了你，我指着你朝皇上哭诉！没办法，我从南府里出来，好容易走到了那一日，我得救我自己！不能再掉回南府里过那种孤苦下贱的日子！”她含了几分歉然，“皇后娘娘，对不住！”

如懿也未放在心上，缓和道："本宫知道。那个时候，人人都认定是本宫害了你们。你怒气攻心也好，自保也好，做也做了。但是本宫出了冷宫之后，你并未为难过本宫。如今你也给本宫一句实话，你做的这些事，是嘉贵妃替你筹谋的吧？"

玫嫔一双妙目直直盯着她道："你对我有恩，我当报答。可那个人也对我有恩，帮我除了我的仇人和她的爱子。我不能出卖她。"

"启祥宫的人在你的晚膳里动了手脚，是嘉贵妃怕你泄露消息，要拿你灭口了。"

极度的欣慰与满足洋溢在玫嫔的面容上，恰如她吉服上所绣的瑞枝花，不真实的繁复花枝，色泽明如玉，开得恣意而绚丽，是真实的欢喜。她拨弄着胸前垂下的细米珠流苏，缓缓道："谁都要我死，无所谓了。反正孝贤皇后不让我的孩子活，我也不让他们母子活。"

如懿叹息道："你真觉得是孝贤皇后害了你的孩子么？茉心以死告发就是真的么？万一茉心也是被人蒙蔽呢？"

玫嫔狠狠白了如懿一眼："不是她，还会有谁要这么防着我们的孩子？一命抵一命，我心里痛快极了！"

阁中静谧异常，四目相投，彼此都明白对方眸子中刻着的是怎样的繁情复绪。

玫嫔抚着心口，紧紧攥着垂落的碎玉流苏珞子，畅然道："很痛快！但是更痛！我的孩子，就这么白白被人算计了，死得那样惨！甚至，富察氏都比我幸运多了，至少她是看着她的儿子死的。而我，连我的孩子长什么样子都不知道！"

玫嫔狂热的痛楚无声无息地勾起如懿昔年的隐痛。她沉声道："玫嫔，都已经过去了。至少你的丧子之痛，那人已经感同身受，甚至亲眼看着自己的孩子死去。她的惨烈不下于你！"

玫嫔原本清秀而憔悴的脸因为强烈的恨意而狰狞扭曲："孝贤皇后若没害人，为何会心虚落水？我都要死了，你要我相信恨错了人报错了仇？”她的嘴角衔着怨毒的快意，“我活着的每一天都在想我的孩子。皇后娘娘，你能明白么？我连我孩子的面都没见过，他就这么走了。那些日子，听着长春宫的哭声，我真是高兴啊！我从没听过比那更好听的声音。我苦命的孩子，额娘终于替你报仇了。”玫嫔深深悲伤，眼泪如决堤的河水，肆意流淌，“可是我从未见过我的孩子，他是什么模样。来日到了地下咱们母子怎么相见呢？我多怕见不到我的孩子，认不出他。”

心底有潮湿而柔软的地方被轻轻触动，像是孩子轻软的手柔柔拂动，牵起最深处的酸楚。如懿柔声道：“母子血浓于水，他会认得你的。”

玫嫔的眼神近乎疯狂，充斥着浓浓的慈爱与悲绝，呜咽着道：“也许吧。孩子，别人嫌弃你，额娘不会。额娘疼你，额娘爱你。”她向虚空里伸出颤抖的枯瘦的手，仿佛抱着她失去已久的孩子，露出甜蜜而温柔的笑容，“我的好孩子，不管别人怎么看待你，你都是额娘最爱的好孩子。”

在这华丽的宫殿里，她们固然貌美如花，争奇斗艳，固然心狠手辣，如地狱的阿修罗，可心底，总有那么一丝难以言说的温柔，抑或坚持，抑或疯狂。如懿不自禁地弯下腰肢，伸手扶住她：“玫嫔，你只恨孝贤皇后，要为自己的孩儿报仇，那为何又突然要去害庆嫔？”

玫嫔仿佛从酣梦中醒来，怔怔落下两滴清泪，落在香色锦衣之上，洇出一朵朵枯萎而焦黄的花。“是啊！我何必如此，只是不能不如此罢了。”她仰着脸，嘴角的笑意是冷冽的妩媚与不屑，“你真想知道为什么？你敢知道？皇后娘娘，你猜，我为什么要害庆嫔？是谁指使的我？”

心头闷闷一震，仿佛有微凉的露水沁进骨缝，让如懿隐隐感知即将到来的迷雾深深后的森寒。她的点头有些艰涩：“你什么也不缺，什么也不怕。要害太后的人，能指使你的唯有皇上。”

玫嫔的眼睛睁得极大，青灰色的面孔因为过于激动而洇出病态的潮红，一双点漆黑眸烧着余烬最后的火光，灼灼逼人。她颓然一笑：“太后固然老谋深算，但皇上也不是一个真正足以托付的枕边人。一个男人，能把在深宫里浸淫多年的女人都给算计了。让太后吃了亏都说不出来，只能怨自己选错了人在皇上身边。这样的手段，你说厉害不厉害？皇上的心思一告诉我，便知道太后赢不了皇上。皇上最恨身边有人算计，所以皇上容不下齐汝帮着太后对慧贤皇贵妃下手，也容不下庆嫔还有生儿育女的可能。我把这个黑锅背下来，能换来家里人几辈子的荣华富贵，值了。”

如懿的背抵在墙上，仿佛不如此，便不能抵御玫嫔这些言语所带来的刮骨的冷寒一般：“是皇上借你的手？你甘心这样一生为人棋子？”

玫嫔冷笑道：“借谁的手不是手？是皇上可怜我，临死了还给我这么个机会。左右我在太后跟前也是个不得宠的弃子了，能被皇上用一遭便是一遭吧。一颗棋子，能为人所利用，才是它的价值所在，否则它就不该留在这世上。不是么？”

如懿的牙根都在颤抖，她控制不住自己冲口而出的话语：“皇上是什么时候知道的？”

“从曲院风荷那一夜，或者更早，为柔淑长公主劝婚的时候。”她瞥如懿一眼，“皇后娘娘，我记得那时你也为柔淑长公主进言了吧。仔细着皇上也疑心上了你。”她轻笑道，“咱们这位皇上啊疑心重，却不爱说出来，只自己琢磨着，还认定自己都琢磨对了。皇后娘娘，陪着这样一个良人，你的日子不大好过吧。”

如懿难过到了极处，勉强道：“皇上从前并非如此。他居帝位越久，越让人心生畏惧。”

玫嫔的唇边挂着淡淡的笑意，眼里却有着深深的希冀。“皇后娘娘，告诉你这些话，便算是报了当年你的恩情了。”她的眼中渐渐平静如死水，“皇上打算怎么赐死我？我想体体面面齐齐整整地下去见我的孩子，不想吓着他。”

如懿的眼底有点潮潮的湿润，她别过脸道：“鸩酒很烈，你不会难受太久。”她击掌两下，三宝捧了酒进来。

玫嫔笑了笑，起身道："皇后，我这样打扮好看么？"

心头的酸楚一阵阵泛起涌动的涟漪，如懿还是勉力点头："很好看。你的孩子见了你，会很骄傲他有一个这么美的额娘。"

玫嫔绷紧的神色松弛下来，温婉地点点头，接过鸩酒一饮而尽，并无一丝犹疑。她走到床边，安静地躺下，闭上眼，含着笑，仿佛期待着一个美梦。药性发作得很快，她的身体剧烈地抽搐了几下，嘴角流下一抹黑色的血液，终于回复沉睡般的平静。

那是如懿最后一次凝视玫嫔的美丽，恰如晚霞的艳沉里含露的蔷薇，凝住了最后一刻芳华。这些年，玫嫔并非宠冠后宫，可年轻的日子里，总有过那样的好时候，露湿晴花春殿香，月明歌吹在昭阳。笑是甜的，情是暖的，那样迷醉，总以为一生一世都是那样的好时光，永远也过不完似的。

只是，终究年华会老，容颜会朽，情爱会转淡薄，成了旧恨飘零同落叶，春风空绕万年枝。

如懿摘下手钏上系着的素色绫绢，轻柔地替她抹去唇角的血液："好好儿去吧。你最爱的孩子在下面等着你，和你再续母子情分。"

她在踏出殿门的一刻，最后望向玫嫔沉浸在死亡中显得平和的脸容，有一瞬的恍然与迷茫：若有来日，自己的下场，会不会比玫嫔好一点点，还是一样，终身陷于利用和被利用的旋涡之中，沉沦到底？

有风吹过，如懿觉得脸上湿湿的，又有些发凉。风吹得满殿漫漫深深的珠绣纱帷轻拂如缭绕的雾，让人茫然不知所在。

紧闭的门扇戛然而开，有风乍然旋起，是惢心闪身进来。她戚然望着锦榻上玫嫔恬静的容颜，轻声道："娘娘，玫嫔小主去了？"

如懿微微颔首。夜风扑着裙裾缠丝明丽的一角，宛如春日繁花间蝴蝶的翅，扇动她的思绪更加烦乱。

金玉妍！一定是金玉妍！是她借着玫嫔的手、阿箬的手、慧贤皇贵妃甚至是孝贤皇后的手，一样一样做着这些事情！直到无人可假手了，她自己也便跳了出来。惢心的腿，与国师的私情，都是她忍不住出手了。

惢心一步上前，紧紧扶住被怒火与恨意烧得灼痛的如懿，隐忍着道：“皇后娘娘，如果孝贤皇后临死时的话是真的，许多事她没做过，那么如今的事，真的很可能是嘉贵妃所指使。若是连孝贤皇后的七阿哥都能死得无声无息，那这个女人的阴毒，实在是在咱们意料之外。”她越说越痛，情不自禁俯下身抚摩着自己伤残的腿脚，切齿道，“皇后娘娘，她能害了奴婢和您一次，就能害咱们许多次。”

如懿紧紧地攥着手指，骨节发出咯咯的脆声，似重重叩在心上。她的声音并不如内心沸腾的火，显得格外平静而森冷：“惢心，无处防范是最可怕的事，只要知道了是谁，有了防范，便不必再怕。防范住了，才能反击。”

惢心垂着头，懊丧道：“只可惜，嘉贵妃有北族的身份，轻易动她不得。”

那又如何？一定会除去仇雠的，一定会！

玫嫔的丧礼办得极为草草，没有追封，没有丧仪，没有哀乐，更没有葬入妃陵的嘉遇，白布一裹便送还了母家。皇帝不过问，太后亦当没有这个人，仿佛宫里从来就没有过玫嫔，连嫔妃的言谈之间，也自觉地掩过了这个人存在过的痕迹。

如懿心头记挂着玫嫔临死所言，更知许多事乃玉妍主使，不觉含恨。这一日合宫请安，本是商议初一至坤宁宫参拜一事，玉妍偏要尖酸，卖弄口舌：“皇后娘娘何必这样事事上心？孝贤皇后在时这些事咱们也是做惯了的。您自己从嫔妃升了中宫皇后，怕万事做得不及孝贤皇后，格外谨慎也是有的。”

绿筠先便生了不满：“皇后娘娘在此，你别口口声声孝贤皇后，好像皇后娘娘多不如前人似的。”庆嫔亦云嘉贵妃眼中没有如懿。

玉妍口齿伶俐惯了，又觑如懿不得生养，越发字字戳心："孝贤皇后的好处人人看在眼里，光是生了嫡子这一条，皇后娘娘就不及孝贤皇后了。更别说孝贤皇后儿女双全，嫡公主又嫁在了蒙古科尔沁部。"

如懿微微黯然，脸上却维持着一个皇后应有的威仪与和蔼，平视着前方，将自己无声的痛苦，默默地掩饰在平静之下。

玉妍这般说话，显然是不给如懿一点颜面了。如懿明白她的尖厉，早就撕破了脸面，虚与委蛇也换不来如懿宽宥，不如明摆着不合，如懿反不好公然下手，失了中宫风度，又落下不容嫔妃的罪过。自然，玉妍也不怕，到底生有皇子，母族又强。所以哪怕人人露出愤愤之色，玉妍依旧面含嘲讽。如懿倒是笑得平和，玉妍见她如此，不知怎的便多了一丝不安。如懿勾起孝贤皇后之死的心事，想着后来为争后位的种种风波，娓娓道："孝贤皇后的恩德，嘉贵妃最知晓。孝贤皇后过世后，虽然四时祭祀不断，但少个人陪伴，也是寂寞。想起孝贤皇后突然落水，加重病情骤然离世，真是令人扼腕。"

玉妍顿时生了几分警觉，揣测着如懿这番话的由来，嘴上却是强硬："皇后娘娘说这些做什么？"

如懿微微一笑："本宫记得你与孝贤皇后也颇亲近，想来孝贤皇后灵前寂寞，你便去守陵陪伴吧。"

玉妍怔了片刻，显然没想到如懿会这般发落，登时变色："皇后娘娘故意为难臣妾？"

如懿不动声色："本宫不曾为难你，是你对孝贤皇后恩德追念不已。本宫自然该成全你，也要表达对孝贤皇后追思敬慕之意。来人，即刻带嘉贵妃往孝贤皇后胜水峪皇陵，守陵终生。"

玉妍手上的赤金红宝珠子护甲太过耀眼，在阳光下流转出针芒样的刺眼光芒，如她的叫声一般让人觉得不悦："皇后！皇后！你蓄意挑剔，为难嫔妃，实在无德！"

如懿含着淡如浮云的笑意："本宫是否无德轮不到你来评说，或者说以你的身份地位，评说了也是无用。你在皇陵日长无事，大可问问孝贤皇后她当日为何突然落水。”

玉妍还要嘴硬，连连以意外辩驳，可殿中嫔妃皆是聪敏人物，如何猜不到孝贤皇后当日落水的蹊跷，纷纷以疑惑目光望向玉妍。如懿哪里容她分说，只冷冷道：“孝贤皇后不知是否见到了七阿哥，可怜他小小孩儿出痘早殇，这痘症突如其来，也是意外。或许孝贤皇后会来托梦与你，细细分说。”

玉妍脸色惨白，嘴角微微哆嗦，什么也说不出来。绿筠第一个急起来：“是不是嘉贵妃害了孝贤皇后的七阿哥！啊！那个孩子……”

玉妍强辩了几声，三宝立刻带着几个小太监上前，强行扶住了玉妍就往外走。如懿回首，见海兰以赞许的目光相对，依在她身边道：“我喜欢姐姐这般杀伐果断。”

玉妍在翊坤宫外被塞进青帷小轿，眼见此生要在皇陵度过，又是这样的罪名，如何肯依，挣扎着便要出来。丽心跟在旁边，急得直哭，恰巧皇帝坐软轿而来，一时什么也顾不得了，跪在路边磕头便求。玉妍听得丽心哭求，知道救星来了，越发扯了嗓子求皇帝相救：“皇上，皇后娘娘折磨臣妾，要送臣妾去胜水峪给孝贤皇后守陵，皇上救救臣妾呀！”

皇帝本要来看望如懿，听得这样吵闹，不觉皱眉。三宝连忙回话：“皇上，嘉贵妃屡次借孝贤皇后奚落皇后娘娘，当众冒犯，皇后娘娘才行责罚。”

正扰乱间，如懿已经闻声出来，嫔妃们亦簇拥而前。如懿行礼恭顺，实在委屈，也是不甘：“皇上，嘉贵妃冒犯臣妾臣妾可以忍耐，但她屡屡借口孝贤皇后，令孝贤皇后过世后仍要被此妇当作攻击臣妾的手段与利器，实是对孝贤皇后的大不敬。”

玉妍急火攻心，顾不得鬓发散乱，珠钗坠地，慌忙跪行上前抱着皇帝双腿：“臣妾不过感叹孝贤皇后儿女双全，皇后娘娘便怀恨在心，借机惩治……”

绿筠自然将实情托出，为如懿说话。嬿婉哪里忍得住这般机会，牵着皇帝衣袖道：“皇上，嘉贵妃提孝贤皇后儿女，意在讥讽当今中宫。皇后娘娘处处容忍，实在忍无可忍。”

如懿淡淡看一眼嬿婉，嬿婉只是垂首，十分恭敬温婉。这番话听得皇帝气恼，哪肯再听玉妍分辩，叱道：“贱妇越来越没有规矩，皇后罚你，并无过错。”说罢又看缩在人后的婉茵，“婉嫔，你最老实，是否如此？”

婉茵尚未从方才言说孝贤皇后母子之死的惊疑中脱出，乍然听得皇帝询问，左看右看，好容易定下心神，方才敢说话：“皇上，的确是嘉贵妃不敬皇后娘娘和孝贤皇后。”

玉妍尖叫起来：“连你也落井下石！你不是老好人么？怎也当面出恶语说人坏话。”

婉茵哪里见过这个，忙躲在了绿筠身后，哀哀道：“纯贵妃娘娘。”绿筠小声安抚着她，皇帝立在灼灼日光下听了许久，早就厌烦不已，随口吩咐了按如懿所言发落，打发玉妍去皇陵思过，更不听玉妍求情认错，直叫人塞进了轿子抬走。

如此一来，皇帝也没了去如懿宫中的兴致，嫔妃们知趣散了，皇帝独携了如懿在养心殿暖阁下棋。皇帝才淡淡说起玫嫔临死所言：“朕总看在北族的分儿上，纵容了嘉贵妃。不过你方才所言玫嫔临死前的言语，朕却不甚相信。”

如懿坐在日光晴明底下，拈着一枚白玉棋子，叹了口气：“皇上是介意玫嫔是皇额娘的人？”

皇帝疑心沉沉：“是。玫嫔由皇额娘布置多年，在后宫生事，她死前攀扯嘉贵妃，或许只是想拉人垫背。”

如懿目光灼灼：“皇上如此为嘉贵妃辩白，可是因为在意北族。”

“朕在意嘉贵妃是北族出身，也知道她与孝贤皇后交好，没有害孝贤皇后的理由。朕更在意玫嫔是皇额娘安排的棋子。玫嫔的话，朕可以听，但不会信。”皇帝许是不快，落子的声音颇重，“你要罚嘉贵妃守陵，朕可以允许。让她受了教训就回来，好生收敛便是，总之这惩处不能是长久之计。”

如懿扬起眼眸，平视着皇帝：“但是因为嘉贵妃是北族的贵女，所以就算守陵责罚也只在一时，不会是一世。所谓的惩罚，不过只是略加敲打而已。那么就算哪日嘉贵妃犯下滔天大罪，皇上还会姑息，是不是？”

静室内幽幽泛着微凉，角落里放着一尊镏金蟠龙鼎炉，香料燃烧，不时发出轻微的“噼啪”之声，越发衬得四周的空气安静若一潭碧水。墨玉的棋子落下时有袅袅余音，皇帝吁一口气：“如懿，你说话太过了。”

如懿有难以言说的心绪，细细辨来，居然是一种失望：“是。臣妾知错。是皇上慈悲。玫嫔自裁，皇上并未牵连她家人。”

皇帝的口气淡得如一抹云烟：“她也是一时糊涂。”

隐忍已久的哀凉如涌动于薄冰之下的冷水，无法静止。如懿只觉得齿冷，那种凉薄的心境，如山巅经年不散的浓雾，荫翳成无法穿破的困境。她终于忍不住道：“是。与其一世再这么糊涂下去，还不如自己了断了自己，由得自己一个痛快。”

如此寥寥几语，两人亦是相对默然了。殿中紫檀架上的青瓷阔口瓶中供着一丛丛荼蘼，雪白的一大蓬一大蓬，团团如轻绵的云，散着如蜜般清甜的雅香，垂落翠色的阴凉。置身花叶之侧，相顾无言久了，人也成了花气芬氲里薄薄的一片，疑被芳影静静埋没。幸好，意欢诞育的消息及时地拯救了彼此略显难堪的静默。李玉喜滋滋地叩门而入：“皇上大喜，皇后娘娘大喜，舒妃小主生了，是个阿哥！”

皇帝喜悦表情后有一瞬的失望：“是个阿哥？”

如懿及时地捕捉到了这一微妙的变化，笑道：“皇上跟前如今只有一个四公主，一定盼着舒妃生一个和她一般玲珑剔透的公主吧？其实阿哥也好公主也好，不都是皇上的骨血么？”

皇帝勉为其难地笑笑道："甚好，按着规矩赏赐下去吧。叮嘱舒妃好好儿养着，朕和皇后晚上再去瞧她。"

李玉答应着，满面堆笑地下去了。

如懿轻声道："皇上不高兴？可是想起了钦天监所言的父子无缘。"

棋盘上密密麻麻落满黑子白子，皇帝伸手抚过："钦天监说父子，果然是个阿哥。他还说父子不能相见……"

如懿想再提不可轻信天象之言，皇帝已经意兴阑珊，吩咐了她跪安离开。待得如懿出去，久候在外的嬿婉才敢进来，皇帝本不愿在此刻多言，耐不得嬿婉低眉垂首，无限温柔，他便听了下去。

嬿婉低低为他解心事："臣妾原不该说的，可是听闻舒妃姐姐生了皇子，太后当时便想养育。若真养在太后膝下，被养得一味只听太后的话，那不是合了天象所言的父子无缘。"她又说，"天象说父子无缘，这孩子怕会克着皇上。臣妾知道皇上疼爱孩子，所以一直留着。"

皇帝轻叹一声："朕自己的孩子，再有天象不祥，朕也是疼爱的。"

嬿婉的话轻柔若风，悠悠荡进了皇帝不安的心底："太后的柔淑长公主从前是养在諴亲王府中的吧？"

皇帝回首看她，忽然笑了出来，轻轻抚上她皎洁的面庞。嬿婉闭上了眼睛，甜美地笑着。

初老

彼时如懿与皇帝尚未踏足储秀宫，太后已经由福珈陪着去看了新生的十阿哥，欢喜之余更赏下了无数补品。其中更有一支千年紫参，用香色的宫缎精致地裹在外头，上面刺绣着童子送春的烦琐花样，足有小儿手臂粗细，就连参须也是纤长饱满的，自然是紫参中的极品了。恰好嫔妃们都在，连见惯了人参的玉妍亦连连啧叹："太后娘娘的东西，随便拿一件出来便是咱们没见过的稀罕物儿。"

福珈笑道："可不是！这也算咱们太后压箱底的宝贝之一了，还是旧年间马齐大人在世的时候孝敬的。太后一直也舍不得，如今留着给舒妃小主了。"

意欢自然是感激不已："太后，臣妾年轻，哪里吃得了这样的好东西。"

太后笑叹着慈爱道："自孝贤皇后去世后，皇帝一直郁郁不乐。你诞下皇子，这样让皇帝高兴的事，哀家自然疼你。且你生这个孩子受了多少的辛苦。临了生了，肚子里孩子的胞衣又下不来，硬生生让接生嬷嬷剥下来的，又受了一番苦楚。哀家疼你，更是疼皇帝和皇孙。”

福珈听接生嬷嬷田氏说起过此事，自然知道里头的凶险，便学着田氏的话说：“医书上说，有产儿下，若胞衣不落，便是息胞。那可是大症候，会失血虚弱，伤了性命的。幸好舒妃娘娘与十阿哥福气大，这才母子平安。”

意欢抱着怀中粉色的婴儿，仿佛看不够似的：“只要孩子安好，臣妾怎么样都是值当的。”

嫔妃们见太后如此看重，愈加奉承得紧，储秀宫中一片笑语连绵，连着接生嬷嬷们都赏赐加倍，为首的田氏更是得了百两银子。便是太医和乳母说十阿哥夜夜大汗淋漓之事，也被当作胎儿生产时虚弱了，一时也无人放在心上了。

待回到自己宫中，嬿婉才沉下脸来，拿着玉轮慢慢地摩挲着脸颊，一手举着一面铜镏花小圆镜仔细端详着，不耐烦道：“陪着在那儿笑啊笑的，笑得脸都酸了，也不知道有没有长出细纹来。”

澜翠正蹲在地上替嬿婉捶着腿，忙笑着道：“怎么会呢？小主年轻貌美，哪像舒妃在坐蓐，眼浮面肿，口歪鼻斜的。”

嬿婉丢下手里的小镜子，懒懒道：“舒妃真是天生丽质，虽说有孕脸上出斑，可生了孩子一敷粉，也看不出什么。”

澜翠撇嘴：“侍寝又不能浓妆敷粉，不怕皇上瞧见了么。”

正说话，春婵带了田嬷嬷进来。

田嬷嬷是个半老的婆子了，穿了一身下人的服色，打扮得倒也干净，一看就是在宫里伺候久了的嬷嬷，十分世故老练。可如今进了永寿宫，却很是有些局促不安。

嬿婉见她进来，倒也不急着说话，由着澜翠给田嬷嬷搬了张小杌子坐下，自己慢慢喝了一碗冰豆香薷饮，才闲闲道：“给田嬷嬷喝些，如今天热了，得喝些解暑消闷的东西。”

春婵亲手端了一碗过去，田嬷嬷哪里敢接。嬿婉甚是可亲，道：

“喝吧，别拘束。”

田嬷嬷这才敢小口小口抿了，喝在嘴里，却也说不出是什么滋味。

嬿婉眼风轻轻一带，扫过田嬷嬷的脸：“事儿已经办妥了？”

田嬷嬷立刻不自在起来，苦着脸道：“若办不妥当，奴婢怎敢来见您，跟您拿这笔银子。奴婢原不敢干这伤阴骘的事，都是为了自己的孩儿。”

嬿婉这才笑了笑，示意澜翠取出了银票给她：“三百两银票，你收好了。进忠找你，只知道你缺银子，知道你急着求医问药。”

田嬷嬷拿着银票却不肯收入怀中，嬿婉知她所求不在银票上，便从袖中取出一张药方搁在桌上。那白纸轻飘飘的，落在田嬷嬷眼中却有千斤分量，她露出渴求的神色，无限期盼与悲苦在这个半老妇人的面孔上闪过，很快恭顺地垂眸。

嬿婉娓娓道：“田氏，你与夫君育有一子，夫死子成人，靠这接生的好手艺养家赚银子。本宫知道你不缺银子，缺的是续命的本事。你在乡间还有一女，一直寄养在别家，连你死去的夫君都不知道吧？”

田嬷嬷忍不住侧首抹泪：“奴婢早年嫁过人，前头的相公不到二十岁就死了，只留下个女儿。奴婢命苦，后来才知道前头相公一家子都有怪病，人长得都俊秀，可没一个活过三十岁的。都是年纪越长血流越慢，最后浑身的血都凝住了，死得凄惨。”

嬿婉露出悲悯之色：“真是可怜。这个方子是进忠托了包太医拟的，太医院的医术你总该相信吧。”

田嬷嬷渴盼极了，忙不迭道：“信，信。奴婢这个女儿有怪病，全靠令妃娘娘怜悯。”

嬿婉纤手一扬，药方落在田嬷嬷手里，柔声细气：“方子要了，也得有银子抓药啊。既然本宫和进忠知道了你的难处，就一定替你排忧解难。自然了，本宫的烦恼也都归你解了。”

田嬷嬷万分郑重地将药方收进怀里，银票也一并放好，起身三叩拜谢："多谢令妃娘娘，多谢进忠公公。您放心，这回的事神不知鬼不觉，舒妃自己都不知道。"

嬿婉喝着汤，悠悠道："本宫自然放心。你是积年的嬷嬷了。要不进忠怎么会找你。"

田嬷嬷忙着称是："这个自然。女人生下了孩子之后，总得一会儿这胞衣才会娩出来。奴婢便假称舒妃的胞衣落不下来。"她摆弄着右手，"这一引呀，可轻可重。一旦伤着宫体，往后就难生养了。就连太医也查不出什么。"

嬿婉从不知女子生产险之又险，有那么多门道，不觉听住了。

澜翠听得咋舌："神不知鬼不觉的。这接生的功夫，花样万千呢。"

田嬷嬷肃然道："姑娘还年轻。不知道生孩子等于是在鬼门关门口逛，有一万个出事的机会。所以接生嬷嬷才得稳当啊。"

嬿婉惋惜地摇摇头，撩拨着冻青釉双耳壶扁瓶中一束盛开的雪白荼蘼，那香花的甜气幽幽缠绕在她纤纤素手之间，如她的神情一般。"只是舒妃到底有福气，十阿哥平平安安地生下来了。"

田嬷嬷思忖片刻，终于吐口："舒妃有孕时肾气弱，生的若是个公主还好，可要是个阿哥，肾气不足，本元就弱了，那是夭寿不足。"

田嬷嬷说罢，总觉得是自己双手伤了他人生育，也不愿再多提此事，再三谢了嬿婉的方子，也便告退了。

嬿婉凝视着田嬷嬷离去的背影，冷冷地笑了笑，任由微红的烛光照耀着她恬美容颜。

日子平静地过去，仿佛是随手牵出的大片锦缎，华美绚烂又乏善可陈。

玫嫔蕊姬与庆嫔沐萍的事仿佛是一页黄纸，揭过去也便揭过去了。太后依旧是慈宁宫中颐养天年的太后，皇帝依旧是人前的孝子皇帝，连庆嫔身体见好后都依旧得宠，一切仿佛都未曾改变。唯一美中不足的是，意欢这一次生育到底伤了元气，脸上起了不少斑点。皇帝虽然也去看望意欢和新生的十阿哥，并且嘱咐了太医仔细治疗，但甚少再传她侍寝。意欢将何首乌汤一碗碗地喝下去，效果也是若有若无的。幸好她一门心思都在孩子身上，得闲便整理皇帝的御诗打发时日，倒也不甚在意。

而十阿哥仿佛一只病弱的小猫，一点点风凉雨寒都能惹起他的不适。便是素日好些，因着胎里带来的肾气衰弱之症，夜夜大汗，耗伤气阴。黄昏时分则微微发热，都是气血大损之兆。十阿哥这般难养，扯去意欢所有的心血精力。

到底父子连心，皇帝越发把钦天监所说的天象之言放在心里，总以为是如天象所警示一般，父子相克，是自己妨着十阿哥了。再加上太医说是胎里带来的肾气衰弱，皇帝多少以为是当年坐胎药的缘故，更是心虚自责。后来索性让敬事房把舒妃的绿头牌放在了后头，再少翻动。

太后本再度提起抚养十阿哥之事，但看他这般多病，也生了犹豫之心。皇帝亦是劝说："皇额娘养着十阿哥，劳心费力不说，万一有个头痛脑热，舒妃心疼，您也难过。若是养在舒妃自己那儿，儿子怕她从此悬心，自己也养不好身子。不如将十阿哥送去諴亲王府里养育。"

这番话说得太后吃惊，意欢也是苦苦哀求，让皇帝将孱弱的十阿哥留在身边。皇帝安慰道："前朝也有这样的先例，皇嗣体弱，便抱到外头养着，名为避祸。諴亲王夫妇德高望重，曾为皇额娘养育恒媞妹妹。今日再为儿子劳心一回，只要换得十阿哥平安就好。况且钦天监也说朕与十阿哥父子无缘，朕就怕十阿哥因着这个才体弱多病，若是离得远些，或许就好了。等他大些，朕让諴亲王把十阿哥充作养子，给孩子起名纳福，咱们再把他抱回来，也就解了天象的说法了。"

意欢听得能让爱子身体好转，再不舍也忍了下来。太后亦怕十阿哥身子这样单薄，若真养在身边出了什么事，意欢必定怨怪；若意欢养着，也无心思为自己做事，当下也应允了。如此，太后算是断了抚养十阿哥的心念。意欢除了盼着逢年过节諴亲王福晋能抱着十阿哥入宫一回，终日也只专心抄录御诗度日。

当然，宫里日日忙碌，谁也不记得玉妍独自在胜水峪皇陵苦苦度日。皇陵阴风绵绵不说，到底和亡灵相守，终日不安。且皇陵再壮观雄伟，哪比得上紫禁城的人气，后宫的明争暗斗也带了鲜血的热气，喉腔里的尖利，都是活着的气息。而在这里，除了丽心，只有一个哑巴老太监伺候，每日一碗白米饭，三个不沾油腥的素菜，粗陋异常。玉妍养尊处优惯了，见了就想吐，哪有半点食欲。玉妍住的矮房子又闷又窄，走走就碰到墙壁，一应被褥都是平民所用，玉妍饱受折磨，坐不安睡不着，又嫌老太监粗笨丑陋，恨不得立刻赶开。丽心劝了几句，玉妍越发烦躁："这是什么鬼地方，说是风水宝地，阴森冷清，人影也没几个。"

丽心不比玉妍胆大，总是惴惴不安："奴婢害怕。这儿躺着孝贤皇后……"

玉妍骄傲地挺起胸脯，一脸轻蔑："活着都被本宫算计得团团转的人，死了更没用。不许你再胡说了。"

丽心不敢多言，伸手去拍蚊子，却怎么也拍不完。她实在没法子，烧了一把艾草到处熏。玉妍本也闻惯了，如今却吃不消这熏人气味，恼了道："什么味儿，简直没法叫人待着。"

她一壁抱怨，一壁抚着胸口："吃不好住不好，这个月的月事都拖了那么久还没来……"话说着，她自己也呆住了。

玉妍再如何怨声载道，宫里的日子也这样平静祥和地过着，仿佛也能过到天荒地老去。

然而，打破这平静的，是平常而又不平常的一日。那一段时日，河南阳武十三堡黄河决口，河水冲毁无数良田房屋。皇帝忙着办黄河决口合龙之事，连着许久没有出养心殿，除了在御书房见臣子批折子，调动库粮银钱赈灾，便在寝殿胡乱睡了，多半也是没有安枕的。

等皇帝终于忙完了这一段，到了后宫时，却出了岔子。那日原是如懿侍寝，皇帝照例浸浴，如懿伺候在旁，不断地加入热水和草药。这是一个再寻常不过的秋天的夜晚，窗外天色阴沉，半点月光也没有，连星星都被银线般的雨丝淹没了，细雨绵延不绝地落在殿前的花树上，从树叶黄灿的枝条上溅起碎玉般凛冽的声音。

皇帝满头大汗，有些气喘。如懿扶住他手，问："皇上是不是浸浴久了有些疲累？"皇帝不作声，勉力扶着如懿的手才站了起来。如懿敏锐地发现了皇帝眼睛里的不安，像一张布满毒丝的蛛网，先蒙住了他自己。如懿赶紧拿黄绸裹住皇帝的身体，替他擦拭。

皇帝的声音失去了一贯的沉稳笃定："如懿，如懿，朕气闷得紧，好似全无了力气。"

如懿轻轻地应着："皇上劳累国事久了，这般热浴，怕是虚耗。不如喝茶歇歇。"她扶了皇帝坐下，捧过温好的茉莉花茶，皇帝一气喝下，胸口仍是起伏不定，喉咙喘得像风箱里漏出来的风，嗬嗬地，有一种衰迈虚弱的气息流出。皇帝的肌肤是潮湿的，被热水泡得松软，松弛成一摊软绵绵的滑腻的肉。虚汗如大雨淋漓滑下，有黏腻的气味。如懿的心绪忧惧，有个念头秘不可示地转过，年过四十的皇帝，开始出现衰老的迹象。她情不自禁地哀伤起来，对着这个比自己大了七岁的男子，可是，这样的情绪她又怎敢流露。终于，她克制住心神，极尽所能地柔声道："皇上日理万机，都没好好歇过。从七月到现在，为了河工，您一直没睡好过。"

皇帝的手指在颤抖，他恐惧地用左手紧紧抓住右手，却发现两手都在震颤。他极为不安："如懿，你可知道，这些日子朕总梦见皇阿玛。皇阿玛在那儿好好儿的批着折子，忽然就倒在案上过身了，朕怎么也扶不起他来……朕会不会有一日也……"

当日先帝因服食金丹去得匆忙。生父壮年离世，一直是皇帝隐隐的一块心病。如懿忙按住他的口："皇上不许这样说。"

皇帝含了苦涩的笑意，嘴唇颤动着，摇着头说：“我是怎么了？”

皇帝一向自重身份，对尊卑之分极为看重，很少在旁人面前自称“我”，便是如懿陪伴他多年，在登基后的日子里，也极少极少听他这样自称。

皇帝有些口不择言：“朕从前再忙也没这般虚弱。这实在没来由……钦天监说十阿哥与朕父子缘薄，彼此相克，所以十阿哥一生下来就格外虚弱，而朕是莫名疲倦，身体不适。”

如懿最怕他往此处想，只得拼命开解：“皇上，十阿哥已经送出宫在諴亲王府养育了，父子不相见就不会相克。您别过于敏感多思，加重疲惫劳累之感。”

他静了静，向外呼喝道：“李玉，李玉！朕的参汤呢？”

这样的呼喊含着某种急迫的气息，李玉不知就里，忙端着参汤上来。皇帝一口气喝了，将珐琅戗金盖碗狠狠砸了出去，喝道：“滚出去！”

李玉吓得连滚带爬出去。皇帝还未等他将沉重的殿门合上，便抱住了如懿。

作为一个陪伴他半生的女人，如懿很明白他的意图。然而皇帝一动也不动，许是参汤并没有起作用，许是阁中太热了，因为水汽蒸腾，热得发闷。微弱的烛火晃悠悠的，照着锦绣帷帐上所绘碧金纹饰，便泛起如七宝琉璃般的华彩。

阁中很静，连平缓而迟钝的呼吸声都清晰可闻。良久，皇帝抱着她，寥落轻轻一声：“如懿，朕好像老了。”

外头有淅淅沥沥的雨声，窗外的纱绣宫灯在夜来的风雨中飘摇不定，而庭院里枯得有些蜷曲发黄的芭蕉和满地堆积的黄花上响起一片沙沙之声。这样的雨夜里，许多曾经茂盛的植物都在静静等待衰老。

如懿紧紧抱着他，暗叹原来好时光就是这样逝去的。她和他这样慢慢地步入了不可预知的衰老，一步步走向白头。她这样念着，很想对他倾诉，他会老，她亦会老。男欢女爱的欢愉终有一日会在他们身上逝去，那并不要紧。所谓的相濡以沫，并非只是以身体亲近。如果可以，绛纱帐内的十指相扣，并枕而眠，一夜倾谈，更能于身体痴缠的浅薄处，透出彼此相依为命的深情。

只是这样的话，她如何敢说。

她只得愈加紧地拥住他，温言道："不。皇上只是为国家大事操心，太累了。只要慢慢养着就好了。太医们都是回春妙手。"

的确，皇帝这些日子是忙而累的。自从黄河决口之后，皇帝便重新起用备受贬斥的慧贤皇贵妃的父亲高斌赴河南办阳武河工。这似乎意味着高氏家族的复恩之兆，高斌自然是尽心竭力去办这一桩河南阳武黄河决口合龙的辛苦差事。

前朝的事错综复杂。如懿虽然不喜高斌的复起，但也习惯了不轻易表达。皇帝倦倦地追问了一句："是么？朕只是累了而已么？也是，朕做梦都梦见黄河泛滥，民不聊生。夜夜不得安稳。"

她从后面紧紧抱住皇帝的身体，彼此以身体的温度相暖："人都会老。皇上会老，臣妾也会老。"

皇帝的声音极轻："到那时，咱们还能陪伴照应彼此么？"

"会的。臣妾会一直陪皇上走下去。两心相知，相濡以沫。"她沉沉承诺。皇帝虚软地点了点头，水汽氤氲，把两个孤清的身影隔绝在芸芸众生之外。他们所拥有的，除了那高处不胜寒的唏嘘，还有世人都会有的、对于苍老逼近后的深深惶恐。

这一夜心事重重，谁都没睡好。四更时分，皇帝起身，如懿便也醒了。皇帝一早便犯了起床气，脸色阴沉沉的，如同眼睛底下那一片憔悴的青晕一般。宫人们伺候得格外小心翼翼，还是免不了受了几声呵斥。如懿想着是睡不着了，便起身亲自侍奉皇帝更衣洗漱。一切停当之后，李玉便击掌两下，唤了进忠端了一碗银耳羹进来。

这一碗银耳羹是皇帝每日早起必饮的，只为清甜入口，延年益寿，做法也不过是以冰糖清炖，熬得绵软，入口即化。

这一日也是如此。才用完银耳羹，离上朝还有一些辰光，皇帝仍有些闷闷的。如懿见皇帝梳好的辫子有些毛了，想着皇帝不看见便好，一旦看见，那梳头的太监少不得是一顿打死。恰巧李玉也瞧见了，只不敢出声，急得满脸冒汗。

如懿灵机一动，便道："皇上，臣妾好久没替你篦头发了。时辰还早，臣妾替你篦一篦，发散发散吧。"

皇帝夜来没睡好，也有些昏乏，便道："用薄荷松针水篦一篦就好。"

皇帝对吃穿用度一向精细，所用的篦子亦是用象牙雕琢成松鹤延年的图案，而握手处却是一块老坑细糯翡翠做成，触而温润，十分趁手。如懿解开皇帝的辫发，蘸了点薄荷松针水，不动声色地替皇帝梳理着头发。

然而，在一切行将完成之时，她却彻底愣住了。

皇帝乌黑浓密的发丝间，有一大丛银白的发丝赫然跃出，生生地刺着如懿的双眼。她反反复复地想着，皇帝才四十一岁啊，居然也有那么多白发了。

她下意识便是要掩饰过去。拔是不能拔的，否则皇帝一定会发觉。但若不拔，迟早也会被皇帝发现。这么一瞬间的迟疑，皇帝便已经敏锐地发觉了，立刻问："什么？"

如懿知道是掩饰不过去了，索性拔下了一根白发，轻描淡写地道："臣妾在想，臣妾的阿玛三十岁时便有白发了，皇上怎么如今才长这些。"

这句话大大和缓了皇帝紧张的面色，他接过如懿手中的白发看了一眼，紧紧握在手心里道："这是朕的白发，挺多了。"

如懿见皇帝并未大发雷霆，心头大石便放下了一半："圣祖康熙爷在世时很喜欢喝首乌桑葚茶，臣妾也想嘱咐太医院做一些，皇上愿意将就臣妾一起尝尝么？"

皇帝看她一眼，神色稍稍松弛："皇后喜欢的话，朕陪皇后。"

如懿恍若无事般替皇帝结好了辫发，温柔道：“臣妾倒想着，若臣妾与皇上都有了白发，那也算是白头到老了呢。”

皇帝笑了笑，静默着叹了口气，闭上了眼睛。

皇帝站起身，照例到院中练习五禽戏。这是他多年的习惯，极重养生之道，每日晨起必得先饮一碗银耳羹，然后便在庭院中打一套五形拳舒散筋骨。如懿抱着披风在廊下等候，忽然见皇帝膝盖一软，差点跌倒。李玉眼明手快，赶紧扶住。

如懿有些慌神，将披风盖在皇帝肩上，连声询问关切。皇帝脸色微白，虚弱道：“朕的手脚发麻，全然使不上劲儿，这是怎么了？怎么了？”这一突如其来的事故，加重了皇帝昨夜的恐惧。他几乎不能自持，李玉忙碌着要请太医，皇帝显然不愿张扬此事，当即回绝了。如懿搀扶着皇帝进去，听他喃喃自语：“朕比先祖都懂得养生，午睡后照例是一碗浓浓的枸杞黑豆茶，晚膳后必含了参片养神片刻，到了睡前又是一碗燕窝宁神安眠。为什么还会如此？”

皇帝一饮一食都格外注意，喝酒必不多饮，更不曾醉，顶多喝一些太医院和御膳一起调制的龟龄酒和松龄太平春酒，可活血安神，益气健身。除此，便是十分清淡的新鲜时蔬了。

皇帝这般精心保养，最恨自己见老。此时华发暗生，又这般人前失态，如何能不气恼伤感。他苦笑：“头晕得厉害，手脚乏力。唉，岁月如秋风摧衰草，挡也挡不住。”如懿虽然有心开解，却也只能无言。这样静默着，她便又觉得有些恶心，只好极力忍耐着。

皇帝记挂早朝，匆匆离开了，私下里索医问药，三日若不能见效，必要发一场大脾气，加之夜里惊梦不断，日子便更难熬。太医们屡屡苦劝，都云为龙体计，用药不敢过猛，更不敢急于求成。药性太烈于龙体也有损伤，必得慢慢进补，皇帝方才作罢。如此这般，皇帝连月不进后宫，难免嫔妃间私语，也都有了几分揣测。

皇帝的郁闷，辗转通过进忠传到了嬿婉耳中。两人相处时，嬿婉软语轻言，抚慰着皇帝的伤心处，顺手奉上了一盏鹿血酒："新鲜割的鹿血，兑了上好的烈酒，皇上尝尝。"

皇帝想起太医的劝告，总是有些犹豫，嬿婉捧到皇帝嘴边："臣妾悄悄派人去了趟鹿苑，宫里养着那些鹿，不就为了这个么？祖先进关前若不是常饮鹿血酒身强力壮，哪里打得下这天下。"她察言观色，知道皇帝的迟疑与心动，语调中充满了蛊惑，"皇上以鹿血进补，可强身健体。而且皇上龙体安康了，不就破了天象所说的您与十阿哥彼此相克的说法了。"

皇帝想着素日的疲累，心中烦闷难耐。谁不渴望青春与力量永驻在身体中，他又记挂天象，也牵念幼子，到底还是动了心。

于是皇帝笑了笑，赞她一句贴心，接过便是一饮而尽。

这一饮，就生了贪杯之欢。

接下来一连数日，如懿便再难见得到皇帝，一查敬事房的记档，才知这些日子皇帝得空儿便在几个年轻的嫔妃那里，不是饮酒作乐，便是歌舞清赏。而去得最多的，便是嬿婉宫中。

皇帝醉眼蒙眬中也念诗："白日放歌须纵酒，人生得意须尽欢。"晋嫔在旁听了想偷笑，到底也不敢说什么，一起奉承了皇帝的才华。皇帝愈发高兴，自觉案牍劳形了这么多年，今日才知白日纵饮的乐趣。于是有两回在御书房接见朝臣，也竟酣醉中倦怠入眠了。臣子们当面不敢说什么，渐渐也有了议论，只瞒着太后而已。

容珮见四下并无其他人，压低了声音道："听说皇上这几日都歇在令妃宫里，每日令妃进了鹿血酒给皇上喝。"

如懿入耳便不舒服，一个恶心，胸口有难言的窒闷，不禁弯了腰呕出了几口清水。

容珮吓得赶紧给她递了绢子擦拭："皇后娘娘，您是怎么了？这几日您的面色都不好看呢。"

如懿摇头道："本宫是听着太恶心了。"

容珮忙道："娘娘这几日老觉得胸闷不适，奴婢还是去请个太医来看看吧。"

如懿摇头道："惢心刚生了孩子正在坐月子呢，江与彬从两个月前便忙着照顾惢心。除了他，本宫也不放心别人来请脉。也就是恶心一下，不打紧的。"

容珮犹豫地猜："娘娘不会是有喜了吧？奴婢看娘娘有两个月月信未至，从前别的嫔妃遇喜，就是这么恶心啊恶心的。"

如懿听她说这些字眼，只觉得胸腔里翻江倒海似的，只差没再吐出来。她想起前几日太医院得来的消息，除了大量进服补益强身的药物之外，皇帝开始问江与彬是否可饮用新鲜的鹿血酒了。

如懿是知道鹿血的功效的，鹿血益精血，大补虚损，和酒之后效力更佳。但江与彬亦禀告皇帝鹿血酒药性太烈，虚不受补，于圣体不合，到底婉拒了。

可皇帝真想要，总会有奉承的人弄来。譬如御苑中便养着百十头马鹿和梅花鹿，随时供宫中刺鹿头角间血，和酒生饮。先帝晚年沉迷丹药之时，亦大量地补服过鹿血，甚至在年轻时，因为在热河行宫误饮鹿血，才在神志昏聩之中仓促临幸了皇帝相貌粗陋的生母李金桂，并深以为耻，以致皇帝年幼时一直郁郁不得重视。

容珮忧心忡忡道："皇上若服用那么多鹿血酒，阳气太盛，只怕是伤身啊。"

这样的话，宫中也只有如懿和太后劝得。然而，皇帝却未必喜欢太后知道。如懿想劝，却又无从开口，沉吟许久才道："容珮，去炖一碗绿豆莲心汤来。"

容珮讶异道："皇后娘娘，已经入秋，不是喝绿豆莲心汤的时候啊！"

如懿拂袖起身，道："本宫何尝不知道是不合时宜。但，也只能不合时宜一回了。"

如懿进了永寿宫的庭院时，宫人们一个个如临大敌，战战兢兢。伺候嬿婉的太监王蟾端着一个空空如也的黄杨木方盘从内殿出来，见了如懿刚要喊出声，容珮眼明手快，“啪”一个耳光上去，低声道：“皇后娘娘面前，少胡乱动你的舌头。”

容珮看了看他端着的盘子上犹有几滴血迹，伸出手指蘸了蘸一嗅，向如懿回禀道：“是鹿血酒。”她转脸问王蟾：“送了几碗进去？有一句不尽不实的，立刻拖出去打死！”

王蟾知道怕了，老老实实道：“四碗。”

里头隐隐约约有女子响亮的歌唱调笑声传出来，在白日里听来显得格外放诞。如懿听了一刻钟工夫，里头的声音渐渐安静了下来，方才平静着声气道：“谁在里头？请出来吧。”

王蟾慌慌张张进去了。皇帝正与嬿婉等人围坐宴饮嬉笑，桌上杯盘狼藉。皇帝醉醺醺的，进忠在旁添酒伺候。闻得如懿突来，皇帝清醒了几分，见阁中酒气弥漫，诸女且歌且笑，不觉先生了几分愧怍与心虚。王蟾故意将如懿的气势添了几分，如同汹汹逼问一般。嬿婉慌乱起来，诸女更是不安，唯有晋嫔不怕，笑道：“我们为皇上分忧罢了，皇后娘娘有什么可恼的。”

皇帝脸上便红了起来，按捺着心虚与不安：“你们是为朕好，怕什么？朕喝了鹿血酒身子康泰，才能破了天象说朕与十阿哥父子相克的预言。或许，或许十阿哥也会好起来，不那么体弱多病。而且朝政多麻烦，皇后也不许朕高兴片刻么。”

嬿婉听出皇帝的抱怨，越发楚楚可怜：“皇上，皇后娘娘兴师问罪，臣妾担当不起。”

皇帝想了想，还是觉得闹起来失了颜面，更不愿这般样子见到如懿，便道：“你们几个先出去见皇后。令妃留下，给朕擦脸醒醒酒。朕喝得这样醉，皇后见了又有话说。”

嬿婉答应着，赶紧起身给皇帝打水擦脸，忙碌起来，一壁又听着外头的动静。

如懿原以为永寿宫中只有嬿婉，却不想出来的是艳妆且满身酒气的平常在、揆常在、秀常在、晋嫔。

如懿见她们如此，脸色越发难看起来，冷冷喝道："跪下。"

年轻的女子哪里禁得起这样的脸色和言语。平常在、揆常在和秀常在三个先跪了下来，晋嫔虽然有些不情愿，但也不敢一个人站着，只好也跟着跪了下来。

如懿不屑与她们说话，只冷着脸道："好好儿想想，自己的错处在哪里。"

其余三人涨红了脸色低首不语，眼看窘得都要哭出来了。唯有晋嫔扭着绢子嘟囔着道："臣妾等侍奉皇上，向娘娘请安来迟了。"

如懿扬了扬唇角算是笑，眼中却清冽如寒冰："孝贤皇后在世的时候最讲规矩，约束后宫。要知道她身死之后她的族人富察氏的女子这般不知检点，侍奉皇上白日酗酒，那可真是在九泉之下都蒙羞了。"

晋嫔仗着这些日子得宠，气鼓鼓道："臣妾伺候皇上，皇上也愿意臣妾伺候。孝贤皇后怎会怪罪？皇后娘娘别是自己不能在皇上跟前侍奉讨皇上喜欢，便把气撒在臣妾身上吧？”

如懿懒得和她废话，扬了扬脸道：“带晋嫔去长春宫跪着。”

晋嫔含羞带气，这才有些怕，刚想分辩，早有几个太监架着她出去了。

如懿冷声道：“在永寿宫豪饮酗酒，永寿宫的主位呢？”

正问着话，嬿婉穿着一袭桃花色纳纱绣金丝风流散花氅衣出来，满面通红地跪下了。嬿婉跪着低头，心中暗怨皇帝不肯醉酒见皇后，推了自己出来，又道妃子被训斥几句也无妨，让皇后消气也罢了。皇帝自己想息事宁人，却让自己到如懿跟前受这份难堪，不肯护着自己呵斥如懿的不是。

嬿婉这样想着，甚是灰心，口中却恭敬：“不知皇后娘娘凤驾来临，臣妾未能远迎，还请皇后娘娘恕罪。”

如懿见她打扮得风流妖娆，心中有气，却也极力压低了声音道：“皇上呢？”

嬿婉一脸无可奈何：“皇上刚睡下了，臣妾在旁伺候，不敢打扰。”

如懿问：“是你进了四碗鹿血酒让皇上喝下的？”

嬿婉听她直截了当挑破，更不好意思，只得硬着头皮道：“是。”

如懿慢步上前，以护甲的尖锐拨起她的下巴，直视着她的眼睛道：“皇上酒醉？你还进了四碗鹿血酒让皇上喝下？”

嬿婉嗫嚅着唇，眼泪在眼眶里滴溜溜转着，十分委屈无奈：“皇后娘娘，皇上一心想补好了身子。臣妾也想劝皇上注意龙体，可是劝不住啊。”

如懿逼视着她，沉肃道：“你若劝不住皇上，大可来告诉本宫和太后。你有意纵着皇上的性子来，存心不说，居心不良。你别忘了宫中规矩，嘉贵妃有错，便打发去了守陵。”

嬿婉想起守陵孤苦，嘉贵妃定是过得凄风苦雨一般，自己一直嘲笑，却不想如懿也要这般发落自己。她哀求道："前车之鉴，臣妾不敢不遵。皇后娘娘训斥，臣妾也合该领受，但请顾着皇上的颜面，您先回宫歇息，暂不提此事了吧。"

容珮鄙夷地看她："身为嫔妃，敢轰皇后娘娘走。令妃娘娘也太大胆了。"

如懿的目光冷厉如剑："皇上酒醉伤神，倦于朝政，你们不思劝谏，还献媚讨好。媚惑主上的罪名，你们担得起么？"

嬿婉哪里受得住这般斥责，想着皇帝到底在自己宫里，只得硬着头皮道："臣妾等是皇上的嫔妃，讨好皇上侍奉皇上是光明正大的。"

如懿的神色淡淡的，望着游廊雕梁上龙腾凤逐的描金蓝彩，并不看她们："媚惑主上的罪名，是连你们母家的族人都要一起担着的。你还敢犟嘴？"

平常在几个胆小，先啜泣了起来。

皇帝酒气冲上了头脑，连嘴里含着醒酒石也觉得难受，一口吐掉了。皇帝想要呕吐，趴在痰盂边呕了两口，胸中愈加憋闷。进忠忙乱着给皇帝递水拍背。皇帝听得外头的动静，先前的几分愧怍早成了恼羞怒气，道："怎么还吵闹不休？"

进忠觑着时机轻声道："皇上，皇后娘娘这么斥责下去，只怕令妃也要被打发去守陵了。令妃娘娘只是个妃子，怎么劝得动皇后？只怕皇后娘娘见了她气性更大，这就没个完了。而且您醉了该歇息醒酒才好，皇后娘娘再这么斥责下去，只怕皇上您也歇不好。"

皇帝嘀咕一句"朕喝个酒都不自在"，便霍地站起来，推门出去。

这一出去，皇帝更是心虚了几分，他见如懿神色还算平静，那一股想息事宁人的念头上来，也放缓了声音。他想扶如懿，只是手晃得厉害："朕就是喝了酒，没什么大碍。皇后放心。"

如懿关切中带了忧心："臣妾陪伴皇上年久，皇上从不白日酗酒，更无喝得这样醉过。"

皇帝避开她的目光，寻了由头道："朕就是近日累了点儿，偶尔松乏松乏。"也是，皇帝登基多年，少有这样放纵，自己这般说，也有了底气。可如懿却甚为担心："皇上若只是喝酒松身，臣妾并不敢说什么。可嫔妃们为求一时之效，给皇上进了鹿血酒。这鹿血酒性子过热，皇上又在体虚的时候，臣妾实在怕皇上虚不受补、伤了龙体。"

"朕知道你的心意了。"皇帝看着跪着的嫔妃便觉得难堪，"朕也无大碍，事儿就过了吧。大白天的，一排跪着也不成样子。都起来吧，回自己宫里去。"

如懿不作声，诸女想起身，到底不敢，继续跪着。皇帝有些尴尬，声音大了："朕的话你们没听见么？"

如懿淡淡道："皇上，她们邀宠媚上，有损龙体，自知有罪，才跪在此。皇上准备对她们轻纵么？"

揆常在怯生生哭诉："皇上，臣妾不敢不遵皇后娘娘懿旨，臣妾怕被送去守陵。而且您说过，后宫的事是皇后娘娘做主。"

皇帝虚踢了一脚，诸女畏惧不堪，只得起身离开。平常在想想又害怕，走了两步还是跪下："臣妾一心侍奉您，想让您舒坦高兴，谁知这样皇后娘娘也容不得……晋嫔，晋嫔姐姐已经被拉去长春宫跪着了。臣妾不敢再惹皇后娘娘生气，谁不晓得皇后娘娘雷霆一怒，便是有皇子的嘉贵妃也被赶去了胜水峪。"

其余几个嫔妃也啜泣起来。

如懿不看她："你们挑拨够了就走。"

皇帝也不理会她们，怒喝一声："滚！"

众人这才都离开了。嬿婉离不得永寿宫，更不敢起来，只得继续跪着。她低着头，看着砖石上的吉祥花纹，密密匝匝，石雕的富贵，多么牢固。不像她的恩宠，总要拼命争取才得来一点儿。皇帝似乎是在吩咐她起来进里头去，嬿婉答应着，又不敢离开，婉声道："皇上，臣妾是永寿宫主位，能回哪儿去呀？只能在这儿请皇后娘娘降罪。"

皇帝冷笑一声：“朕喝个酒都不自在。皇后这般管束，和皇额娘也差不离了。”

如懿知道齐汝之死落在皇帝心中的结有多大，对太后更是疏远忌讳，可她是好意，是对夫君的关切啊。“皇上若只是喝酒怡情，臣妾并不敢说什么。只是这鹿血酒性子过热，皇上一下喝了不少，又在体虚的时候，实在怕虚不受补。皇上若为一时自在而伤身，实在不值。”

皇帝有些烦躁了，巴不得这件事立刻过去，便以命令的口吻要如懿不再计较此事，也饶过今日侍酒的嫔妃。如懿自然是不肯的，尤其嬿婉，这般媚惑，实在是在她的底线之外。皇帝说了两句不通，冷冷道：“皇后如此不依不饶，难怪她们都这般畏惧你。”

皇帝瞥了嬿婉一眼道：“你还在这儿做什么？不是给朕炖了茯苓地黄大补汤么，还不叫人端了来。”

如懿使了个眼色，容珮端着解酒汤上前。如懿尽力温婉了声音道：“皇上若是渴了，臣妾备下了解酒饮，请皇上饮用。”

人令人不悦，解酒汤亦是。皇帝挥手，示意容珮离开：“朕刚吐得难受，喝不下。”

如懿柔声劝道：“皇上连着进补鹿血酒，那是烈性的热东西，还是喝些解酒饮缓和才好。”

皇帝说着，胸闷干呕了几口，扶着柱子便坐下了。

如懿一时急切，立刻给皇帝抚胸：“皇上白日贪欢纵饮，耽误政事不说，也损了龙体。”

皇帝的目光倏然冷了下来：“政事政事？朕登基以来，哪一日不是忙于政务不敢懈怠。如今才松快几天，你就这般啰唆。”

如懿忙屈膝垂首：“皇上，臣妾不敢。臣妾心中，皇上最重。”

“不敢？”皇帝冷哼一声，“你便是事事这般要强，性子又强硬，难怪嘉贵妃要拿你与孝贤皇后作比！”

这句话仿佛一个突如其来的耳光，打得如懿晕头转向。她怔了半天，只觉得眼底一阵阵滚热，分明有什么东西要汹涌而出。她用尽了全身的力气咬住了唇，仰起脸死死忍住眼底那阵热流："皇上之前劳心国事，龙体见虚，又急于求成喝了鹿血酒进补，实在大热伤身。嫔妃们为求一时之效，以鹿血酒邀宠，臣妾只盼皇上爱惜龙体。若是为此在您眼中不如孝贤皇后了，臣妾也无话可说。"

皇帝正被几个年轻貌美的嫔妃百依百顺奉承得惯了，如何受得了这一句，顺口便道："你自然不如孝贤皇后多了！"

如懿只觉得自己的一颗心在芒刺堆里滚来扎去，扎得到处都痛，偏偏又拔不出刺来，却又实在忍不得这样的罪名和指责，只能低首道："臣妾自知不如孝贤皇后。这皇后当得无能，臣妾立刻去奉先殿跪着，向列祖列宗请求宽恕便是。"

皇帝登时恼羞成怒，喝道："你去奉先殿？就凭你是皇后么？"

如懿镇声道："是！皇上封了臣妾为皇后，直言进谏便不能算错。皇上若怪罪，臣妾自己跪下领罚。"

皇帝在懊丧中口不择言："且不说你是继后，便是孝贤皇后这位嫡后在这里，也不能拗了朕的性子！且你能去奉先殿做什么？去奉先殿告诉列祖列宗身为朕的皇后却不能绵延子嗣，为爱新觉罗氏生下嫡子嫡孙么？皇后无能，无皇嗣可诞，朕为江山万代计，宠幸几个嫔妃又怎么了？"

是啊，她原本就是继后，哪怕是他亲自封了自己为皇后，心里到底也是这般瞧不起的。

如懿满脸血红，一股气血直冲脑门儿："臣妾无子是臣妾无能，但皇上不爱惜自己的龙体，便是对不起列祖列宗和天下苍生。"她接过容珮手里的汤盏捧过头顶，极力忍着泪道，"臣妾不敢有什么劝谏的话，臣妾所有要说的都在这碗汤里了。"

皇帝回不了嘴，登时勃然大怒，拂袖挥去，一盏绿豆莲心汤砸得粉碎，连着汤水淋淋沥沥洒了如懿满头满身。那碎瓷片飞溅起来，直刮到如懿手背上，刮出一道鲜红的血口子，瞬间有鲜血涌了出来。

嬿婉吓得花容失色，指着如懿的手背道："血！皇后娘娘，有血！"

皇帝见了鲜血，满心里有些后悔，也心疼，忙道："皇后如何了？给朕瞧瞧！"

如懿猛地擦去手背上的血液，浑身狼狈，却不肯放柔了口气，道："臣妾这点血，比起皇上龙体所损，实在算不得什么。皇上生气，要打要罚，臣妾不敢有怨，但皇上不爱惜自己，臣妾实在痛心。"

如懿跪下，皇帝震惊、愧疚、心疼，又拉不下脸面，简直站也不是退也不是，呵斥不是安慰不是，落了个无从进退。

嬿婉也不知会闹到这个地步，见如懿受责，恨她将事情闹得这般不可收拾，心里又痛快，一阵热一阵凉的，面上只能好言好语劝皇帝："皇上别和皇后娘娘置气了，都是臣妾的错。皇上快扶皇后娘娘起来吧。"

皇帝伸手想扶，想想今日这一场大闹，既是自己任性，又是嬿婉妩媚，更是如懿太过倔强的不是。他还是缩回手，冷着脸道："你不让朕瞧便罢。朕今日累了，就在令妃这儿歇下了。皇后自己回宫去，处理了伤口，也静心想想，你今日有什么错处吧。令妃，你陪朕进去。"

皇帝转身进去，嬿婉跟随。

如懿进退不得，直直跪在殿门前，看着嬿婉携着皇帝的手进去了。

容珮吓得脸色发青，忙陪着如懿跪下，低声道："娘娘，您这是何苦呢？"

如懿望着那紧闭的门扇，镂花朱漆填金的大门，上面雕刻着栩栩如生的云蝠花纹，本是极热闹的华彩，却像是缭乱纷飞的蝙蝠翅膀上的尖刺，一扑一扑，触目刺心。

"何苦？"她怔怔地落下泪来，"皇上的身体……难道是本宫的错么？夫君不爱惜自己的身体，作为妻子不能劝一劝么？即便他是高高在上的君主，本宫是臣子，亦不能一劝么？"

容珮无言以对，只得踌躇着道："出了这样的事皇上也不高兴，也在气恼的性子头上，皇上他……不找自己亲近的人撒气找谁呢？”

如懿用力抹去腮边的泪。容珮扶住了如懿，忍耐着抹去眼角的酸涩。

嬿婉陪着皇帝进了寝殿，一下一下替皇帝揉着心口道：“皇上别生气了，皇后娘娘也只是气臣妾们伺候了您，所以才一时口不择言的。”

皇帝闭着眼睛，失望又气恨：“朕一直以为皇后了解朕、体贴朕，朕为朝政劳碌这么多年，精疲力竭，更为天象之言伤神，皇后就不能让朕松快安心些么。”

嬿婉伏在皇帝肩头，柔声道：“皇后娘娘也是关心皇上，只不过把朝政看得比您要紧。”

皇帝无心理会她的温柔，只听着窗外的动静，想着若是如懿自己走了也罢。偏偏外头一点离开的动静也无：“皇后怎么还不起身？她打算跪多久？”

嬿婉“呀”一声，轻轻道：“您不出声先低头，皇后娘娘哪里肯起来。”

皇帝满脸的阴郁：“她这是恃宠，更是仗着皇后身份要挟朕。”说罢又看嬿婉，“朕原来只以为你和皇后容貌有些相像，可是仔细辨起来，你们俩的性子却全不相同。皇后是刚烈脾气，宁死不折；你却是绕指柔情，追魂蚀骨。”

嬿婉压低了声音娇滴滴道：“皇后娘娘脾气刚烈，就是因为她一心以为是您的妻子，是大清国的皇后，却忘了她和臣妾一样，都先是您的臣子您的奴才，然后才是伺候您的枕边人啊。不过皇上，皇后娘娘对您一心关切，才情急之下言行失当了。”

这一句又勾起了皇帝的心结：“朕的皇额娘都以为可以干涉朕、掣肘朕，皇后怎也生了这种脾气。”说罢扯了扯领子，“虽然入秋了不热，可外头这样跪着膝盖不疼？皇后又受伤了……”

眉梢眼角缓然生出的妩媚风情都白费了，嬿婉颇为沮丧："皇上，您喝口茶漱口吧。臣妾看您醉得难受。"皇帝不理她，嬿婉倒了热茶捧上，"臣妾时时刻刻都记着，臣妾得顺从您，侍奉好您。但愿皇后娘娘也是如此。"

皇帝心不在焉，只是嘟囔："皇后怎么这般倔。"

嬿婉心里轻轻叹息了一声，伏在了皇帝膝上。

也不知跪了多久，秋末的毛太阳晒在身上轻绵绵的，好像带着刺，痒丝丝的。如懿望着门上云蝠八宝团花纹，明明是五只一格的蝙蝠扑棱着翅膀，她的眼前花白一片，越数越多。五只，六只……十只……

如懿轻轻地呻吟了一声："容珮……这些蝙蝠怎么多了……"

她的话未说完，忽然身子一软，发晕倒了下去。容珮吓得魂飞魄散，死死抱住如懿惊呼道："皇后娘娘！皇后娘娘！您怎么了？您别吓奴婢呀！"

皇帝本就留意着外头动静，闻声很快便冲了出来，嬿婉紧跟着劝了句什么，皇帝推开了她，唤道："皇后！如懿！"

皇帝想抱起如懿，却手脚发软，使不上劲儿。还是容珮与进保搭着手扶起了如懿，外头又有软轿，抬着出去了。皇帝着急地寻醒酒汤，宫人们不知忙哪里好。还是进保明白，一壁送如懿回翊坤宫，一壁又让人备了醒酒汤和皇帝一起过去。

嬿婉彻底愣住了，还是进忠推了她一把，她才回过神来，忙忙跟着去了翊坤宫。

如懿醒来时已经在自己的翊坤宫里。床前床后围了一圈的人，一个个笑脸盈盈的，连天青色暗织芍药春睡纱帐不知何时也换成了海棠红和合童子牡丹长春的图案。那样喜庆的红色，绣着金银丝穿嫩黄蜜蜡珠子的图案，牡丹是金边锦红的，长春花也是热热闹闹簇拥着的淡粉色，密得让她生厌。如懿只觉得身体轻飘飘的没个落处，头是晕乏的，眼是酸涩的，身上也使不上力气。她心下极不耐烦，半闭着眼睛转过身去道："都笑什么，下去！"

却是皇帝的声音在耳边，喜气盈盈道："如懿，你有身孕了！"

这句话不啻一个惊雷响在耳边，如懿急忙坐起身来。一起来才发觉自己起得急了，只怕伤着了哪里，于是半僵着身体，瞪大了眼睛看着皇帝，犹自不信："皇上说什么？"

然而，皇帝是那样欢喜，方才在永寿宫的雷霆之怒全然化作了春风晴日。他握着如懿的手，有些愧疚："如懿，你方才在永寿宫外晕了过去。朕赶紧抱了你回来让江与彬一瞧，你已经有了一个多月的身孕了。"

嬿婉陪在皇帝身后，满面的笑中有些畏惧："皇上一听说娘娘发晕，急得什么似的，原来是这样的大喜事。"

容珮忙挤上前来替如懿在身后垫了几个垫子，把嬿婉挤到了身后，道："娘娘仔细凤体，慢慢起身。"

如懿脑中有一瞬的空白，什么也反应不过来，仿佛是在空茫的大海上漂荡着。怎么会有孩子呢？怎么会有孩子呢？

如懿慌慌张张地抚着肚子，肚子是平坦的，怎么就会有孩子在里头了呢？可若不是有了孩子，皇帝怎么会这样高兴？她急忙唤道："江与彬呢？"

江与彬上前道："皇后娘娘安心，您胎气初显，虽然脉象还极不明显，但确是遇喜之象。且娘娘之前未有生育，这是头胎，一定要格外小心。"

皇帝的心情极好，朗声道："江与彬，朕便把皇后的身孕全权都交予你了。若有一点儿错失……"

江与彬赶紧趴下了身体道："微臣不敢，若有闪失，微臣便不敢要这条性命了。"

皇帝笑道："那就好。那就好。"

如懿的神色还是有些乏倦，并不愿十分搭理皇帝，连笑也是淡淡一抹山岚。还是李玉乖觉："皇后娘娘可是乏了？奴才立刻让江太医去熬上好的安胎药，娘娘好好儿歇一会儿吧。"

嬿婉忙堆了一脸柔绵的笑容，道："那臣妾伺候皇上先回永寿宫吧。晚膳备好了，是皇上最喜欢的炙鹿肉呢。"

如懿的眼光拂过嬿婉的脸，皇帝也不看她，摆手道："你先跪安吧，朕想陪陪皇后。"

嬿婉只得讪讪告辞。众人散去之后，皇帝对着如懿做小伏低："如懿，朕今日在永寿宫是喝了酒昏了头了。"

如懿侧身朝着里头，淡淡道："皇上恕罪，臣妾怀着身孕，怕酒气过给了孩子，还请皇上去暖阁歇息吧。"

皇帝听见孩子二字，更是内疚不已："如懿，你别生朕的气，孩子也会跟着不高兴。"

如懿心中一酸，抚着肚子发怔。是啊，若不是这个孩子，今日她又会到什么田地呢？

她眼中极酸，像小时候拿手剥完了青梅又揉了眼睛，几乎逼得她想落下泪来。可是落泪又能如何？她在永寿宫前落了再多伤心痛惜的泪也无济于事，若不是这个孩子，她的伤心担忧，不过也都是白费而已。

她望着帐上浮动的幽影，轻声道："若不是臣妾突然有了这个孩子，皇上也不会对臣妾这样说话吧？"

皇帝有几分尴尬："如懿，朕没想到你会这样，你的性子也太烈了。"

如懿长叹一声："臣妾性子烈，是对着不能容忍之事。这些日子，皇上太放纵自己了。臣妾不过是继后，人微言轻，行事莽撞，难免让皇上不喜欢。"

皇上轻吁道："朕对着国事十几年，夙兴夜寐，不敢稍有松懈，致使精力虚乏。如懿，你真要为朕一句醉话计较到这种地步么？"

如懿侧过身子，未语，泪先涌出："臣妾怎敢计较皇上，臣妾是计较自己。有太医调治，皇上不能急于求成。何况您白日醉酒，夜夜留宿永寿宫，只会更伤龙体。”

皇帝的神色有几分伤感，仿佛凝于秋日红叶之上的清霜：“你知道的，朕一直不是贪图欢娱、耽误政事之人。朕喝鹿血酒无非是近来体虚身乏，想快些强健起来，破了钦天监所言的与十阿哥彼此相克之说。”

如懿想起病弱的十阿哥，有些心软：“十阿哥已经送出宫了。皇上太在意天象了。皇上正值壮年，您只是这些时日政务繁忙才会疲累，延医用药，好生调养自会好转。”

“已经送出宫了朕还虚乏疲倦，精神不济，朕才更恐惧，皇阿玛不也是正值壮年便骤然离世。朕每回想起，实在心惊，更不知该再如何处置十阿哥之事。”皇帝唏嘘，“且历代君王自称天子，那是上天的儿子，能有几个不在意天象。朕喝鹿血酒无非是想快些强健起来，破了天象所言。”他怀了几分恳切，“朕这一回轻率，伤着了你，是朕最难过的。你也担待朕些，好不好？”

“先帝那时误信道士服用金丹。其实立刻见效的东西最易伤人根本，鹿血酒是好东西，可皇上现在的状况不宜喝。就算喝了当下觉得不错，其实于内里根本无好处。”如懿垂下的眼眸微微一扬，“这回皇上自是有错。令妃和晋嫔她们未曾劝谏还一心以此邀宠，亦得责罚。”

皇帝不假思索道：“只要你高兴，你腹中的孩子高兴，朕也给你赔罪。至于令妃她们，自今日起至咱们孩儿满月之时，都撤了绿头牌不许侍寝，如何？这样她们想邀宠也不能了。你遇喜，皇额娘想必也高兴。朕会派人去告诉一声。”

如懿微微蹙眉，似有疑虑：“皇上不亲自去告诉？派人去会不会太轻率了。”

皇帝颇为不悦：“皇额娘是多心之人，行多心之事，朕实在不敢亲近。从朕的婚事到选妃，再到朕身边的朝臣太医，皇额娘无一不干涉其中。这些年皇额娘安排了舒妃、庆嫔、玫嫔在朕身边。朕想着不过区区女子而已，也就留下了。谁知连齐汝也暗中为皇额娘所用。朕枕边身侧都是这样的人，朕还能信谁？”

如懿叹道：“臣妾知道，皇上介意关于与十阿哥相克的天象所言，其实内心介意的是十阿哥的生母舒妃是皇额娘的人。所谓天象是一说，皇上更在意的是和皇额娘的关系。可是皇上，舒妃对您真心，您该看得明白。”

皇帝提起此事便有隐怒：“十阿哥还未出生，皇额娘便想抚养此子，是何居心？如果你没生下嫡子，皇额娘执意要立十阿哥为太子，又该如何？若非知道舒妃对朕的心意，也不会有十阿哥出生了。好了，朕与皇额娘的事你别过问，安心养胎，给朕生一个皇子，比什么都要紧。”殿中有晴明的日光摇曳浮沉，初秋的静好时光便渐渐弥漫开来。这一切似乎是那样完满，自然，也只能以为它是完满的。

如懿遇喜，最高兴的莫过于皇帝了。出了翊坤宫他便直奔去了奉先殿，对着列祖列宗热泪盈眶：“列祖列宗在上，继后乌拉那拉氏遇喜。朕终于可以再有一个嫡子了。朕知道，如懿多年未曾遇喜是受了他人算计。如今她有了朕的孩子，对于算计过她的人，朕也可以释然了。”他举目，看雍正庄严肃然的画像，深深叩首，“皇阿玛，如今我到了这般年岁，面对生老病死，不知怎的，竟也畏惧起来。但儿子往后会振作精神，好自保养，再不敢胡为了。”

壹肆 歡愛

海兰与意欢结伴来看望如懿时，如懿正倚在长窗的九枝梅花榻上，盖着一床麒麟同春的水红锦被，看着菱枝领着小宫女们在庭院里收拾花草。

各宫嫔妃都来贺喜过，连太后也亲自来安慰了。如懿应付得多了，也有些疲乏。用过晚膳，也许也是遇喜的缘故，总是懒怠动弹。宫人们虽都在外头忙活，但个个屏息静气的，一丁点儿声音都没有，生怕惊扰了她静养。于是，翊坤宫中也就静得如千年的古刹，带着淡淡的香烟缭绕的气息，静而安稳。

如懿戴着银嵌宝石碧玉琢蝴蝶纹钿子，里头是烟霞色配浅紫瓣兰刺绣的衬衣，身上披着玫瑰紫刺金边的氅衣，春意融融的颜色，偏又有一分说不出的华贵，长长的衣摆拖曳在松茸色地毯上，仿佛是被夕阳染了色的春溪一般蜿蜒流淌。

暖阁内的纱窗上糊着“杏花沾雨”的霞影纱，在寂寞的秋末时节看来，外头枯凉的景色也被笼罩上一层浅淡的杏雨蒙蒙，温润而舒展。

海兰比意欢早跨进一步，欲笑，泪却先漫上了睫毛。她在如懿身边坐下，执了如懿的手含泪道：“想不到，原来还有今日。”

意欢忙笑道：“愉妃姐姐高兴过头了。这是喜事，不能哭啊！”她虽这样说，眼眶也不觉湿润了，“皇后娘娘别嫌咱们俩来得最晚。一大早人来人往的，人多了都是应酬的话，咱们反而不能说说体己话了。”

如懿挽了意欢的手坐下：“多谢你们，沾了你们的福气。”

海兰忙拭了泪道：“皇后娘娘，等了这么多年……”

是啊，等了这么多年，梦了这么多年，无数次都梦见了抱着自己孩子的那种喜悦，可最后，却是一场空梦。梦醒后泪湿罗衫，却不想，还有今日。

意欢接口道：“只要等到了，多晚都不算晚。”她不免感触，“皇后娘娘等到了，臣妾不也等到了么？一定会是个健健康康的孩子。”

意欢穿着湘妃竹绿的软缎绲银线长衣，袖口略略点缀了几朵黄蕊白瓣的水仙。发髻上也只是以简单的和田玉点缀，雕琢着盛放的水仙花。那是她最喜欢的花朵，也极衬她的气质，那样的凌波之态，清盈亮洁，便如她一般，临水照花，自开自落的芬芳。她从袖中取出一个一盘花籽香荷包，打开抖出一串双喜珊瑚十八子手串，那珊瑚珠一串十八颗，白玉结珠，系珊瑚杵，翡翠双喜背云，十分精巧可爱。

意欢含笑道：“这还是臣妾入宫的时候家中的陪嫁，想来想去，送给皇后娘娘最合适了。”

海兰笑着看她：“你轻易可不送礼，一出手就是这样的好东西。”

如懿推却道：“既是你的陪嫁，好好儿收着吧。等将来十阿哥娶妻的时候，传给你的媳妇儿。”

意欢失笑道：“哪里等得到那时候，臣妾也不过是什么人送什么东西罢了。虽说令妃每常和咱们也有来往，可她若怀孕，臣妾才不送她这个。”

海兰从藕荷色缎彩绣折枝藤萝纹氅衣的纽子上解下闪色销金绢子扬

了扬，嫌恶地道："好端端的，提她做什么？"

意欢从来对嬿婉也只是淡淡的，如今更多了几分鄙夷之色，轻轻啐了一口，冷然道："要不是她这么狐媚皇上，今日娘娘在永寿宫也不会受这么大的罪过。若是不小心伤了腹中的孩子可怎么好？"

说起这个来，海兰亦是叹气："皇上年过不惑，怎么越来越由着性子来了呢？"她看着如懿道："娘娘有时便是太在意皇上了。许多事松一松，也不至于到今日这般剑拔弩张针锋相对的时候，平白让令妃和晋嫔她们看了笑话。"她犹疑着道，"其实皇上多喝几口鹿血酒要寻些乐子，便也由着他吧。"

意欢咬了咬贝齿，轻声而坚决道："臣妾说句不知死活的话，今日若是臣妾在皇后娘娘这个位置，也必是要争一争的。"

海兰睁大了眼道："你是指太后会责怪皇后娘娘不能进言？"

意欢摇摇头，微红了眼圈："不只是太后，便为夫妻二字，这些话便只能由皇后娘娘来说。"

海兰沉默片刻，叹息道："说句看不破的话，你们呀，便是太在意夫妻二字了。无论民间宫中，不过恩爱时是夫妻，冷漠时是路人，不，却连路人也不如，还是个仇人呢。凡事太在意了，总归没意思。"

一席话，说得众人都沉默了。海兰只得勉强笑道："臣妾好好儿的又说这个做什么？左右该罚的也都罚了，臣妾过来的时候，还听见晋嫔在自己宫里哭呢。也是，做出这般迷惑圣心的事来，真是丢了她富察氏的脸面！"

她唤过叶心，捧上一个朱漆描金万福如意盘子，垫着青紫色缎面，内中放着二十来个颜色大小各不同的肚兜，有玉堂富贵、福寿三多、瑞鹊衔花、鸳鸯莲鹭、锦上添花、群仙献寿，还坠着攒心梅花、蝉通天意、双色连环、柳叶合心的串珠珞子，簇在一堆花团锦簇，甚是好看。

如懿拣了一个玉堂富贵的同心方胜杏黄肚兜，讶异道："哪里来这么些肚兜，本宫瞧这宝照大花锦是皇上刚登基的时候内务府最喜欢用的布料，如今皇上用的都没这么精细的东西了，你一时怎么找出来的？”

海兰抿着嘴笑道：“只许娘娘盼着，也不许臣妾替娘娘想个盼头么？从臣妾伺候皇上那年开始，就替娘娘攒着了。一年只攒一个，用当年最好的料子，挑最好的时日里最好的时辰。臣妾就想着，到了哪一年，臣妾绣第几个肚兜儿的时候，娘娘就能有身孕了。不知不觉，也攒了这些年了。”

如懿心中感动，比之皇帝的喜怒无常、情意寡淡，反而是姐妹之间多年相依的绵长情意更为稳笃而融洽。或许怀着这个孩子，也唯有海兰和意欢，是真心替她高兴的。她爱惜地抚着这些肚兜：“海兰，也只有你有这样的心意。”她吩咐道，“容珮，好好儿收起来，等以后孩子大了，都一一穿上吧。”

海兰眉眼盈盈，全是笑意，道：“其实皇上赏的哪里会少，臣妾不过是一点儿心意罢了。娘娘只看舒妃妹妹就知道了，虽然十阿哥不在身边，皇上隔三岔五总赏赐妹妹。”

意欢虽然带着淡淡的笑意，眼角眉梢却添了几分薄雾似的惆怅：“东西是赏了不少，可人却少见了。从前总以为多年相随的情分，到头来也不过是以色事人罢了。我如今只盼着十阿哥在外头康健就是了。”

此话亦勾起了海兰的愁意，但她还是笑着安慰意欢：“諴亲王夫妇细心，听说十阿哥已经渐渐好起来了。红颜易逝，谁又保得住一辈子的花容月貌呢？不过是上半辈子靠着君恩怜惜，下半辈子倚仗着孩子罢了。比起无宠亦无子，咱们已经算是好的了。”

如此相对默然，彼此伤感。半晌，意欢才笑了笑道：“瞧咱们，明明是来给皇后娘娘贺喜的，有什么可不高兴的。只盼着娘娘宽心，平平安安生下个小阿哥才好呢，也好给五阿哥做伴儿啊。”

如懿亦笑：“可不是。五阿哥虽然养在本宫膝下，但本宫如今遇喜，怕也顾不上。还是海兰自己带回去照顾方便吧。”

海兰接了永琪在身边，自然是欢喜的，于是聊起养儿的话来，细细碎碎又是一大篇，直到晚膳时分，才各自回宫去。

翊坤宫中一团喜庆，中宫有喜，那是最大的喜事。皇帝择了良辰吉日祭告祖先，连太后也颇为欣慰，道："自从孝贤皇后夭折两子，中宫新立，也是该添位皇子了。"

而几家欢喜几家愁。永寿宫中却是一片寂静，半点儿声响也不敢出。

嬿婉忍着气闷坐在榻上，一碗木樨银耳羹在手边已经搁得没半点儿热气了。春婵小心翼翼劝道："怒气伤肝，小主还是宽宽心，喝了这碗银耳羹吧。"

嬿婉恼恨道："喝了这碗还有下一碗么？停了本宫这么久的月俸，以后眼看着连碗银耳羹都喝不上了。"她想想更加气恼，"本宫失宠见不到皇上，内务府也跟着怠慢。偏偏额娘和佐禄又来伸手要钱，本宫就是有银子，也都被掏空了。"

春婵半跪着替嬿婉捏着小腿道："老夫人他们不知道，在宫里哪里不要赏人的，否则使唤得动谁，银子流水价出去，您也没多少啊。"

嬿婉愁眉不展，道："本宫不指望有个富贵娘家，但求他们贴心些就好。没有人帮本宫，本宫能指望谁呢。"

春婵帮着出主意道："那也没什么。织造府和内务府送来孝敬的料子堆了半库房呢，咱们也穿不了那么多，有的是送出去变卖的法子。左右也不过这一年，等皇后娘娘出了月子合宫大赏的时候，多少也熬出来了。"

嬿婉听到这个就有气，顺手端起那碗木樨银耳羹便要往地上砸，恨道："舒妃生了阿哥，皇后也遇喜！为什么只有本宫没有？！明明本宫最年轻，明明本宫最得宠！为什么？为什么本宫偏没有？！"

春婵吓得立刻跪在地上，死死拦住嬿婉的手道："小主，小主，奴婢宁可您把奴婢当成个实心肉凳子，狠狠砸在了奴婢头上，也不能有那么大动静啊！"

嬿婉怔了一怔，手悬在半空中，汤汁淋淋沥沥地洒了春婵半身，到底也没砸在地上。春婵瞅着她发怔的瞬间，也顾不得擦拭自己，忙接过了汤羹搁下道：“小主细想想，若被外人听见，皇后娘娘遇喜这么高兴的时候您却不高兴了，那要生出多大的是非啊。好容易您才得了皇上那么多的宠爱呢。皇后娘娘这个时候遇喜也好，她不便伺候皇上，您便死死抓着皇上的心吧。有皇上的恩宠，您什么都不必怕。”

嬿婉缓缓地坐下身，解下手边的翠蓝绡金绫绢子递给她道：“好好儿擦一擦吧。本宫架子上有套新做的银红织金缎子对衿袄配蓝缎子裙，原是要打发给娘家表妹的，便赏给你穿了。”

春婵千恩万谢地答应了，越发殷勤地伺候不停。

然而，如懿的遇喜，并未让嬿婉如意料之中般继得君恩。紧接着在皇陵苦苦度日的玉妍也传来了遇喜在身的好消息，请求回宫安胎。显然这一胎是在去皇陵思过前便有了。对于身体连日疲弱的皇帝而言，后妃接连有孕，实在是再振奋不过的消息，昭示着龙体康健如前，照旧能绵延子嗣。

这样一来，皇帝也觉得玉妍不能再待在皇陵思过了，加之永珹求情，便召回了玉妍。这个喜讯足以让复位后受过惩罚曾经一度惴惴不安的她再度趾高气扬起来。对于一个入宫便恩宠不断的女子，在三十八岁的年纪再度怀孕，足以羡煞宫中女子，更安慰了玉妍痛失九阿哥的哀伤与难过。然而，再如何得意，对如懿亦不会再有一毫放松。毕竟如懿遇喜在身，又是头胎，皇帝自然在意，那自己的龙胎相形之下必被冷落。

玉妍虽然不满，但此番挫磨得厉害，皇帝又再三告诫说是皇后宽容，顾念她腹中孩子，才格外宽宥。玉妍本想着胎象已稳，皇后怀着头胎，怕也无暇顾及对付自己，是该回宫了。可皇帝如此态度，玉妍无法，也只得躲在宫中，避开中宫遇喜的锋芒，缩着度日。

那一日，酷暑炎炎的天气下，玉妍在翊坤宫向皇帝和如懿请安谢恩，她一手搭在腹部，似笑非笑地看着如懿。

皇帝说了几句子嗣为上，免了守陵责罚的话。玉妍再度谢恩，慢悠悠抚着平坦的小腹：“多谢皇后娘娘。皇上，上回臣妾痛失九阿哥，这回一定好生养着，不敢再有过失。”

皇帝道：“你明白就好。要不是顾念你有孕在身，就继续待在胜水峪好好思过。是皇后宽容，顾念你们母子。”

玉妍垂了凤眼，貌似恭顺：“臣妾记着皇后娘娘点滴之恩。皇上，臣妾知道九阿哥没能生下来，十阿哥又体弱多病，令皇上感伤。臣妾一定会生一个白白胖胖的阿哥给您的。”

如懿有些不悦：“皇上，嘉贵妃遇喜，可以暂免受责，可这惩罚得要人受着，免得嘉贵妃得意忘形，又失了分寸。”

皇帝思忖片刻：“永瑊是嘉贵妃之子，叫他去胜水峪守着，替母受过，直到嘉贵妃产子为止。”

玉妍急了，不想如懿这般难缠不肯放过，只得求皇帝：“皇上，永瑊年幼，他什么都不知道啊。”

如懿感受酷暑的烈日照透宫殿后那种薄薄的云翳似的微凉，徐徐道：“嘉贵妃，你说你有孕在身不能受过。永瑊是你的儿子，就替母承担。也好让你记着，祸延子孙的道理。”

玉妍直视着如懿，以倨傲的姿态相对：“皇后娘娘，臣妾惹您不满，您尽管冲着臣妾来，别和臣妾的孩子为难。”

如懿的眼风在玉妍脸上凌厉一转，笑着扶了半月髻上的赤金流珠累丝簪：“别为难孩子，但愿你也明白这句话的分量。”

玉妍愤怒、畏惧，终于极力忍耐下来。

如懿静静道：“人都说孩子在额娘肚子里，可是都知道额娘说什么想什么的。为着孩子，嘉贵妃也该言语谨慎。”

如懿与玉妍嘴上机锋，皇帝早在意料之中，听了几句便离开了。

玉妍抬头，死死盯着如懿的腹部，再度对上如懿的目光，彼此冷然，再无退缩的可能。

皇帝仿佛是含了对如懿的愧意，除了每日去陪如懿或是玉妍用膳，平日里便只歇在绿筠和庆嫔处。连太后亦不禁感叹：“日久见人心，伺候皇帝的人还是要沉稳些的好，便足见庆嫔的可贵了。那日永寿宫那样胡闹，到底也不见庆嫔厮混了进去。”

这番话，便是对嬿婉等人婉转的申斥了。如此，皇帝亦不肯轻易往这几个人宫中去，只耐着性子保养身体，到底也冷落了下来。

在得知如懿的身孕不久之后，皇帝便开始了一次隆而重之的选秀。三年一次的选秀是祖宗成例，可是皇帝登基后一直励精图治，将心思放在前朝。且又有从宫女或各府选取妙龄女子为嫔妃的途径，所以一直未曾好好儿选秀过一次。如今乍然提出，只说以奉太后六旬万寿之名选取秀女侍奉宫中，太后与如懿虽然惊愕，也知是祖宗规矩。且自从皇帝冷落了嬿婉等人，如懿和玉妍也遇喜不便伺候皇帝，宫中只几个老人儿侍奉也很不成样子，便也只能由着皇帝的性子张罗起来。

因着如懿遇喜不能操劳，皇帝又言太后得安心享受六十大寿的喜庆，所以便由内务府和礼部操办，皇帝自行选定，整个选秀针插不进、水泼不进。连太后想要过问也不能，太后只得于人后向福珈抱怨道：“权臣之女不选，历朝为官者之女不选，地位过低的也不选。皇帝的防心真是重。打着哀家六十大寿的名号选秀，又不许哀家过问，到底是生疏了。”

如此，太后到底是没有再过问。寿辰之前，皇帝选了巡抚鄂舜之女西林觉罗氏为禧常在，都统纳亲之女巴林氏为颖贵人，拜唐阿佛音之女林氏为恭常在，德穆齐塞音察克之女拜尔果斯氏为恪常在。

许是因为宫中汉军旗女子不少，皇帝此次所选多为满蒙亲贵之女。如懿在皇帝处看到入选秀女的名单时，不觉笑道：“这是皇上第一次选秀，怎么费了这么大劲儿，只选了四个出来？”

皇帝笑道："这便够了。选了四个，四角齐全就好。"

如懿换了个舒服的姿势坐着，轻笑道："那想必个个都是才貌双全的美人儿了。只是臣妾想着，皇上今春刚南巡回来，会多选几个汉军旗的女孩子呢。"

皇帝将内务府定好的封号给了如懿看，道："西林觉罗氏是满军旗，林氏虽然是汉军旗的，但她阿玛拜唐阿佛音是蒙军旗的，拜尔果斯氏和巴林氏也都是蒙军旗的。皇后看看，宫室该如何安排？"

如懿思忖着道："自从先帝的乌拉那拉皇后过身之后，景仁宫一直空着，倒也可惜。还有慧贤皇贵妃的咸福宫。臣妾想着，不如让恭常在和禧常在住景仁宫，颖贵人和恪常在住咸福宫。"

皇帝道："那也好。即日着人打扫出来吧。尤其颖贵人和恪常在是蒙古亲贵之女，布置上要格外有些蒙古的风味。"

如懿笑盈盈颔首："是。皇上才刚在前朝平定西藏郡王珠尔默特那木札勒叛乱之事，如今准噶尔部内讧，正在蠢蠢欲动。这样的人选，倒是对满蒙尤其是蒙古各部极好的安抚。"

皇帝搁下笔，意味深长地看了如懿一眼，口气温和含笑："皇后能明白朕前朝后宫制衡之道，朕也安心了。皇后有孕辛苦，早点回宫休息。"

如懿答应着，便也回宫安胎不提。

借着这样的由头，十一月太后的六旬万寿，皇帝亦是办得热热闹闹，风光无比。除了循例的歌舞献寿，奉上珍宝之外，更在太后的徽号"崇庆慈宣"之后又加四字"康惠敦和"，便尊称为"崇庆慈宣康惠敦和"皇太后。

然而，如懿亦知，这样的尊荣背后，更是因为太后的长女端淑长公主嫁在了准噶尔，对此次的准噶尔内讧颇有牵制之效，皇帝才会如此歌舞升平。但太后每每关心起端淑之事，皇帝便笑着挡回去："妹妹一切安好，又有公主之尊，皇额娘什么都不必担心。”

到了十二月里，新人入宫，皇帝颇为垂幸，侍寝也常常是这四人。其中颖贵人长得杏眼樱口，脸若粉雪，年轻娇憨又带了几分草原的泼辣爽利，格外得皇帝的喜欢，近新年时便封了颖嫔，可谓一枝独秀。如此，嬿婉日渐被冷落，日子也越发难过了。

年下时天气寒冷，接连下了几场雪，皇帝索性除了养心殿，便只宿在咸福宫里，与颖嫔等人烤肉赏雪取乐。玉妍肚腹渐隆，行走已有些不便。这一日守着暖笼与永珹做伴，一壁听他读书，一壁烤了栗子给爱子添零嘴。天寒地冻，侍婢丽心端了一锅热热的人参鸡汤来，殷勤道：“慢火炖足了三个时辰的，小主和四阿哥尝尝。”

玉妍看着那人参鸡汤鲜香无比，不知怎的想起了从前得宠的岁月，与皇帝弹琴喝酒的风光。再早一些，那是还在家乡的时候，她会亲手为心爱之人炖一盏人参鸡汤，小心翼翼奉到他跟前，只盼他能喝上一口。那样旖旎婉转的心思，如今竟也都凋零了。留下的，唯有一腔子争宠夺爱的谋算和一心生子的企盼。

她叹了一声道：“听说颖嫔凑着大雪，在咸福宫的院子里和皇上烤羊腿吃，说是察哈尔进的肥羊，味道可香呢。从前咸福宫最是琴棋书画的娴雅，如今成了油烟缭绕之地。”她这样感慨，丽心如何敢接话，她只得转了话头问，“永珹，这回回来见着你皇阿玛了吗？”

永珹答了皇帝许久没过问自己的学业，便又一门心思地读书：“凡为天下国家有九经，曰：修身也，尊贤也，亲亲也，敬大臣也，体群臣也……”窗外落雪声绵绵，虽然生着炭盆暖炉，可门帘一掀，还是冻得人缩手缩脚的。玉妍倚在窗下，看了眼外头簌簌飘落的寒雪，叹道：“过了太后的六十大寿，这雪就下个没完没了。要不是下雪，你还要守在皇陵替额娘受过呢。”

永珹撂下书，轻哼一声：“儿子是皇阿玛登基后的第一个儿子，是贵子，所以皇额娘嫉妒您，也不喜欢儿子，借机折磨。”

玉妍疼惜地摸一摸永珹的额头，慨叹道："你懂事就好。等额娘生下了弟弟，你就可以不用去给孝贤皇后守陵了。都是额娘不好，若额娘成了皇后，你成了太子，谁敢这么欺负我们。"

永珹定定地看着玉妍，舀了一盏人参鸡汤亲自送到玉妍嘴边："额娘，跟嫔妃们争，争的是一日的恩宠。您安心生下弟弟，儿子替您争气就是了。儿子会护着您，为您赢得尊荣的。"

玉妍望着那一盏热油封住的澄黄鸡汤，又看着永珹，想着此生身边的男子，一个是远离的挚爱，一个是生儿育女却无多少情分的皇帝，挣扎半生，唯有这个儿子成了依靠，蓦地鼻尖一酸，紧紧搂住了他："永珹，你真的长大了！"

玉妍遇喜尚且如此，失宠如嬿婉是愈发不得见皇帝，不觉也着急起来。然而，颖嫔初得恩宠，却也有些手段，和恪常在将皇帝围得水泄不通，嬿婉如何能见得到，去了咸福宫几次，反而被颖嫔瞧见受了好些闲话。"令妃放心，皇上在我这儿好好儿的，怎么也不会贪喝鹿血酒了。"

颖嫔风头正盛，嬿婉也只得悻悻回来了。这一来，嬿婉气急交加，少不得吩咐春婵唤了田嬷嬷过来说话。

田嬷嬷见了嬿婉，说了一通谢恩的话，很是坐立不安，少不得问："您要奴婢来可是为了嘉贵妃的胎？"

嬿婉一时也不接话，只往桌上一指。那里原放着一匣子银子，嬿婉扬了扬脸，澜翠又添上一小盒珠宝："这是给你女儿治病用的，听说你儿子也大了，以后要捐前程，这钱用得上。"

田嬷嬷搓着手道："小主要什么，直说吧。奴婢一定尽力而为。"

嬿婉含笑抿了口茶："什么都不用做，本宫只是关心你。"

田嬷嬷愣了愣，似乎不肯相信。

嬿婉抚了抚鬓边一对金蔓枝攒心碧玺珠花，慢条斯理道："皇后娘娘肚子也大了，以后接生一定是你的事。你觉着皇后的怀相如何？"

田嬷嬷腿一软就跪下了，心慌得不知所以，哀求道："可不敢啊！

那不是旁人，是皇后娘娘！”

“本宫只是问问你。”嬿婉莞尔一笑，扬了扬青黛色的柳眉，“而且舒妃是宠妃，你不也敢么？”

田嬷嬷伏在地上拼命磕头：“舒妃小主是叶赫那拉氏的，不比皇后娘娘是中宫国母，且是头胎。皇上和太后关怀备至，无论如何出不了差错。”

嬿婉见她磕得额头也青了，怕旁人见了要问，忙止住道：“好了！那你就好好伺候着吧。”

田嬷嬷如逢大赦，哪里敢碰那些珠宝，逃也似的走了。

春婵见嬿婉一脸郁郁，便递了茶上前低声道：“其实要田嬷嬷做也不难，就拿她上回害舒妃的事要挟她，谅她也不敢不对皇后下手。”

嬿婉托腮凝神，道：“田嬷嬷是个有用的人，好好笼络着，迟早还会再派上用场。”

春婵愤愤，亦为难道：“皇后娘娘害得小主没有自己的孩子，她和舒妃却一个个都怀上生了，咱们难道一点儿法子都没有么？”

清冷的月光洒落在嬿婉有些憔悴的泛着鸭蛋青的脸庞上：“要紧的，还是君恩啊。”

然而，天际唯有一抹云翳，淡淡遮蔽了那抹淡月的痕迹。清冷的永寿宫，仿佛连一点儿月光的照拂也不能得了。

如懿怀到六个月时，额娘便入宫来陪伴了。如懿知道是皇帝的恩典，亦是替皇帝陪着已经数月不能侍寝的自己。

太后遣了福珈姑姑来看时亦笑：“到底皇后娘娘好福气。先头孝贤皇后在时，也只在潜邸生二阿哥时娘家的额娘进来陪过，到底也不是入了宫里这般郑重其事呢。”上了年纪的人，论起生儿育女的事来又是啪啪一大篇话，福珈姑姑又是个极健谈的，一口一个“承恩公夫人”，直哄得如懿的额娘十分开怀。

待到人后，母亲问起女儿生男生女来，如懿亦是一脸淡然：“太医说起来，仿佛是个公主。”

母亲便怔了一怔，犹自不敢相信：“是哪位太医说的，准不准？”

如懿倒不甚放在心上：“皇上也问起过女儿，但侍奉女儿的太医齐晟和江与彬，一个是老练国手，一个是后起之秀，都是在太医院数一数二的。”

母亲的脸色便有些不好看，半晌叹了口气道：“也好，先开花后结果，总能生出皇子的。”

其实遇喜至五月时，皇帝每每看着如懿渐渐隆起的肚子，便慨叹：“若是位嫡子……”他见如懿笑容淡淡的，便笑着道，“当然，公主也是好的。”

如懿便笑吟吟地缝着一件水蓝色的婴儿衣衫：“也是，皇上膝下只有两位公主，和敬公主又嫁去了蒙古，臣妾也想添一个公主呢。女儿多贴心呀！”

背转身无人之时，如懿便盯着江与彬道：“胎象如何？”

江与彬含笑躬身：“一切安稳。”

如懿掂量着问：“男胎女胎？”

江与彬拱手贺道：“脉象强劲有力，皇上会心想事成，有一位嫡子。”

如懿松一口气：“本宫相信你说的是实话。不过这话你可没告诉皇上。”

江与彬笑言：“自然不敢。说了之后，万一不对，可是死罪。”

如懿笑着瞟他一眼：“你却敢说？”

“那是因为皇后娘娘不会杀了微臣。”

如懿扑哧一笑，继而正色，拈了一片酸梅糕吃了：“男胎也好。可本宫不想让皇上高兴得太早，也不想让旁人不高兴得太早。”

江与彬懂得：“胎象的事，除了请脉的人，旁人都不知道。他们若要揣测娘娘腹中孩子是男是女，只能看娘娘的饮食。”

如懿举着酸梅糕笑：“酸儿辣女？”

“民间传闻，有一定的道理。”

如懿微微一笑：“本宫嗜酸，如今可要多多吃辣了。”

于是小厨房流水价端上的菜色，色色以辣为主，辛辣的气味便在翊坤宫中弥漫开来，让所有进进出出的鼻子都闻见了。

便有好事之人开始揣测：“皇后娘娘那么爱吃辣，别是位公主吧？”

有人便附和：“可不是？酸儿辣女。嘉贵妃怀的每一胎，都是爱吃酸的。今儿晚膳还吃了一大盘她家乡的渍酸菜和一碗酸汤鱼呢。”

“还是嘉贵妃好福气，胎胎都是皇子。皇后娘娘年岁大了，好容易怀一胎，却是个公主呢，白费力气了。”

“皇上做梦都盼着是位嫡子，要是公主，可不知要多失望呢。”

“啧啧！那嘉贵妃不是更得宠了！”

这样的传言，在乾隆十七年二月初七，玉妍生下十一阿哥永瑆之后更是甚嚣尘上。连宫人们望向如懿的眼神也不觉多了一丝怜悯，似乎在慨叹这位大龄初孕的皇后生不出皇子的悲剧命运。

且不说嬿婉和玉妍，连皇帝新宠的颖嫔亦在背后笑：“好容易怀了孩子，不过是个公主，有什么趣儿。听说今日内务府又送了几匹粉红嫣紫的料子去给皇后腹中的孩子做衣裳呢。”

如懿闻得流言纷纷，亦不过一笑。临近生产，容珮领着合宫宫人愈加警觉。只是那警觉不是明面上的劳师动众，而是暗地里事无巨细地查看。如懿入口的一饮一食均是用银针仔细查验过，再叫江与彬细看了才能入口。连生产时用的银剪子、白软布，乃至一应器皿及衣衫被褥，都反复严查，生怕有一丝错漏，直熬得容珮两眼发绿，看谁都是森森的。

而如懿，便好整以暇地看着钦天监博士张镇息在翊坤宫后殿东边门选了“刨喜坑”的“吉位”，来作为掩埋来日生产后孩子的胎盘和脐带的吉地。三名太监刨好“喜坑”，两名嬷嬷在喜坑前念喜歌，撒放一些筷子、红绸子和金银八宝，取意“快生吉祥”。

如懿陪着母亲和太后笑吟吟看着，满心期待与喜悦，享受着初为人母的骄傲与忐忑。

次日，内务府送来精奇嬷嬷、灯火嬷嬷、水上嬷嬷各十名，如懿亲自挑了两名身份最高、儿女双全的嬷嬷备用。另有四名经验丰富的接生嬷嬷，从三月初一起，在翊坤宫“上夜守喜”，太医院也有六名御医轮流值班，以备不时之需。

如懿只敢把酸杏子藏在锦被底下，偷偷吃一个，酸得直冒眼泪。

容珮笑吟吟道：“这是昌平进贡的酸杏，奴婢偷偷拿了的，好吃么？”

如懿笑道：“晚膳吃了那么多辣，辣得胃里直冒火，现下吃了杏子才舒服些。”

容珮悄悄道：“奴婢藏了好些呢。娘娘要吃就告诉奴婢，晚上是奴婢守夜，尽着娘娘吃，没人知道。”说罢又慨叹，“您是皇后娘娘，怀了皇子也不敢随便叫人知道，奴婢看着真是辛苦。”

“树大招风，当年孝贤皇后怀着皇子的时候，多少眼睛盯着呢。本宫比不得孝贤皇后有家世，凡事只能自己小心。”如懿抚着隆起的肚子道，“如今在肚子里还算是安稳的，若生下来，还不知得如何小心呢。”

容珮一脸郑重：“娘娘放心，奴婢拼死也会护着娘娘和皇子的。”

在众人或嗤笑或疑惑的目光中，乾隆十七年四月二十五日寅时，如懿在阵痛了一天一夜之后，终于诞下了一位皇子。

寝殿内放着光滑可鉴的小巧樱桃木摇篮，明黄色的上等云缎精心包裹着孩子娇嫩柔软的身体，孩子乌黑的胎发间凑出两个圆圆的旋涡，粉白一团的小脸泛着可人的娇红，十分糯软可爱。

彼时皇帝正守在奉先殿内，闻知消息后欣喜若狂，向列祖列宗敬香之后，即刻赶到翊坤宫。

海兰早已陪候在如懿身侧，皇帝看过了新生的皇子，见了如懿便亲手替她擦拭汗水，喂了宁神汤药，笑道：“此子是朕膝下唯一嫡子，可续基业，便叫永璂可好？”

如懿吃力地点点头，看着乳母抱了孩子在侧，含笑欣慰不已。

海兰笑道："臣妾生下永琪的时候，皇上便说，璂琪，玉属也。永琪与永璂，果然是对好兄弟呢。"

永璂的出生，倒是极好地缓和了帝后之间那种自永寿宫风波后的若即若离。如懿有时候会想，难怪男人和女人之间一定要有孩子，孩子就是相连相通的骨血。原本只是肌肤相亲的两个人，再黏腻欢好，也不过是皮相的紧贴、肉体的依附。可有了孩子，彼此的血液就有了一个共通的凝处，打不开分不散的。

而皇帝亦对永璂极为爱护，特许如懿养在了自己宫中，并不曾送到撷芳殿去。因有乳母照护，又有母亲在身边悉心照拂，如懿很快便恢复了过来。

待到八月时，如懿已能陪着皇帝木兰秋狩，策马扬鞭了。她便在那一年，以自己春风得意的眼，再度撞上了凌云彻落魄的面容。

彼时凌云彻已在木兰围场待了很长的一段时日。木兰围场是一处水草丰美、禽兽繁衍的草原，虽然皇帝每年都要率王公大臣、八旗精兵来这里举行秋狩，但过了这一阵热闹，这里除了浩瀚林海、广袤草原，平日里便极少有人来往，只得与落叶山风、禽畜野兽为伴了。

这于凌云彻无疑是一重极大的痛苦，而更让他难以忍受的，是背着这样香艳而猥琐、屈辱的罪名离开了宫廷。所以当如懿在围场随扈的苦役之中看见凌云彻消瘦而胡子拉碴的面庞时，亦不觉惊了目、惊了心。

彼时人多，皇帝携了和亲王弘昼、十九岁的三阿哥永璋、十四岁的四阿哥永珹、十二岁的五阿哥永琪，还有一众亲贵大臣，正准备逐鹿围场，行一场尽兴的秋狩。随着诸位皇子的长成，四阿哥永珹逐渐出色，皇帝心知年纪最长的永璋不争气，心里很是把永珹当成长子来培养的。玉妍也自诩永珹是皇帝登基后第一个皇子，也总让永珹跟在皇帝身边，骑射又勤，文章上也精通，越发得皇帝喜欢，才让皇帝对守陵归来后的金玉妍和颜悦色了许多。

这一日围猎，如懿便和几位皇子的生母跟随在后，望着众人策马而去的方向，露出期待的笑容。

绿筠笑色满目，道："没想到五阿哥年纪最小，跑起马来一点儿都不输给两个哥哥呢。"

海兰腼腆道："小孩子家的，哥哥们让着他罢了。"

玉妍亦不肯示弱："是么？怎么我瞧着是四阿哥跑得最快呀！"

绿筠素知玉妍心性，便也只是一笑置之："四阿哥跟着嘉贵妃吃了那么多北族的山参进补，体格能不好么？等下怕是老虎也打得死了。要好好儿在皇上面前显露一手呢。"

玉妍扬一扬手中春蝶般招展的绢子，掩口笑道："能显什么身手呢？大阿哥和二阿哥不在了，三阿哥年长，要露脸也是他，得皇上喜欢将来当太子也是他，哪轮得到永珹呢。"

绿筠闻言便有些不悦。孝贤皇后丧礼时三阿哥被申饬，一直是绿筠的一块心病。且皇帝渐有年事，对立太子一说抑或是立长一说十分忌讳，大阿哥永璜便是死在这个忌讳上，谁又敢再提呢。

绿筠的脸色冷了又冷，即刻向着如懿，一脸恭顺道："嘉贵妃是越发爱说笑了，都是皇上纵着她。咱们的孩子再好，也不过是臣下的料子，哪里比得上皇后娘娘的十二阿哥呢。且不说十二阿哥在襁褓之中，便是五阿哥也是极好的呢。"

如懿与海兰对视一眼，亦不作声。这些年如何用心教导永琪，如何悉心培育，且在人前韬光养晦。积蓄十数年的功夫，岂可一朝轻露？便也是含笑道："这个时候不看狩猎，说这些没影子的话做什么呢？"

皇帝猎兴最盛，跟随的侍卫和亲贵们心下明白，便故意越跑越慢，扯开了一段距离。前头尽数是围场上放养的各色禽畜，以鹿、麋、羊、兔、獐为多，更有几头蓄养的半大豹子混杂其中，以助兴致。

那些温驯的牲畜如何能入皇帝的眼，唯有那金色的奔窜的半大豹子，才让皇帝热血沸腾。他正策马疾追，横刺里一匹不知名的马疾奔而过，鬃发油亮，身形高大，马色如霜纨一般，直如一道雪白闪电横刺而过。相形之下，连御马也被比得温驯而矮小。

皇帝眸中大亮，兴奋道："哪儿来的野马？真乃千里驹！"他手中马鞭一扬，重重道，"此马良骏，看朕怎么收服它！"

永璋怕有意外，忙道："皇阿玛，野马性子烈，不要追了！"

皇帝横了他一眼，语气便不好："无用的东西！谁都不许跟着，看朕的！"

皇帝素来爱马，又深憾御马温驯不够雄骏，眼见此良驹，怎不心花怒放。众人深知皇帝脾气，亦不敢再追。

策马奔过红松洼，丘陵连绵起伏，皇帝原本有心让侍从们跟着一段距离，奈何那野马性烈，奔跑飞快，皇帝一时急起来，也顾不得后头，加紧扬鞭而去。

很快奔至一茂密林中，落叶厚积，道路逐渐狭小，跑得再快的马也不知不觉放慢了脚步，缓步悠悠。北方高大的树木林叶厚密，蔽住了大部分阳光，只偶有几个斑驳的亮点洒落，像金色的铜钱，晃悠悠亮得灼目。四周逐渐安静，身后的马蹄声、旌旗招展声、呼呼的风声都远离了许多，唯有渐渐阴郁潮湿的空气与干燥的夏末的风混合，夹杂着藤萝灌木积久腐败的气息，不时刺激着鼻端。

四下渺然，一时难觅野马踪影。皇帝有些悻悻，正欲转身，只见左前方灌木丛中有一皮色雪白的小东西在隐隐窜动。皇帝一眼瞥见是只野兔，却也不愿轻易放过，立刻搭箭而上。然而，在他的箭啸声未曾响起之时，另一声更低沉的箭羽刺破空气的声响死死钻入了他的耳际。

皇帝一惊之下本能地矮下身子，紧紧伏在马背上，一支绿幽幽的暗箭恰好掠过皇帝的金翎头盔。"咔"的一声清脆的响，似乎是什么东西断了。

是有人在施放冷箭!

皇帝尚未回过神，另一声箭响再度响起。皇帝正要策马往前，只见前头灌木丛中仰起一张野马的脸。那是一张受到惊吓后激起突变的脸，它面孔扭曲，前蹄高高扬起，朝着正前方的皇帝当胸踢来。皇帝有一瞬间的犹疑，若是向前，难免受到惊马的伤害，便是拔箭射杀也来不及。而后头逼来的利箭，已经让他无从躲避，更不得退后。

只那么一瞬，皇帝便觉得一股劲风袭来，有人将自己从马上扑了下来，在地上滚了两下，避过了那随后追来的一支冷箭。皇帝在惊魂未定中看清了救自己的那张脸，熟悉，却一时想不到名字，只得脱口而出道:“是你!”

凌云彻护住皇帝，道:“微臣凌云彻护驾来迟，还请皇上恕罪。”

这一巨大的响动，显然是刺激到了前方灌木丛中的那匹发狂的野马，未经驯化的马匹身上腥臭的风渐渐逼近。

若是寻常，那是不必怕的。比之凌云彻的赤手空拳，皇帝有弓箭在手。然而，在转身的瞬间，皇帝才发现落马之时背囊散开，弓虽在手，箭却四散落了一地，连最近的一支也离了两三尺远。而那高高踢起的铁蹄，几乎已要落在自己三步之前!

凌云彻有一瞬的绝望，难道自己真要葬送在野马蹄下?他的意志只软弱了片刻，念及再凶猛也不过是匹野马而已，立刻冷静而坚决道:“微臣会护着皇上!”

他的话音未落，只见斜刺里一个人影贴着草皮滚过，大喊了一声“皇阿玛”，便挡在了身前，却是皇四子永珹。永珹避开冲过来的野马，在地上滚了一转，身下忽然一疼，似乎是压到什么机关，又一支冷箭飞来，被斜过的树枝一挡偏了方向，正中皇帝的小腿。

永珹暗叫糟糕，大悔怎的误伤了皇帝。野马的前蹄高高扬起，朝着皇帝当胸踢来。

这一惊可非同小可。

永珹大是慌神，拼命大呼道：“皇阿玛小心啊！”

凌云彻再顾不得自己，一股血勇直冲脑门，不知哪里来的力气，拼死跃上野马的马背，狂呼一声“皇上快走！”便拿鞭子死命勒住野马的脖子。那野马去势极大，冲劲又猛，凌云彻直勒得两臂一阵阵发麻，几乎失去了知觉，那野马的速度才将将慢下来。可皇帝腿上带伤，想跑也跑不起来。永珹完全呆掉了，怎么也爬不起来。

凌云彻急得舌尖发麻，若是皇帝真的折损在自己眼前，皇子倒还好说，自己这“救驾不力”的罪名搭上，是必死无疑了。他正暗暗后悔自己贸然闯进这树林，余光里瞥见永琪疾奔而来，简直大喜过望，大呼道：“五阿哥！快救皇上！”

永琪大喊一声“皇阿玛”，一骨碌贴着草皮滚过来，张开双臂，死死挡在那野马奔袭过来的方向。

永珹一见永琪赶到，心头骤然一凛，情急之下终于爬起来抽出长箭射出，大叫：“皇阿玛小心！”

一支长箭在身后放出，正中前方野马的额头中心，直贯入脑。只听一声狂嘶，那野马剧痛之下惊跳数步，终于随着额头一缕浓血的流出，倒地而亡。凌云彻趁势落地，滚了几滚，强忍着浑身疼痛，站了起来。

皇帝长长地松了一口气，只觉得冷汗淋漓，湿透了衣裳。他终于回过神来，才发现五子永琪才长成的身影依旧死死挡在自己身前。他心头一暖，还来不及说什么，四子永珹已经惨白着脸赶了过来，伏地道：“儿臣救驾来迟，皇阿玛没事吧？”

皇帝知道是永珹射死了野马，救自己于生死之间，不觉惊喜交加，紧紧揽住永珹肩头道：“好儿子！是朕的好儿子！不愧你一手好箭法。”

永珹激动得满面通红，连连谢过皇帝的夸赞。而永琪只是若无其事地站起身，松了松手脚，伏下身，尽量小心地使力拔下皇帝小腿的冷箭察看，又看皇帝流出的血液颜色鲜红，似无变暗的迹象，方才道：“皇阿玛，这冷箭无毒，而且短小，只伤到肉里，未曾伤骨，应该没有大碍。儿臣立刻送您回去传召太医。”

皇帝忍痛看过伤情无碍，才定下一颗心。

还是凌云彻先问：“五阿哥没有受伤吧？”

永琪摇了摇头：“皇阿玛没事就好。”

皇帝笑了笑，显然那笑不如对着永珹般亲热而赞许，只是问：“方才你先过来抢到朕身前，怎么不先射野马，反而只伸开手待着？”

永琪淡然自若道：“儿臣方才的距离，拔箭已经来不及了。而且，儿臣听师傅说过，猛兽伤人，往往得一而止。儿臣护在皇阿玛身前，那野马伤了儿臣，便不会再伤害皇阿玛了。”

年方十二的孩子，这番话说来十分诚恳。皇帝不觉动容，抚摩他的额头：“你是个有孝心的孩子！”

皇帝抚着伤腿，目光在冰寒如铁中夹杂了一丝不易发觉的恐惧与阴鸷：“谁在施放冷箭？谁想害朕？”

永珹低头，目光转向茫茫林野。

永琪低眉顺目，沉声道：“想害皇阿玛的人，最终都不会得逞的。”

皇帝朝四面的山坡树林眺望着，沉默良久道：“忠于朕的人都来救朕了！害朕的人，此时一定躲得最远！”他沉下声，以委以重任的口吻吩咐永珹，“永珹，带人搜遍围场！朕就要看谁有这样的胆子，竟敢谋害天子！”

十四岁少年的脸上闪过一丝兴奋的红晕，大声道：“是！”

而永琪，只是依偎在父亲身边，扶住了他的手，紧紧护卫他左右。

皇帝走了几步，回过头看凌云彻：“凌云彻，朕记得你本来在朕身边当差的。走得不光彩吧？”

凌云彻有些羞赧，低头道：“微臣被冤偷了嘉贵妃的肚兜，因此被遣来围场做苦役。微臣冤枉。”

皇帝点点头：“朕从前不信你被冤，现下信了。因为觊觎朕的女人的人，是不会拼死来救朕的。跟朕回去吧，在围场吹风是浪费了你！”

林间的风夹杂着八月初北地的秋意，带给皮肤低凉的温度，却没有心底衍生的滚热更畅快。凌云彻将一缕狂喜死死压了下去，恭声道：“微臣谨遵皇上旨意。”

木兰围场的猎猎风声无法告知暗害者的身份，亦彻底败坏了皇帝狩猎的兴致。唯一可知的，不过是那野马奔驰至林间，是有母马发情时的体液蹭于草木之上，才引得野马发狂而至。而那冷箭，却是早有弓弩安放在隐蔽的林梢，以银丝牵动，一触即发。林场官员连连告饶，实在不知是有人安放弓弩本欲射马才阴错阳差危及帝君，还是真有人悉心安排这一场阴谋。但有人擅闯皇家猎场布置这一切，却是毋庸置疑。皇帝又惊又怒，派了傅恒细细追查。然而仓促之下，这一场风波终究以冷箭施放者的无迹可寻而告终。

自此皇帝心性更伤，药劲过去后，腿伤疼痛中偶有几次惊梦，总道梦见当日冷箭呼啸而过的情景，却不知暗害者谁，唯有利刃在背之感。如懿只得紧紧抱住了皇帝的肩，以此安慰这一场莫名惊险后的震怒与不安：“皇上，事儿已经过去了！皇上！臣妾在这里。臣妾让太医来给您换药吧。”

皇帝目色阴郁，沉沉摇头：“不！朕身边连个可信的人都没有！皇额娘安排朕身边的人，连来了木兰围场都有刺客要行刺朕。”

如懿沉吟着将疑惑细细分说：“臣妾只是觉得蹊跷，刺客既然存心用野马引皇上入林，又有冷箭。那冷箭却无毒，似乎并未想要皇上性命。或者刺客太自信手段，认为一箭可以夺取皇上性命。”

皇帝神色更冷：“你思虑得极是，朕也觉得奇怪。施放冷箭者定在不远之处，怎的无迹可寻？自朕登基以来，民心虽然安定，但总有谋逆叛乱者在。你的话朕先听着，再问问傅恒所查。”

箭伤不深，待几日药换下来，皇帝已经好了许多，傅恒连日追查，终于在山崖处寻得有携带弓弩者跌落山崖，想来是仓皇逃窜时失足而死的刺客。傅恒战战兢兢道："奴才初步所得，施放冷箭者以野马引诱皇上入林，暗中施放冷箭。但刺客布置不周，一举未中后仓皇逃入山林，所以未能查得踪迹。如今尸首已得，应该不会错了。只是人已身死，身份却不可查知了，更不知有无同党。"

皇帝愤恨难平，可事已至此，自己腿上有伤，无法再骑马行猎，只得拔营回宫。

待消息传到宫中，饶是太后久经风波，亦惊得失了颜色，扶着福珈的手臂久久无言。

福珈温声道："太后安心。奴婢细细查问过，皇上一切安好，太后可以放心。奴婢也着人传话过去，以表太后对皇上关爱之意。只是这件事……太后是否要彻查？"

太后思忖片刻，断然道："不可！这件事皇帝自己会查，且风口浪尖上，人人都怕惹事，警惕最高，也难查出原委。如今风声鹤唳，皇帝最是疑心的时候，哀家若贸然过问，反倒惹皇帝不快。"

福珈心疼，亦有些怨："太后也是关心皇上，倒怕着皇上多心似的，反而疏远了。"

太后抚着手中一把青金石嵌珊瑚如意，那触手的微凉总是让人在安逸中生出一缕警醒。恰如这皇家的母慈子孝，都是明面上的繁华煊赫，底下却是那不能轻触的冷硬隔膜。须臾，她郁郁叹道："毕竟不是亲生，总有嫌隙。皇帝自小是个有主意的人，年长后更恨掣肘。哀家凡事能婉劝绝不硬迫。且你看他如今遴选妃嫔是何等谨慎，便知咱们的前事皇帝是有所知觉了。哀家只求女儿安稳，余者就当自己是个只懂享乐的老婆子吧。"

自木兰围场回宫，风波余影渐渐淡去，却生出一种喧喧的热闹。

凌云彻一举成为御前二等侍卫，深得皇帝信任。他回宫之后，比之从前更加谨言慎行，更因少了世家子弟的纨绔习气，皇帝十分倚重。这一来，宫中最欢喜的莫过于可以兄弟团聚的赵九宵，另一个却是嬿婉了。

她的欢喜是悲欣交集的。彼时的永寿宫冷清异常，虽然如懿早已生产，皇帝的责罚似乎也顺理成章停止了。可皇帝再未来过永寿宫，曾经的恩宠眷爱就如被秋风扫过的地皮上的生灵，一层层矮下去，终至消失无踪。

得知凌云彻回宫的消息，嬿婉几乎是热泪盈眶："他终于回来了，他没事了。"

澜翠是从赵九宵处辗转得的消息，亦点头道："千真万确，如今他可是皇上身边的红人了，戍卫皇上日夜不离。多少宫女盼着嫁给这位新贵呢。"

她的欢喜不过瞬间，很快想到凌云彻此时与进忠同侍奉在皇帝身侧，不禁替他捏了一把汗，忧心忡忡道："凌云彻回来，进忠不会再害他吧？本宫该怎么办？"

春婵知她心意，便拿凌云彻回来得体面之事再三说了，想来进忠也不敢随便动手。嬿婉却是知道进忠心胸狭窄，又嫉妒凌云彻曾与自己有情，末了不知怎的生了另一种盼望，或许他成家了，进忠没那么妒忌他，也不会再害他了。

嬿婉的念头不过一转，自己也觉得有些荒唐。可那荒唐里，却渐渐生出了一种异样的笃定，他是爱她的，他的心在她身上。无论他娶了谁，她亦是他心上永无可替代的那个人吧。

这样想着，她惆怅而欣慰地叹了口气。

木兰围场归来，得益最多的便是玉妍的四阿哥永珹。首先是皇帝对玉妍的频频临幸，继而是对永珹学业和骑射的格外关照，每三日必要过问。这一年皇帝的万寿节，北族使者来贺，皇帝便命永珹应待。而永珹亦十分争气，颇得使者赞许。而最令后宫与朝野震动的是，在重阳之后，皇帝便封了永珹为贝勒。而永琪得到的赏赐，只是皇帝将自己从前用过的弓箭和文房四宝给了他。比起爵位，这项恩赏就显得微不足道了。

这不啻是巨石入水，引得众人侧目。因为已经成年娶亲的三阿哥永璋尚未封爵，反而是这位尚未成年的四弟拔了头筹。而对五阿哥永琪，皇帝虽然倍加怜爱，诸多赏赐，却无对待永珹这般器重，所以永琪也不免黯然失色了。

旁人倒也罢了，最委屈的却是绿筠，她人前不敢如何，人后到了如懿面前，才抹泪委屈："四阿哥救驾有功，该怎么赏都不过分，但皇上好歹也得顾及永璋的面子。而且当日救驾五阿哥也有份，怎么皇上对他就是不如四阿哥呢。"

如懿知道她抱屈，却也好言提醒，出了翊坤宫不许再提这件事，免得旁人以为是永璋不睦兄弟，抱怨皇上。绿筠这才稍稍清醒。如懿温然道："皇上喜欢永珹，固然是他救驾的孝心，但永璋若能体悟皇上心意，也是孝道。"

绿筠再三思索，便也明白，忙谢过了出去。如懿唯恐永琪也被周围人挑唆，说出一二不敬之言，便叫容珮去了尚书房，叮嘱永琪得闲多学圣祖皇帝喜爱的天文地理，避开永珹锋芒。

这一日皇帝正因木兰秋狩之事欲责罚围场诸人，正巧三阿哥永璋前来请安，见皇帝龙颜震怒，欲牵连众多，便劝了一句道："儿臣以为此次秋狩之事查不出元凶，也是因为围场服役之人过多，一时难以彻查。皇阿玛若都责罚了，谁还能继续为皇阿玛查人呢？"

这话本也在情理之中，然而，皇帝经此一事，疑心更胜从前，当下拍案怒道："你是朕诸子中最长，本应是你救驾才对！一来围场之事有疏漏，你这个长子有托管不力之嫌；二来救驾来迟则属不孝不忠，能力庸常，不及两个弟弟；三来事后粗漏，不能为君父分忧，反而为一己美名，轻饶轻恕，不以君父安危为念！朕要你这样的儿子，又有何用？”

皇帝这般雷霆震怒，将永璋骂得汗湿重衣，满头冷汗，只得诺诺告退。

皇帝随后便问随侍在旁的凌云彻道：“你瞧瞧永璋这般请求轻恕木兰围场之人，那日冷箭之事会否与他有关？”

凌云彻恭谨道：“三阿哥是皇上的亲子。”

皇帝摇头，呼吸粗重：“天家父子，不比寻常人家。可为父子，可为君臣，亦可为仇雠！圣祖康熙爷晚年九子夺嫡之事，朕想来就惊心不已。”

凌云彻道：“皇上年富力强，没有谁敢，也没有能力敢谋害皇上！”

皇帝听得此言，稍稍宽慰：“那木兰围场诸人，你觉得当不当罚？”

凌云彻恭顺地垂着眼眸，感受着孔雀花翎在脑后那种轻飘又沉着的质感，想起在木兰围场那些望着冷月忍着屈辱受人白眼的日子，道：“有错当罚，有功当赏。皇上赏罚分明，胸中自有定夺，微臣又怎敢妄言。”

皇帝笑着画下朱批，赞许道：“甚好。”

这句话不知是皇帝赞许自己的举措还是夸奖凌云彻的慎言。凌云彻正暗自揣摩，皇帝忽而笑道：“你已年过三十，尚未成家，也不像个样子。”他随手一指，唤过御前一个青衣小宫女道，“茂倩出身萨克达氏，是个满洲格格，阿玛在上驷院当差，也算有些出身。茂倩，朕就将你赐给凌侍卫为妻。”

那宫女一怔，旋即跪下，眉开眼笑道：“奴婢谢过皇上。”

凌云彻愣在当地，脑中一片空白，脱口道：“皇上，微臣出身下五旗，家境寒微，怕配不上茂倩姑娘。”

皇帝道：“你是朕的御前侍卫，有什么配不上的。总不是你不满意朕的指婚吧？”

他不知该如何应答，直到李玉在旁推他的手臂，笑眯眯道：“瞧凌大人，这是欢喜傻了吧？快谢恩啊！”

他这才回过神来，看见皇帝已经有些不耐烦的笑意，茫然跪下身行礼，来接受这突如其来的恩典。

至此，永璋的失宠便已成定局。而永琪得了如懿与海兰的嘱咐，只潜心学业，若非皇帝召唤，亦不多往皇帝跟前去。

这一日，凌云彻自养心殿送永琪回翊坤宫，便顺道来向如懿请安。如懿正在廊下看着侍女调弄桂花蜜。她静静立于飞檐之下，裙裾拂过地，淡淡紫色如木兰花开。夕阳流丽蕴彩的光就在她身后，铺陈开一天一地的华丽，更映得她风华如雪，淡淡而开。

如懿见了他便含笑：“士别三日，当刮目相待。”

凌云彻屈膝拱手，正色道：“皇后娘娘曾要微臣堂堂正正地走回来，微臣不敢辜负皇后娘娘的期望。”

如懿端详他片刻：“被北边的风吹得脸更黑了。但，能这样风光地回来就好。本宫更得多谢你，救了皇上。”

凌云彻见她欢悦之色，不觉低下头道：“这是微臣的本分。”

“有功也不忘本，才能在皇上跟前处得长远。你很好。”她笑道，“你在皇上跟前如此得脸，也是该娶亲成家了。皇上亲自赐婚，这是无上的荣耀，旁人求也求不来呢。”

凌云彻心头一抖，忽然一颗心便飘到了木兰围场的那些日子，孤清的寒夜里，常常想起的，居然是如懿含笑的清婉脸庞。

那是唯一的念想，连着她的嘱咐，一路引着他不惜一切也要走回紫禁城，堂堂正正地走回来。

这样的念头不过在脑中转了一瞬，他便按捺了下去，淡淡道：“微臣知道自己要什么，不是女人。”

如懿的眸光幽然垂落，略带惋惜地看着他：“还是因为她伤害过你的缘故么？”

凌云彻别过脸，抿紧了薄薄的唇：“微臣不想再记得。”

如懿的笑意愈加清婉，仿佛天边明丽的霞光映照：“不想记得也好。皇上御前的宫女出身尊贵，都是满军旗的女儿，你有这样的妻子，对你的出身和门楣也有益。对了，你家里有谁帮你操办喜事么？”

凌云彻有些失神，道：“父母已在几年前亡故，无人安排。”他微微苦笑，“微臣终于能回到紫禁城中，不负娘娘所望，但皇上赐婚这样的意外之喜，也实在是太意外了。”

如懿意味深长地目视于他：“无论是否意外，皇上的恩赐是不容许你有一丝不悦和推托的。茂倩是御前的人，你须得好好儿待她。”她温然含笑，“至于你家中无人，江与彬与惢心就在京中，本宫让他们为你打点，助你一臂之力。”

凌云彻勉力微笑，振作精神答应：“多谢皇后娘娘美意。”他看着如懿身边的乳母怀中抱着的婴儿，心中有了一丝伤感的欣喜，“虽然微臣身在围场，但也听说娘娘喜获麟儿，微臣在此贺过。”

如懿颔首道：“有心了。”

凌云彻懂得地道：“彼此过得好才是最有心。”他还想再说什么，皇帝身边的李玉已经来传旨，皇帝会来陪着如懿用晚膳。他即刻意识到自己的存在不合时宜，就好像翊坤宫所有描画的鸳鸯龙凤都是成双成对、比翼交颈，花纹都以莲花与合欢为主。

合昏尚知时，鸳鸯不独宿。他如何不明白这个道理，连自己，很快不也要如此么？他只得躬身，恭恭敬敬告退离去。

从翊坤宫出来之后，凌云彻便见到了嬿婉。嬿婉茕茕走在暮色四合的长街上，夹道高耸的红墙被夕阳染上一种垂死之人面孔上才有的红晕，黯淡而无一丝生气。而一身华服的嬿婉，似乎也失却了他离开那时的因为恩宠而带来的光艳，像一个华丽的布偶，没有生气。

在与他目光相触之后，嬿婉眸中有明显的欣喜："你回来了？别来无恙？"

凌云彻有礼地躬身，简短说一句"无恙"，嬿婉很快掩饰了自己不应有的情绪："那就好。听说你高升了，也由皇上赐婚，即将娶亲。恭喜。茂倩的阿玛好歹算个小官，比本宫当年的出身好多了。这门婚事，你可满意？"

凌云彻不欲多言此事，直截了当道："皇上安排，一定是最好的。"

嬿婉的眉间飘过一丝阴柔的惆怅与不甘："是啊。你与我都已非从前的自己，那时候本宫总以为要嫁的人是你。"

凌云彻淡然一笑，了然道："能有更好的选择时，您是不会在微臣身边的。”

嬿婉的心底袅袅出一缕酸楚的委屈，却也只能自辩：“本宫不过是一个不得宠的女人，还有什么好不好的。不过本宫知道，你并不喜欢这个妻子，是不是？”她走近一步，满是希冀得到肯定的期盼，“你心里还有本宫，对么？”

他显然对她这样的举动很是防备，诧异地退了一步，恭敬地保持距离：“在微臣心里，令妃娘娘是主子。”

她是动了心底最深的不舍与情意，她几乎后悔自己穿着这一身嫔妃的服色，扮演着失宠受冷落的悲惨角色，流露出一丝懊悔与软弱：“主子也是人，也会有感情，也怕没人疼爱。没有人对本宫好，你连哄一哄本宫也不肯么？”

他深深地看了嬿婉一眼，如同最彻底的告别：“令妃娘娘所求的，只有皇上才能做到。微臣无能，也不会哄人，就此告辞了。”

嬿婉靠在墙上，怔怔地看他离开，似乎在思索着他语中的深意。春婵颇为不安，劝道：“小主还是别和凌大人说什么了，进忠公公知道了又要生出是非。”

良久，她终于自嘲地笑笑，无限哀怜：“本宫冷得很，只有他能让本宫觉得暖和。”她含了一缕伤感之色，似是笃定地低语，“他要成婚了，可本宫看得出他并不高兴。春婵，本宫嫁了皇上，他要娶别人了。我们终究没在一起。”她眼中泪光盈然，“不过本宫知道，无论他娶了谁，他心里永远只有本宫一个。他忘不了本宫的，是不是？春婵，他心里是有本宫的。只要他心里还有本宫就好。”

春婵望着她，心中凄楚，一句安慰的话也说不出来。

她望着斜阳渐渐坠入西山，浓墨般的天色随即吞噬了她孤清的身影与面容。

从木兰围场回来后数月，如懿很快发觉自己又有了身孕。也许是生子之后皇帝的眷顾有加，也许是江与彬调息多年后身体的复苏。乾隆十七年秋天的时候，如懿再度怀上了身孕。而凌云彻，也在这个秋天迎娶了茂倩过门。娶亲后的他似乎愈加忙碌，除了该当值的日子，也总是替别的侍卫轮守，一心一意侍奉在皇帝身边，也更得皇帝倚重。

中宫接连有喜是合宫欢悦之事。有了永琪的出生，这一胎是男是女似乎都无关紧要了。于如懿而言，再添一个皇子固然是锦上添花；但若有个女儿，才真真是儿女双全的贴心温暖。

而彼时，意欢的爱子十阿哥却在諴亲王府里渐渐不大好了。

也许是从娘胎里带出来的肾气虚弱的病症，随着十阿哥的日渐长大，并未有所好转，反而渐渐成了扼住他生命的一道绳索，并且越勒越紧，仿佛再一抽紧，便能要了他的性命去。

那段时间的储秀宫总是隐隐透着一股阴云笼罩的气息，哪怕太后和如懿已经遣了太医院最好的太医守在諴亲王府延医问药，王府上下又百般照顾，但意欢隐隐约约的哭声，似乎暗示着阴霾不会散去。这又让皇帝无比伤感，本以为自己身体安康，十阿哥也见好，算是躲过了天象的预示，结果还是逃不脱天象所言。难道自己与十阿哥就这般父子缘薄么？

皇帝心绪不佳，如懿在宫中养胎也是闷闷的。如是，开春后，皇帝便携带太后与嫔妃们去了圆明园暂住怡情。

圆明园在圣祖康熙手中便有所兴建，到了先帝雍正时着手大力修建，依山傍水，景致极佳。到了皇帝手中，因着皇帝素性雅好园林景致，又依仗着天下太平、国富力强，便精心修建。园中亭台楼阁、山石树木，将江南秀丽景致与北地燕歌气息融于一园。

春风开紫殿，天乐下朱楼。莺歌闻太液，凤吹绕瀛洲。迟日明歌席，新花艳舞衣。烟花宜落日，丝管醉春风。[①] 比之宫内的拘束，在圆明园，便是这样随心如流水的日子。

---

① 出自唐代李白《宫中行乐词八首》。

皇帝喜欢湖上清风拂绕的惬意，照例是住在了九州清晏。如懿便住在东边与皇帝最邻近的天地一家春，紧依着王陵春色。颖嫔恩宠深厚，皇帝喜欢她在身边，便将西边的露香斋给了她住。绿筠上了年纪，海兰恩宠淡薄，便择了最古朴有村野之趣的杏花春馆，带着儿女为乐。玉妍住在天然图画的五福堂，庭前修竹梧桐，满院绿意，倒也清静。尤其四阿哥永珹甚得皇帝钟爱，对他读书之事颇为上心，便亲自指了这样清雅宜人的地方给他读书，亦方便日常相见。

庆嫔和几位新入宫的常在分住在茹古涵今的茂育斋和竹香斋。茹古涵今四周古树蓊郁，别有一番情致。意欢住了稍远的春雨舒和。如懿因不喜嬿婉，便让她住着最远的武陵春色的绾春轩，与同样失宠的晋嫔的翠扶楼相近。太后喜好清静，长春仙馆碧梧白石，宜于静居，最合她老人家心意。其余嫔妃，便闲散住于其间，彼此倒也惬意。

如懿的产期是在七月初，她除了素日去看望意欢，时时加以安慰，便也只安心养胎而已。心急如焚如意欢，每日在圆明园佛堂里叩首祈求孩儿平安长大，无灾无病，直到额头高肿，也不肯稍稍歇息。跟随她的宫女荷惜实在不忍心，啜泣着道出不满："宫里那么多孩子，为什么非要把十阿哥送到外头去呢？实在不成，您去求皇上出宫看望十阿哥吧。"意欢满心体恤，含泪道："皇上希望十阿哥好好儿的，皇上是好意。何况冬天的时候我已经去过一回，再出去探望，实在有违宫规。"说罢，也只能含泪心焦，长跪佛前。

后宫里的日子不过如此，有再大的波澜，亦不过是激荡在死水里的，不过一时便安静了。而真正的不安，是在前朝。

因着如懿生下了嫡子永璂，皇帝圣心大悦。五月之时，再度大赦天下，减秋审、朝审缓决三次以上罪。这本是天下太平的好事，然而，国中这般安宁，准噶尔却又渐渐不安静起来了。

昔年准噶尔部首领噶尔丹策零死后，留有三子。长子多尔札，因是庶出不得立位；次子纳木札尔因母贵而嗣汗位；幼子策妄达什，为大策零敦多布拥护。纳木札尔的姐夫萨奇伯勒克相助多尔札灭了纳木札尔，遂使多尔札取得汗位。但他的登位遭到准噶尔贵族反对，朝廷为平息准噶尔的乱象，便于当年下嫁太后亲女端淑长公主为多尔札之妻，以示朝廷的安稳之意。多年来，多尔札一直狂妄自傲，耽于酒色，又为防兵变再现，杀了幼弟策妄达什，十分不得人心。准噶尔贵族们忍耐不得，只好转而拥立准噶尔部另一亲贵达瓦齐。达瓦齐是巴图尔珲台吉[①]之后，大策零敦多布之孙，趁着准噶尔部人心浮动，趁机率兵绕道入伊犁，趁多尔札不备，趋而斩之，抚定部落。自此，达瓦齐自立。

这一来，朝野惊动，连太后亦不得不过问了。

只因准噶尔台吉多尔札乃太后长女端淑固伦长公主的夫君，虽然这些年多尔札多有内宠，性格又极为强悍骄傲，夫妻感情淡淡的，并不算十分融洽，甚至公主下嫁多年，连一儿半女也未有出。但毕竟夫妻一场，维系着朝廷与准噶尔的安稳。达瓦齐这一拥兵自立，准噶尔部大乱，端淑长公主也不得不亲笔家书传入宫中，请求皇帝干预，为夫君平反报仇，平定准噶尔内乱。

然而，端淑长公主的家书才到宫中，准噶尔便传来消息，达瓦齐要求迎娶端淑长公主为正妻。这一言不啻一石激起千层浪，爱新觉罗氏虽然是由关外兴起，兄娶弟媳、子承父妾之事数不胜数。哪怕是刚刚入关初定中原之时，这样的事也屡有发生，当年便有孝庄皇太后下嫁摄政王多尔衮的流言，便是顺治帝亦娶了弟弟博果尔的遗孀董鄂氏为皇贵妃。

但大清入主中原百年，渐渐为孔孟之道所洗礼，亦要顺应民心，尊崇礼仪。所以顺治之后，再无此等乱伦娶亲之事，连亲贵之中丧夫再嫁之事亦少。而准噶尔为蒙古部族，一向将这些事看得习以为常，所以提出娶再嫁之女也是寻常。

---

① 台吉：源于汉语皇太子、皇太弟，是蒙古部落首领的一种称呼，一般有黄金家族血统的首领才能称台吉，黄金家族女婿身份的首领称塔布囊。

这般棘手的事，朝廷大臣也分为两派，一派以为达瓦齐素来与边地寒部彼此亲近，若此刻发兵，会令达瓦齐与寒部连成一片，到时候朝廷大军会因战线太长疲于应付。加之为了根治水患，这些年国库的银子都流进了河道，根本不够支撑大军征战半年的。而且这回河工上贪污侵亏甚厉，江南水患有泛滥之势，接下来就是赈灾重修拨粮之事，到处都要用银子。眼下朝廷征战不起，若嫁女能得准噶尔平静，也算善事。另一派则以为端淑长公主就算再嫁，也不能嫁给达瓦齐这个杀夫仇人。此事若处理不当，恐怕伤了太后之心，也有违孝道。如此争执不休，皇帝自然每日都在勤政殿与大臣们议政，抽不得身往后宫半步。越是如此，太后越是心急要见皇帝。可为了齐汝，母子俩多少有了心结。这个节骨眼上，太后也难见到皇帝。

国事煎焦如此，偏这一日諴亲王府来报，说十阿哥病重危急。意欢连佛堂也待不住了，立时赶到勤政殿要见皇帝，请求出宫去看望爱子。可李玉如何能做主允许意欢在皇帝议政时闯进去。意欢苦求不得，只好赶去了太后的长春仙馆。

意欢跪在太后跟前，早已哭得成了个泪人儿。她每提一句爱子，便颤巍巍地支撑不住单薄的身子。太后微微侧身，也是满面焦容，同样为儿女之事焦灼得失了往日的从容。“当日哀家要养着你的十阿哥，皇帝偏偏不肯，如今孩子病了，你要出宫多难。哀家便是肯，也只能让你当日去当日回，总不能让你一直在那里照顾十阿哥吧？”

意欢跪在金砖地上，抓着太后的玉色松竹常青长袍。她手心的冷汗一阵阵沁出，滑腻得几乎抓不住太后的袍角，哀哀地恳求着，似乎这样，就能抓住自己仅存的一点希望：“太医说十阿哥的病只要天儿暖了就好，如今入夏反而更不好了。臣妾身为人母，实在担心。”

太后的不满形于容色：“你疼你的儿子，哀家也疼自己的女儿。谁能劝得皇帝接恒娖回来，哀家什么都答应她。”她转过脸，额头深深的皱纹里皆是一个母亲的沉痛与急怒，“哀家知道你一直不肯为哀家的事出言，恒媞的婚事如此，讷亲的死也是如此。可这回不一样，这回是恒娖身在险境。哀家成全了你的痴心把你送到皇帝身边，你就不能体谅一回哀家的思女之心么？”

太后言罢，霍然起身转入内殿，唯留长泪满面的意欢，哭倒在地。

都说紫禁城的月色高悬在天，如寒霜冷冷洒落。初夏时节的圆明园，花木繁盛，到处都是生命茂盛滋长的恣意气息。

可那月光照进幽深的勤政殿，冷得如一个垂死之人毫无血色的惨白的脸。臣子们都已退下了。皇帝不愿进嫔妃殿宇，也不愿回寝宫，只独自坐在泛着冷光的宝座上。一个女子纤弱的身影缓步曳进，如一脉脆弱的枯叶一般戚然飘落在他身前：“皇上，十阿哥病重，您让臣妾接他回来吧。”

他并无多少心思顾及眼前这个神色悲怆的女人，只是将目光越过她，盯着不远的前方：“十阿哥病着，他一直养在諴亲王府，突然抱回来换了地方，他也不习惯。”

意欢跪坐在地，面容哀伤：“孩子病了，为娘的不能亲自照顾，臣妾愧为人母。皇上，求您开恩吧。”

意欢的眼那么清澈而又那么悲伤急切，那纯粹的脆弱无依让他蓦然想起初见那一个秋夜她的风华出众。可如今，她已经被太多的忧虑与焦急逼迫得失去了那种对未来的热情与期待。那样深入骨髓的悲哀与无助直直地刺进了他的心里。他怜惜地抚摩她已经不够完美的面庞：“十阿哥也是朕的儿子，朕怎么会不心疼。国事烦扰，你别再和朕说这些了。”

意欢无声地哽咽：“皇上，臣妾从来没求过您什么。臣妾为十阿哥忧心，太后为端淑长公主担忧，您让孩子们都回到额娘身边吧。”

皇帝心中闪过一点锐利的星火，那爱子的不忍与怜爱都化作了乌有。他淡淡举眸，眼中波澜不兴，再没了一点情绪的涟漪：“你从来不为皇额娘说话的，终于也忍不住了。”

大滴大滴的泪顺着她雪白的面颊，滑落在暗蓝色隐绣青竹的衣摆上，晕出大朵大朵斑驳的泪痕，真是像极了湘妃竹泪。她仰起脸，沙哑低沉，缓缓的，悲戚到了极处："臣妾是太后送到您身边的，臣妾自知要避嫌，所以从不敢多嘴一句，也不敢有任何让您为难的请求。但这回的事是两个额娘的恳求，她们都太想见到自己的孩儿了。皇上，您怎么忍心母子生离啊！"

皇帝与她四目相对，却久久无语，目中微微带着悲悯与黯然："朕知道了。你先回去吧。"

意欢不知道自己是怎么出的勤政殿。脚底是虚浮的，像踩着乌沉沉的云朵。前路是空茫的，背后也没个倚靠，仿佛身置圆明园天光月影云水之间，一切都是风烟虚幻，光影旋转。

她的思绪如碎萍乱絮一般，一忽儿是爱子幼小的面庞，一忽儿是爱郎毫无希望的言语，什么父子夫妻，虚情真意，根本拼凑不出一个完整的过去。

她乌黑的青丝堆髻边，一支簪鬓的暗红芬芳的蔷薇花萎然落地，拂过她面庞，如血泪一般转瞬滑落。她凄迷地问："为什么会这样？为什么？我只是思慕皇上，一心希望来到他的身边。为什么我会活成任人摆布的棋子，为什么我会一点点失去皇上？谁来告诉我啊？"

次日午后，如懿正在西窗下酣眠，窗外枝头的夏蝉吱吱吟唱，噪晴声喋喋碎碎，催得人睡意更沉。九扇风轮辘辘转动，将殿中供着的雪白素馨花吹得满室芬芳。容珮进来在耳边低声道："皇后娘娘，太后娘娘急着要见您呢。"

这一语，便足以惊醒了如懿。她立刻起身传轿，换了一身家常中略带郑重的碧色缎织暗花竹叶氅衣，只用几颗珍珠纽子点缀，下身穿一条曳地的荷叶色绛碧绫长裙，莲步轻移，亦不过是素色姗姗。她佩戴金累丝点翠嵌翡翠花簪钿子，在时近六月的闷热天气里，多了一抹清淡爽宜，一副乖巧勤谨的家媳模样。她想了想，还是道：“给皇上炖的湘莲燕窝雪梨爽好了么？”

容珮道：“已经炖好凉下了，等下便可以给皇上送去。这些日子皇上心火旺，勤政殿那边回话说，皇上喝着这个正好呢。”

如懿正了正衣襟上和田白玉竹节领扣，点头道：“备下一份，本宫送去长春仙馆。”

长春仙馆空旷深邃，有重重翠色梧桐掩映，浓荫匝地，十分清凉。庭前廊下又放置数百盆茉莉、素馨、剑兰、朱槿、红蕉，红红翠翠，十分宜人。偶尔有凉风过，便是满殿清芬。如懿入殿时，太后穿了一身黑地折枝花卉绣耀眼松鹤春茂纹大襟纱氅衣，想是无心梳妆，头发松松地绾起，佩着点翠嵌宝福寿绵长钿子。菘蓝宝绿的点翠原本极为明艳，此时映着太后忧心忡忡的面庞，亦压得那明蓝隐隐仿佛成了灰沉沉的烧墨。

太后的幼女柔淑长公主便陪坐在太后膝下垂泪，一身绛紫色织银丝牡丹团花长衣，棠色长裙婉顺曳下，宛若流云。柔淑戴着乳白色玉珰耳坠，一枚玉簪从轻绾的如雾云髻中轻轻斜出，金凤钗衔了一串长长的珠珞，更添了几分婉约动人。而此时，她的温婉笑靥亦似被梅雨时节的雨水泡足了，唯有泪水潸潸滑落，将那宝石青的衣衫沾染成了雨后淋漓的暗青。

如懿见此情景，便晓得不好。彼时她已有了八个月的身孕，行动起坐十分不便，太后早免了她见面的礼数。然而，眼下这个样子，如懿只得规规矩矩屈膝道：“皇额娘万安，长公主安。”

柔淑虽然伤心，忙也起身回礼：“皇嫂万安。”

太后摇着手中的金华紫纶罗团扇，那是一柄羊脂白玉制成的团扇，上覆金华紫纶罗为面，暗金配着亮紫，格外夺目华贵。而彼时太后穿着黑色地纱氅衣，那上面的缠枝花卉是暗绿、宝蓝、金棕、米灰的颜色，配着灼然耀目的金松鹤纹和手中的团扇，却撞得那华丽夺目的团扇颜色亦被压了下去，带着一种欲腾未腾的压抑，屏着一股闷气似的。

太后瞥如懿一眼，扑了扑团扇道：“皇帝忙于朝政，三五日不进长春仙馆了。国事为重，哀家这个老婆子自然说不得什么。但是皇后，”她指了指身边的柔淑道，“恒媞是嫁出去的女儿泼出去的水了，哀家见不得儿子，只能和女儿说说话排解心意。但是儿媳，哀家总还是有的吧？”

如懿闻言，立刻郑重跪下，诚惶诚恐道：“皇额娘言重了。儿臣在宫中，无一日敢不侍奉在皇额娘身边。若有不周之处，还请皇额娘恕罪。”

太后凝视她片刻，叹口气道：“容珮，看你主子可怜见儿的，月份那么大了还动不动就跪，不知道的还当哀家这个婆母怎么苛待她了呢。快扶起来吧。”

如懿支着腰身，起身便有些艰难，忙赔笑道：“儿臣年轻不懂事，一切还得皇额娘调教。但儿臣敬爱皇额娘之心半点不敢有失。儿臣知道这几日天热烦躁，特意给皇额娘炖了湘莲燕窝雪梨爽，已经配着冰块凉好了。请皇额娘宽宽心，略尝一尝吧。”

如懿说罢，容珮便从雕花提梁食盒里取出了一盅汤羹，外头全用冰块瓮着。容珮打开来，但见汤色雪白透明，雪梨炖得极酥软，配着大颗湘莲并丝丝缕缕的燕窝，让人顿生清凉之意。

柔淑长公主勉强笑道：“这汤羹很清爽，儿臣看着也有胃口。皇额娘便尝一尝吧，好歹是皇嫂的一份心意。”

太后扫了一眼，颔首道：“难为皇后的一片心了。哀家没有儿子在跟前，也只得你们两个还略有孝心。只是哀家即便有胃口，也没心思。这些日子心里火烧火燎的，没个安静的时候，只怕再好的东西也喝不下了。”

如懿明白太后话中所指，只得赔笑道：“皇额娘担心端淑长公主，儿臣和皇上心里也是一样的。这些日子皇上在勤政殿里与大臣们议事，忙得连膳食都是端进去用的，不就是为了准噶尔的事么？”

太后一扬团扇，羊脂玉柄上垂下的流苏便簌簌如颤动的流水。太后双眉紧蹙，扬声道：“皇帝忙着议事，哀家本无话可说。可若是议准噶尔的事，哀家听了便要生气。这有什么可议的？！哀家成日只坐在宫里坐井观天，也知道达瓦齐拥兵造反，杀害台吉多尔札，乃是乱臣贼子，怎的皇帝不早早下旨平定内乱，以安准噶尔？！”

如懿听着太后字字犀利，如何敢应对，只得赔笑道：“皇额娘所言极是。但儿臣身在内宫，如何敢置喙朝廷政事。且多日未见皇上，皇额娘所言儿臣更无从说起啊！”

这话说得不软不硬，既将自己撇清，又提醒太后内宫不得干政。太后眸光微转，取过手边一碗浮了碎冰的蜜煎荔枝浆饮了一口，略略润唇。

那荔枝浆原是用生荔枝剥了榨出其浆，然后蜜煮之，再加冰块取其甜润冰凉之意，然而，此时此刻却丝毫未能消减太后的盛怒。太后冷笑道：“皇后说得好！内宫不许干政！那哀家不与你说政事，你是国母，又是皇后，家事总是说得的吧？”

如懿忙欠身，恭顺道：“皇额娘畅所欲言，儿臣洗耳恭听。”

太后重重放下手中的荔枝浆，沉声道：“大清开国以来，从无公主丧夫再嫁之事。若不幸丧偶，或独居公主府，或回宫安养，再嫁之事闻所未闻，更遑论要嫁与自己的杀夫仇人！皇帝为公主兄长，不怜妹妹远嫁蒙古之苦，还要商议她亡夫之事，有何可议？派兵平定准噶尔，杀达瓦齐，迎回恒娖安养宫中便是！”

如懿忙安慰道：“皇上与端淑长公主一起长大，情分不同，心中对长公主亦是万分挂念的。只是……”

太后急道：“既是挂念，有什么不能来见哀家说个明白？这些日子，哀家多次让福珈去请皇帝，皇帝却只托言政事忙碌，未肯一顾。舒妃进言也无济于事。”

如懿端然含笑道：“依儿臣所知，皇上近来政事确是忙碌。”她的笑意有些意味深长的隽永，“且皇额娘有心让皇上来，皇上是您亲子，母子连心，又怎会不听皇额娘的话？”

只一语，便是挑破了种种无奈。太后纵然位极天下群女之首，但皇帝实际并非她亲生，许多事她虽有意，又能奈何？

太后语塞的片刻，柔淑长公主温声细语道：“儿臣记得皇兄东巡齐鲁也好，巡幸江南也好，但凡过孔庙，必亲自行礼，异常郑重。皇嫂说是么？”未等如懿反应过来，柔淑再度宁和微笑，“可见孔孟礼仪，已深入皇兄之心，大约不是做个样子给人瞧瞧的吧。既然如此，皇兄又遣亲妹再嫁，又是嫁与杀夫仇人。若为天下知，岂不令人耻笑我大清国君行事做作，表里不一？”

同在宫中多年，柔淑长公主给如懿的印象一直如她的封号一般，温柔婉约，宁静如璧。便是嫁为人妻之后，亦从不自恃太后亲女的身份而盛气凌人，仿佛一枝临水照花的柔弱迎春，有洁净的姿态和婉顺的弧度。而记忆中的端淑长公主还是未嫁时的恒娖，却是傲骨凛然，如一枝凛然绽放于寒雪中的红梅。却不想柔淑也有这般犀利的时刻。她不觉含笑，原来太后的女儿，都是这般不可轻视的。

如懿温然欠身：“皇上敬慕孔孟之心，长公主与本宫皆是了然。只是国事为上，本宫虽然在意姑嫂之情，但许多事许多话，碍于身份，都无法进言。”

柔淑含着温柔的笑意，轻摇手中的素色纨扇：“皇嫂与旁人是不同的。皇嫂贵为皇后，又诞育嫡子，且此刻怀着身孕，所以即便您说什么，皇兄都不会在意。”她的目光中含了一缕寸薄的悲悯与怅然，“皇兄忙于国事，我只是公主，皇额娘也不能干预国事。只是想皇兄能于百忙之中相见，让皇额娘亲自与皇兄共叙天伦，说句母子话。这个忙，皇嫂总不会推却吧？”

如懿知道皇帝有心逃避太后，一时垂眸凝神，也颇为难。

太后眸光微微一颤，含了一缕凄惘的苦笑，道：“恒娖是哀家长女，先前下嫁蒙古，是为国事，哀家虽然不舍，也不能阻止。”太后有一瞬的茫然，“哀家是怕，皇帝是有心要让恒娖再嫁了。”她眼中盈然有泪：“如今恒娖丧夫，哀家如何忍心让她嫁与弑夫之人，终身为流言蜚语所苦。”她别过头，极力忍住泪，“哀家只是想让自己已够悲苦的女儿回来身边安度余生。哀家的这点为母之心，皇后，你能够懂得么？”

如懿不忍道：“儿臣也为人母，懂得皇额娘此心。”

柔淑在旁轻声道：“无他，皇嫂只把孔孟之礼与皇额娘的话带到即可。我与皇额娘不勉强皇嫂做力所不能及的事。”她双眸微微一瞬，极其明亮，“不为别的，只为皇嫂还能看在皇额娘拉了你一把出冷宫的分儿上。”

有片刻的沉默，殿中置有数个巨大银盆，堆满冬天存于冰库的积雪，此刻积雪融化之声静静入耳，滴答一声，又是一声，竟似无限心潮就此浮动。

太后的声息略微平静：“若你念着你姑母乌拉那拉氏的仇，自然不必帮哀家。但哀家对你，亦算不薄。”她闭目长叹，“如何取舍，你自己看着办吧。”

如何取舍？一直走到勤政殿东侧的芳碧丛时，如懿犹自沉吟。脚步的沉缓，一进一退皆是犹豫的心肠。

太后固然是自己的恩人，却也是整个乌拉那拉氏的仇人。若非太后，自己固然走不到今日万人之上的荣耀，安为国母？但同样若非太后，初入宫闱那些年，她怎会走得如此辛苦，举步维艰？

女哀 壹柒

芳碧丛是皇帝夏日避暑理政之地。皇帝素爱江南园林以石做“瘦、漏、透”之美，庭中便置太湖石层峦奇岫，林立错落，引水至顶倾泻而下，玉瀑飞空，翠竹掩映。风吹时，便有凤尾森森、龙吟细细的凉爽宜人。穿过曲折的抄手游廊，一路是绿绿的阔大芭蕉，被小太监们用清水新洗过，绿得要滴出水来一般。如懿伸手轻拂，仿佛还闻得到青叶末子的香。园中深处还养着几只丹顶鹤，在石间花丛中剔翎摆翅，悠然自乐。檐下的精致雀笼里亦挂了一排各色珍奇鸟儿，不时发出清脆悦耳的悠悠鸣声。

李玉正领着小太监们用粘竿粘了树上恣意鸣叫的蝉儿，见了如懿，忙迎了上来，轻声道：“皇后娘娘怎么来了？您小心身子。”

如懿轻婉一笑，望着殿内道：“皇上还在议事么？”

李玉悄悄儿道：“几位大人半个时辰前走的，皇上刚刚睡下。这几日，皇上是累着了，眼睛都熬红了。”

如懿思忖片刻道：“那本宫不便进去了？”

李玉抿嘴笑得乖觉："旁人便罢了，您自然不会。皇上这些日子虽忙，却总惦记着您和您腹中的孩子呢，还一直说都不得空儿去看看十二阿哥。"

或许是"孩子"二字挑动了如懿犹豫不定的神经，她终于敛衣整肃，缓声道："那引本宫去见见皇上吧。"

皇帝站在巨大的地图前，准噶尔的一块用极为醒目的朱红色圈了出来，而更偏远的寒部，则是用蓝色圈出。他背着手，抓着一个金丝蝈蝈笼子，死死不放。如懿认得，那是端淑长公主出嫁前最喜欢的一个玩物，而如今看来却极为讽刺。

先帝与太后的掌上明珠，御花园中最风姿娇艳的一朵玫瑰，却也不过是一只金丝笼中的蝈蝈，逃无可逃。

如懿见皇帝一夜没睡，眼睛都凹下去了，满是红色血丝，也不觉心疼，便端出甜羹喂了皇帝一口。皇帝并无半点食欲，双目只专注于地图之上："寒部与达瓦齐亲近，若无他们暗中支持，达瓦齐没有那么快就能兵变夺权。若朕要打准噶尔，寒部出兵相助，那就棘手了。"

如懿隐隐约约知道，这一仗并无必胜的把握。一入夏江南各处就报水患严重，赈灾修堤都要银两，如何支撑得起战事，更担不起准噶尔部和寒部两处战火。

如懿轻轻拥住他："皇上心里煎熬，皇额娘也是。与其彼此两厢里琢磨，还不如把心里的打算说个明白。"

皇帝皱眉，微微摆手："朕心里为难，不想去见皇额娘。"他顿一顿，"皇额娘城府太深，谋算太多，朕这个做儿子的也惴惴不安，所以恒娖的事更叫朕为难。"

如懿知道皇帝有意避而不见，就是想躲开与太后这一场冲突。可如今看来，哪里避得过？

如懿望住他的眼眸，恳切道："心里为难，皇上是已经定了主意。定了主意，对着朝臣们说得，也不怕对皇额娘坦陈。若是皇额娘比朝臣们知道得还晚，还蒙在鼓里，那就有违皇上仁孝治天下的本意了。”

皇帝看着她，竟有些惶惶的不安：“万一说出来的话难听呢？”

如懿神色冲淡宁和，莫名让皇帝有了一丝安定。她轻声道：“只要是真心话就好。”

皇帝犹豫片刻，终究还是点了点头。

殿中不知何时供上了素馨，满满插在净水瓶中，花香和外头晴朗的暑气搅在一起，渐渐也生了几分宁和之意。皇帝的面容舒展了些许，如懿才将意欢之事缓缓道来：“皇上，舒妃来恳求臣妾许她去接十阿哥回宫。臣妾想，舒妃对皇上是真心的，所以格外疼爱这个孩子。请皇上暂且放下天象之说，许十阿哥回宫与舒妃团聚吧。”

皇帝有些优柔，不安定地道：“朕怕十阿哥回来，朕与他相克，伤着了这孩子。”

如懿轻轻握住他的手，似乎安抚着他的虚弱处：“皇上到底还是心疼十阿哥的，才会这般担忧。其实天象之说总有虚处，未必成真，可母子连心却是实实在在的。皇上成全了舒妃的请求吧。”

皇帝静静地望住她，神色变得柔软：“朕是个阿玛，在意天象之说，更盼望孩儿平安。去吧，明日就让舒妃接了十阿哥回来照顾。”

从芳碧丛出来之时，已经是暮色沉沉的时分。

夕阳西坠，碎金色的余晖像是红金的颜料一样，浓墨重彩地流淌。暮霭中微黄的云彩时卷时舒，幻化出变幻莫测的形状，让人生出一种随波逐流的无力。有清风在琼楼玉宇间流动，微皱的湖面上泛出金光粼粼的波纹，好似幽幽明灭的一湖心事。

容珮扶着她自后湖便沿着九曲廊桥回去，贴心道：“今日之事是叫娘娘为难，可娘娘为什么还是去劝皇上了？”

如懿将被风吹得松散的发丝抿好，正一正发髻边的一支佛手纹镶珊瑚珠栀子钗，轻声道：“你也觉得本宫犯不上？”

容珮想了想，低眉顺目道：“有时候，多一事不如少一事。娘娘现下事事安稳，稳坐后宫，何必去蹚这浑水呢。”她有些担心，“万一惹恼了皇上……”

如懿凝望着红河日下，巨大而无所不在的余晖将圆明园中的一切都笼罩其下，染上一抹金紫色的暗光。

“不为过去的恩怨，也不为眼前的得失，只为本宫也是一个额娘，也舍不得自己的孩子受苦。”如懿的语中带了一分冷静至极的无奈，“何况，太阳总会下山，就如花总会凋谢。来日，本宫总有花残粉褪、红颜衰老的时刻。彼时若因本宫失宠而连累自己的孩子，那么太后还可以是最后一重依靠。哪怕没有权势，太后终究还是太后。本宫没有母族可以依靠，若连自己都靠不住，那么今日帮太后一把，便是帮来日的自己一把了。”

容珮忙伸手掩住她的口，急急道：“娘娘正当盛宠，又接连遇喜，怎会如此呢？”

如懿眼中是一片清明的了然：“有盛，便有盛极而衰的时候。谁也逃不过。”

容珮微微颔首，忽然道：“若是景仁宫娘娘在世，不知会做何感想？”

如懿笑着戳了戳她：“以姑母的明智，她一定不会如本宫这般犹疑，而是立刻便会答应了。”

到了晚来时分，海兰派人送了意欢出宫，往諴亲王府探视十阿哥，如懿又加派了太医前往照看。

皇帝便急急地进了长春仙馆。皇帝进了殿，见侍奉的宫人们一应退下了，连太后最信任的福珈亦不在身边，便知太后是有要紧的话要说，忙恭恭敬敬请了安，坐在下首。

为怕烟火气息灼热，殿中烛火点得不多，有些沉浊偏暗。初夏傍晚的暑意被殿中银盆里蓄着的积雪冲淡，那凉意缓缓如水，透骨袭来。手边一盏玉色嵌螺钿云龙纹盖碗里泡着上好的碧螺春，第二开滚水冲泡之后，翠绿的叶面都已经尽情舒展开来，衬着玉色茶盏的色泽更加绿润莹透。

皇帝眼看着太后沉着脸，周身散发出微沉而凛冽的气息，心底便隐隐有些不安。名为母子这么些年，皇帝自十余岁时便养在太后膝下，从未见过太后有这般隐怒沉沉的时候。即便是昔年景仁宫的乌拉那拉皇后步步紧逼之时，太后亦是笑容恬淡，不露一毫声色。

这样的女子，也有沉不住气的时候？

皇帝默默想着，在惊诧之余，亦多了一分平和从容。原来再睿智机谋的女子，也逃不脱儿女柔肠。

这样想着，他的神色便松弛了不少，口吻愈加温和孝谨："儿子此来，只为达瓦齐求娶恒娖妹妹之事。"

太后眉心一跳，脸色被耳畔郁蓝的嵌东珠点翠金耳坠掩映得有些肃然发青："你怎么打算？"

皇帝沉静片刻，道："皇额娘，自儿子继位，十数年夙夜劳心，眼看着国富民强，可偏遇水患害民，贪官祸国。内情未安，实在经不起外族挑衅生乱。"

太后冷然目视片刻，沉沉道："所以你要女人去换江山安定了？"

皇帝垂眸片刻，温和地一字一字道："恒娖妹妹自幼为先帝掌上明珠，朕怎肯让妹妹孤老终身。达瓦齐骁勇善战，刚毅有谋，可以托付终身。"

太后几乎倒吸一口凉气，双唇颤颤良久，方说得出话来："皇帝！"

皇帝略含悲愁："皇额娘，若是国库充盈，儿子腾得开手去，一定平定准噶尔，带回妹妹。可眼下的确不是征伐之机，委屈妹妹，儿子心中凄苦。"

太后震颤须臾，厉声道："恒娖初嫁不睦，哀家不能怪皇帝。当时先帝病重，恒娖虽然年幼，但先帝再无年长的亲女，为保社稷安定，为保皇帝安然顺遂登基，哀家再不舍也只能遂了皇帝的心意，让她下嫁准噶尔。可如今她夫君已死，准噶尔内乱，皇帝身为兄长，身为人君，不接回身处动乱之中的妹妹，还要她再度出嫁，还是嫁与手刃夫君的仇人，这置孔孟之道于何地？置皇家颜面于何地？”

皇帝不惊不恼，垂眸以示恭顺：“身为公主，婚嫁只为保社稷安宁。儿子虽然尊崇孔孟之道，可咱们满蒙也有再嫁的习俗。当年董鄂氏不就再嫁了世祖顺治爷，才为皇贵妃么？”

太后目光坚定，毫无退让之意：“彼时我大清刚刚入关，未顺民俗。可如今我大清开国百年，难道还要学关外那些未开化之时的遗俗，让百姓们在背后讥笑咱们还是关外的鞑子，睡在京城的地界上还留着满洲地窖里的习气！”

皇帝俊秀的面容笼上了一层薄薄的笑容，带着薄薄若飞霜的肃然：“皇额娘，儿子何尝不想迎回妹妹。但如今达瓦齐在准噶尔颇得人心，深得亲贵拥戴，还与边地寒部暗中来往。朕若强行用兵，就会逼得他们与寒部立刻联手，成为心腹大患。”

太后的面容在烛火的映耀下显得阴晴不定，冷笑道：“江山为要，嫡亲妹妹就可弃之不顾吗？你果然是个好皇帝，好皇帝！”

皇帝脸色渐渐不豫，颇为痛心：“皇额娘指责儿子，儿子无话可回。但皇额娘可曾想过，即便朕即刻发兵前往准噶尔平息达瓦齐，但恒娖妹妹身在准噶尔早已被软禁，若达瓦齐恼羞成怒，一时毁了妹妹名节，或不顾一切杀了妹妹，又当如何？”

太后像受不住寒冷似的，浑身栗栗发颤：“你是皇帝，大可对达瓦齐虚与委蛇，或和谈或安抚，让他们暂且放下戒心。无论如何，哀家要恒娖立刻平安回来，不能再待在那危险之地。”

皇帝急切道：“达瓦齐不蠢，恒娖妹妹是最好的人质，他怎肯放走？儿子要安抚，务必得答应他求娶恒娖的请求。”

“那就除了这肘腋之患，夺回恒娖！”

“皇额娘，一旦被达瓦齐寻到借口开战，咱们赢了，他会拿恒娖泄愤；咱们若输了，他更会拿恒娖妹妹要挟我们，不到赔银赔地不能了结。”

太后怔了片刻，满脸厉色骤然散去，哑然笑道：“好！好！好！皇帝这般思虑周全，倒是哀家这个老婆子多操心了。”她缓缓地站起身，那目光仿佛最锋利的宝剑一样凝固着凌杀之意，直锥到皇帝心底，“其实皇帝最怕的，是达瓦齐要用你妹妹的性命来要挟皇帝付出其他的东西吧。如今可以不费一兵一卒就平息了准噶尔的叛乱，皇帝你自然是肯的。”她仰起脸长笑不已，“宫里的女人啊，哪怕是贵为公主，还是逃不掉受人摆布的命运。真是天可怜见！”

烛火在皇帝眉心跃跃跳动，皇帝欲悲无泪，慢慢啜了口茶，道：“皇额娘，孝贤皇后是儿子的发妻，当年蒙古求娶嫡女和敬公主，她亦能深明大义。”

“皇帝有此贤妻，真是皇帝的好福气。”她颓然含笑，脸上多了几许无能为力的苍老，“哀家无用，这辈子只得两个公主，帮不了皇帝的千秋江山多少。如今啊，你的皇后又怀了身孕，皇帝你已经有那么多阿哥了，若是得个公主多好，来日一个个替你和亲远嫁，平定江山，可胜过百万雄兵呢。”

皇帝脸上的肌肉微微一搐，有冷冽的怒意划过眼底，旋即含了不动声色的笑意道：“皇额娘息怒。但请皇额娘明白，您身为大清的皇太后，一切以国事为重。”

太后一怔，跌坐至九凤宝座之内，伸出手颤颤指着皇帝道：“你……你……皇帝，你好！你好！”

皇帝忍住眼底痛苦之色，恭谨道：“夜深了，皇额娘早些睡吧。”

太后看着皇帝萧然离去，怔怔地落下泪来，向着帘后转出的福珈道：“福珈！福珈！这就是哀家当年选出的好儿子！”

福珈默然落泪，说不出一句安慰的言语，只得紧紧拥住太后，任由她伤心欲绝。

镏金异兽烛台上的烛火跳跃几下，被从长窗灌入的凉风忽地扑灭，只袅袅升起一缕乳白轻烟，仿似最无奈的一声叹息，幽幽化作深宫里一抹凄微的苍凉。

皇帝缓步出来，只觉四周静谧，水般月色裹挟在夜风里，幽凉之意逼入骨髓。夏露微湿，不知不觉已浸凉了衣襟。如懿盈然立于长春仙馆外，显然已是等候许久。

皇帝疲倦得几乎睁不开眼，走到近前，看着她道："你来了真好，朕很想和你说说话。"

如懿挽住他的手臂："臣妾知道，皇上需要一双耳朵听您说话。"

皇帝似要将胸中积郁一并吐出："恒娖是朕的妹妹，幼时相伴，兄妹情深。可那些征战沙场的将士，何尝不是母亲的爱子、家中的兄弟。他们何尝不是以自己的性命在守护着这大好河山。朕没有法子，如果牺牲一个公主的婚姻，可以让大清的男儿少些抛头颅洒热血，少些无谓的牺牲，朕也只能这么做。"他一顿，回望花木葱茏掩映下的长春仙馆，"可惜皇额娘不会原谅朕了。"

如懿眸中有懂得的泪意微闪："皇上有皇上的难处。来日从别处尽孝，总能弥补一二。"话是这样说，可连如懿都知道，隔阂已生，又不是血亲骨肉，总是难了。

皇帝凄然摆首，有无尽的伤悲："朕这一生，总是血亲缘薄，孤家寡人了。"

如懿紧紧揽住他，久久无言。

晨起，如懿与海兰结伴而行，后湖上一湖新荷嫩绿，风凉似玉，曲水回廊悠悠转转，倒有不胜清凉之意。

海兰搀扶着如懿缓缓行走，端详着如懿的身形道："太医院呈文，说娘娘的诞日是在七月下旬。臣妾瞧着上一胎肚子尖尖儿的，这一胎却有些圆，怕是个公主吧。”

如懿见侍女们远远跟着，叹道：“生永琪的时候多少谨慎，想吃酸的也不敢露出来，只肯说吃辣的。如今倒真是爱吃辣的了，连小厨房都开玩笑，说给本宫炒菜的锅子都变辣了。”

海兰小心翼翼地抚着如懿的肚子微笑：“是个公主便好。女儿是额娘的贴心小棉袄，臣妾便一直遗憾，膝下只有一个永琪，来日分府出宫，臣妾便连个说贴心话的人都没有了。”

如懿望着湖上碧波盈盈，莲舟荡漾，翠色荷叶接天碧，芙蕖映日别样红，水波荡漾间，折出潋波水华，流光千转。风送荷芰十里香，宫人们采莲的歌声在碧叶红莲间萦绕，依稀唱的是：“荷叶罗裙一色裁，芙蓉向脸两边开。乱入池中看不见，闻歌始觉有人来……”

歌声回环轻旋，隔着水上縠波听来，犹有一唱三叹、敲晶破玉之妙。她知道，那是玉妍承宠的新主意，十分合皇帝的心意。

这样二八年华的妙龄少女，唱起来歌喉如珠，十分动人。如懿有些黯然，谁知道此刻欢欢喜喜唱着歌的少女，来日的命途又是如何呢？

她抚着自己肚子的手便有些迟缓，郁然叹道：“公主是贴心，可多是远嫁的命数……”

海兰瞧了瞧四下，连忙掩住她口：“娘娘不要说不吉之言。”

如懿黯然垂眸：“本宫不过是唇亡齿寒，兔死狐悲罢了。”

海兰闻言亦有些伤感，便问：“端淑长公主再嫁之事定下了么？”

如懿颔首道：“已成定局。皇上已经下旨，封准噶尔台吉达瓦齐为亲王，于九月十二迎娶端淑固伦长公主，如今礼部和内务府都已经忙起来了。”

海兰微微颔首：“再忙也是悄悄儿的，大清至今未出过公主再嫁之事，到底也是要脸面的。公主这次大婚可比不上上回风光了。”

“公主上回远嫁，正逢先帝垂危，一起仓促就事，哪里能多体面呢。这次嫁的更是自己的杀夫仇人。听说皇上已经给了公主密旨，要她一切以国事为重，不许有轻生之念。”

海兰越发压低了声音道：“公主在外是太后的掣肘，太后在内更是公主的顾虑，彼此牵念，最后只能遂了皇上的心意了。”

如懿明艳饱满的神色逐渐失去华彩：“端淑长公主如此，孝贤皇后亲生的和敬公主亦如此，别的公主还能如何呢？不过是生于帝王家，万般皆无奈罢了。”

海兰默然哀伤，亦不知如何接话，只掐了一脉荷叶默默地掰着，看着自己新月形的指甲印将那荷叶掐得凌乱不堪。

正沉吟间，只见皇帝身边的进保匆匆赶上来，打了个千儿道：“皇后娘娘、愉妃娘娘，舒妃娘娘回宫了。”

如懿正为十阿哥担心了一夜，知道皇帝也没有睡好，连忙问：“十阿哥接回来了？”

进保哭着拿袖子抹泪道：“十阿哥不幸，已于昨夜过世了。”

如懿与海兰对视一眼，只觉得心中一阵阵抽痛，那个孩子，尚未来得及取名的孩子，幼小的，柔软的，又是如此苍白，竟这么去了。她不敢想象意欢会有多么伤心，十阿哥病着的这些日子里，意欢的眼睛已经成了两汪泉水，无止境地淌着眼泪，仿佛那些眼泪永远也流淌不完一样。再问起意欢，才知她也回了宫，人却痴了。

如懿和海兰赶到春雨舒和之时，宫人们都已经退到了庭院之外，开始用白色的布幔来装点这座失去了幼小生命的宫苑。

如懿悄然步入寝殿，只见意欢穿着一袭棠色暗花缎大镶边纱氅，一把青丝以素金镂空扁方高高绾起，疏疏缀以几点青玉珠花，打扮得甚是清爽整齐，并无半点哀伤之色。如懿正自诧异，悄悄走近，却见意欢安静地坐在孩子的摇篮边，双手怀抱胸前，紧紧抱着一个洋红缎打籽彩绣襁褓，口中轻轻地哼着：“风吹号，雷打鼓，松树伴着桦树舞。哈哈带着弓和箭，打猎进山谷，哟哟呼，打猎不怕苦。”

她轻轻地哼唱着，歌声中带了如许温然慈爱之意，一抹如懿从未见过的温柔笑意如涟漪般在她唇边轻轻漾开，一手抚摩着一个小小的婴孩枕头。

如懿望着她，心口似一块薄瓷，渐渐蔓延上细碎而酸楚的裂纹。海兰唤了她几声，意欢才发觉她们到来，微笑着道：“愉妃姐姐来了。我去看了十阿哥，他比以前长大了许多。我看了他很久，他睡着了。”

如懿情不自禁地想哭：“睡着了就好。十阿哥睡得香，别吵醒他。”

意欢无限爱怜地看了看怀中的枕头，自责道：“我很久没见到十阿哥了。从他出生，我陪着他的日子就不多。我这个额娘真没用，怀着身孕的时候身子不济，累得我的孩子体弱多病。”

海兰笑意温婉：“孩子累了就歇歇，你也是。”

意欢痴痴地道：“我等了很久，十阿哥也没有醒。諴亲王福晋说，孩子累了，想多睡一会儿，不愿意醒过来了。”

海兰忍不住拭泪道：“舒妃，十阿哥已经去了。你……”

意欢轻轻吁了一声：“别胡说。这不就是我的孩子吗？小点儿声。”她看着枕头，温柔甜美的笑容像从花间飞起蹁跹的蝴蝶，游弋在她的青黛眉宇之间。她继续轻轻地哼唱，回首盈然一笑：“十阿哥睡着了，他不喜欢别人吵着他睡觉呢。”

海兰看了看如懿，带了一抹酸楚的不忍，轻声道：“舒妃妹妹怕是伤心得神志不清了。”她转而担忧不已，“这可怎么好？”

暮色以优柔的姿态渐渐拂上宫苑的琉璃碧瓦，流泻下轻瀑般淡金的光芒。穿过重重纱帷的风极轻柔，轻轻地拨弄着如懿鬓边一支九转金枝玲珑步摇，垂下的水晶串珠莹莹晃动。风里有几丝幽幽甜甜的荼蘼花香，淡雅得让人觉得全身都融化在这样轻柔的风里似的。

明明是这样温暖的斜阳庭院，如懿不知怎的，忽然想起许多年前的一日，仿佛还是意欢初承宠的日子。某一日绿琐窗纱明月透的时候，看她独立于淡月疏风之下，看她翔鸾妆样、粲花衫绣，轻轻吟唱不知谁的词句。那婉转的诗句此刻却分明在心头，“淡烟疏雨冷黄昏，零落荼蘼花片、损春痕”[1]。

如今的余晖斜灿，何尝不是淡烟疏雨冷黄昏，眼看着荼蘼落尽，一场花事了。

海兰与如懿陪在一侧，看着意欢神志迷乱，满心不忍，却又实在劝不得。海兰便问守在一旁的荷惜：“皇上知道了么？可去请过了？”

荷惜揉着发红的眼睛：“去请了。可皇上正和内务府商议端淑长公主再嫁准噶尔达瓦齐之事，一时不得空儿过来。”

海兰看着如懿，忧烦道：“怕不只是为了政事，皇上亦是怕触景伤情吧？”

如懿心底蓦地一动，冷笑道：“触景伤情？”

是呢，可不是要触景伤情？十阿哥生下来便肾虚体弱，缠绵病中，与药石为伍，焉知不是当年皇帝一碗碗坐胎药赏给意欢喝下的缘故，伤了母体，亦损了孩子。

所以，才不敢，也不愿来吧！

如懿的心肠转瞬刚硬，徐徐抬起手腕，玉镯与雕银臂环铮铮碰撞有声，仿佛是最静柔的召唤。她探手至意欢身边，含了几许柔和的声音，却有着旁观的冷静与清定，道：“舒妃，皇上没看过十阿哥几眼，你看到了什么，都去告诉皇上。你的痛，也该是皇上的痛！”

意欢猛然抬首，死死地盯着如懿，发出一声凄恻悲凉的哀呼：“不！我的孩子没有死！没有死！”

她的哭声悲鸣呜咽，如同母兽向月的凄呼，响彻宫阙九霄，久久不散。

海兰扶住她肩膀，落泪道：“舒妃妹妹，十阿哥真的已经去了。你若有心，就让他皇阿玛见见他最后一面。这个孩子，毕竟是你和皇上唯

---

① 出自宋代毛滂《南歌子》。全词为：绿暗藏城市，清香扑酒尊。淡烟疏雨冷黄昏，零落荼蘼花片、损春痕。润入笙箫腻，春馀笑语温。更深不锁醉乡门，先遣歌声留住、欲归云。

一的孩子啊。”

许是海兰所言的“唯一”打动了她，意欢抱着婴孩枕头疾奔而出。

皇帝见到意欢时，庭院里的荼蘼花落了一地。皇帝实在已经想不起十阿哥稚嫩的面孔，他搂着意欢默然流泪，“朕没见过十阿哥几回，连他的样子都快想不起来了。朕算什么阿玛。朕还没有给十阿哥取个名字，他就走了。天象早早就警示了，朕也送了十阿哥出宫保平安，可惜还是没保住。朕没有好好疼过他，是朕不好。朕不敢见你，舒妃，是朕对不住你。”

意欢哭得昏乱不已，反复道：“皇上，我们的十阿哥没了。皇上，我们的孩子没了。”她略清醒便请罪，“皇上，臣妾对不住您，留不住十阿哥……皇上，都是臣妾的错！臣妾这个做额娘的没用啊！”

丧子者的悲鸣响彻云霄。如懿和海兰远远地站着，捂住嘴无声地哭泣着。

十阿哥的丧仪已经过了头七，而意欢，仍旧沉溺于丧子之痛中，无法自拔。

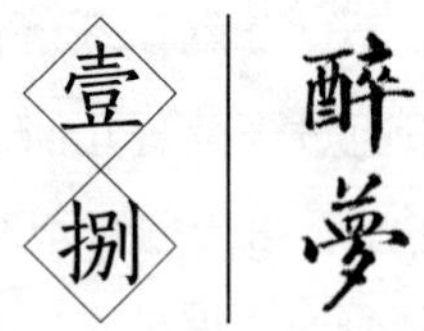

十阿哥的早夭刺激了身为人父的皇帝，皇帝特许恩遇早夭的十阿哥随葬端慧皇太子园寝。这样的殊荣，亦可见皇帝对十阿哥之死的伤怀了。

意欢深深谢恩之后，仍是伤心不已，卧床难起。如懿前去探望时，她仅着一层素白如霜的单衣躺在床上，手中死死抓着十阿哥穿过的肚兜贴在面颊上，血色自唇上浅浅隐去，青丝如衰蓬枯草般无力地自枕上蜿蜒倾下，锦被下的她脆弱得仿若一片即将被暖阳化去的春雪。

如懿倚在门边，想起自己从冷宫出来时初见意欢的那一日，墨瞳淡淡潋滟如浮波，笑意娆柔如临水花颜。那样明亮的容颜，几乎如一道雪紫电光，划破了暗沉天际，让人无法逼视。

如懿自知劝不得，亦不忍观，只得将带来的燕窝汤羹放在她身前喂她喝了半盏，才默默离去。

离开春雨舒和之后，如懿心情郁郁不乐，便扶了容珮往四宜书屋去探望正在读书的永琪。

彼时正在午后，宫中人大多正在酣眠，庭院楼台格外寂静。天光疏疏落落，雨线漫漫如纷白的蚕丝，将渺渺无极的空远的天与地，就这样缠绵透迤在一起，再难隔离。如懿穿着半旧的月白色团荷花暗纹薄绸长衣，踩着明珠丝履，扶着腰缓缓走过悠长曲折的回廊。雨滴打在重重垂檐青瓦上，打在中庭芭蕉舒展开的新嫩阔大的绿叶上，清越之声如大珠小珠落玉盘。

绕过武陵春色的绾春轩时，如懿尚闷闷不觉。武陵春色四周遍种山桃。若待三月时节，花开如云霞蒸蔚。而此时，亦不当桃花时节，再好的武陵人远，也是春色空负。

吸引如懿的，是一串骊珠声声和韵闲。

那分明是一副极不错的嗓音，若得时日调教，自然会更清妙，一声声唱着的，是极端娇艳袅娜的一首唱词：

> 没乱里春情难遣，蓦地里怀人幽怨。则为俺生小婵娟，拣名门一例一例里神仙眷。甚良缘，把青春抛得远。俺的睡情谁见，则索因循腼腆。想幽梦谁边，和春光暗流转。迁延，这衷怀哪处言。淹煎，泼残生除问天。

静静的午后，伴着雨声绵绵，那声音清亮好似莺莺燕燕春语关关。过了片刻，那女声幽咽婉扬，又唱道：

> 好景艳阳天，万紫千红尽开遍。满雕栏宝砌，云簇霞鲜。督春工珍护芳菲，免被那晓风吹颤。使佳人才子少系念，梦儿中也十分欢忭。

虽无人应和，但那歌声与雨声相伴，似鸣泉花底流溪涧，十分动情。如懿沉下了脸，冷冷道："十阿哥新丧，皇上与舒妃都沉郁不悦，谁在这里唱这样靡艳的词调?”

三宝上前道:“回娘娘的话,绾春轩是令妃的住处。听闻这些日子皇上都甚少召幸令妃,所以她闲下来在向南府的歌伎学习昆曲唱词呢。”

如懿面无表情:“三宝,去绾春轩查看,无论是谁在十阿哥丧中不知轻重唱这些欢词靡曲,一律掌嘴五十,让她去十阿哥梓宫前跪上一日一夜作罚。”

第二日,如懿便在为十阿哥上香时,看到了双目红肿、两颊高高肿起带着红痕的嬿婉。

嬿婉见了如懿便有些怯怯的,缩着身体伏在地上:“臣妾恭迎皇后娘娘。”

如懿并不顾目于她,只拈香敬上。许久,她才缓缓道:“本宫责罚你,算是轻的。”

嬿婉哀哀垂泪,十分恭谨:“臣妾一时忘情,自知不该在十阿哥丧期唱曲。皇后娘娘无论怎样责罚,臣妾都甘心承受。只是娘娘……”她仰起墨玉色的眸子,含了楚楚的泪,“不知为何,臣妾总觉得娘娘对臣妾不如往日了。是否臣妾莽撞,无意中做了冒犯娘娘之事,还请娘娘明言,臣妾愿意承受一切后果,但求与娘娘相待如往日。”

她楚楚可怜的神色在瞬间激起如懿心底的不屑与鄙夷,然而,她不认为有必要与之多言,只淡然道:“这两年来你所做的这些事,当本宫都不知道么?”

嬿婉伏下身体,如一只卑躬屈膝的受惊的小兽,俯首低眉,道:“皇后娘娘所言若是指臣妾当日一时糊涂未能劝得皇上饮鹿血酒之事,臣妾真心知错。若娘娘还不解气,臣妾任凭责罚。”

如懿看着她姣好的与自己有几分相似的面庞,摇首道:“本宫对你所做的责罚只是明面上之事,你私下的所作所为,你自己当一清二楚。若以后你安分度日,本宫可以不与你计较;若再想施什么手段,本宫也容不得你。”她说罢,拂袖离去。

嬿婉在她走后，旋即仰起身体。春婵忙扶住嬿婉起身道：“小主，仔细跪得膝盖疼。”

嬿婉冷笑数声：“好厉害的皇后！好大的口气！”她到底有些许不安，“春婵，你说，皇后到底知道了什么？”

春婵柔顺道：“皇后娘娘此举，大约只是因为与舒妃交好，同情她丧子的缘故。若真知道了什么，以皇后娘娘今日的态度，哪里能容得下小主呢？”

嬿婉的脸色如寒潮即将来临前浓翳的天色，望向如懿背影的目光，含了一丝不驯的阴鸷神色，宛如夜寒林间的孤鸮厉鹜，竦寒惊独，在静默中散出怨恨而厉毒的光芒。她的怨望无处可泄，只在进忠赶来看望时才稍稍平复。进忠眼巴巴地望着她蛾眉宛转愁容深，半是怜惜半是埋怨地叹：“盼来盼去盼不到皇上，不失宠不知道得宠的好处，是吧？”

嬿婉知他说来说去，不过是暗指凌云彻之事，便也冷着脸道：“你就这么不放心本宫。本宫心里早就没了凌云彻这个人了。”她见进忠似是不信，索性举起三指做毒咒状，“你要不信，本宫可以发毒誓。”进忠哪里舍得，将她纤纤玉指一握于手心，心疼道：“别呀！瞧您的脸，乍一看跟皇后娘娘多像啊。只不过皇后娘娘是盈极而亏的月亮，您是正要盛放的花骨朵儿。”嬿婉转身不去理会，进忠又劝道：“这是实话。眼下人家还在风头上，您避几年都忍不住，那能成什么事儿呀。”

嬿婉听得这话，如何不急，绞着帕子道：“本宫只能指望你了，进忠……你说过，你心里有本宫……”

进忠的食指在她嫣红饱满的唇边幽幽一晃，很快缩了回来。他一张脸凑近了道：“令妃娘娘，奴才心里是有您，可奴才也只是奴才。您得自己拼命往上爬，奴才才能拿肩膀顶着您爬得稳稳的喽。”

嬿婉急得顿足，也顾不得他这般亲近是失了礼数，愁肠百结道：“那本宫怎么向上爬？本宫现在爬不上去啊。”

进忠左右望了几眼，指了指长春仙馆方向，幽幽压低了嗓门：“爬不上去您就得指望人拉您一把了。皇上您当然是指望不上的，皇后娘娘您更别指望。唯一能指望的，就是太后了。”他努一努嘴，笑得发冷，“舒妃快不成了，这才轮到您了呀。”

嬿婉沉吟着，向着长春仙馆走了两步，驻足沉吟不语。

比之伤心欲绝，更让如懿担心的是意欢的彻底麻木。意欢仿佛失去了对这个世界的所有知觉，不会哭，不会笑，对任何人的言语都置若罔闻。待到数日后意欢能勉强起身之时，便只把所有的心思和精力都用在了抄录皇帝的御诗之上。

皇帝亦来看望过她几次，甚至不得已硬生生夺去了她手中的笔墨。然而，她只是怔怔地望着皇帝，伸出手道：“还给我，还给我！原想有个孩子，回报臣妾与皇上深情。早知道盼来盼去一场空，还不如不曾来过，让他生生受罪一场。”

皇帝不禁揽住她落泪：“意欢，你还年轻，会有孩子的。舒妃，等你好了，朕与你从头来过。”

她只死死地将孩子的衣物抱在怀中，喃喃道：“皇上，臣妾护不住孩子，这一世的情意不得回报给您，能做的也只有将您的御诗工整抄录了集成册子。万一哪一天臣妾跟着孩子去了，您就将这册子留在身边，看看臣妾的笔墨，留个念想。”

然后，在悲痛之余，将自己更疯狂地沉浸在纸张与笔墨之中。

太后闻知也是心酸不已，人前虽不说什么，但对着福珈却是后悔不已：“早知道这样，当时早点允舒妃出宫，好歹还能多看十阿哥几眼。都是哀家不好，那时候为了女儿的事气昏了头。”

福珈只得拿嘉贵妃没了九阿哥照旧打起精神过日子的话安慰，太后却一径摇头：“重情不是错，陷在情里不能自拔就是大错特错。枉费哀家多年苦心，舒妃没用了，一时又没个合意的人了。”

福珈叹息着，亦不能开口了。

一开始没有人敢去动意欢辛苦手抄的御诗，直到最后，众人渐渐明白，她是在皇帝早年所作的御诗里，寻找着自己爱过、存活过的痕迹和那些爱情带来的短暂而苦涩的结果。

意欢迅速地憔悴下去，像一脉失去了水分的干枯花朵，只等着彻底萎谢的那一天。

有几次如懿和海兰在她身畔陪守着她，亦不能感觉到她抄写之余其他活着的痕迹。连每一次前往十阿哥的梓宫焚烧遗物与经卷，亦是不落一滴眼泪，更不许人陪伴，只她一人守着孩子的棺椁，低低倾诉。

宫人们私下都议论，舒妃因着十阿哥的死形同疯魔，连太后的劝说亦不管不顾，充耳未闻。唯有海兰向如懿凄然低诉，那是一个母亲最大的心死，不可挽回。

这一日，意欢方到十阿哥的梓宫前，正见嬿婉穿了一袭银白色素纱点桃氅衣，打扮得十分素净，跪在十阿哥的棺椁前，慢慢地往火盆里烧着一卷经幡，垂泪不已。

意欢静静在她身边跪下，打开一个黑雕漆长屉匣，将里面折好的元宝彩纸一一取出，神色十分冷淡："不是你的孩子，你来做什么？"

嬿婉的泪落在嗞嗞蹿起的火苗内，溅起骤然跳动的火花，哀戚道："姐姐是来哭十阿哥，我是来哭一哭自己的孩子。"

意欢自永寿宫之事后便不大喜欢嬿婉的妩媚惑主，她又是个喜怒形于色不喜掩饰之人，所以见了嬿婉便淡淡的，不甚搭理。然而，此刻看嬿婉如此伤心欲绝，亦不觉触动了心肠，放缓了声音道："你有什么孩子？"

嬿婉伸出手，试探地抚上意欢的小腹。意欢下意识地退避了寸许，见嬿婉神色痴痴惘惘，并无任何恶意，亦不知她要做什么，便直直僵在了那里不动。嬿婉的手势十分柔缓，像拂面的春风，轻淡而温暖，带着小心翼翼的珍视，低柔道："姐姐，我的好姐姐，你是为十阿哥伤心，伤心得连自己都不要了。其实细想想，你总比我好多了。你的孩子好歹在你的肚子里，你享了怀胎十月的期待，一朝降生的喜悦，你看过他笑，陪过他哭，和他一起悲喜。可是，我的孩子呢？”她睁大了凄惶欲绝的眼，盯着意欢，喃喃道，“我的孩子在哪里？”

嬿婉的双手冰凉，隔着衣衫意欢也能感觉到她指尖潮湿的寒意，意欢有些不忍，亦奇怪：“你的孩子？”

嬿婉似笑非笑，似哭非哭，像是魔怔了一般：“是啊，姐姐。你的孩子好歹还在你的腹中活过，好歹还在这个世间露了个脸，陪了你一遭。可是我的孩子呢？”她紧紧捂住自己空空如也的腹部，惶然落泪，“我的孩子连到我肚子里待上片刻的运气也没有。我盼啊盼，盼得眼睛都直了，我的孩子也来不了！他来不了我的肚子里，更来不了这个世上。”她睁着泪水迷蒙的眼，近乎癫狂般伤心，“你知道是为什么吗？”

意欢怔怔地道：“为什么？”

嬿婉仰天凄苦地笑，抹去眼角的泪，打开手边的乌木填漆四色菊花捧盒，端出一碗乌墨色的汤药，药汁显然刚熬好没多久，散发着温热的气息。嬿婉端到意欢鼻前，含泪道：“这碗汤药的味道，姐姐一定觉得很熟悉吧？”

意欢大为诧异，双眸一瞬闪过深深的不解：“你怎会有我的坐胎药？”

嬿婉的泪如散落的珍珠，滚滚坠落在碗中，晕开乌黑的涟漪：“姐姐，是我蠢，是我贪心。我羡慕皇上赏赐你坐胎药的恩遇，我也想早日怀上身孕，有一个自己的孩子，所以偷偷捡了你喝过的药渣配了一模一样的坐胎药，偷偷地喝。甚至我喝得比你还勤快，每次侍寝之后就大口大口地喝，连药渣也不剩下！”

意欢震惊不已：“那你……还没有孩子？”

嬿婉抹去腮边的泪，痴痴道：“是啊！我喝得比你勤快，却没有孩子。姐姐漏喝了几次，却反而有了孩子。”她逼视着她，目中灼灼有凌厉的光，“所以，姐姐，你不觉得奇怪么？这可是太医院圣手齐汝配的药啊！”

意欢战栗地退后一步，紧紧靠在十阿哥的棺椁边缘：“奇怪？有什么可奇怪的？”

“坐胎药没让咱们快快怀上孩子，这不奇怪么？姐姐，是你告诉我的，你漏喝了多次反而遇喜了。所以，我便托人去了宫外，拿药渣子和方子一问，才知道啊……”她拖长了音调，迟迟不肯说下去，只斜飞了清亮而无辜的眼，欲语还休，清泪纵横。

意欢似乎意识到什么，声音都有些发颤了：“你知道什么？”

嬿婉的泪汹涌滑落，逼视着她，不留分毫余地：“姐姐啊，难道你真不知道那是什么？否则你为什么不喝了？”

意欢稍稍平静：“我不喝，只是因为喝了这些年都未有动静，也灰了心了。连皇后娘娘也说，天意而已，何必苦苦依赖药物，所以我的求子之心也淡了。”

嬿婉蹙眉：“难道皇后娘娘也没告诉你是什么？”

意欢沉静道：“皇后娘娘甚少喝坐胎药，她自然没告诉过我。”

嬿婉的震惊只是瞬间，转瞬平静道：“那么，我来告诉你。”她的唇角衔了一丝决绝而悲切的笑容，“我和你喝了多年的从来不是坐胎药。皇上嫌你是叶赫那拉氏的女子，嫌你是太后的人，所以给你喝的是避除有孕的药。”

意欢大为震惊，脸色顿时雪白，舌尖颤颤：“我不相信！”

嬿婉取出袖中的方子，抖到她眼前：“姐姐不信？姐姐且看这方上的药物有没有错。上面所书此药是避免遇喜之物，乃是出自京中几位名医之手，怎会错？”她看着意欢的目光在接触到方子之时瞬间如燃烧殆尽的灰烬，死沉沉地发暗，继续道，“我得知真相后停药至今也怀不上孩子，所以姐姐有孕时肾气衰弱害了十阿哥先天不足，这才轻易殒命。”她双膝一软，跪倒在火盆前，手里松松抓了一把纸钱扬起漫天如雪，又哭又笑，“可怜的孩子呵，你死在谁手里不好，偏偏是你的皇阿玛害死了你啊。什么恩宠，什么疼爱，什么天象，都是假的！”

嬿婉恸哭失声，直到身后剧烈的狂奔之声散去，才缓缓站起身，抚着十阿哥的棺椁，露出了一丝怨毒而快意的笑容。

意欢直闯进芳碧丛的时候，皇帝正握了一卷雪白画轴在手，临窗细观。一缕缕淡金色的日光透进屋子，卷起碎金似的微尘，恍若幽幽一梦。那光线洒落皇帝全身，点染勾勒出清朗的轮廓，衬着皇帝身后一座十二扇镂雕古檀黑木卷草缠枝屏风，繁绮华丽中透着缥缈的仙风意境。

意欢的呼吸有一瞬的凝滞，泪便漫上眼眶。泪眼蒙眬里，恍惚看见十数年前初见时的皇帝，风姿迢迢，玉树琳琅，便这样在她面前，露出初阳般明耀的笑容。

那是她这一生见过的最美好的笑容。

年轻的宫女半蹲半跪侍奉在侧打着羽扇。殿中极静，只有他沉缓的呼吸与八珍兽角镂空小铜炉里香片焚烧时毕剥的微响。那是上好的龙涎香的气味，只需一星，香气便染上衣襟透入肌理，往往数日不散。

这样的气味，是她这么些年的安心所在，而此时此刻，却只觉得陌生而森然。

皇帝见她这般突兀，既奇怪，又心疼：“怎么这么急匆匆跑来了？满头都是汗！”他看着跟进来意图阻止的李玉，挥手道：“去取一块温毛巾来替舒妃擦一擦，别拿凉的，一热一凉，容易风寒。”

这般脉脉温情，是意欢十数年来珍惜且安享惯了的，可是此时听得入耳，却似薄薄的利刃刮着耳膜，生生地疼。

李玉安静地退了出去，连皇帝身边的宫女亦看出她神情的异样，手中羽扇不知不觉缓下来，生怕有丝毫惊动。

意欢觉得躯体都有些僵硬了，勉强福了一福道：“皇上，臣妾有话对您说。”

皇帝挥了挥手，示意身边的人出去，恰逢李玉端了温毛巾上来，皇帝亲自取了，欲替她拭了汗水。意欢不自觉地避开他的手，皇帝有些微的尴尬，还是伸手替她擦了，温声道：“大热天的，怎么反而是一头冷汗？”

李玉看着情形不对，赶紧退下了。意欢的手有些发颤，欲语，先红了眼眶：“皇上，您这样待臣妾好，是真心的么？”

皇帝眼中有薄薄的雾气，让人看不清底色：“怎么好好儿的问起这样的话来？”

他的语气温暖如常，听不出一丝异样，连意欢都疑惑了，难道她所知的，并不真么？于是索性问出：“皇上，这些年来，您给臣妾喝的坐胎药到底是什么？”

皇帝取过桌上的一把折扇，缓缓摇着道：“坐胎药当然是让你有孕的药，否则你怎么会和朕有孩子呢？”

意欢心底一软，旋即道：“可是臣妾私下托人去问了，那些药并不是坐胎药，而是让人侍寝后不能遇喜的药。”她睁大了疑惑的眼，颤颤道，“皇上，否则臣妾怎么会断断续续停了药之后反而遇喜，之前每每服用却一直未能遇喜呢？”

皇帝有片刻的失神，方淡淡道：“外头江湖游医的话不足取信，宫中都是太医，难道太医的医术还不及他们么？”

不过是一瞬的无语凝滞，已经落入意欢眼中。她拼命摇头，泪水已经忍不住潸潸滑落：“皇上，臣妾也想知道。宫外的也是名医，为何他们的喉舌不同于太医院的喉舌？其实，自从怀上十阿哥之后，臣妾也一直心存疑惑，为何之前屡屡服坐胎药不见效，却是停药之后便有了孩子？而十阿哥为何会肾虚体弱，臣妾遇喜的时候也是肾虚体弱？安知不是这坐胎药久服伤身的缘故么？”

仿若一卷冰浪陡然澎湃击下，震惊与激冷之余，皇帝无言以对。半晌，他的叹息如扫过落叶的秋风：“舒妃，有些事何必追根究底，寻思太多，只是徒然增加自己的苦痛罢了。”

意欢脚下一个踉跄，似是震惊到了极处，亦不可置信到了极处。

“追根究底？原来皇上也怕臣妾追根究底！”她的泪水无声地滚落，夹杂着深深的酸楚与难言的恨意，“那么再容许臣妾追根究底一次。皇上多年来对臣妾虚情假意，屡屡不许臣妾遇喜，难道是因为臣妾出身叶赫那拉氏的缘故么？”意欢眼中的沉痛如随波浮漾的碎冰，未曾刺伤别人，先伤了自己，“皇上认定了臣妾是叶赫那拉氏的女儿，是爱新觉罗氏的仇雠，所以会受旁人摆布，谋害皇上？因此防备臣妾，忌讳臣妾到如此地步？”

皇帝神色间多了几分凛冽：“叶赫那拉氏的出身也罢了。舒妃，你和玫嫔、庆嫔是受了皇额娘的指使在朕身边，你当朕真的不知么？”

她的心骤然疼痛起来，凄然厉声道：“所以您一定要送十阿哥出宫养育，并不是全然因为天象所言，而更介怀臣妾是太后举荐的人，所以对襁褓婴儿也格外防备？”仿佛所有积累的伤口都彻底裂开了，被狠狠撒满了新盐，“臣妾能得以陪伴皇上身侧，臣妾真心感激太后成全痴心。但这也不代表臣妾会受太后所指。臣妾对皇上的心是真的！这些年来，难道皇上都不知么？”

皇帝的眼底闪过一丝疑忌：“皇额娘在深宫多年，怎会调教出一个对朕有真心的女子陪侍在朕身边，这样如何为她做事为她说话？”他语中的讥刺渐渐散去，更多的是颓然与懊悔，“你的真心，朕也是看了多年才知。只是朕才知道，你便来逼问。舒妃，是不是朕与你之间的缘分到了尽头，竟连一点余地都不能留了。”

意欢的泪凝在腮边，一抹唇脂凝在唇上，仿佛一道凄艳的血痕：“好厉害的皇上，好算计的太后！你们母子彼此较量，却逼得臣妾不能做人！皇上，臣妾一直进退不安，不肯为太后进言，让您为难。直至这次为端淑长公主的事说话，也是实在想接十阿哥回宫，明白太后的哀苦。臣妾一心一意只在皇上身上，却白白做了你们母子争执的棋子，连自己的孩子也不能保全！”

皇帝懊丧不已，将折扇重重丢下：“你为难？朕难道不为难么？朕明白你的心意，也想真心待你，可也不能不防着皇额娘。”

意欢死死盯着皇帝，似乎要从他心底探寻出什么：“皇上既疑忌太后，大可将臣妾弃如敝屣，何必虚与委蛇，非得做出一副宠爱不已的样子。”

皇帝勃然变色，索性坦然道：“你们不也乐在其中，安享朕的恩宠么？皇额娘喜欢朕宠爱你们，朕就宠爱给她看！也叫她老人家放心！”他冷冷道，“人生如戏，左右大家不过是逢场作戏的戏子而已。”

意欢静默片刻，终于戚然冷笑，那笑声仿佛霜雪覆于冰湖之上，彻骨生冷：“原来这些年，都是错的！只我还蒙在鼓里，以为一心待皇上，皇上待我也总有几分真心。原来错了啊，都是错了啊！”

她在雪白而模糊的泪光里，望着那座十二扇镂雕古檀黑木卷草缠枝屏风，上头用大团簇拥的牡丹环绕口吐明珠的瑞兽，屏身乃上等墨玉精心雕琢镂空，枝蔓花朵，一花一叶，无不栩栩如生，屏风两端各有一联，是乌沉沉的墨色混了金粉，一书“和合长久”，一书“芳辰如意”。那是多好的祝词，仿佛这人间无不顺心遂意，花好月圆人长久，却原来不过是芳心绮梦，都是一场镜花水月的冰冷虚空而已。

皇帝的目光，如寒潭，如深渊，有深不见底的澈寒，泛起不忍与愧悔的涟漪：“舒妃，你是错了。十阿哥没了，朕想和你好好相处下去。可是舒妃，很多的美好便是在于不知，不能去探寻所谓的真相。”

意欢只觉得身体轻飘飘的，皇帝的声音像是在极远处，缥缥缈缈地又近了，浮浮沉沉入了耳。意欢浑身簌簌发抖，仿佛小时贪那雪花洁白，执意久久握在手中。雪融化了，便再抓一把，结果直冷到心尖里。她强撑着福了一福，惨然笑道：“皇上说得是。是臣妾的错，臣妾有罪。是臣妾不该，在那年皇上祭陵归来时，遥遥一见倾心。臣妾方才闯进来，见您微笑的样子，风姿迢迢，玉树琳琅，就和当年一样。那是臣妾这一生见过最美好的笑容。是臣妾……都是臣妾的错。”

她木然转身，脚步虚浮地离开。李玉候在门边，有些担心地望着皇帝，试探着道：“皇上……”

皇帝摆摆手，转身悄然抹去眼角将要沁出的一滴泪，默然无言。

意欢也不知自己是怎么回到春雨舒和的。仿佛魂魄还留在芳碧丛，躯体却无知无觉地游弋回来了。她遣开了随侍的宫女，将自己闭锁殿阁内，一张一张翻出多年来抄录的皇帝的御诗。

在皇帝身边多年，便是一直承恩殊遇。意欢并不是善于邀宠的女子，虽然自知貌美，或许皇帝喜爱的也只是她的貌美。可这么多年的日夜相随，他容忍着自己的率性直言，容忍着自己的冷傲不群，总以为是有些真心的。为着这些真心，她亦深深爱慕着他，爱慕他的俊朗、他的才华、他的风姿。那万人之上的男子，对自己的深深眷顾，她能回报的，只是在他身后，将他多年所作的诗文一一工整抄录，视若至宝。

却原来啊，不过是活在谎言与欺骗之中，累了自己，也累了孩子。

她痴痴地笑着，在明朗白昼里点起蜡烛，将那沓细心整理了多年，连稍有一笔不工整都要全盘重新抄录的诗文，一张一张点到烛火上烧了起来。她点燃一张，便扔一张，亦不管是扔到了纱帐上还是桌帷上。

泪水汹涌地滑落，滴在烧起来的纸张上，滋起更盛的火焰。她全不理会火苗灼烧上了宛若春葱纤纤的手指，只望着满殿飞舞的火蝶黑焰，满面晶莹的泪珠，哀婉吟道：“而今才道当时错，心绪凄迷。红泪偷垂，满眼春风百事非。情知此后来无计，强说欢期。一别如斯，落尽梨花月又西。”她痴痴怔怔地笑着，“而今才道当时错……都是错！都是错的啊！”

她一遍一遍地吟唱，仿佛吟唱着自己醉梦迷离的人生，一别当欢。

壹玖 烈火

待如懿得知失火的消息匆匆赶到时，春雨舒和的殿阁已经焚烧成一片火海。宫人们拼命呼喊号叫，端着一切可用的器物往里泼着水，然而，火势实在太大，又值盛夏，连水龙亦显得微不足道。

李玉指挥着一众宫人，满头灰汗，急得连连跺足不已，见了如懿，忍不住呜咽道："皇后娘娘，这可怎么好？"

如懿急急问道："人有没有事？舒妃呢？"

李玉哭丧着脸道："发现起火的时候已经晚了，舒妃娘娘一早把人都赶到了外头，等赶过来救火的时候，里头一点儿声响都没有了。只怕是……"

如懿心下大怆，一个踉跄，勉强扶住容珮的手站稳了道："救人！快救人！"

李玉跪下道："皇后娘娘，怕是不成了。火势太大，没人冲得进去。而且这把火，怕就是舒妃娘娘自己烧起来的。她是一心寻死啊！"

有清泪肆意蜿蜒而下，如懿怆然道："她为什么突然寻死？为什么？”

李玉期期艾艾道：“舒妃自焚之前，曾发了疯一样冲进了芳碧丛寻皇上，奴才守在外头，隐隐约约听得什么坐胎药，什么太后指使，旁的也不知了。”

如懿顿时了然，心中彻痛如数九寒冰。

这样烈性的女子，若然知道那碗坐胎药背后的真相，如何肯苟活，再伴随那个男人身旁。

容珮急道：“不管怎么样，还是要救救舒妃啊。娘娘，您说是不是？”

如懿望着漫天大火熊熊吞灭了殿宇，心下如大雨滂沱抽挞，终如死灰般哀寂，凄然转首道：“不必了。”

意欢，这个剔透如玉髓冰魄的女子，便这样将自己化于一片烈火之中，焚心以火，不留自己与旁人半分余地。

这世上，有哪个少女不曾怀着最绮丽的一颗春心？初初入宫时的意欢，绮年玉貌的意欢，独承恩露的意欢，对未来的深宫生涯一定有着无限美好的憧憬。那站在万人中央拥有万丈荣光的九五之尊，会携过她的手，与她一生情长。以为是满城芳菲，却已经春色和烟老，落花委地凉。

如懿怔怔地想着，一步一伤，心里似有万千东西涌了出来，无穷无尽的悲哀仿佛脱缰的野马齐齐撞向胸口，那种疼痛仿佛是从心头游弋而下，直直坠入腹中，像冰冷的小蛇吐着鲜红的芯子，咝咝地啄咬啃啮着。她痛得弯下腰去，死死按住了小腹，浑不觉身后逶迤一地，已经有鲜血淋漓蜿蜒。直到容珮的惊呼声惶然响起，她终于在惊痛之中，失去了最后的知觉。

醒来时已是天色将暮，如懿一直在沉沉的昏睡之中，只觉得四体百骸，无一不在疼痛，似乎有无数人的声音在呼唤着她，除了腹中下坠般的绞痛，她使不出半点儿力气。

最后的最后，是新生儿的啼哭，让她渐渐清醒。醒转时海兰已经伴在了身侧，且喜且忧，抱过粉色的襁褓，露出一张通红的小脸，喜极而泣："皇后娘娘，是一位公主呢。"

乾隆十八年六月二十三日，如懿生下了皇五女。这亦是和敬公主之后皇帝膝下唯一一位嫡出的公主。许是皇帝女儿稀少，许是五公主出生半月前皇十子的夭折，皇帝对五公主格外珍视，特早早定了封号"和宜"，取其"万事皆宜"之意，又取了乳名"璟兕"。"兕"者，小雌犀牛也。

如懿隐隐觉得不祥，只道："唐太宗钟爱长孙皇后所生的幼女晋阳公主，公主的乳名也叫兕子，只可惜未能养大。"

皇帝摆手，爽朗笑道："所以，咱们的女儿是璟兕啊。璟乃玉之光彩，既美丽剔透，又强壮康健。"他说罢又抱起璟兕亲了又亲，璟兕似乎很喜欢这样亲昵的举动，直朝着皇帝笑。

皇帝十分欣悦："朕有这么多儿女，唯有璟兕，朕抱着她的时候她会笑得那么甜。"

然而那快乐与欢喜不过一瞬，乳母与侍奉的江与彬就发现了不妥。璟兕一生下来便气喘不定，脸色发紫。江与彬小心翼翼地摸着璟兕的手臂检查，又侧耳去听璟兕的心口，脸色便渐次白了下去。

如懿听着江与彬的回禀，心口一阵阵刺痛起来，仿佛被什么锐器一刀一刀地剜着。"五公主脸色紫涨，偶有气喘。微臣细听五公主心跳，跳得极慢，只怕……只怕……是有心症。"

皇帝从未听过这种病症，全然不知所措，只得听江与彬分说明白："婴孩出生会有这样的例子，脸色紫涨，动辄哽咽、出汗，进食吃力缓慢，以后身子也弱，不能疲倦，不能受惊吓。一旦受惊就会……"

江与彬低头，不敢再说下去了。生产后的疲累如潮水席卷，如懿几乎是坐不住了，整个人疲软地往下滑，往下滑。她的手心全是冷腻的汗水，完全不知道自己在说什么。迷茫的蒙昧里，似乎是自己在发出声音："会要了她的性命么？"江与彬的头越发低了，几乎要揿到自己的太医袍服里。皇帝慌乱得完全失了方寸，只是不停地追问："能否医治？能否医治？"

江与彬稍稍镇定了神色，缓声道："回皇上、皇后娘娘。这心症并无治好的先例，只能细心养育，不可有一点意外。"

皇帝的嗓子眼在发颤，他死死握着如懿的手，仿佛要凭此借一点力量支撑自己似的。"错了！一定是你诊错了！太医呢？把所有的太医都叫来！璟兕会对朕笑得那么甜。皇额娘总说宫里的孩子难养大。可这是朕和皇后的女儿……"

如懿的泪情不自禁地涌了出来。

江与彬望着这人世间最尊贵的一对夫妻，却也是此刻最无助的一对夫妻，深深叩首："微臣一定竭尽全力，照顾五公主长大。"

医治无术，这是他一个医者的无奈与悲哀，更是一对父母的绝望。

皇帝深深埋首在膝间。明黄的袍服中，他向来坚毅风流的面庞早已失去了往日的神采，只剩了一个空壳。连那一双桃花潋滟的眸子，也蒙上了黯淡的尘霾。他几乎是悲绝地质问："今日是什么日子，为什么会出这样的事？是了，是舒妃生了一个与朕父子缘薄的儿子，还敢自戕惹了宫中不祥！她是不是把这不祥又带给朕的璟兕了？"

如懿见他这般浮想联翩，只得劝慰道："皇上，您想多了。十阿哥体弱离世，不是舒妃之过。"

他的目光在与如懿对视的一刹那显得无比心虚和逃避："难道……难道是朕的过错？"

如懿感到唇亡齿寒的悲凉，她极力劝说："皇上，五公主出生之日，也是舒妃离世之日，还是请皇上看在五公主面上，不要责怪舒妃自戕之罪。"

皇帝到底伤怀舒妃母子之死，只得道："朕不计较，朕什么都不计较。舒妃忆子成狂不小心失火身亡，让内务府好好葬了。不要再提舒妃，朕……朕不敢听。”他悬心璟兕，万分怜惜，“朕只会倾尽所有护着咱们的女儿，只要她好好的，平安长大。”当下，皇帝便叮嘱了拨内库银两修建佛寺，再赠喇嘛饭食，增添香火供奉，为新生却多病的璟兕积福。

如懿望着皇帝对璟兕疼爱的笑容，亦是默然。皇帝还欲多陪陪如懿与璟兕，李玉却在外头相请，道诸臣已在御书房等候，商议洪泽湖水患一事。

如懿隐隐约约知道，洪泽湖水大溢，邵伯运河二闸冲决，高邮、宝应诸县都被水淹严重，当下也不敢阻拦，只得殷殷送了皇帝出去。

皇帝离去后，如懿便说与容珮：“只是本宫一直疑惑，李玉说舒妃自焚前曾闯入芳碧丛向皇上提起坐胎药之事，这件事本宫也是偶然得知，显然皇上一直不欲人张扬，那么舒妃又如何得知？”

容珮眸光一转，旋即低眉顺目：“奴婢偶然得知，那日舒妃前往芳碧丛之前，曾到十阿哥梓宫前。听说……”她声音压得愈加低，“令妃也去过。”

如懿登时警觉：“她去做什么？”

容珮抿了抿唇道：“娘娘也这样想？奴婢总觉得令妃小主阴晴不定，难以把握。许多事或许捉不住是她做的，可总有个疑影儿，让人心里不安。”

如懿舒一口气道：“原来你和本宫想的一样。这样，晚膳后你便去绾春轩瞧瞧，先不要张扬，找了令妃过来。”

容珮忙应着道：“是。奴婢会做得隐秘些。只是娘娘也不必担心什么，如今娘娘儿女双全，皇上又这样待您好，您的中宫之位稳如磐石，要处置谁便是谁罢了。”

案上的镏金博山炉中，香烟细细，淡薄如天上的浮云。许多事，明明恍如就在眼前，却是捉摸不定，难以把握。“容珮，你也觉得皇上待本宫很好？”

容珮笑道：“可不是？皇上来得最多的就是咱们这儿了。”

如懿浅浅笑道：“这样的念头，曾几何时，孝贤皇后转过，嘉贵妃转过，舒妃也转过。可是后来啊，都成了镜花水月。本宫一直想，本宫以为得到的，美好的，是不是只是一梦无痕。或者只是这样，容珮，本宫便是得到了举案齐眉，心中亦是意难平。”

容珮蹙眉，不解道：“意难平？娘娘有什么不平的？”

如懿欲言，想想便也罢了，只是笑：“你不懂。不过，不懂也好。舒妃便是懂得太多，才容不得自己的心在这污浊尘世里了。”

因着十阿哥和舒妃的接连去世，璟兕出生就有心症，更不算喜事，加上前朝闹水灾，如懿也将应赏给一应伺候的宫人和接生嬷嬷们的赏银减半赐下。虽然为首的田嬷嬷也赔着笑脸向如懿提起赏银减半之事，如懿亦只道：“十阿哥与舒妃过世，本该赏赐你们的喜事也不能张扬。这次且自委屈你们了，下回再有嫔妃生产，一定一应补足你们。”

田嬷嬷正在急着用银钱之时，听得此言懊丧不已，但知五公主有心症，如懿又神色不豫，也只得掩下了眉间的悻悻之色，再也无话。

田嬷嬷低着头一路出来，才敢抹泪，想着五公主身子不好，自己的女儿难道身子便好了。一直吃着包太医开的药，如今快连药材都买不起了。她掂着手里的银两，始终觉得分量太轻。这点银子，够买多少回药呢？令妃给的方子上，样样都是名贵药材，她再会接生，也挡不住银子流出去啊。

这般盘算，连嬿婉和春婵到了跟前也不察觉，嬿婉倒是关心，问了几句田氏女儿的身子，田嬷嬷无从答起，只得苦着脸道：“包太医的药一直吃着，还成。就是那药都名贵，实在耗费银子。”

嬿婉难得听她求告，纵然自己手头已经紧促异常，还是立刻拔下头上一支金簪，低声道：“今日没有银票在身。你先拿着这个，过两日本宫叫春婵送银票给你，自己女儿的病，总得治好。”

那金簪上的明珠足有拇指大。田嬷嬷常在宫里当差，自然懂得这贵重，一时感激得不知如何说起，千恩万谢了。春婵又道："谁对您好，真心疼您，您有数就是了。若有缺银子的地方，尽管找咱们开口。"

田嬷嬷心中一个咯噔，想起嬿婉几番吩咐，都是害人之事，害得她这两年心中总是不安，求菩萨上香到处求心安。如今这金簪和银子接了，不知又要为她做多少亏心事。她想着要把金簪还回去，可心里一哆嗦，又念着女儿的惨状，只得含泪应承了。

春婵见田嬷嬷离开，方才微笑："笼络住了田嬷嬷，咱们就多了条臂膀。"

嬿婉笑意幽幽："包太医写方子的时候，本宫就要他拣名贵的药材写。哪怕方子没用，吃了总是进补，一时死不了的。这样要用银子，还有药方，她离不开本宫。"

春婵正要夸赞，转头见福珈远远过来，不觉也收敛了神色。

太阳虽已落山，天色却还延续着虚弱不堪的亮白，只是有半边天空已经有了山雨欲来的暗沉，仿佛墨汁欲化未化，凝成疏散的云条的形状。桌上铺着的锦帷是古翠银线绣的西番莲花纹，发着暗暗的光，看得久了，眼前也有些发晕。

太后的声音低沉而缓慢，是年老的女子特有的质感，像是焚久了的香料，带着古旧的气息："怎么？跪不住了？"

嬿婉的膝盖早已失去了知觉，只是顺服地低着头："臣妾不敢。"她偷眼看着窗外，薄薄的夜色如同涨潮的无声江水，迅猛而沉静地吞没了大片天空，将最后仅剩的亮色逼迫成只有西山落日处还剩余一痕极淡的深红，旋即连那最后的微亮亦沉没殆尽，只剩下大雨将至前的沉闷气息逐渐蔓延。

这样压抑的枯寂里，只听得一脉袅袅如风起涟漪般的笛声，自庭院廊下舒展而来。那笛声极为凄婉，仿佛沾染了秋日院中衰败于西风中的草木枯萎的干香，摇曳婉转，扶摇抑扬。

太后斜倚在软榻上，由着福珈半跪在脚边用玉槌有节奏地敲着小腿，取过一枚玉搔头挠了挠，惬意道："听得出是什么曲子么？"

嬿婉战战兢兢地道："是《惊梦》。"

太后微微一笑，将玉搔头随手一撂："听说你在跟南府的乐师学唱《牡丹亭》，耳力倒是见长。"

嬿婉低垂着头，不安道："臣妾只是闲来无事，打发时间罢了。"

太后了然道："怎么？不急着向皇帝邀宠，反而闲下心来了？这倒不太像你的性子啊。"

嬿婉面红耳赤，只得道："是臣妾无能。"

"你会无能？"太后嗤笑一声，坐起身来，肃然道，"你都惊了旁人的梦了，填进了舒妃和十阿哥的命了，你还无能？"

嬿婉惊了一身冷汗，立刻扬起身子道："太后恕罪，臣妾不敢！"

"不敢的事情你不也一一做了么？"太后缓和了语气，一一道来，"从舒妃突然闯入芳碧丛问起坐胎药一事，哀家就觉得奇怪。那坐胎药里的古怪，皇上知，太医知，他们却都不知道哀家也知。舒妃一直蒙在鼓里，突然知道了，自然不会是从咱们的嘴里说出去的。而你偷偷学着舒妃的坐胎药喝，后来却突然不喝了，自然是知道了其中的古怪。而舒妃去见皇帝之前只在十阿哥的梓宫前见过你。除了你，还会有谁来告诉她真相？"

嬿婉听着太后一一道来，恍如五雷轰顶，瑟瑟不已，只喃喃道："太后，太后……"

太后冷笑一声，拨着小指上的金錾古云纹米珠图案寿护甲，慢条斯理道："只是光一碗坐胎药，舒妃到底连十阿哥也生了，哪怕皇帝做过这些事，也是不能作数的了。她也不至于心志迷糊立刻去寻皇帝。除非啊，这碗坐胎药和她的丧子之痛有关，她才会禁不住刺激发了狂。所以哀家便疑心了，那碗坐胎药若是真的损伤肾气，那也不会到了孕中才致使舒妃起斑肾虚，以致损伤了十阿哥，坐下了胎里带出来的病痛，该早早儿出现些症状才是。哀家这样疑心，顺藤摸瓜查了下去，终于查出了一些好东西。”她唤道：“福珈，叫令妃瞧瞧。”

福珈答应着起身，从黄杨木屉子里取出一个小纸包来，放到她跟前。太后道：“令妃，舒妃遇喜的时候，你给她吃的东西全在这儿了。哀家不说别的，每日一包，你自己来哀家宫里吃下去，哀家便什么也不说了。”

嬿婉看着那包东西，想要伸手，却在碰到的一刻如触电般缩回了手，柔弱香肩随着她不可控制的啜泣轻轻颤抖，再不敢打开。

太后的神色阴沉不可捉摸，喝道：“怎么？敢给别人吃的东西，自己便不敢吃了么？吃！”

嬿婉仿佛面对强敌的小兽，吓得战战不能自已，拼命叩首道：“太后恕罪，太后恕罪，臣妾再不敢了！”

“不敢？”太后神情一松，笑道，“那你自己说吧，到底对舒妃和十阿哥做了什么？”

嬿婉瘫软在地上，泪流满面，声音控制不住似的从喉间发出：“太后明鉴，是臣妾一时糊涂油蒙了心，嫉妒舒妃承恩遇喜，在她饮食中加入会慢慢肾虚起斑的药物。臣妾……臣妾……只是想她容貌稍稍损毁，不再得皇上盛宠，并非有意毒害十阿哥的。”

“那么，江与彬得皇后嘱咐，赶回来为舒妃医治，却中途因病耽搁，也是你做的手脚了？”

嬿婉惶惶道：“是。是臣妾买通了驿丞给他们下了腹泻的药物，又耽搁延医问药的时候，让他们阻在了半路，不能及时赶回。”

“就算没了江与彬，愉妃是个心细的，她受皇后之托照拂舒妃，你要让她分心无暇顾及，必然是要找五阿哥下手了？”

嬿婉只得承认：“五阿哥偶感风寒，臣妾想到在汤药里添加附子，做出高热不退的假象，使愉妃忙于照顾亲子，无暇顾及舒妃并不十分明显的抱恙。”

太后长叹一口气：“福珈，你听听，这样好的心思谋算，便是当年的景仁宫也不能及啊！哀家在深宫里寂寞了这些年，倒真遇上了一个厉害的人物呢！”

福珈轻声道：“太后不寂寞了。只是满宫的嫔妃皇嗣，都要折损了。”她说罢，退到一旁，又点亮了几盏描金蟠枝烛。

天色已然全黑，外头欲雨未雨的闷风吹得檐下宫灯簌簌摇曳，漾出不安的昏黄光影。

太后的目光冰冷如寒锥：“你有多少本事，敢谋害皇嗣？谋害皇帝的宠妃？”

嬿婉一气儿说了出来，倒也镇静了许多，索性坦承道：“太后如此在意舒妃，无非是因为舒妃是太后举荐的才貌双全之人。但皇上归根究底还是在意她叶赫那拉氏的出身，到底不是万全之人。恐怕皇上也觉得是太后举荐的枕边人，还不大放心呢。”她叩了首，仰起娇美而年轻的面庞，“左右舒妃怀孕的时候伤了肾气，容貌毁损，补也补不回来了。如今人也死了，太后何必还介意她这颗废子呢？”

太后冷笑道：“舒妃是废子，那你是什么？”

嬿婉思量着道：“臣妾是害舒妃不错，但舒妃身为太后亲手调教的人，居然禁不住臣妾的几句言语，也未免无用！且臣妾是害她，却未曾逼迫她自焚。她这般不爱惜性命，自然是因为对皇上用心太过的缘故。既然她侍奉太后，怎可对皇上过于有心呢？”

太后舒展笑道：“哀家自然知道舒妃是对皇帝有心的，为着她有心哀家才肯重用她。因为有心有情，才是真作假时假亦真，才会让人难以辨别。也只有舒妃替哀家说话的嘴怀着的是一颗对皇帝的真心，自然也会让人以为她说的是真心实意的话了。”

嬿婉深吸一口气道：“臣妾也对皇上有心，但臣妾是依附之心、邀宠之心。或者说，臣妾对皇上的真心，恰如皇上对臣妾那么多，一点点，指甲盖似的。而非像舒妃一样愚蠢，付出全部真心，不能自拔。”她的笑容意味深长，“若是自己深陷其中，又如何能对太后全心全意呢？”

长久的静默，烛火一跳一跳，摇曳不定，将殿中暗红的流苏锦帐透成沉闷不可言的绛紫色。待得久了，好似人也成了其中一粒，黯淡而无声。

“哀家留心这么多年，舒妃是棵极好的苗子，只可惜用心太深，反而害了自己的一生！”太后喟然摇首，“可见这宫里，你可以有野心，可以有假意，但绝不能有一丝真心，否则就是害人害己，自寻死路了。”

嬿婉深深伏拜：“太后教诲，臣妾铭记于心。”她仰起脸，大着胆子道，“太后肯教臣妾这些，定是允了臣妾为太后效犬马之劳。”

太后微眯了双眼，蓄起一丝锐利光芒：“你的心思倒盘算得好！南巡之时，你在哀家抬举玫嫔和庆嫔时黄雀在后，得了好处，哀家还没问你呢，你倒觍着脸来求哀家的教诲了。”

嬿婉五内焦煎，索性将所有事儿往如懿身上牵扯：“当日之事其实是皇后娘娘安排，并非臣妾本意。”

太后怎肯信她：“笑话！皇后那时正得专宠，要你费事分宠？简直说不通！”

嬿婉忙忙乱乱地分辩：“是真的。皇上赐给舒妃的坐胎药皇后一直不知内里，所以在臣妾侍奉皇上后，也安排臣妾服用一样的坐胎药，为的就是让臣妾有孕，好帮皇后娘娘争宠。”她见太后长眉微挑，心中惴惴，又道，“若无皇后暗中示意，臣妾卑微之身，怎敢这样做？当日南巡，皇后娘娘虽得专宠，但见自己多年无子，心中总是不安，生怕有一日无子失宠。而在杭州行宫，总有官员送人进来，皇上虽然一时未曾理会，但难保不被新人吸引，所以皇后娘娘安排了臣妾所为。”

太后淡淡一笑：“既然是皇后安排，她看哀家抬举了玫嫔和庆嫔，就该立时让你退回，成全庆嫔。而且皇后既然用你，如今为何又冷待你，连你学个昆曲也要责罚。”

“皇后思谋良久，关系自身，怎肯轻易撤回。况且臣妾为皇后所用，知道恩宠不牢固，所以费尽心思得皇上喜欢。上回皇上精力不济，臣妾私下进了鹿血酒，皇后便以为臣妾背着她献媚，不够忠心，从此便视臣妾如弃子。”

太后目光灼灼，迫视着她：“既要哀家饶恕了你，以后还要保全你，还敢美其名曰为哀家办事？你有七巧玲珑心，皇后都不愿用你，哀家怎么敢用？”

嬿婉俯下身体，让自己看起来像一只无路可走的小兽，虽然狡猾，却无力自保：“臣妾毫无家世，再有小心思也得受制于人。您历经三朝，什么事儿没经过，臣妾为您所用替您办事是臣妾的荣幸。且臣妾再伶俐，生死荣辱也在太后一念之间。若得太后成全，臣妾粉身碎骨，也必当涌泉相报。”

嬿婉十分谦恭，几乎如卑微的尘芥俯首于太后足下。太后正欲言，却见小宫女喜珀进来，请了个安道：“太后，皇后娘娘打发了容姑姑急着寻令妃娘娘呢。”

嬿婉身子一颤，畏惧地缩紧了身子，睁着惊惶无助的眸，膝行到太后跟前，抱着她双膝道：“太后，皇后不会是发现什么了吧？”

“以皇后的聪慧，倒也难说！”太后俯视着她，笑意清冷而透彻，如雪上的月光清寒，“怎么？自己做过的事，这便怕了？”

嬿婉谦恭地将自己的身体伏到太后的足边，几乎将额头磕上她的雪青色掐金满绣竹蝶纹落珠软底鞋的鞋尖：“太后，臣妾求您庇佑，求您庇佑！往后臣妾一定唯太后之命是从，甘受太后驱使，以报太后今日之恩。”

片刻的沉吟，静寂得能听见窗外风声悠游穿过廊下的声音。太后抚着护甲，漫不经心道：“皇后定是知道舒妃死前在十阿哥的梓宫见过你。你便告诉皇后，是哀家因你私学昆曲犯了十阿哥的忌才罚你去灵前谢罪，你不敢对舒妃说什么就是了。”

嬿婉的眼底迸发出闪亮的喜色，心悦诚服地再度拜倒："臣妾谢过太后。"

太后微微颔首，旋即又严厉："不用谢哀家。你不必死，但也不能逃了活罪，否则皇后那关你也难过。舒妃百日祭礼之前，让皇后身边的容珮每日去你宫中掌嘴十下，以平皇后的疑心和怒火。"

嬿婉答应着："太后罚臣妾就是救臣妾。臣妾谢恩。"说罢，忙恭恭敬敬整衣而去。

福珈看着她离开，捡起地上的纸包，笑吟吟道："太后准备的是什么？把令妃吓得什么话都说了。"

太后失笑，拿护甲尖点着那纸包拨弄："你不信哀家备下了令妃害舒妃的毒药？"

福珈低眉顺目道："这件事当时去查或许还有蛛丝马迹，如今隔了那么久，哪里还有痕迹可寻呢？"她莞尔一笑，"别是太后吓唬令妃的吧？"

太后哧地一笑："那你自己喝了吧，也就是寻常一服泻药，她要真吃了一时腹痛如绞，痛得怕了，也会自己说出来。左右哀家就是试她一试罢了，果然还年轻，禁不得吓。"

"如今是还年轻，但这样的心机深沉，滴水不漏，若再长些年纪，心术只会更坏。"福珈有些鄙薄，亦有些担心，"这样工于心计、手段狠辣的人，太后真要用她？"

太后沉吟片刻，才下定决心般颔首道："自然了。要用就得用这样狡狯如狐的人，要只单纯可爱的白兔来做什么？养着好玩么？之前哀家所用的舒妃、玫嫔和庆嫔，玫嫔嫉妒，窝里乱起来，害得庆嫔不能生育，也害了自己。舒妃是美艳绝伦，又有才学，但凡事看不破，身陷情字不能自拔，一把火把自己烧死了。这样的人，还不是一个个落了旁人的算计而不自知。所以令妃是个可以用的人。"

福珈沉吟道："可是令妃刚侍奉皇上的时候倒还得宠，如今却不如从前了。”

太后浑然不以为意，只道：“令妃恩宠淡薄，才知道要来求助于哀家。否则她不从哀家身上有所求，自然也不会有所依附了。哀家看她家世寒微，出身又低，却有万分好强之心。如今她在宫里处境如此尴尬，哀家拉她一把，她自然知道哀家的好处，也落了把柄在哀家手里，以后只能乖乖顺服听话。”

福珈心悦诚服：“太后心胸有万全之略，奴婢远远不及。不过以奴婢愚见，要令妃娘娘得宠只怕也不难，她这张脸，可是与皇后有几分相似的，又比皇后年轻。”

太后笑了笑，还是摇首：“她凭着这点得宠，却不足以安稳立足。以后，她若乖觉，便会意识到，相像未必是一种笃定的好处。”

福珈低首道：“那么舒妃小主的身后事……”

太后闲闲地拨着纽子上坠下的玛瑙松石塔坠儿，断然道：“诚如令妃所言，舒妃早已是一颗废子。人都死了，公道于她也无关紧要，不必理会也罢。左右皇帝是要脸面的人，慧贤皇贵妃和孝贤皇后身前有差错，慎嫔更是不堪，皇帝对外到底不肯声张，给她们留了颜面的。舒妃顶多是惹了皇帝嫌恶，外面的丧仪总是要过过面子的。”

福珈脸上闪过一丝怜悯，依旧恭顺道：“是。”

太后缓一口气，伸手拔下髻后的银簪子挑了挑烧得乌黑蜷曲的烛芯，有些郁然：“福珈，你是不是觉得哀家太过狠心了？”

福珈面色柔婉，一如她身上的浅绛色暗花缎如意襟坎肩底下的牙色长袍，温和得没有半点属于自己的光彩：“太后是无可奈何。所以您是想饶过令妃好好用她了？”

太后冷声道：“令妃可以用，却不能饶，否则舒妃母子也太可怜了。”

福珈明白太后口中责怪舒妃无用，可毕竟是自己一手栽培出来的可人儿，心中也是不忍，便道：“太后今日下令这般责罚令妃，自然也是要平心头怒火伤痛?”

太后眼底闪过一丝狠厉:“是。等到来日令妃无用了,哀家再算今日的账,要她给舒妃母子偿命。”

福珈很快点头,甚是赞同:“也是。既然令妃投诚,总要用一用。否则有什么事的时候,连个可用的人都没了。”

太后以手支颐,脂粉匀和的面庞上有细细如鱼尾的衰老蔓延耳上,她的无奈与苍老一般无可回避,哀然道:“哀家费尽心机,只不过想保护自己两个女儿的周全,却也是不能。恒娖像颗棋子似的被摆布一生……若再发生些什么……哀家实在是不敢想。若是皇帝身边没个咱们自己的人,若真有点什么动静,咱们就真的是蒙在鼓里,一点儿办法一点儿主意都没有了。”

福珈的声音如温暖厚实的棉絮:“太后别担心。”

太后紧紧攥住福珈的手,像是寻找着支撑住自己的力气似的:“哀家也不想怎么样,只是想皇帝身边有一双自己的耳朵,知道皇帝想什么做什么,别再牵扯了哀家的女儿就好。”她伏在福珈的手臂上,虚弱地喃喃道,“别怪哀家狠心,哀家也没有办法。”

太后低低地啜泣着,素日的刚强退尽,她也不过是一个母亲,一个无能为力的母亲而已。

福珈伸过手,安抚似的搭着太后的肩,眸中微含泪光,沉静地道:“太后,不会了,再不会了。”

贰拾 自保

天地间的暑气尚未散去，嬿婉恭顺而卑微地跪在天地一家春空阔的廊下，只觉得膝盖处痛得渐渐痒起来，一阵一阵和虫蚁咬啮一般。容珮督在一旁，听得嬿婉哀声分辩道："臣妾因在十阿哥丧期唱曲，被皇后娘娘罚跪，也被太后责令再去灵前思过。当日臣妾的确见到舒妃，但舒妃那时神志恍惚，所以未曾交谈一语。三尺之上有神明，臣妾若胡言乱语，必有上苍睁眼看着。请皇后娘娘明鉴。"

容珮冷冷听完，转身入内。如懿半倚在紫檀妃榻上，两个小宫女执着一对金丝象牙扇轻轻卷起凉风舒然。如懿听着嬿婉的话语，不觉笑意微冷："发起誓来倒是张口就来。本宫知道是她所为，只是舒妃离世，苦无证据。"

容珮微微蹙眉，忍下鄙夷之色："那日舒妃娘娘并未携带侍女入灵堂，的确无人可证明是否令妃对舒妃说了什么。但舒妃之死确是在见过令妃之后，令妃一定脱不了干系。太后那儿也已下旨，舒妃百日祭礼之前，让人每日去令妃宫中掌嘴十下，以示惩戒。"

如懿闻言，双眸微睁：“皇额娘下令掌嘴令妃？以何理由？”

容珮靠近三分，为如懿抹去额间细细沁出的汗珠，又递上一碗月中安养的红糖小米粥侍奉：“福珈姑姑说，太后气怒令妃在十阿哥丧期唱曲，行为太过，更觉令妃见过舒妃生前神情不对，却知情不报，不然舒妃或许能有一救。”

如懿沉思片刻，才就着容珮的手啜饮了几口，发落道：“既然皇额娘已有处置，本宫也不好再说什么，就按皇额娘说的办吧。另则，再叫她每日去灵堂给舒妃母子跪送烧纸，以表思过之意。”

容珮答应着，便去吩咐。

春婵扶着颤巍巍的嬿婉出来，已是金乌落地时分。嬿婉跪得小衣都湿透了，眼前金星炫目，双腿肿痛不已，挪一步便是一步的锥心刺骨。

春婵心疼不已：“小主在太后娘娘那儿跪，到皇后娘娘那儿也跪，膝盖都肿了。舒妃百日祭礼之前，您还要每日被掌嘴。”

打脸虽然疼，但不可怕。如懿要她每日在灵堂对着舒妃母子的牌位跪着，才是要诛她的心，才最可恨。嬿婉死死咬着嘴唇，发狠道：“只要保着性命和名位，掌嘴就掌嘴。而且太后命容珮掌嘴，既能稍稍解了太后对本宫害舒妃一事的怨气，以后更能依靠，也让皇后无话可说，再不能另行严惩。”

春婵总是不大放心：“太后真的可以依靠么？”

嬿婉摇了摇头，却也不知前路茫茫，如何自处。已经是溺水之人，眼前唯有这一块浮木，只有抓紧了才是。

自此，嬿婉每日在绾春轩被容珮看着掌嘴，又去十阿哥灵堂烧纸跪送舒妃母子。嬿婉也颇能对自己狠心，每日挨打后，也不许春婵去拿药，情愿自己记着疼，记着羞辱，才能立定了心思，做什么都不会后悔。便是天黑守在灵堂，任着白幡乱飘，风吹得火盆里的纸灰扑上脸，心惊之后，亦很快镇定。她扬起素白的一张脸，指着意欢的灵牌喝道：“你已经死了。活着是个废物，死了更没用。太后已经接受我的依附，皇后也不能拿我怎么样，你还想吓唬我！”她站起身，越发笃定，“皇后想让我难受，让我害怕！我不怕，我才不怕。是你们对不起我，死了也活该！”

嬿婉言毕，将手里的金银箔纸往火盆里洋洋一撒：“全烧给你，在地下好好受用吧。”

她守着空落落的灵堂，露出了一丝幽冷笑意，拍了拍手道：“春婵，去请师傅来，我学我的昆山调要紧。”

意欢惨烈的自焚，对外亦不过是道她忆子成狂心智损伤，才会不慎之下焚火烧了自己的殿宇，困死在其中。为此，意欢的阿玛兵部左侍郎永绶尚且来不及为爱女的早亡抹一把伤心泪，先战战兢兢请罪，自承教女无方、失火焚殿之罪。

容珮闻知了，鄙夷不已：“是亲生的女儿要紧还是圆明园的一座偏殿要紧？永绶也太不知好歹了！”

如懿看着摇篮中沉沉睡着的幼女，叹息道：“永绶便是知道好歹轻重，才会先行请罪。女儿和外孙都不在了，总还有别的亲眷在。他这样做，是以免皇上责怪，牵连了家人。”

容珮摇头感慨道：“真是可怜！”

如懿披着一件雪色底的浅碧云纹披风，身上是一色的碧湖青色罗衣，衣襟四周刺绣锦纹也是略深一些的绿色藤萝缠枝花样，如泛漪微绿。头上用青玉东珠扁方绾了个松松的髻，其间缀着几点零星的翡翠珠花。唯一夺目些的，是一对攒珠笄垂落到耳侧的长长珠玉璎珞和百褶垂花如意裙裾上绣着的一双金鹧鸪，依偎在密织银线浅红海棠花枝上，嘀呖婉转。

这样清淡的打扮，似一株吐露昙花，虽然不似皇后的尊荣华贵，但也合她刚刚出月的样子。

如懿俯下身，盯着年幼的女儿熟睡中安详的笑容，别过头道：“是可怜！生在这儿是可怜，一个个被送进这里更可怜。皇上没有追封舒妃，只是按着妃位下葬，可知心里是极忌讳焚宫的事的，若传出去，岂不坏了皇上最在意的圣明名声。”

容珮急道：“十阿哥和舒妃都死了，难不成皇上还要追究？”

窗外花盛似海，如锦如绣，端的是一派盛世华景。如懿淡然道：“追究才是真坏了名声，皇上一定会安抚永绶几句，把这件事含糊过去的。”

容珮松一口气，手里轻摇着一叶半透明的芙蓉团扇，替如懿驱赶着午后酷热的暑意。殿中风轮轻转，送来玉簪花甜甜的气息，混合着黄底寿字如意纹大瓮中供着的硕大冰块，殿中颇有几分蕴静的凉意。

庭院中有幼蝉微弱的鸣叫声，一丝递着一丝，把声音拉得又细又长，听得人昏昏欲睡。如懿闭目正欲睡去，忽然听得容珮轻声问道：“娘娘方才说人一个个送进来，是指……”

如懿哧地一笑，睁开眼眸道：“本宫才出了月子，不能伺候皇上。舒妃骤然离世，眼下嘉贵妃虽然得宠，但到底也不年轻了。皇上跟前不能没有人伺候，可不是如今有了合适的人了？”

容珮扇着扇子，道：“皇后娘娘是说戴湄若？”

如懿轻轻瞟她一眼：“封疆大吏，正二品闽浙总督那苏图的女儿，镶黄旗人。可算出身尊贵了吧？”

容珮掰着指头道：“满朝也不过只设了八个总督。直隶、两江、陕甘、闽浙、湖广、两广、四川、云贵。”她咋舌，“再加上镶黄旗的出身，乖乖，可了不得了。这一来，进宫怕是封个贵人也不够了吧？”

如懿拨着耳垂上的翠玉片海棠叶耳坠：“贵人可不委屈了。封嫔或者封妃，至少是一宫主位。”她听得摇篮中的璟兕在睡梦中嘤嘤不安地哭了两声，忙俯身抱起哄了半晌，才道，“你可知那苏图是什么来历？他的伯父白海青出使准噶尔时坚贞不屈，极力捍护大清的颜面，自此加太子太保赠一品大臣。白海青的长子来文任镇江将军，次子佛伦任领侍卫内大臣，三子戴鹤由副都统征准噶尔，前番阵亡，皇上便赠云骑尉祀昭忠祠。其家可见显赫。”

容珮迟疑道：“事关准噶尔？皇上不是许嫁了端淑长公主以和为贵么？怎么对准噶尔征战不屈的也加赏了？”

“宽严并济，本乃为君之道。皇上岂会落人口实，以为只凭一个公主求得安宁。战许功，和是为了百姓，这才是皇上的君威所在啊。”

容珮托腮凝神道：“这戴氏会是什么样的妙人儿呢？总不会丑若无盐吧？那便好玩儿了。”

如懿轻轻拍着怀中的女儿，哧笑道：“便是无盐，皇上也不会冷落。何况以皇上的眼力，怎会要一个无盐女入宫？左右七月二十日戴氏入宫，便能见到了。”

容珮正要说话，却见芸枝捧了银盅药盏进来，道：“皇后娘娘，您的汤药好了。”

容珮伸手接过，试了试温度道：“正好热热儿的，皇后娘娘可以喝了。这汤药是江太医特意拟的方子，以当归、川芎、桃仁、干姜、炙甘草和黄酒入药，特意加了肉桂，化瘀生新，温经止痛的。娘娘喝了吧。”

如懿伸手接过仰头喝了：“本宫记得这样的药是产后七日内服用的，怎么如今又用上了，还添了一味肉桂？”

容珮不假思索道：“江太医亲拟的方子，必然是好的。前些日子娘娘小腹冷痛，想是瘀血不下，所以江太医又叮嘱了用这汤药。”她若有所思，不禁有些艳羡，“江太医为人忠心，对惢心姑姑又这般好，惢心姑姑真是好福气。”

如懿偏过头看着她笑叹道：“惢心半生辛苦，若不是为了本宫，早该嫁与江与彬，不必落得半身残疾了。所幸，江与彬真是个好夫君。这样的福气，便不说你，本宫也难盼得。”

容珮忙看了看四周，见周遭无人，方低声道：“这样的话，娘娘可说不得。毕竟没福气的，也只是舒妃罢了。”

仿佛有清冷的雪花泯然落入心湖，散出阵阵冰寒。如懿勉强一笑：“唇亡齿寒，难道本宫看得还不够明白么？”

容珮跪下道：“娘娘是皇后，又儿女双全，这样的事永远落不到皇后娘娘身上。”

如懿微微出神，看着窗下一蓬石榴开得如火如荼，那灼烈的红色，在红墙围起的圈禁之中，倒映着天光幽蓝，几乎要燃烧起来一般。她缓缓道：“这样的话，当年也有人对孝贤皇后说过，后来还不是红颜枯骨，百计不能免除么。”她见容珮还要劝，勉强笑道，“瞧本宫，好端端的说这个做什么？倒是你，是该给你留心，好好儿寻一个好人家嫁了。”

容珮慌忙磕了个头，正色道：“奴婢不嫁，奴婢要终身追随皇后娘娘。这宫里在哪里都要受人欺负，出了宫又有什么好的，万一嫁的男人只是看中奴婢伺候过娘娘的身份，那下半辈子有什么趣儿。奴婢就只跟着娘娘，一世陪着娘娘。”

如懿心下感动，挽住她的手道：“好容珮，亏得你的性子能在本宫身边辅助。也罢，若有了可心的人，你再告诉本宫，本宫替你做主吧。”

二人正说着话，外头三宝便清了清嗓子道：“皇后娘娘，愉妃小主过来请安了。”

如懿忙道：“快请进来。”

外头湘妃竹帘打起，一个纤瘦的身影盈盈一动，已然进来，福了福身道：“臣妾给皇后娘娘请安，皇后娘娘福寿安康。”

因着天气炎热，海兰只穿了一件藕荷色暗绣玉兰纱氅衣，底下是月色水纹绫波裥裙，连配着的雪白领子，亦是颜色淡淡的点点暗金桂花纹样。恰如她的装扮一般，脂粉匀淡，最寻常的宫样发髻上亦不过星星点点的烧蓝银翠珠花点缀，并斜簪一枚小巧的银丝曲簪而已。

如懿挽了她手起来，亲热道：“外头怪热的，怎么这个时候过来？容珮，快去取一盏凉好的冰碗来。”她说罢，将手里的绢子递给她，“走得满头汗，快擦一擦吧。”

海兰伸手接过，略拭了拭汗，抿嘴一笑："哪里这么热了，娘娘这儿安静凉快得很，臣妾坐下便舒畅多了。"

如懿打量着她的装束，未免有些嗔怪道："好歹也是妃位，又是阿哥的生母，怎么打扮得越发清简了。"

海兰接过容珮递上的冰碗，轻轻啜了一口，浅浅笑得温婉："左右臣妾也不必在皇上跟前伺候，偶尔被皇上叫去问问永琪的起居，也不过略说说话就回来了，着实不必打扮。"

如懿微微沉吟，想起海兰平生，虽然居于妃位，但君王的恩宠却早早就已断绝，实在也是可怜，便道："话虽这样说……"

海兰却不以为意，只是含了一抹深浅得宜的笑："话虽这样说，只要皇上如今心里眼里有永琪，臣妾也便心安了。"

如懿握一握她的手道："你放心，求仁得仁。对了，这个时辰，永琪在午睡吧？"

海兰白净的面上露出一丝喜色，却又担忧："永琪性子好强，哪里肯歇一歇。皇上前几日偶然提了一句圣祖康熙爷精通天文历算，他便在苦学呢。臣妾怕他热坏了身子，要他休息片刻，他也不肯，只喝了点绿豆百合汤便忙着读书了。"

如懿颔首道："永琪争气是好事，也让咱们两个做额娘的欣慰。只是用功虽好，也要顾着点儿自己的身子。"

海兰轻轻搅着冰碗里的蜜瓜，银勺触及碗中的碎冰，声音清冽而细碎。她笑嗔道："娘娘说得是。只是皇上如今更器重嘉贵妃的四阿哥永珹，每隔三日就要召唤到身边问功课的，永琪不过五六日才被叫去一次。臣妾也叮嘱了永琪，虽然用功，但不可露了痕迹，太过点眼。皇后娘娘是知道嘉贵妃的性子的，一向目下无人，如今她的儿子得意，更容不下旁人了。"

如懿听得十分入心，便道："你的心思和本宫一样。来日方长，咱们不争这一时的长短，且由她得意吧。"

海兰抚摩着手上一枚蜜蜡戒指，颇为犹疑："这些日子臣妾的耳朵里刮过几阵风，不知可也刮到娘娘耳朵里了？"

如懿取了一枚青杏放在口中，酸得微微闭上了眼睛，道："每日刮的风多了，你且说说，是哪一阵风让你也留心了。"

海兰欲言又止，然而，还是耐不住，看着摇篮中熟睡的小公主，爱怜地抚摩上她苹果般红润的面庞，心中也不觉怜惜，这般可爱的孩儿，怎会得了要小心养护的心症。宫中儿女多艰，从此如懿也要多一重心事了。

海兰微微转首，牵动鬓边的银线流苏脉脉晃出一点儿薄薄的微亮："臣妾只有永琪一个儿子，娘娘亦只有十二阿哥。想当年，孝贤皇后在世，有富察氏的身家深厚，也盼望多多得子。可见皇子多些，地位是可安稳不少。"她盈盈一笑，略略提起精神，"幸好皇后娘娘恩眷正盛，只怕很快就会又有一位皇子了。"

如懿掩唇一笑清妍幽幽："承你吉言，若真这样生下去，可成什么了？"她拍一拍海兰的手，"但本宫知道，宫中也唯有你，才会这样真心祝愿本宫。"

海兰的眼角闪过一丝凄楚："若是舒妃还在，一定也会这样真心祝福娘娘。只可惜君情凉薄，可惜了她绮年玉貌了。"她微带了一丝哽咽，"只是也怪舒妃太看不穿了，宫中何来夫妻真心，她看得太重，所以连自己也赔了进去。"她说罢，只是摇头叹息。

如懿神色黯然如秋风黄叶，缓缓坠落："很早之前，你便有这样的言语提醒本宫。所以本宫万幸，比舒妃多明白一些。"

海兰默默片刻，眼中有清明的懂得："皇后娘娘久在宫中，看过的也比一叶障目的舒妃多得多。臣妾只求……"

如懿未及她说完，低低道："你要说的本宫明白。求不得情，便求一条命在，一世安稳。"

海兰露出了然的笑意，与如懿双手交握："皇后娘娘有嫡子十二阿哥，永琪来日一定会好好儿辅佐十二阿哥，咱们会一世都安安稳稳的。”她轻声道，“这个心愿这样小，臣妾每每礼佛参拜，都许这个愿望。佛祖听见，一定会成全的。”

如懿婉然笑道：“是。一定会成全的。”

圆明园虽然比宫中清凉，但京中的天气向来是秋冬极寒、夏日苦热，如懿午睡醒来，哄了哄璟兕，又陪着永璂玩耍了一会儿，便携了容珮往芳碧丛去。

七月正是京中最为酷热之时，皇帝心性最不耐热，按着以往的规矩，便要去承德的避暑山庄，正好也可行木兰秋狩。这几日不知为何事耽搁了，一直滞留在书房中，夜夜也未召幸嫔妃。如懿心中疑惑，也少不得去看看。

如懿才下了辇轿，却见金玉妍携了四阿哥永珹喜滋滋从芳碧丛正殿出来，母子俩俱是一脸欢喜自傲。如懿坐在辇轿中，本已闷热难当，骤然看了玉妍得意扬扬的样子，心中愈加不悦。倒是李玉乖觉，忙扶了如懿的手低声道：“皇后娘娘，这几日皇上不召幸嫔妃，嘉贵妃便借口暑热难行，怕四阿哥中暑，每每都陪着四阿哥来见皇上。”

如懿轻轻一嗤：“她倒聪明！总能想着法子见皇上！”

李玉恭敬道：“那是因为嘉贵妃比不得皇后娘娘，可以在任何时候都能见到皇上。身份不同，自然行事也不同了。”

如懿一笑置之，举目望见玉妍的容颜，虽然年过四十，却丝毫不见美人迟暮之色。她纵使不喜玉妍，亦不得不感叹，此女艳妆的面庞无可挑剔，恍若还是初入潜邸的年岁，风华如攀上枝头盛开的凌霄花，明艳不可方物。仿佛连岁月也对她格外厚待，不曾让她失去最美好的容色。

如懿不觉感慨：“难怪皇上这些年都宠爱她，也不是没有道理。”

容珮低笑道：“嘉贵妃最擅养颜，听闻她平时总以红参煮了汤汁沐浴浸泡，又以此物洗面浸手，才会肤白胜雪，容颜长驻。左不过她娘家北族最盛产这个，难不成娘娘还以为她最喜食家乡泡菜，才会如此曼妙？”

如懿笑道：“当真有此奇效，也是她有耐心了。”

如懿扶了容珮的手缓缓步上台阶。殿前皆是金砖墁地，乌沉沉的如上好的墨玉，被日头一晒，反起一片白茫茫的刺眼，越加觉得烦热难当。

玉妍见是如懿，便牵着永珹的手施礼相见。如懿倒也客气：“天气这么热，永珹还来皇上跟前伴驾，可见皇上对永珹的器重。”

玉妍着一身锦茜色八团喜逢春如意襟展衣，裙裾上更是遍刺金枝纹样，头上亦是金宝红翠，摇曳生辉。在艳阳之下，格外刺眼夺目，更显得花枝招展，一团华贵喜气。玉妍见儿子得脸，亦不觉露了几分得意之色，道：“皇后娘娘说得是。皇上说永珹长大了，前头大阿哥和二阿哥不在了，三阿哥又庸碌，许多事只肯跟永珹商量。只要能为皇上分忧，这天气哪怕是要晒化了咱们母子，也是要来的。”

如懿听得这些话不入耳，当下也不计较，左右人多耳杂，自然有人会把这样的话传去给永璋的生母纯贵妃绿筠听。她只是见永珹长成了英气勃勃的少年，眉眼间却是和他母亲一般的得意，便含笑道：“永珹，皇阿玛如此器重你，你可要格外用心，有什么不懂的，多问问师傅，也可指点你一二。”

永珹少年心性，也不加掩饰，便道：“回皇额娘的话，皇阿玛问儿子的，书房的师傅也指点不了。”

如懿奇道：“哦？本宫也听闻皇上这些天忙于政事，和群臣商议，原来也告诉你了。果然，咱们这些妇道人家，都是耳聋目盲，什么都不知道的。”

少年郎的眼中闪耀着明亮的欢喜：“是。皇阿玛这些日子都在为南河侵亏案烦恼。”

如懿略有耳闻，便道：“京中酷热，但南方淫雨连绵。听闻洪泽湖水位暴涨，漫过坝口，邵伯运河二闸冲决，淹了高邮、宝应诸县。”

永琪一一道来："皇阿玛如今已经命刑部尚书刘统勋、兵部尚书舒赫德及署河臣策楞赶赴水患工次督工赈灾，查办此事。还拨了江西、湖北米粮各十万石赈江南灾，至于拨米粮之事，都已交给儿臣跟着查办，也让五弟跟着儿臣一起学着。"

他说到末了一句，唇边已颇有趾高气扬之色，仿佛永琪亦不过是他的小小随从。玉妍看着儿子，一脸的喜不自禁，拿了绢子替他擦汗，口中似是嗔怪，唇边却笑意深深："好了。你皇阿玛交代你去做，你好好儿做便是了，也别忘了提携提携你五弟。听说这河运上的事是高斌管照的，亏他还是慧贤皇贵妃的阿玛呢，原该做事做老成了的，却也这样无用！"

如懿的笑容淡了下来，盯着永珹道："都是自家兄弟，有什么提携不提携的话。兄友弟恭，皇上自然会喜欢的。"

永珹被她盯得有些不自在，只得垂首答了"是"。

玉妍正在兴头上，哪里听得进这样的话，却也不便发作，便抚着永珹的肩膀道："永珹，额娘平生最得意有三件事。一是以北族宗室王女的身份许嫁上国；二是得幸嫁与你皇阿玛，恩爱多年；三便是生了你们兄弟几个，个个是儿子。"她妩媚的眼波流盼生辉，似笑非笑地瞋了如懿一眼，只看着永珹道，"有时候啊，额娘也想生个女儿，可是细想想，女儿有什么用啊，文不能建基业，武不能上战场，一个不好，便和端淑长公主似的嫁了老远不能回身边，还要和蛮子们厮混，真是……"她细白滑腻的手指扬了扬手中的洒金水红绢子，像一只招摇飞展的蝴蝶，微微欠了身子娇滴滴道："哎呀！皇后娘娘，臣妾失言，可不是说皇后娘娘生了公主有什么不好。儿女双全，又是在这个年岁上得的一对儿金童玉女，真真是难得的福气呢。"

容珮听她说得不堪，皱了皱眉便要说话，如懿暗暗按住她的手，淡淡笑道："岁月不饶人，想来嘉贵妃虚长本宫几岁，一定更有感触呢。"她转而笑得恬淡从容，"出身北族就是这般好，北族盛产红参，每年奉与嘉贵妃许多，听闻嘉贵妃常用红参水沐浴洗漱，所以才得这般容颜光滑，可见北族的妙人妙物真是不少呢。”

玉妍越发得意，笑吟吟道：“其实这些好有什么呢，只要臣妾的几位阿哥争气，有什么好是将来没有的呢。”

如懿暗暗失笑，面上却不露分毫：“可不是？只是嘉贵妃和北族的娘家也未免小气了些，这么好的红参藏着掖着不给宫里的姐妹用也罢了，怎么连太后也不奉与呢？为媳为妾之道，难道北族都没有教与嘉贵妃么？”

玉妍蹙了蹙描得秀长的柳叶眉，有些不服气道：“不仅臣妾，北族每年进奉太后的红参也不少呢。”

容珮轻轻“咦”了一声，恭恭敬敬道：“嘉贵妃对太后一片孝心，北族也恭谨有加。只是这孝心对着太后，还是嘉贵妃小主自己的私心重了点儿啊，否则怎么奉与太后的红参还不够太后沐浴保养的呢。啧啧……真是……”

玉妍面上一阵红一阵白，正欲辩白，如懿温然笑着，含了不容置疑的口吻道：“容珮，当然不是嘉贵妃和北族小气，是太后节俭，不喜奢靡罢了。佛家曰人生在世不过一皮囊而已，爱恨嗔痴喜怒哀乐都须节制，更不必为贪嗔喜恶怒着迷陷入其中。”她垂眸望着永珹：“永珹，你皇阿玛喜欢你器重你，把你作为诸位皇子的表率，你更不宜轻言喜怒，露了轻狂神色，叫奴才们笑话。”

永珹听如懿郑重教诲，也即刻收了得意之色，垂首答允。

容珮撇了一抹笑道：“四阿哥有什么不知道，尽管请教皇后娘娘，娘娘是您的嫡母，与皇上一体同心，比不得那些下九流上不得台面的，生生教坏了您，让您失了皇上的喜欢。”

玉妍面色铁青，冷若严霜，却也实在挑不出什么，只得拽了永珹的手，施礼退开。

如懿看了看玉妍的神色，不觉低声笑道：“容珮，你的嘴也太坏了。”

容珮有些讪讪，却也直言："奴婢对着心坏的人嘴才坏。娘娘何曾看奴婢对愉妃小主和舒妃小主她们这么说过话？"

如懿笑着戳了戳她的面颊，便进殿去了。

進退 贰壹

芳碧丛书房里极安静。为着皇帝这几日繁忙喜静，连廊下素日挂着的各色鸟笼都摘走了，只怕哪一声嘀呖莺啭吵着了皇帝，惹来弥天大祸。殿中虽供着风轮，仍有两对小宫女站在皇帝身后举着芭蕉翠明扇交相鼓风，却不敢有一点儿呼吸声重了，怕吵着皇帝。

如懿见皇帝只是伏案疾书，便示意跟着的菱枝放下手中的食盒，和容珮一起退下去。如懿行礼如仪，皇帝扶了她一把，道："天气热，皇后刚出月子，一路过来，仔细中暑。"

如懿听他声音闷闷的，想是为国事烦忧，也不敢多言，便静静守在一旁，替皇帝研墨。皇帝很快在奏折上写了几笔，揉了揉额角，转首见小太监伺候在侧，便扬了扬脸示意他们下去，方道："你来得正好，朕忙了一日，正想和你说说话。"

如懿笑道："臣妾还怕吵着皇上，惹皇上烦恼呢。"

皇帝扬了扬嘴角算是笑："怎会？朕只要一想到咱们的璟兕，心里便欢喜，怎会烦恼呢？"

如懿停下手中的墨，替皇帝斟上茶水，道：“皇上喝杯茶润润喉吧。”

皇帝饮了口茶，如话家常：“朕偶尔听见后宫几句闲话，说舒妃任性纵火焚宫，是因为与皇后亲近，一向得皇后纵容的缘故？”

如懿见皇帝似是开着一个不经意的玩笑，并无多少认真的神色，可是后背不禁一凉，仿佛风轮吹着冰雕的寒意透过薄薄衣衫，直坠入四肢百骸。皇帝近日并不曾召幸嫔妃，既是因为意欢自焚难免郁郁，另则又忙于政事，若说听到后宫的闲话，无非只是见过金玉妍而已。如懿心中暗恨，不觉咬紧了贝齿，更不敢将皇帝的话当作玩笑来听，即刻屈身跪下道：“皇上这样的话，虽是玩笑一句，可臣妾实不敢听。不知后宫有谁这样不把皇上天威放在眼中，敢这样肆意胡言，真是臣妾管教后宫不严之过。”

皇帝笑容微敛，眼底多了几分漆黑的凝重：“哦？这话怎么是不把朕的天威放在眼中了？”

如懿垂首谨慎道：“舒妃宫中失火，后宫上下皆知是她思念十阿哥，伤心过甚，才会一时烛火不慎惹起大火，也折损了自己。谁又敢胡言舒妃自焚？妃嫔自裁本是大罪，何况是烧宫且活生生烧死了自己。这样胡嚼舌根的话传出去，旁人还当皇上的后宫是个什么逼死人的地方呢。”如懿说到此处，不免抬头看了眼皇帝，见他只是以沉默相对，眼中却多了几分薄而透的凛冽，仿佛细碎的冰屑，微微扎着肌肤。她垂下眼眸，一脸自责：“何况臣妾虽喜爱舒妃，但也是因为她侍奉皇上多年，心中唯有皇上一人，又诞育了十阿哥。平时虽然不与宫中姐妹多亲热，但也是个知道分寸、言行不得罪人的。若论臣妾与舒妃亲近，哪比得上舒妃多年来得皇上宠爱关怀，所以皇上听来的这些话，明里指着臣妾纵容舒妃，岂不知是暗指皇上宠爱舒妃才娇纵出焚宫的祸事。这样大不敬冒犯皇上的话，臣妾如何敢入耳呢？”

皇帝静了片刻，似是在审视如懿，但见她神色坦荡，并无半分矫饰之意，眼中寒冰亦化作了三月的绿水宁和，伸手笑着扶起如懿道：“皇后的话入情入理。朕不过也是一句听来的闲话而已。”

御座旁边放置了黄底万寿海水纹大瓮，上头供着雕刻成玲珑亭台楼阁的冰雕，因着放得久了，那冰雕慢慢融化，再美的雕刻也渐渐面目全非，只听得水滴声缓缓一落，一落，如敲打在心间。

如懿屈膝久了，膝盖似被虫蚁咬啮着，一阵阵酸痛发痒，顺势扶着皇帝的手臂站起身来，盈盈一笑，转而正色道：“皇上说得是。只是皇上可以把这样的话当玩笑当闲话，臣妾却不敢。舒妃虽死，到底是后宫姐妹一场。她尸骨未寒，又有皇上和臣妾为平息奴才们的胡乱揣测，反复言说舒妃宫中失火只是意外，为何还有这样昏聩的话说出来。臣妾细细想来，不觉心惊，能说出这样糊涂话来的，不仅没把一同伺候皇上的情分算进去，更是把臣妾与皇上的嘱咐当作耳边风了。”她抬眼看着皇帝的神色，旋即如常道，“自然了，臣妾想，这样没心智的话，能说出来也只能是底下伺候的糊涂奴才罢了，必不会是嫔妃宫眷。待臣妾回去，一定命人严查，看谁的舌头这么不安分，臣妾必定狠狠惩治！”

如懿素来神色清冷，即便一笑亦有几分月淡霜浓的意味。此刻窗外蓬勃的艳阳透过明媚的花树妍影，无遮无拦照进来，映在她微微苍白的脸上，越显得她肤色如霜华淡淡。

皇帝的脸色微微一沉，很快笑着欣慰地拍拍如懿的手，神色和悦如九月金澄澄的暖阳：“有皇后在，朕自然放心。”

如懿莞尔一笑，然而，她亦不能不心惊，永珹日渐得皇帝器重，他毕竟在诸位皇子中年纪颇长，永瑹年幼尚不知事，永琪出身不如永珹，暂时只得韬光养晦。母凭子贵，金玉妍的一言一行在皇帝心中分量日重，如懿自己便是由着贵妃、皇贵妃之位一步步登上后位的，如何能不介意。想到此节，如懿暗暗攥紧了手中的绢子，那绢子上的金丝八宝缨子细细地摩着掌心，被冷汗洇湿了，痒痒地发刺。她只得愈加用力攥住了，才能屏住脸上气定神闲的温柔笑意。

殿中关闭得久了，有些微微地气闷。如懿伸手推开后窗，但见午后的阳光安静地铺满朱红碧翠宫苑的每一个角落，一树一树红白紫薇簌簌当风开得正盛，衬着日色浓淡相宜。日光洒过窗外宫殿飞翘的棱角投下影来，在室中缓缓移动，风姿绰绰，好似涟漪轻漾，恍然生出了一种相对无言的忧郁和惆怅。偶尔有凉风徐徐灌入，拂来殿中一脉清透。隔着远远的山水泼墨透纱屏风，吹动帷帘下素银镂花香球微击有声，像是夜半雨霖铃。满室都是这样空茫的风声与雨声，倒不像是在酷热的日子里了。

如懿从泥金花瓣匣里取了几片新鲜刮辣的薄荷叶放进青铜顶球麒麟香炉里，那浓郁至甜腻的百合香亦多了几分清醒的气息。她做完这一切，方从带来的红竹食盒里取出一碗莲子百合红豆羹来，柔婉笑道："一早冰着的甜羹，怕太冰了伤胃。此刻凉凉的，正好喝呢。"

皇帝瞧了一眼，不觉笑着刮了刮如懿的脸颊道："红豆生南国，最是相思物。皇后有心。"

如懿轻巧侧首一避，笑道："百年合好，莲子通心，皇上怎的只看见红豆了？"

皇帝舀了一口，闭目品味道："是用莲花上的露水熬的羹汤，有清甜的气味。一碗甜羹，皇后也用心至此么？"

如懿的笑如同一位痴痴望着夫君的妻子，温婉而满足："臣妾再用心也不过这些小巧而已，不比永珹和永琪能干，能为皇上分忧。"

皇帝道："来时碰到永珹与嘉贵妃了？"

如懿替皇帝揉着肩膀，缓声道："嘉贵妃教子有方，不只永珹，以后永璇和永瑆也能学着哥哥的样子呢。"

皇帝倒是对永珹颇为赞许："嘉贵妃虽然拔尖儿要强，有些轻浮不大稳重，但永珹是极好的。上次木兰围场之事后，朕实在对他刮目相看，又比永琪更机灵好胜。男儿家嘛，好胜也不是坏事。"

如懿俨然是一副慈母情怀，接口道："最难得的是兄友弟恭，不骄不矜，还口口声声说要提携五阿哥呢。也是愉妃出身寒微，不能与嘉贵妃相较。难得嘉贵妃有这份心，这般教导孩儿重视手足之情。”

皇帝的脸色登时有几分不豫：“他们是兄弟，即便愉妃出身差些，伺候朕的时候不多，但也说不上要永珹提携永琪，都是庶子罢了。何况永琪还养在皇后你的膝下，有半个嫡子的名分在。”

“什么嫡子庶子！”如懿蕴了三分笑意，“在臣妾心里，能为皇上分忧的，才是好孩子。”她半是叹半是赞，“到底是永珹能干，小小年纪，也能在河运钱粮上为皇上分担了。可见得这些事，还是自己的孩子来办妥当。有句话嘉贵妃说得对，高斌是做事做老成了的，却也不济事了。”

皇帝剑眉一扬，已含了几分不满，声音亦提高：“这样的话是嘉贵妃说的？她身为嫔妃，怎可妄言政事！这几日她陪永珹进来，朕但凡与永珹论及南河侵亏案时，也只许她在侧殿候着。可见这样的话，必是永珹说与他额娘听的！”

如懿有些战战兢兢，忙看了一眼皇帝，欠身谢罪道：“皇上恕罪，嘉贵妃是永珹的生母，永珹说些给他额娘听，也不算大罪啊！”她一脸的谨小慎微，“何况皇上偶尔也会和臣妾提起几句政事，臣妾无知应答几句，看来是臣妾悖妄了。”

皇帝含怒叹息道：“如懿，你便不知了。朕是皇帝，你是皇后，有些话朕可以说，你可以听。但永珹刚涉政事，朕愿意听听他的见解，也叮嘱过他，身为皇子，凡事不可轻易对人言，喜恶不可轻易为人知，连对身边至亲之人亦如是。”他摇头，“不想他一转身，还是忘了朕的叮嘱。”

如懿赔笑道：“永珹年轻，有些不谨慎也是有的。”

皇帝道：“这便是永琪的好处了。说话不多，朕有问才答，也不肯妄言。高斌在南河案上是有不妥，但毕竟是朕的老臣，好与不好，也轮不到嘉贵妃与永珹来置喙。看来是朕太过宠着永珹，让他过于得志了。”

如懿见皇帝动气，忙替他抚了抚心口，婉声道：“皇上所言极是。永珹心直口快，将皇上嘱咐办的事和臣妾或是嘉贵妃说说便算了，若出去也这般胸无城府，轻率直言，可就露了皇上的心思了。本来嘛，天威深远，岂是臣下可以随意揣测的，更何况轻易告诉人知道。”

皇帝眸中的阴沉更深，如懿也不再言，只是又添了甜羹，奉与皇帝。二人正相对，却见李玉进来道：“皇上，后日辰时二刻，总督那苏图之女戴氏湄若便将入宫。请旨，何处安置。”

皇帝徐徐喝完一碗甜羹，道：“皇后在此，问皇后便是。”

如懿想了想道：“且不知皇上打算给戴氏什么位分，臣妾也好安排合她身份的住所。”

皇帝沉吟片刻，便道：“戴氏是总督之女，又是镶黄旗的出身。她尚年轻，便给个嫔位吧。”他的手指笃笃敲在沉香木的桌上，思量着道，“封号便拟为忻字，取欢欣喜悦之情，为六宫添一点儿喜气吧。”

如懿即刻道：“那臣妾便将同乐院指给忻嫔吧。”她屈身万福，保持着皇后应有的气度，将一缕酸辛无声地抿下，“恭喜皇上新得佳人。”

皇帝浅浅笑着：“皇后如此安排甚好。李玉，你便去打点着吧。”

此后几日，如懿再未听闻金玉妍陪伴永珹前往芳碧丛觐见皇帝，每每求见，也是李玉客客气气挡在外头，寻个由头回绝。便是永珹，见皇帝的时候也不如往常这般多了。

这一日的午睡刚起，如懿只觉得身上乏力，哄了一会儿永琪和璟兕，便看着容珮捧了花房里新供的大蓬淡红蔷薇来插瓶。

那样娇艳的花朵，带露沁香，仿若芳华正盛的美人，惹人爱怜。

如懿掩唇慵慵打了个哈欠，靠在丝绣玉兰花软枕上，慵懒道：“皇上昨夜又是歇在忻嫔那儿？”

容珮将插着蔷薇花的青金白纹瓶捧到如懿跟前，道：“可不是？自从皇上那日在柳荫深处偶遇了正在扑蝶的忻嫔，便喜欢得不得了。”

如懿取过一把小银剪子，随手剪去多余的花枝：“那时忻嫔刚进宫，不认识皇上，言语天真，反而让皇上十分中意，可见也是缘分。”

容珮道：“缘分不缘分的奴婢不知。忻嫔年轻貌美，如今这般得宠，宫中几乎无人可及。皇后娘娘是否要留心些？”

如懿修剪着瓶中大蓬蔷薇的花枝，淡淡道：“忻嫔出身高贵，性子活泼烂漫，皇上宠爱她也是情理之中。何况自从玫嫔离世，舒妃自焚，嘉贵妃也被皇上冷落，纯贵妃与愉妃、婉嫔都不甚得宠，唯有庆嫔和颖嫔出挑些，再不然就是几个位分低的贵人、常在，皇上跟前是许久没有新人了。”

容珮撇撇嘴道：“年轻貌美是好，可谁不是从年轻貌美过来的？奴婢听闻皇上这些日子夜夜歇在忻嫔的同乐院，又赏赐无数，真真是殊宠呢。”

如懿转过脸，对着妆台上的紫铜鸾花镜，细细端详着镜中的女子，纵然是云鬓如雾，风姿宛然依稀如当年，仔细描摹后眉如远山含翠，唇如红樱沁朱，一颦一笑皆是国母的落落大方，气镇御内。只是眉梢眼角悄悄攀缘而上的细纹已如春草蔓生，不可阻挡。她的美好，已经如盛放到极致的花朵，有种芳华将衰开到荼蘼的艳致。连自己都明白，这样的好，终将一日不如一日了。

如懿下意识地取出一盒绿梅粉，想要补上眼角的细碎的纹路，才扑了几下，不觉黯然失笑：“最是人间留不住，朱颜辞镜花辞树。有时候看着今日容颜老于昨日，还总是痴心妄想，想多留住一刻青春也是好的，却连自己也不得不承认，终究是老了，也难怪皇上喜欢新人。”

容珮朗声正气道：“中宫便是中宫，哪怕那些嫔妃个个貌美如花，也不能和娘娘比肩的。”

如懿微微颔首，语意沉着：“也是。是人如何会不老，红颜青春与年轻时的爱恋一般恍如朝露，逝去无痕，又何必苦苦执着。拿得住在手心里的，从来不是这些。”

容珮眉目肃然，沉吟着道：“娘娘说得极是。只是皇后娘娘方才说起嫔妃们，忘了还有一位令妃。”

如懿仔细避开蔷薇花枝上的细刺，冷冷道：“本宫没忘。这几日她日日写了请罪表献与本宫，述及往日的情分，言辞倒也可怜。”

容珮轻哼一声道：“狐媚子就是狐媚子，再请罪也脱不了那可怜巴巴样儿！至于她安静不安静，一路看着才知道。”

如懿闻着清甜的花香，心中稍稍愉悦：“好了，那便不必理会她，由着她去吧。皇上过几日要去木兰围场秋狩，本宫才出月子不久，自然不能相陪，皇上可挑了什么人陪去伺候么？”

容珮道：“除了最得宠的忻嫔，便是颖嫔和恪常在。另则，皇上带了四阿哥和五阿哥，自然也带了嘉贵妃和愉妃小主。”

如懿听得“愉妃”二字，心下稍暖：“其实海兰虽然失宠，但皇上总愿意和她说说话，与她解语相伴，又有永琪争气，倒也稳妥，不失为一条求存之道。”

容珮微微凝眉：“娘娘这样说，有句话奴婢倒是僭越了，但不说出来，奴婢到底心中没个着落，还请娘娘宽恕奴婢失言之罪。”

如懿折了一枝浅红蔷薇簪在鬓边，照花前后镜，口中徐徐道：“你说便是。”

容珮道：“如今皇上的诸位皇子之中，没了的大阿哥和二阿哥不提，三阿哥郁郁不得志。皇子之中，咱们十二阿哥固然是嫡子，但到底年幼，眼下皇上又最喜欢四阿哥。这些日子皇上固然有些疏远嘉贵妃和四阿哥，但是四阿哥极力奔走，为江南筹集钱粮，十分卖力，皇上又喜欢了。奴婢想……”她欲言又止，还是忍不住道，“奴婢想嘉贵妃一心是个不安分的，又有北族的娘家靠山，怕是想替四阿哥谋夺太子之位也未可知。”

如懿轻轻一嗤：“什么也未可知，这是笃定的心思。嘉贵妃当年盯着后位不放，如今自然是看着太子之位了。”

容珮见如懿这样说，越发大了胆子道：“奴婢想着，除了四阿哥，皇上还喜欢五阿哥。若皇上动了立长的心思，咱们看来，自然是选五阿哥比选四阿哥好。可即便是五阿哥养在娘娘膝下过，恕奴婢说句不知轻重的话，五阿哥到底不是娘娘肚子里出来的，再好再孝顺也是隔了层肚皮的。”

如懿正拨弄着手中一把象牙嵌青玉月牙梳，听得此言，手势也缓了下来。外头暑气正盛，人声寂寂，唯有翠盖深处的蝉不知疲倦地鸣叫着，嗞一声又嗞一声地枯寂。那声音听得久了，像一条细细的绳索勒在心上，七缠八绕的，烦乱不堪。

如懿长吁一口气道：“容珮，除了你也不会再有第二人来和本宫说这样的话。便是海兰和本宫如此亲近，这一层上也是有忌讳的。这件事本宫自生了永璂，心里颠来倒去想了许多次，如今也跟你说句掏心窝子的话吧。”她镇一镇，声音沉缓入耳，“只要本宫是皇太后，永璂未必要是太子。”

容珮浑身一震：“娘娘的意思是……”

如懿握紧了手中的梳子，神色沉稳如磐石：“永璂还小，虽然是嫡子，但一切尚未可知。若永琪贤能有担当，他为储君也是好事，何必妄求亲子？永璂来日若做一个富贵王爷，也是好的。”

容珮低头思索片刻，道：“娘娘真这样想？”

如懿看着她，眸中澄静一片：“你与本宫之间，没有虚言。”

容珮定了定神，道：“无论娘娘怎么选怎么做，奴婢都追随娘娘。”

正说着，只见李玉进来道：“皇后娘娘，皇上说了，请您晚膳时分带着五公主往芳碧丛一同用膳。”

如懿颔首道：“知道了。”

李玉躬身退下，如懿吩咐道：“容珮，去准备沐浴更衣，本宫要去见皇上。”

天色将晚，暑气隐隐退却，凉风如玉而至，渐渐清凉，倒也惬意。如懿抱着璟兕与皇帝一同用膳。

皇帝见了如懿，便伸手挽了她一同坐下。皇帝才要侧身，不觉留驻，在她鬓边轻嗅流连，展颜笑道："今日怎么这样香，可是用了上回西洋送来的香水？"

如懿轻俏一笑："一路过来荷香满苑，若说衣染荷花清芬，倒是有几分道理。"

容珮在旁笑得抿嘴："回皇上的话。皇后娘娘总说那西洋香水不易得，皇上除了给太后和几位长公主，满宫里只给娘娘留了两瓶，娘娘倒不大舍得用它呢。倒是皇上上回送来的西洋自鸣钟，娘娘喜欢得紧，只是如今怕吵着五公主，也收起来了。"

皇帝笑道："如懿如懿，你也真是小气。什么好的不用，都收着做什么？"

如懿笑吟吟睇着他："知道皇上心疼璟兕，但凡好的，臣妾都留给璟兕做嫁妆吧，到时候皇上便说臣妾大方又舍得了。"

容珮亦笑："皇后娘娘别的小气，可皇上为娘娘亲制的绿梅粉，皇后娘娘最是舍得，每日必用无疑。"

皇帝旋即明白，拊掌道："是了。你一向喜爱天然气味，所以连宫中制香也不甚用，何况西洋香水。"他撇嘴，眼底含着一抹深深笑意，"原是朕赏错了人，反倒错费了。"

如懿摇首长叹："可不是呢。臣妾心里原是将一番心意看得比千里迢迢来的西洋玩意儿重得多了。"

说罢，二人相视而笑。

皇帝摆手道："都做额娘的人了，还这般伶牙俐齿。朕便找个与你性子相投的人来。"

李玉忙道："回皇上皇后的话，忻嫔小主已在外头候着了，预备为皇上皇后侍膳。奴才即刻去请。"说罢湘妃竹帘一打，只见一个玲珑娇小的女子盈盈而入，俏生生行了礼道："皇上万安，皇后娘娘万安。"说罢又向着如懿行大礼，"臣妾忻嫔戴氏，叩见皇后娘娘。"

如懿见她抬头，果真生得极是妍好，不过十六七岁年纪，眉目间迤迺光耀，肌映晨霞，云鬓翠翘，一颦一笑均是天真明媚，娇丽之色便在艳阳之下也无半分瑕疵。她活像一枚红而饱满的石榴籽，甜蜜多汁，晶莹得让人忍不住去亲吻细啜。宫中美人虽多，然而，像忻嫔一般澄澈中带着清甜的，却真是少有。

如懿便含笑："快起来吧。在外头候着本就热，一进来又跪又拜，仔细一个脚滑跌成个不倒翁，皇上可要心疼了。"

忻嫔一双眸子如暗夜里星光璀璨，立即笑道："原来皇后娘娘也喜欢不倒翁。臣妾在家时收了好些，还有无锡的大阿福。臣妾初初入宫，想着宫里什么都有，所以特备了一些打算送给十二阿哥和五公主呢。"

如懿听她言语俏皮，虽然出身大家，却无一点儿骄矜之气，活泼爽快之余也不失了分寸。又看她侍奉膳食时笑语如珠，并无寻常嫔妃的拘谨约束，心下便有几分喜欢。

一时饭毕，皇帝兴致颇好，便道："圆明园中荷花正盛，让朕想起那年去杭州，未曾逢上六月荷花别样红，当真是遗憾。"

忻嫔接过侍女递上的茶水漱了口，乖巧道："臣妾随阿玛一直住在杭州，如今进了圆明园，觉得园子里兼有北地与南方两样风光，许多地方修得和江南风景一般无二，真正好呢。"

如懿笑道："忻嫔的阿玛是闽浙总督，一直在南边长大，她说不错，必然是不错的。"

彼时进忠端了水来伺候皇帝浣手，便道："奴才今儿下午经过福海一带，见那里的荷花正开得好呢，十里荷香，奴才都舍不得离开了。"

皇帝拿帕子拭净了手，起身道："那便去吧！"

福海边凉风徐至，十里风荷如朝云叆叇，轻曳于烟水渺渺间，带着水波茫茫清气，格外凉爽宜人。

皇帝笑道："不是朕宠坏了忻嫔，是她的确有可宠爱之处。"

如懿含笑道："若说宫中嫔妃如繁花似锦，殷红粉白，那忻嫔便是开得格外清新俏丽的一朵。"

皇帝笑着握住她的手："皇后的比方不错，可朕更觉得忻嫔的性子如凉风宜人，拂面清爽。"

如懿逗弄着乳母怀中的璟兕："皇上这句可是极高的褒奖，真要羡煞宫中的姐妹了。"

皇帝笑叹着揉了揉眉心："这些日子为江南水灾之事烦恼，也幸得忻嫔言语天真，才让朕高兴了些。以皇后方才的比方来说忻嫔实在不够出挑，可若真论出挑，宫中性子最别致的却是舒妃，如翠竹生生，宁折不弯……"皇帝话未说完，自己的神色也难过了起来，摆手道，"罢了，不说她了。这么傲气本不是什么好事。"

忻嫔转过头，鬓边的碎珠流苏如水波轻漾，有行云流水般的轻俏，她好奇道："舒妃是谁？怎会有女子如翠竹？"她见皇帝脸色不豫，很快醒神，脆生生笑道，"其实太过傲气有什么好，譬如翠竹，譬如梅花，被积雪一压容易折断。换作臣妾呀，便喜欢做一枝女萝，有乔木可以依托便是了。"

如懿听忻嫔说得无忧无虑，心中暗叹：大约世间许多女子的梦想，只是希望有乔木松柏般的男子可以依托始终而已吧。

皇帝笑着捏一捏忻嫔红润的脸，笑道："朕便喜欢女萝的婉顺。"

朝蕣玉佩迎，高松女萝附。[①] 如懿低下头来，看着荔枝红缠枝金丝葡萄纹饰的袖口，繁复的金丝刺绣，缠绕着紫瑛与浅绿萤石密密堆砌三寸来阔的葡萄纹堆绣花边。那样果实累累的葡萄，原来也有着最柔软的藤蔓，才能攀缘依附，求得保全。她微微一笑，凝视着十指尖尖，指甲上凤仙花染出的红痕似那一日春雨舒和的火色，红得刺痛眼眸。

她想，或许她和意欢这些年的亲近，也是因为彼此都不是女萝心性的人吧。

如懿知道皇帝心中不乐，也不顺嘴说下去，便指着一丛深红玫瑰向

---

① 出自唐代元稹《梦游春七十韵》。

璟兕道:“玫瑰花儿好看,又红又香,只是多刺,璟兕可喜欢么?”

皇帝伸手抚着璟兕的脸庞,疼惜道:“身为公主,可不得像玫瑰一般,没点儿刺儿也太轻易被人折去了。”

忻嫔正折了一枝紫薇比在腮边,笑道:“公主还没长成呢,皇上就先心疼怕被惜花人采折了呢,可真真是阿玛最疼女儿啊。”

如懿见她言语毫无心机,便也笑道:“你在家时,你阿玛一定也最疼你。”

忻嫔满脸骄傲:“皇后娘娘说得对极了!阿玛有好几个儿子,可是却最疼臣妾,总说臣妾是他的小棉袄,最贴心了。”

如懿故意扑一扑手中的刺绣玉兰叶子轻罗扇,扇柄上的杏红流苏垂在她白皙的手背上像流霞迷离。她仰面看天叹道:“难怪了。如今正值盛暑,忻嫔你的阿玛热得受不了小棉袄了,便只好送进宫来了。”

忻嫔脸上红霞飞转,“哎呀”一声,躲到皇帝身后去了,片刻才探头道:“皇后娘娘原来这么爱笑话人。”

昆艷

正说笑着，只听云间微风过，引来湖上清雅歌声，带着青萍红菱的淡淡香气，零零散散地飘来。

那是一把清婉遏云的女声，曼声唱道："袅晴丝吹来闲庭院，摇漾春如线。停半晌整花钿，没揣菱花偷人半面，迤逗的彩云偏。我步香闺怎便把全身现。"

这歌声倒是极应景，只闻其声不见其人，极目望去，只见菰叶丛丛，莲叶田田，举出半人高的荷芰殷红如剑，如何看得见歌者是谁。唯有那拖得长长的音调如泣如诉，仿佛初春夜的融雪化开，檐头叮当，亦似朝露清圆，滚落于莲叶，坠于浮萍，更添了入暮时分的缠绵和哀怨。

芙蕖盈芳，成双的白鹭在粼粼波光中起起落落，偶尔有鸳鸯成双成对悠游而过，绵绵的歌声再度在碧波红莲间萦回。

皇帝似乎听得入神，便也停下了脚步，静静侧耳细听。

黄昏的流霞铺散如绮艳的锦，一叶扁舟于潺湲流水中划出，舟上堆满荷花莲叶，沐着清风徐徐，浅浅划近。一个身影纤纤的素衣女子坐在船上，缓缓唱道：“没乱里春情难遣，蓦地里怀人幽怨，则为俺生小婵娟。拣名门一例一例里神仙眷。甚良缘，把青春抛得远。俺的睡情谁见？则索要因循腼腆，想幽梦谁边，和春光暗流转。迁延，这衷怀哪处言？”

这一声声女儿心肠既艳且悲，如诉衷肠，且那女声清澈高扬，飞旋而上，如被流云阻住，凄绝缠绵处，连无知禽鸟也难免幽幽咽咽，垂首黯然。

如懿隐隐听得耳熟，已然明白是谁。转首却见皇帝面庞的棱角因这歌声而清润柔和，露出温煦如初阳的笑意，不觉退后一步，正对上随侍在皇帝身后的凌云彻懂得的眼。

果然，凌云彻亦猜到了那人是谁，只是微微摇头，便垂眸守在一边，仿佛未曾听见一般。

如懿嘴角微沉，神色便阴了下去。

所有人都陶醉在她的歌声里，璟兕虽年幼，亦止了笑闹，全神贯注地听着。一曲罢了，忻嫔忍不住拍手道：“唱得真好！臣妾在江南听了那么多昆曲，没有人能唱得这般情韵婉转，臣妾的心肠都被她唱软了。”

皇帝负手长立，温然轻吁道：“歌声柔婉，让朕觉得圆明园高墙无情，棱角生硬，亦少了许多粗粝，生出几许温柔。”

凌云彻眉心灼灼一跳，恭声道：“皇上与忻嫔小主说得是，微臣久听昆曲，也觉得是宫中南府戏班的最好。可见世间好的，都已在宫中了。”

皇帝颔首：“嗯，唱词既艳，情致又深，大约真是南府的歌伎了。”

“涉江玩秋水，爱此红蕖鲜。攀荷弄其珠，荡漾不成圆。佳人彩云里，欲赠隔远天。相思无因见，怅望凉风前。红莲当前，佳人便在眼前，皇上真是好艳福呢。”如懿畅然吟诵，向忻嫔使个眼色，忻嫔虽心思简单，但也聪明，即刻挽住皇上的手臂道：“这不知是南府哪位歌伎唱昆曲呢，臣妾倒觉得，水面风荷圆，此时唱这首《游园惊梦》不算最合时宜，《采莲曲》才是最佳的。不如请皇上和皇后娘娘移步，往臣妾宫里一同听曲吧。”

如懿见忻嫔这般乖觉，心中愈加欢喜，也乐得顺水推舟：“也好。外头到底还有些热，五公主年幼，怕身子吃不消。如此，便打扰忻嫔妹妹了。”

皇帝似有几分犹豫，举眸往那船上望去，如懿看一眼李玉，李玉忙拍了拍额头道：“哎呀！都怪奴才，往日里皇上少往福海来，怕有婢子不知，在此练曲呢。奴才这便去看看。”

皇帝还要再看，忻嫔已然挽住皇帝，笑着去了。

如懿微微松一口气，落后两步：“是令妃吧？”

凌云彻苦笑道：“是她的嗓音。少年时她便喜爱昆曲，有几分功底，微臣听得出她的声音。”

容珮哼道：“原以为她安静了几日，原来躲在这里呢。”

如懿瞥容珮一眼：“这样不思己过，还不安分。容珮。”

容珮即刻答应了“是”，雷厉风行地去了。容珮才绕过双曲桥到了湖边，却见小舟已然停泊在岸，李玉正躬身和一素衣女子说话。容珮心里没好气，却不肯露了鄙薄神色拉低了自己身份，便上前恭恭敬敬行了一礼：“令妃娘娘万安。”

嬿婉原见李玉到来，知道皇帝就在近侧，以为是皇帝遣李玉来传自己，正喜滋滋问了一声：“是皇上派公公前来么？”此时乍然见了容珮，不觉花容乍变，勉强镇定道，“容姑姑怎么来了？”

容珮气定神闲道：“奴婢陪皇上、皇后娘娘、忻嫔小主和五公主散步，偶然听到昆曲声，皇上和皇后娘娘随口问了一句，便派奴婢和李公公前来查看。”她见嬿婉一身浅柳色的蹙银线丝绣蝴蝶兰素纱衣深浅重叠，点缀着点点粉色桃花落在衣襟袖口，仿佛轻轻一呵就能化去。那粉红浅绿簇拥在一起本是庸俗，奈何她身段如弱柳纤纤，容貌一如夹岸桃花蘸水轻敷，胭色娇秾，只显得她愈加明艳动人。

容珮看着她便有气，脸上却笑着道：“皇上说，是哪家南府的歌伎不知礼数，在此唱曲惊扰圣驾，惹得忻嫔小主说唱这曲子不合时宜，还不如听《采莲曲》呢。”她皮笑肉不笑地努努嘴，“原来是令妃娘娘啊，那奴婢还是去回禀一声吧。”她故作为难道，“可是叫奴婢怎么回呢？难不成说皇上的嫔妃唱曲儿跟南府的歌伎似的。这可真真是为难了。”

嬿婉听得此节，一腔欢喜期盼如被泼了兜头霜雪，脸色不可控制地灰败下去，只是尚不能完全相信，巴巴儿看着李玉。

李玉见嬿婉的泪光泛了上来，笑眯眯道：“容姑姑来得正好，奴才也正为这如何回话的事烦恼呢。这照实回吧，怕皇上说令妃娘娘不自重，被人以为是南府的歌伎了，皇上的面子也过不去。若不回呢，这皇上问起是谁，还不好充数。”

容珮一脸的无奈与为难：“可不是？这曲儿若皇上喜欢，请令妃娘娘在皇上面前私下娱情，那是闺房之乐。可若皇上一时起了兴致，说让令妃娘娘当着皇后娘娘和各宫小主的面再唱一回，那可怎么算呢？”

嬿婉气得几乎要呕出血来，却也不敢露了一分不满，只得拼命压抑着，委委屈屈道：“既然皇上以为是南府的歌伎，那……那便还是请李公公这般回了吧。本宫……”她缓一缓气息，露出如常的如花笑靥，“本宫不过是自己唱着玩儿罢了，不承想会惊动了皇上和皇后。”

李玉一揖到底：“既然令妃娘娘自己也不想惊动，那奴才便可回禀了。”

容珮微微一笑：“也是，难道见了皇上，还让皇上知道您每日被掌嘴的缘故，只怕皇上也不待见您啊。对了，今儿奴婢忙着伺候皇后娘娘，还没来得及行掌嘴之事，那就一并跟您回去吧。”

嬿婉遽然变色，不想容珮如此难缠，好容易受完了责打，容珮一言不发离开，进忠鬼魅似的闪进来。嬿婉气苦难耐，不欲理他，立在芭蕉阔大的阴影下，植物蓊郁的气息被烈日晒出蒸腾干渴的气味。春婵叫苦不迭：“进忠公公，不是说好您引皇上来的么？结果小主没等来皇上，却等来了容珮和李玉这对门神，怎么高兴得起来。”

进忠耷拉着嘴角，也有些犯难："即便没他们俩，皇上身边总跟着忻嫔呢。忻嫔刚得宠，哪里容您横进一杠子。看来在圆明园，您的确是没机会了。"进忠心疼地想抚摩嬿婉的脸，嬿婉轻哼一声，旋身避开。进忠觍着脸凑上前："看您这样委屈，奴才真是心疼，可这掌嘴一则是提醒您以后行事更要谨慎，二则也是安慰，皇后并无实据，太后也不想要您性命。"他见嬿婉双颊高肿血红，越发地舍不得，"令妃娘娘，您昆曲儿唱得好是实情。可要在圆明园没人喜欢，不如换个地方唱。"

嬿婉抚着面庞，没好气地道："换哪儿都讨人嫌。"

进忠摇了摇头，悄然凑到她耳边。那女儿家的甜香已经近在咫尺，几乎是中人欲醉。进忠的魂儿飘飘忽忽上了半天，情不自禁地为她谋划："圆明园人多热闹，您才唱一句，皇上听见就被人拉走了。可要到了茫茫原野上，您的歌声可成了稀罕物儿了。"

嬿婉看着进忠，那唇角的笑意一点一点绽放若幽昙："那就有劳你了。还得请人帮我一把，离了这里才好。"

不几日皇帝领了嫔妃们前往热河秋狩，嬿婉也便称了病，日日请了太医延医问药。如懿与太后尚留在圆明园中避暑清养，听得容珮回禀，还以为嬿婉做作，打发了太医去看，果然回说是郁闷伤肝，要仔细调养。

皇帝既去了木兰围场，如懿也不欲嬿婉在眼前，立刻遣人送她回紫禁城静养，得了眼前的清静。

自皇帝携了几个亲近的嫔妃前往热河秋狩，也远了紫禁城中的宫规森严。如懿与余下的嫔妃们住在圆明园中，倒也清闲自在。海兰本是要陪伴永琪一同随皇帝前往木兰伴驾的，只是念着如懿才出了月子不久，心力不如往日，一味吃药调理着，便自请留在了圆明园中陪伴，于是素日里往来的便也是绿筠、海兰和婉茵了。

如懿见海兰时时陪在跟前，便道："皇上许你去热河伴驾是好事，你何必自己推托了。”

海兰逗弄着九曲廊下银笼架上的一双黄鹂，道：“有嘉贵妃那趾高气扬的人在，有什么意思？还不如这儿清清静静的。且臣妾不去，也是圆了纯贵妃的面子，她的三阿哥也没得去热河呢。”

如懿斜靠在红木卷牡丹纹美人靠上，笑吟吟道：“你倒是打算得精刮，只是你不去，永琪怕没人照应。”

海兰给架子上的黄鹂添上一斛清水，细长的珐琅点翠护甲闪着幽蓝莹莹的光，侍弄得颇有兴致，口中道：“臣妾不能陪永琪一辈子的，许多事他自己去做反而干净利落。扯上臣妾这样的额娘，本不是什么光彩事。”

如懿婉转看她一眼，嗔道：“你呀，又来了！做人要看以后的福气。永珹有嘉贵妃这样的额娘，未必就多光彩了。”

海兰唇边安静的笑色如她耳垂上一对雪色珍珠耳坠一般，再美亦是不夺目的温润光泽：“也是。只是光彩不光彩的，咱们也只能暗中看着防着嘉贵妃罢了。她做的那许多事，终究也没法子处置了她。”她微微沉吟，道，“最近皇上屡屡赞许永珹协办赈济江南的钱粮得力，虽然不太宠幸嘉贵妃，但对她也总还和颜悦色。不过臣妾冷眼看着，皇上对嘉贵妃到底是不如往日了，有时候想想，嘉贵妃有三个儿子，娘家又得力，又是潜邸伺候上来的老人了，竟也会有这样的时候。再看看自己，也没什么好怨的了。”

如懿的神色淡然宁静，掐下廊边一盆海棠的嫣红花骨朵儿在手中把玩：“新人像御花园里的鲜花一茬一茬开不败，谁还顾得上流连从前看过的花儿呢。便是芳华正浓都会看腻，何况是花期将过。所以在宫里不要妄图去挽留什么，抓得住眼前能抓的东西才最要紧。”

海兰轻笑着按住如懿的手，拈起一朵海棠在如懿唇边一晃，骤然正色道：“哀音易生悲兆。皇后娘娘儿女双全，这样没福气的话不能出自您的口。”她抿嘴，有些幸灾乐祸的快活，“听说前几日令妃又不大安分，还是娘娘弹压了她。其实令妃已然失宠，又生性狐媚，娘娘何不干净利落处置了，省得在眼前讨嫌。”

如懿见周遭并无旁人，闲闲取过一把青玉螺钿缀胭脂缠丝玛瑙的小扇轻摇：“海兰，令妃固然失宠，皇上却未曾废除她位分，依然留着她妃位的尊位，你知是为何么？”

海兰冷冷一嗤，自嘲道：“年轻貌美，自然让人存有旧情。若是都如臣妾一般让人见之生厌，倒也清静了。”

如懿伸出手，替她正一正燕尾后一把小巧的金粉莲花紫翡七齿梳，柔声道：“宫中若论绣工，无人可出你右。”

海兰握住她的手，恳切道：“姐姐腹有诗书气自华。”

如懿羽睫微垂，只是浅浅一笑，似乎不以为然：“腹有诗书，温柔婉约，不是慧贤皇贵妃最擅长的么？孝贤皇后克己持家，也算精打细算，有主母之风。嘉贵妃精通北族器乐，剑舞鼓瑟样样都精绝，所以哪怕屡次不得圣意，也还有如今的尊荣。玫嫔弹得一手好琵琶，庆嫔会唱元曲。舒妃精通诗词，书法清丽。颖嫔弓马骑射，无一不精。便是忻嫔新贵上位，宠擅一时，也是因为幼承闺训，小儿女情态中不失大家风范。唯有令妃，她是不同的。”

海兰撇了撇嘴，不甚放在心上：“她出身宫女，大字不识几个。便是幼年家中富足，也未得好好儿教养，一味轻薄狐媚，辜负了那张与娘娘有三分相似的面孔。”

如懿喟然轻叹：“你的眼光精到。这固然是令妃的短处，却不知也是她的长处。”

海兰睁大了眼，似是不信：“长处？”她凝神片刻，锋锐的护甲划过半透明的轻罗蒙就的扇面，发出轻微的行将破碎的咝咝声，“那就更留不得了。”

如懿轻缓地拍拍她的手背：“不到万不得已，不要做那样的事。”她的神色带着烟雨蒙蒙的哀声，“许多事，未必赶尽杀绝才是好。”

海兰见如懿动了哀情，雪白的面孔在明耀的日光下隐隐发青，不免生了不安之意，忙挽了如懿的手进了内殿，道："不过小小嫔妃，不值得娘娘伤神。"她望了望过于炫目的天光，关切道，"外头热，娘娘仔细中暑才是。"

恰好有小宫女奉上酸梅汤来，如懿勉强和缓了神色，正端起欲饮，海兰见了忙道："娘娘才出月子没多久，可不能吃酸梅这样收敛的东西，否则气血不畅可便坏了。"她唤来容珮，"如今虽是盛暑，娘娘的东西可碰不得酸凉的，还是换一碗薏仁红枣羹来，去湿补血是最好不过的。"

容珮抿嘴笑道："是奴婢们不当心了，多谢愉妃小主提点。说来江太医也算是个细心的了，竟还是比不过愉妃小主，事事替娘娘留心。"

海兰望着如懿，一脸诚挚："那有什么，娘娘怎么替本宫留心的，本宫也是一样的。"她见容珮退下，便低声道，"永琪跟着永珹一起调度钱粮，永珹事事争先，拔尖卖乖，臣妾已经按着娘娘的嘱咐，要永琪万事唯永珹马首是瞻，不要争先出头。"

如懿拿着一方葡萄紫绫绡如意云纹绢子擦了擦额头沁出的细汗，道："如今永珹得意，且由他得意。年少气盛，容易登高，也必跌重。等哪天永珹落下来了，便也轮到永琪露锋芒的时候，不必急于一时。"

正说着，菱枝进来奉上一个锦盒，道："皇后娘娘，内务府新制了一批镂金红宝的护甲，请娘娘赏玩。"

如懿"嗯"了一声，挥手示意菱枝退下。海兰剥了颗葡萄递到如懿手中："有皇后娘娘为永琪筹谋，臣妾很安心。"她想起一事，"对了，上回听说令妃抱病，如今送回宫中，也有十来日了吧。"

如懿打开锦盒，随手翻看盒中宝光流离的各色护甲，漫不经心道："令妃既病着，本宫就由她落个清净。左右宫里的嫔妃都跟着来圆明园避暑了，让她回宫和先帝的老太妃们做伴儿，也静静心吧。"

海兰一笑，便和如懿头抵着头一起拣选护甲比在指上把玩。二人正得趣，只见三宝急急进来打了个千儿道："皇后娘娘，李公公从木兰围场传来的消息，请您过目。”他说罢，递上一个宫中最寻常的宫样荷包，便是宫女们最常佩戴的普通样式。如懿颔首示意他退下，取过一把银剪子剔开荷包缝合处的绣线，取出一张纸条来。如懿才看了一眼，脸色微白，旋即冷笑一声，手心紧紧蜷起。

海兰见如懿如此，亦知必生了事端，忙接过她手中的纸条一看，矍然变色：“令妃复宠？她不是回紫禁城了么？”

如懿取了一枚翡翠七金绞丝护甲套在指上，微微一笑：“本宫当她回了紫禁城，却不想在木兰围场唱出这么一出好戏来，不能亲眼看见，真是可惜了！”如懿一笑如春花生露，映着朝阳晨光莹然，然而，她眼中却一分笑意也无，那种清冷的神色，如她指上护甲的尖端金光一闪，让人寒意顿生。

海兰的颓然如秋风中瑟瑟的叶：“令妃的手脚倒是快，一个不留神便复宠了。”她攥紧了手中的纸条，反反复复地揉搓着，“只是已然复宠，咱们想阻止也难了。”她蛾眉轻扬，将那颓然即刻扫去，恍若又是一潭静水般宁静深沉，“只是啊，能复宠的，也还会再失宠。皇后娘娘，咱们不怕等。”

如懿笃定一笑，并不十分放在心上：“本宫已经和你说过皇上的心思，看来倒真是防不胜防。罢了，潮起潮落见得多了，不在这一时。何况身为皇后，若是时时事事只专注于和嫔妃争宠计较，怕是也真真忙不过来，反倒失了大局。”

如此留了心意，消息接二连三传来，不外是嬿婉如何到了木兰围场，如何扮成小宫女的样子在皇帝沐浴温泉时素衣微凉，临风吟唱昆曲，引得皇帝心意迟迟，一举复宠。又如何陪着皇帝策马行猎，英姿飒爽。如何与颖嫔、忻嫔平分秋色，渐渐更胜一筹。

如懿听在耳中，却也不意外：“令妃在皇上身边多年，自然比新得宠的颖嫔、忻嫔更懂得皇上的心思。何况她大起大落过，比一直顺风顺水的嫔妃们自然更懂得把握。”

海兰凝眉一笑，落了一子在棋盘上：“所以啊，有时候光是年轻貌美也是不够的，年岁是资历，亦是风情啊。”

如懿凝神片刻，也落了一子。那棋子是象牙雕琢成的，落在汉白玉的棋盘上玎玲有声：“何必拐着弯子把大家都夸进去，倒说得咱们这些半老徐娘都得了意。”她一笑点破，“宫里嫔妃们个个都有所长。但若以画卷作比，我们到皇上跟前时，都已近成作，虽各有风貌，皇上也多是欣赏。唯有令妃是不同的。她像是一张未曾落笔的白纸，更由着皇上肆意描绘。”

海兰皱眉：“白纸？”

如懿颔首：“纵然她曾经拿着燕窝细粉挥霍暴发，纵然她曾经连甜白釉也不识，可她如今所学所知，都可说是皇上不经意间一手栽培。且她对着皇上，可说温柔侍上，事事顺从。所以哪怕是鹿血酒邀宠之事，皇上觉得没面子，也并没有降了她的位分。”

海兰将棋子重重一敲：“说来说去，这回姐姐对令妃都不能轻易处置了。”

如懿将自己的棋子推进一步，声音沉了几分：“舒妃过身时，我对令妃有怀疑，太后出手责罚，我也只能先放着。这回令妃敢一个人从圆明园跑去木兰围场，你觉得就是她自己能办到的么？”

海兰秀眉微挑，已经明白过来：“姐姐是说令妃靠了谁？难道是得了太后庇护？”她更厌恶，“就觉得这个人，早晚会出事。”

如懿沉吟着道：“是不是如此还得再看看。总归如今令妃已然复宠，她靠着皇上，我们想处置也处置不到哪儿去了。”

见海兰愁眉不展，如懿笑着拍了拍她的手：“也别总想着咱们这些女人家的事。后宫的事，顶破了天也只是女人们的是非。对了，永琪如何？”

海兰这才露出一分笑颜，道：“左右风头都是永珹的。对了，臣妾倒是听说河务布政使富勒赫奏劾南河亏帑，皇上命永珹和永琪跟着严查南河侵亏一案，负责追查此案的策楞等上疏弹劾外河同知陈克济、海防同知王德宣亏帑贪污，并言及洪泽湖水溢，通判周冕未为准备，致使水漫不能抵挡。”

如懿捻了一枚棋子蹙眉道:“这些名字怎么这么耳熟?”

海兰将雪白一子落在如懿的半局黑子之中:“这些人都是高斌的部下，而高斌这些日子都在河工上奉职，这也是他的分内之事。皇后娘娘忘了么?”

如懿轻嗤道:“皇上年年写悼诗追念慧贤皇贵妃，不知这份恩义会不会随着岁月流逝而淡薄呢?”

海兰的脸容恬淡若秋水宁和:“永琪递回来的消息，皇上有严责高斌徇纵，似有革职之意呢。”

如懿沉吟片刻，随手翻乱棋局:“那就且看看吧。”

贰叁 秋扇

待到皇帝从热河回銮时，已是秋风萧瑟天气凉的时节，如懿也陪着太后携嫔妃们回到紫禁城中。宫中的秋总是来得毫不经意，不知不觉霜露微重，从草木间滑落，便已浸凉了衣襟。蓝天高远如一方沉静的玉璧，空气中浅霜般的凉意伴着浅浅的金色轻烟，染黄了嫩绿的树叶，亦红透了枫树半边。御花园的清秋菊花随着秋虫唧唧渐次开放，金菊、白菊、红菊、紫菊锦绣盛开，晕染出一片胜于春色的旖旎。而其中开得最盛的一枝，便是再度得幸的嬿婉。

如懿再次见到嬿婉时，已是九月十五回銮之后。大约在木兰围场极为得幸，如懿见到她时，从她丰润微翘的唇瓣，便知晓了她如何得宠的种种传言。

避暑山庄木兰秋狝的飒飒英姿，衬着昆曲悠扬的袅娜情韵，刚柔并济，如何不动人情肠呢？

回宫当日的夜晚，嬿婉便赶来拜见如懿。她穿了一身江南织造新贡的浅浅樱花色轻容珍珠锦，像四月樱花翩翩飘落时最难挽留的一抹柔丽，撞入眼帘时，娇嫩得令人连呼吸也不自觉地轻微了。那裙裾上一对并蒂花鸟交颈相接，极尽绰约有情之态，风动处色如霞影，飘扬绚烂，华丽而不失婉约之气。袖口用米珠并萤石穿以淡银白色的丝线绣了精致的半开梨花，更见清雅别致，与她精心绾就的发髻上数枚云母水晶同心花钿交相辉映，更兼一对金镶玉步摇上镂金蝶翅，镶着精琢玉串珠，长长垂下，并着六对小巧的滚金流珠发簪，格外有一种华贵之美。原来皇帝的恩幸与荣宠，可以让一个女人绽放得如此娇美。

此时明月悬空，玉宇清宁，月光无尘无瑕入窗，不觉盈满一室。嬿婉的脸却红肿高起，在烛火下尤为明显，连如懿也不由得注目。

嬿婉见了如懿，徐徐恭敬拜倒："皇后娘娘凤体安康，福绥绵长。"

如懿置身九莲凤尾宝座之上。容珮道："有令妃伺候皇上，皇后娘娘自然安康。哎，令妃的脸怎么了？"

嬿婉缩着身子，无比谦卑："皇后娘娘，舒妃之事臣妾欠了的掌嘴，先自行补上。"

如懿淡淡的："舒妃之事是皇额娘下旨惩罚，你该先去向皇额娘回禀。"

嬿婉声音柔婉得如春日枝上呖呖婉转的百灵："太后让容珮监刑，是要臣妾知道，受皇后娘娘管教，是臣妾的本分。而且臣妾私去木兰围场，违反的是皇后治下的宫规，是该先来向娘娘告罪。"

容珮哪里肯听她辩白，冷笑一声："令妃明知违反宫规还要做，那就是明知故犯。您还这般把话都说尽了，是想让皇后娘娘怎么惩罚？"

嬿婉越发伏低："无论怎样，受皇后娘娘管教，是臣妾的本分。"

容珮笑了起来："嫔妃的本分里可没有打扮成宫女尾随皇上去木兰围场唱着曲儿伺候。"

嬿婉含笑望着容珮道："让皇上高兴，就是嫔妃的本分。"

如懿捻着一串东珠碧玺十八子手串不语，那手串上垂落的两颗翠质结珠，沙沙地打在她手指上，有微雨颤颤似的凉。她沉声道："你既病着要回紫禁城静养，怎么突然便去了木兰围场了。你这病啊也太厉害了，能让你精神百倍奔赴千里到皇上身边。这样好的病，只怕是宫里人人都要羡慕了。”

嬿婉似一只在溪边啜饮溪水受到惊吓的小鹿，白皙娇嫩的手按在胸口，惶然欲泣：“臣妾想着自己病重，一心惦念皇上，只怕不见上皇上一面，若是自己撑不住，岂不终身抱憾？所以左右拼着一死，才大胆去了木兰围场。”

如懿抬头望着殿顶的水彩壁画，金粉灿灿，描摹的神仙故事仿佛是最好的一台戏，演着不真实的喜怒哀乐。

容珮不屑地道：“原来令妃的病一到木兰围场就能好了，可以即刻痊愈，能歌会唱。”

嬿婉的声音细细柔柔，仿佛能掐出水来：“情不知所起，一往而深，生者可以死，死者可以生。相思无因，生死都是一念间，何况臣妾区区之病，一见皇上，自然什么都好了。”她抬头瞥一眼如懿，“或者说，皇上洪福齐天，荫庇臣妾了。”

这样的言语，自然是无可挑剔。落在男人的眼中、耳里，怕更是触动柔肠吧。

如懿垂下眼眸，浅浅划过一丝冷笑：“这样说来，倒是本宫不好，不让你见皇上，才叫你惹出一身的女儿病来。”

嬿婉的微笑如秋水生波，涟漪缓缓，双目中甚至浮升起一层朦胧的水雾。她美丽的容颜温顺而驯服，让人不由得生怜：“臣妾来见皇后娘娘，一是自知冒犯宫规前来谢罪，二是有一份大礼献与皇后娘娘。”

如懿好整以暇，指间的红宝金戒指划出一道流丽的光影，熠熠生辉：“什么大礼？说来听听。”

嬿婉柔声地一字一字吐出：“高斌被革职了。”

如懿心头一跳，面上却平和得波澜不兴：“高斌革职乃为国事，后宫不得干预，本宫没有兴趣。”

嬿婉谦卑道：“高斌贪贿革职是国事，但他私下所犯的恶行，是与皇后娘娘有关。”

如懿一震，盯着嬿婉。嬿婉徐徐将当日那尔布失足落水一事道来，只道是高斌让人推下水的。

如懿犹是不信：“你如何查知？本宫阿玛故去多年，你为何突然动了心思去查阿玛的死因？”

嬿婉丝毫不怯：“臣妾自知卑微，一心想为皇后娘娘尽心出力，这才去查。果然天理昭昭，让臣妾找到当日受指使害死那尔布大人的那个河工，他都招了。”

如懿并不十分相信。容珮也疑问不已：“那河工瞒了那么多年，如今能招出什么？”

“皇后娘娘，那河工说高斌大人给了他百两银子的好处，要他趁您阿玛巡查堤坝时推他落水。那河工照做之后，心中一直不安，流落在外，贫病交加，自以为是受了上天责罚。所以臣妾追查，他便都说了。皇后娘娘若不信，左右那河工已被带到京中，皇后娘娘查问便是。”

嬿婉说得如此细致，不似伪言。如懿只觉得脑中汹涌，那热浪如岩浆滚冲四溢，所经之处，痛得不能思考。阿玛，阿玛，原来竟去得如此冤枉！

容珮忙递上一盏茶水，轻轻唤道：“娘娘。”

如懿稍稍冷静了些许，审视着嬿婉：“你费尽心思，是想借本宫的阿玛之事为自己将功抵过，逃过罪责吧。”

嬿婉小心看着如懿脸色，温顺道：“臣妾这点心思都瞒不过您，但请娘娘明鉴，臣妾也盼能开解娘娘丧父之痛。若娘娘觉得臣妾此事不够将功抵过，臣妾甘受责罚。”

片刻的静默后，容珮慢悠悠道：“令妃娘娘，您是皇上跟前的宠妃，责罚了您，谁伺候皇上呢？”

嬿婉膝行到如懿跟前，一脸楚楚：“臣妾从前有所过失，皆因出身卑微，不识大体，但臣妾敬重皇后娘娘之心，从无拂违。臣妾虽然愚笨，但求能趋奉皇后娘娘左右，奉洒扫之责，臣妾就欢喜不尽了。”

容珮满面堆笑，出口却字字犀利：“令妃小主要在皇后娘娘身边奉洒扫之责，那奴婢们该去哪儿了呢。得了，皇后娘娘由奴婢们伺候，小主尽心伺候皇上便是。若能六宫里个个安分，便是皇后娘娘的清闲了。”

嬿婉听她这般说话，脸上到底挂不住，只仰面看着如懿。

如懿沉吟片刻，只是肃然如寻常：“就算你所言是真，这也是私情，不能抵你违反宫规之过。今日起以一月为期，你每日行板著之罚两个时辰。春婵是跟着令妃去的，杖责二十。”

嬿婉不想如懿仍是如此责罚，不觉微微变了脸色，很快又觉得不妥，忍耐着俯首三拜：“臣妾谢皇后娘娘。只是皇上召了臣妾今夜侍寝，可否容臣妾明日再受罚？”

如懿颔首：“明日容珮会到永寿宫看着你和春婵受罚。”说罢，再不理会。嬿婉俯首三拜，躬身退去。容珮望着她出去了，狠狠地啐了一口道：“做作！矫情！”

如懿按一按容珮的手：“方才你的言语里已经敲打过她了，不必再说什么。”

容珮这才好些，说出自己的疑问：“娘娘，奴婢倒是疑惑，令妃能顺顺当当去了木兰围场，又能查到高斌害那尔布大人之事，定是有人帮忙。高斌遭难，最高兴的怕是慈宁宫，您说令妃身后会不会是慈宁宫？”

如懿取过一个珐琅雕花盒，用食指蘸了一点儿薄荷膏轻轻揉着额角，心里才安稳了些许道：“难说。容珮，你眼下去查令妃所谓的河工要紧，还有当年与阿玛共事之人。务必要将阿玛离世之事问个明白。”她想了想，“你和毓瑚一起去。”

容珮明白：“奴婢明白，娘娘是想让皇上知道此事。”

如懿点了点头，满心悲痛，再不肯言语。

嬿婉在养心殿的围房除去衣衫，卸妆披发，被宫女们裹上锦被，交到侍寝太监手中。寝殿内皇帝已然斜倚在榻上等她。明黄的赤绣蟠龙锦缎帷帐铺天盖地落落垂下，嬿婉听着宫人们的脚步渐次退远，便从自己的粉红锦被中钻出，一点一点挪入皇帝怀中，露出一张洗去铅华后素白如芙蕖的脸。

皇帝笑着抚摩她的脸颊："朕就喜欢你蛾眉不扫，铅华不御，就像那日朕在木兰汤泉漫天星光下见到你，让朕惊艳之余念念不忘。"

嬿婉看着烛光莹亮，照得帐上所悬的碧金坠八宝纹饰，华彩夺目，直刺入心，让她心生欢喜。仿佛只有这样华丽的璀璨，才能让她那颗不定的心有了着落。

终于，终于又可以在这里度过一个清漫的长夜。用自己得意而欢愉的笑声，去照亮紫禁城中那些寂寞而妒恨的眼。

嬿婉将半张粉面埋在皇帝怀中，娇滴滴道："是皇上长情顾念，不厌弃臣妾这张看了多年的脸面而已。"

皇帝笑着吻上她的面颊，手指留恋着她光腻的颈，低语细细："能让朕不厌弃的，便是你的好处。"

嬿婉躲避着皇帝的胡须拂上面颊，笑声如风中银铃般清脆呖呖。她略一挣扎，牵动耳垂一对垂珠蓝玉珰。她低低痛呼了一声，也不顾耳垂疼痛，先摘下耳珰捧在手心对着烛火细细查看，十分在意。片刻，见耳珰浑然无损，嬿婉复又小心戴上，柔声道："是臣妾不小心了。"

皇帝见她如此在意，便道："这耳珰朕见你常常戴着，你很喜欢么？看着倒是有些眼熟。"

嬿婉爱惜地抚着耳珰上垂落的两颗晶莹剔透的明珠，生了几分寥落的怅然："臣妾说了，皇上不会怪罪臣妾？"

皇帝轻怜道："自然不会。"

嬿婉娇怯怯地抬眼："这副耳珰是舒妃生前喜爱的，也是她遗物之一。臣妾顾念多年姐妹之情，特意寻来做个念想。"

皇帝脸上闪过一丝乌云般的荫翳，淡淡道："宫里好东西多的是，明日朕赏你十对明珠耳珰，供你佩戴。过世人的东西不吉，便不要再碰了。"

嬿婉怯生生道："皇上说得是。只是臣妾怜悯舒妃早逝，十阿哥也早早夭折，心里总是放不下。"

皇帝念及十阿哥，也有些不忍，道："从前朕是见你与舒妃来往，想来也是你心肠软，才这般放不下。舒妃也罢了，十阿哥，也是可怜。"

嬿婉眼角闪落两滴晶莹的泪珠，显得格外楚楚："若十阿哥不曾早夭，舒妃也不会疯魔了心性。说来当时舒妃骤然遇喜，臣妾十分羡慕，连皇后娘娘也时常感叹不及舒妃的福气，谁知到头来竟是舒妃先去了。"

皇帝默然片刻，也生出几许哀叹之意："朕多有皇子早夭，不仅是十阿哥，还有二阿哥、七阿哥和九阿哥，想来父子缘薄，竟是上苍不悯。"

嬿婉轻拭眼角泪痕："为父子母女皆是缘分。臣妾自己没有子女，也是缘分太薄的缘故。"她说着，便动了伤心。皇帝看她脸上犹带红肿，知道是为前次之事自行责罚的缘故，一时也不好多问，只道："你去向皇后谢罪，皇后如何说？"

嬿婉忙道："皇后娘娘是中宫之主，无论怎样教诲臣妾都合该承受。譬如这回臣妾私自去了木兰围场，皇后娘娘要臣妾受板著之刑两个时辰，臣妾也会受着。"

皇帝眉心一动，曲折如川："板著之刑？那是罚有错的宫女的。"

皇帝知道那板著之刑，受罚之人弯腰伸臂，用手扳住两脚，身子不许弯曲。有人受刑后头晕目眩甚至呕吐成疾。

嬿婉哀哀若梨花春雨："或许皇后娘娘不喜臣妾因为思慕您而扮成宫女去了木兰围场。"

皇帝安慰地拍着她瘦削的肩头："皇后主持六宫，的确不愿这样的事发生，否则往后也无法管束嫔妃。你要受罚服皇后教诲，朕会让太医在你受罚后为你医治。”

嬿婉见皇帝并无怪责皇后之意，只得掩饰了不满，低柔道：“臣妾明白。只要能和皇上在一起，臣妾什么都不怕。”

皇帝抚上她的下颌，呵气轻绵：“好了，良宵苦短，何必总念着这些。”

嬿婉泪痕未干，低低嘤咛一声，扑哧一笑，伏在了皇帝怀中，双双卷入红衾软枕之间。

毓瑚查知高斌之事时，已经是半个月后了。害了那尔布大人的河工毓瑚与容珮都已查过了，当年的细节都对得上，想来不会出错。秋风乍起的时节，皇帝闻知，心头凉意更添了几分：“好好，他父女勾结，做下的好事，一个乱后宫，一个动朝臣。看来朕只想将高斌革职，是轻纵了他。”他想了想，又问，“朕没吩咐你，你怎么又想到追查此事了？是皇后在查？”

毓瑚便将嬿婉禀报如懿之事说了，道：“听说是令妃娘娘动了心念，去木兰围场时就派人查问了，想来是怕为私自离宫的事受皇后娘娘责罚，所以动了这念头。”

嬿婉这般心思多，皇帝倒是不置可否，只是看毓瑚：“听你的话头，似乎不大喜欢令妃。”毓瑚忙赔笑：“都是主子，奴婢哪有什么喜欢不喜欢。”皇帝也是淡淡的：“令妃是有心眼儿，可这心眼儿若讨了人喜欢，也不算什么。”

二人正说话，外头却是刘统勋和傅恒求见。皇帝便让毓瑚退下，与臣子说了两句，原是他们知道了皇帝对高斌起了革职之念，特来面见皇帝，以高斌是治水人才和年迈重病之由，又多年忙于河工要务来求情。

皇帝本有那尔布之事，又不便明言，说出慧贤皇贵妃父女身前之过，心头更是烦闷，索性定了将高斌革职。傅恒和刘统勋再不能说什么，只得走了。皇帝走出来，月华初上，如懿已经候在了台阶下。皇帝见她如此，心头不忍，忙握住她的手道：“怎么不进来？”

如懿泪眼盈然：“想为私情求皇上，又怕扰了国事。”

皇帝知道如懿心中所想，便道：“朕已定了让高斌革职，听说他重病不起，朕若杀他，会过于无情了。”

如懿明白皇帝的为难，颔首道：“臣妾不想让皇上被人议论寡恩。但杀父之仇，臣妾若不理会，不孝至极。臣妾知道皇上怜悯高斌有才，不如留高斌一个闲职。一个能治水的人，当尽职于任上，不可赋闲于家中。”

皇帝了然：“既然高斌病重，那就不许延医问药，由他自生自灭。你阿玛于工上过身，高斌来日也当如此。”

如懿衔了一丝恨意：“高斌一生功过，皇上最清楚，他有治水之才，却囿于私情，才犯下过错。哪怕将来累死在工上，有追封也是应当的。”

皇帝握住她的手，好生安慰了几句，便往慈宁宫去。

容珮扶着如懿走远，才又说起嬿婉之事：“如今令妃这样得宠，连忻嫔都被比下去了……”

“忻嫔是不会被比下去的。忻嫔虽然性子直爽，但不是蠢笨的人。何况皇上重视准噶尔之事，是不会冷落了忻嫔的。”如懿捻着一串碧玺十八子，以圆珠的冰凉，来平静灼热的气息，“不是令妃得宠便是旁人得宠，你方唱罢我登场，风水轮流转罢了。本宫是皇后，是中宫，无论谁得宠都不会改变。何不冷眼旁观，暂取个分明呢。”

容珮稍稍放心，低声道：“只是令妃尚且年轻，迟早会为皇上生下龙胎，那时候她的地位岂不更加稳固？娘娘可要稍做防范？”

月光似皎皎流素，缓缓泻落。如懿轻匀的妆容柔美平和，浸润在月影中，更添了一丝稳重：“论及子女，难道纯贵妃与嘉贵妃的孩子还不多？若要地位稳固，只在皇上心意，而非其他。皇上已经有那么多皇子、公主，即便令妃生下什么，孩子年幼，也不必怕。”如懿长叹一声，幽幽道，“本宫所担心的，只是令妃的心性。容珮，你可记得那日来，她的手指上多了好些红肿处？”

容珮蹙眉疑道：“奴婢看到了。只是令妃恩宠正盛，养尊处优，难道还要自己劳作？”

长街上摆设的一盆盆紫菊开得那样好，浸在洁净的月光底下，寂寂孤绝。如懿随手折下一枝把玩，摇头道：“那是被弓弦勒出的痕迹。听闻在木兰围场时，令妃常常陪伴皇上行猎骑射。本宫记得令妃不比满蒙女子擅于骑射，她一定是暗中下了不少苦功练习才会如此。”

容珮道：“这半个月来，令妃每日受板著之刑，直至呕吐，却也不肯求饶。”

“这个女子，外表柔弱，内心刚强，不可小觑了。”

容珮犹疑道：“那咱们该怎么做？”

如懿轻轻嗅了嗅紫菊清苦的甘馨：“知其底细，静观其变。”

皇帝自回宫之后，多半歇在嬿婉和忻嫔宫中，得闲也往颖嫔、恪常在处去，六宫的其余妃嫔，倒是疏懒了许多。绿筠和海兰不得宠便也罢了，玉妍是头一个不乐意的，庆嫔和晋嫔亦是年轻，嘴上便有些不肯饶人了。

如懿偶尔听见几句，便和言劝道：“莫说年轻貌美的人日子还长，便是嘉贵妃又有什么可说的呢？当日在木兰围场嘉贵妃是嫔妃中位分最高的，还不是眼睁睁地看着令妃复宠，如今又何必把这些酸话撂到宫里来。”

玉妍气得银牙暗碎，亦只是无可奈何，便笑道：“皇后娘娘原来已经这般好脾气了。臣妾还当娘娘气性一如当年，杀伐决断，眼里容不得沙子呢。”

如懿吩咐了芸枝给各位嫔妃添上吃食点心，应答间无一丝停滞：“岁月匆匆如流水，如今自己都为人母了，什么火暴性子也都磨砺得和缓了。嘉贵妃不是更该深有体会么？”

幸而永琪风头正盛，玉妍倒也能得些安慰，便道：“臣妾自知年华渐逝，比不得皇后娘娘位高恩深，只能把全副心思寄托在儿子身上了。”她摇一摇手中的金红芍药团花扇，晃得象牙扇柄上的桃红流苏沙沙作响，“臣妾都年过四十了，幸好有个大儿子争气，眼看着要成家开府，也有个指望，若是儿女年幼的，得盼到什么时候才是个头呢。”

婉茵听得这话明里暗里都是在讽刺如懿，她又是个万事和为贵的性子，忙笑着打岔道：“都快到十月里了，这些日子夜里都寒浸浸的，嘉贵妃怎么还拿着扇子呢？”

玉妍盈盈一笑，明眸皓齿：“我诗书上虽不算通，但秋扇见捐的典故还是知道的。”她眼光流转，盈盈浮波，瞟着如懿道，“‘常恐秋节至，凉飙夺炎热。弃捐箧笥中，恩情中道绝。[①]’婉嫔你早不大得宠也罢了，咱们这些但凡得过皇上宠幸的人，谁不怕有一日成了这秋日的扇子被人随手扔了呢？所以我才越发舍不得，哪怕天冷了，总还是带着啊。”

婉茵是个老实人，口舌上哪里争得过玉妍，只得低头不语了。如懿清浅一笑，转而肃然：“人人都说秋扇见捐是秋扇可怜，换作本宫，倒觉得是秋扇自作自受。所谓团扇，夏日固然可爱，舍不得离手，到了秋冬时节不合时宜，自然会弃之一旁。若是为人聪明，夏日是团扇送凉风，冬日是手炉暖人心，那被人喜爱还来不及，哪里舍得丢弃一旁呢？所以合时宜，知进退是最要紧的。”

海兰望向如懿，会心一笑：“皇后娘娘说得极是。皇上又不是汉成帝这样的昏君，哪里就独宠了赵飞燕姐妹，让旁的姐妹们落个秋扇见捐的下场呢。幸而嘉贵妃是开玩笑，否则还让人以为是在背后诋毁皇上的

---

① 据《文选》李善注引《歌录》作无名氏乐府《古辞》。全文为：“新裂齐纨素，鲜洁如霜雪。裁作合欢扇，团团似月明。出入君怀袖，动摇微风发。常恐秋节至，凉飙夺炎热。弃捐箧笥中，恩情中道绝。”这诗用扇来比喻女子。旧时代有许多女子处于被玩弄的地位，她们的命运决定于男子的好恶，随时可被抛弃，正和扇子差不多。

圣明呢。”

海兰在人前向来寡言少语，却字字绵里藏针，刺得玉妍脸上的肌肉微微一搐，随手撂下了扇子，呵斥身边的丽心道：“茶都凉了，还不添些水来，真没眼色。”

如懿与海兰相视而笑，再不顾玉妍，只转首看着绿筠亲切道：“本宫前日见了皇上，提起永璋是诸位皇子中最年长的，如今永瑊和永琪都很出息，也该让永璋这个长子好好做个表率，为宗室朝廷多尽些心力了，且皇上已经答允了。”

玉妍的脸色登时有些不好看，她沉吟片刻，旋即满脸堆笑：“哎呀！原来皇后娘娘是前日才见到皇上的，只是呀，怕前日说定的事昨日或许就变卦了。如今皇上一心在令妃身上，或许昆曲儿听得骨头一酥便忘了呢。”

嬿婉本安静地坐在角落里，听见提及自己，忙对着玉妍赔笑道：“皇上不过得闲在妹妹那里坐坐，听听曲儿罢了，心意还是都在皇后娘娘身上呢。”

玉妍“咯”地冷笑一声：“皇上原本就是在你那儿听听曲儿罢了，和从前南府出身的玫嫔弹琵琶一样，都是个消遣罢了，还能多认真呢。如今玫嫔死了这些日子，皇上可一句都没提起过呢。都是玩意儿罢了！”她长叹一声，迎向如懿的目光，“说来皇后娘娘疼纯贵妃的三阿哥也是应当的，谁叫皇后娘娘与行三的阿哥最有缘呢。”

这话便是蓄意的挑衅了，刻薄到如懿连一贯的矜持都险险维持不住。是啊，多少年前的旧事了，若不是玉妍是潜邸的旧人，怕是连如懿自己的记忆都已经模糊成了二十多年前一抹昏黄而朦胧的月光了。

颖嫔本是出身蒙古，资历又浅，原不知这些底细，忍不住问道：“皇后娘娘生的是十二阿哥，又不是三阿哥，哪儿来什么和行三的阿哥最有缘呢？”

绿筠听得不安，不觉连连蹙眉。海兰旋即一笑，挡在前头道：“什么有缘不有缘的？嘉贵妃最爱说笑了。”

玉妍正巴不得颖嫔这一句，掩口笑道：“愉妃有什么可心虚要拦着的？当年皇后娘娘不是没嫁成先帝的三阿哥么。哪怕有缘，也是有缘无分哪！皇后娘娘，您说是么？”

如懿淡淡一笑：“嘉贵妃说话越来越风趣了。想来孝贤皇后在胜水峪皇陵寂寞，也很喜欢你前往说话解闷。”

玉妍听得“皇陵”两字，立刻不再言语。

嬿婉看玉妍尴尬，也道：“嘉贵妃还是言行仔细些，免得到时候四阿哥又要替您子承母过。”

如懿懒得理会，只说笑了几句，便也散了。

贰肆 皇子

日子安静了几天，这一日秋风习习，寒意如一层冰凉的羽衣披覆于身。可是外头的阳光却明灿如金，是一个极好的秋日晴好午后，如懿在窗下榻上和衣养神，听着镂花长窗外乳母哄着永琪玩耍，孩子清脆的笑声，总是让人心神放松，生出几分慵怠之意。

这几日来，皇帝在前朝忙于准噶尔之事。听闻皇帝命令东归而来的杜尔伯特台吉车凌移居乌里雅苏台，此事引起新封的准噶尔亲王、端淑长公主额驸达瓦齐的不满，一怒之下便不肯遣使来京参见，扬言必要车凌移出乌里雅苏台才肯罢休。

准噶尔部与杜尔伯特部的纷争由来已久。尤其乾隆十八年，达瓦齐为夺多尔札权位，举兵征战，洗劫了杜尔伯特部，夺走了大批牲畜、粮草、财物，还大肆掠走儿童妇女，使杜尔伯特部浩劫空前。车凌身为部落之首，忍无可忍，只得率领一万多部众离开了世居的额尔齐斯河牧坞，东迁归附大清到达乌里雅苏台。皇帝对车凌率万余众倾心来归的行为极为满意，不仅亲自接见了车凌，还特封为亲王，以表嘉奖。为显郑重，皇帝特命四阿哥永珹和五阿哥永琪筹备接风的礼仪，以表对车凌来归的喜悦之心。

这一来，永珹自然在前朝备受瞩目，连着金玉妍亦在后宫十分得脸。嫔妃们虽不敢公然当着如懿的面趋奉玉妍，然而私下迎来送往，启祥宫的门槛也险险被踏烂了。甚至连多年不曾侍寝承宠的海兰，因着永琪的面子，也常常有位分低微的嫔妃们陪着奉承说话。

如懿只作不知，亦不许翊坤宫中宫人闲话，只自取了清净度日。

阳光熏暖，连御园芳渚上的闲鹤也伴着沙暖成双成对交颈而眠，寝殿前的拾花垂珠帘帐安静低垂，散出淡白色的熠熠柔光，一晃，又一晃，让人直欲睡去。正睡意蒙眬间，却听三宝进来悄悄站在了身边。如懿听得动静，亦懒怠睁眼，只慵倦道："什么事？"

三宝的身影映在海棠春睡绡金帐上，随着风动隐隐摇曳不定，仿佛同他的语气一般，有一丝难掩的焦灼："愉妃小主急着求见娘娘，听说是五阿哥受了皇上的叱责，不大好呢。"

如懿霍然睁开眼眸，睡意全消，心中却本能地不信："永琪素来行事妥当，怎会突然受皇上叱责？"

三宝诺诺道："这个奴才也不知了。"

如懿即刻坐起，沉声唤道："容珮，伺候本宫梳洗更衣。三宝，请愉妃进来，暖阁稍候。"

如懿见到海兰时不禁吓了一跳，海兰向来是安静如鸢尾的女子，是深海蓝色般的静致，花开自芬芳，花落亦不悲伤。如懿与她相识相伴多年，何曾见过她这般惊慌失措的样子，汹涌的眼泪冲刷了脂粉的痕迹，更显悲苦之色，而素净的装扮，让她更像是一位无助的母亲，而非一个久居深宫的得体妇人。海兰一见如懿便双膝一软跪了下去，凄然道："皇后娘娘，求您救救永琪！"

如懿见她如此，不免有些不安，忙携了海兰的手起来，问道："究竟出了什么事？"

不问则已，一问之下海兰的泪水更是如秋洪奔泻："皇后娘娘，永琪受了皇上的叱责……"一语未完，她哭得更厉害了。

如懿见不得她这般哭泣，蹙眉道："哪有儿子不受父亲叱责的，当是宠坏了的孩子么？"她摘下纽子上的水色绢子，替她擦拭泪水，"好好说便是。"

海兰极力忍了泪道："皇上命永珹和永琪对杜尔伯特部亲王车凌郑重相待，两个孩子固然是极尽礼数，不肯懈怠。但永琪那孩子就是年轻，说话不知轻重，不好好跟着永珹学事便也罢了，居然私下里说了句'皇阿玛这般厚待车凌，是要将端淑姑母的夫君放在何地呢？达瓦齐尚不足惜，但也要顾及端淑姑母的颜面啊！'"

如懿心中一沉，倒吸了一口凉气："永琪说者无心，可是居然被有心人听了去，告诉了皇上是么？而且这个有心人还是他的好兄长永珹对不对？"

海兰哭得哽咽，只是一味点头，半晌才道："永珹也是当玩笑话说给皇上听，小孩子能懂什么？可是皇上……"她忍不住又要哭，但见如懿盯着她，只好攥着绢子抹去泪水，"皇上听了大为生气，说永琪心中只有家事，而无国事；只有亲眷，没有君臣！永琪哪里听过这样重的训斥，当下就向皇上请罪，皇上罚他在御书房跪了一个时辰，才叫赶了出来，再不许他理杜尔伯特部亲王之事！"

如懿的面色越来越阴沉，与她温和的声音并不相符："不许理便不许理吧。把永琪带回来，好好调教些时日，教会他如何管好自己的舌头，不要在人前人后落下把柄。否则，这次受的是训斥，下次便不知道是什么了。"

海兰悲泣不已，如被雨水重重拍打的花朵，低下了细弱的茎叶："娘娘与臣妾这么多年悉心调教，竟也让永琪落了个不许理事、备受训斥的地步。臣妾想想真是伤心，这些年来，受过皇上训斥的皇子，哪一个是有好下场的？大阿哥抱憾而死，三阿哥郁郁寡欢，如今竟也轮到臣妾的永琪了。”

檐下的秋风贴着地面打着旋儿冰凉地拂上裙角，如懿盯着海兰，以沉静的目光安抚她慌乱失措的神情。她的声音并不高，却有着让人安定的力量，道：“海兰，你觉得咱们悉心教出来的孩子，会不会说这样昏聩悖乱的话？”

海兰愣了愣，含泪摇头：“不会。永琪是个好孩子，臣妾不信他会忤逆君父，他只是无心而已。”

“是啊，永琪是咱们费了心血教出来的好孩子。可是……”如懿的目光渐次凉下去，失了原有温和、慈爱的温度，“他若的确说出了这样的话，咱们也没有法子。”

如懿看了一眼跪在地上哭得妆容凌乱的海兰，转过身，语气淡漠如霜雪：“容珮，扶愉妃回宫。她的儿子失了分寸，她可别再失了分寸叫皇上厌弃了。”

海兰看着如懿的背影被一重重掀起又放下的珠帘淹没，无声地张了张嘴，伤心地伏倒在地。

此后，永琪便沉寂了下来，连着海兰的延禧宫也再无人踏足。落在任何人眼中，失去皇帝欢心的永琪都如一枚弃子，无人问津。哪怕宫人们暗地里议论起来，也觉得永琪的未来并不会比苏绿筠郁郁不得志的三阿哥永璋更好。更甚的是，海兰的身份远不及身为贵妃的绿筠高贵，更不及她膝下多子，所以永琪最好的出路，也不过是如早死的大阿哥永璜一般了。

人情如逐渐寒冷的天气，逼迫着海兰母子。永琪不愿见人，海兰便也紧闭了宫门，在人前也愈加不肯多言一句，两人只关起门来安静度日。

偶尔皇帝问起一句：“皇后，永琪到底也是养在你名下的孩子。朕虽然生气，你也不为他求情？”

如懿安安静静地服侍皇帝穿好上朝穿的袍服，以平静如秋水的眉目相对：“皇上叱责永琪，必然有要叱责他的道理。”

皇帝叹了口气：“永琪这孩子太过重情，让他记一次教训也好。这一点，还是永珹情理分明些。”

“永珹和永琪各有好处，便是永璋，品性敦厚，对福晋也好。说来几个阿哥互补些便好，兄弟齐心，其利断金嘛。”

“皇后说得极是。”他挽过如懿的手，“上朝还早，朕很想再看看璟兕。你陪朕去。”

一到入冬，璟兕便格外气喘难安，皇帝与如懿都是心疼。孩子胎里带来的心症，也着实可怜。皇帝一心记挂着璟兕，也便不再提永琪了。

而与永琪的落寞相比，永珹更显得一枝独秀，占尽了风光。

因着准噶尔亲王达瓦齐未遣使来京，皇帝并不曾顾及这个妹夫的颜面，反而待车凌愈加隆重。永珹更是进言，准噶尔以游牧为生，一切日常所用皆依赖与我大清交换所得，不必对达瓦齐假以颜色，因而到了十一月，皇帝便下谕暂停与准噶尔的贸易。

而更令永珹蒸蒸日上被皇帝援以为臂膀的，是轰动一时的江西生员刘震宇案。彼时江西生员刘震宇以所著《治平新策》中有“更易衣服制度”等语被人告发，引来皇帝勃然震怒。

那一日，如懿正抱着璟兕陪伴在皇帝身侧，见皇帝勃然大怒，将《治平新策》抛掷于地，便道：“皇上何必这样生气，区区小事，交给孩子们处置便是了，生气只会伤了龙体啊。”

皇帝凝眸道：“你的意思是……”

如懿拍着璟兕，笑容轻柔恬静：“永璋和永珹都长大了，足以为皇上分忧。这个时候，不是两位阿哥正候在殿外要向皇上请安么，皇上大可听听两个孩子是什么主张，合不合皇上的心意，再做决断也不迟啊。”

皇帝沉吟片刻，便嘱咐李玉唤了两位阿哥入殿，如懿只道“妇人不得干政”，抱了璟兕便转入内殿。

京城进入了漫长的秋冬季节，连风沙也渐渐强烈。空气里永远浸淫着干燥的风尘气息，失却了潮湿而缱绻的温度，唯有大朵大朵的菊花抱香枝头，极尽怒放，开得欲生欲死。

如懿闲来无事，抱着璟兕轻轻哼唱不已。

那是张养浩的一段双调《庆东原》，南府戏班的歌伎娓娓唱来，甚合她心意，那词曲记得分明。

“人羡麒麟画，知他谁是谁？想这虚名声到底原无益。用了无穷的气力，使了无穷的见识，费了无限的心机。几个得全身，都不如醉了重还醉。”

如懿轻轻哼唱，引得璟兕咯咯笑个不已。外头风声簌簌，引来书房里的言语一字一字清晰入耳。

是三阿哥永璋唯唯诺诺的声音：“儿臣不知，但凭皇阿玛做主。”

皇帝的声音便有些不悦：“朕问你，难道你自己连主张也没有么？”

如懿想也想得到永璋谨慎的模样，必定被逼出了一头冷汗。那边厢永璋正字斟句酌道：“儿臣以为，刘震宇通篇也只有这几句不敬之语，且江南文人的诗书，自圣祖康熙、世宗雍正以来，都颇受严苛，若皇阿玛能从轻发落，江南士子必定感念皇阿玛厚恩。”

有良久的沉默，却是四阿哥永珹的声音打破了这略显诡异的安静。他的声音朗朗的，比之永璋，中气颇足：“皇阿玛，儿臣以为三哥的主意过于宽纵了。自我大清入关以来，江南士子最不驯服，屡屡以诗书文字冒犯天威，屡教不改。从圣祖到世宗都对此严加惩处，绝不轻纵。皇阿玛与儿子都是列祖列宗的贤孝子孙，必定仰承祖训，绝不宽宥！”

皇帝的声音听不出半分喜怒，甚是宁和：“那么永珹，你做何打算？”

永珹的回答斩钉截铁，没有半分柔和的意度：“刘震宇竟敢言‘更易衣服制度’，实乃悖逆妄言，非死不能谢罪于大清。”

永璋似乎有怜悯之意，求道：“皇阿玛，今年浙江上虞人丁文彬因衍圣公孔昭焕揭发其制造逆书，刑部审实，皇阿玛已下令行磔刑，将其车裂，还株连甚广，闹得文人们人心惶惶，终日难安，不敢写诗作文。此次的事，皇阿玛何不恩威并济，稍稍宽恕，也好让士子文人们感念皇阿玛的恩德。”

永珹哼了一声道：“三哥这话便错了！越是宽纵，他们越是不知天高地厚，何曾感激皇恩浩荡，反倒越发放肆了！否则这样的事怎么会屡禁不止？昔年我大清入关，第一条便是‘留头不留发，留发不留头’。连陈名夏这样为顺治爷所器重的汉臣，因说了一句‘若要天下安，复发留衣冠’的大逆之言，就被顺治爷处以绞刑。皇阿玛圣明，自然不会放过了那些大逆不道的贼子！”

皇帝的沉默只有须臾，便化为一字一字的冷冽：“刘震宇自其祖父以来受我大清恩泽已百余年，且身受礼教，不是无知愚民，竟敢如此狂诞，居心实在悖逆。查刘震宇妄议国家定制，即日处斩。告知府县，书版销毁。这件事，永珹，便交予你去办了。”

皇帝的言语没有丝毫容情之处，如懿听在耳中，颇为惊心。然而永珹得意的笑声更是声声入耳：“儿臣一定会极力督办，请皇阿玛放心。”

清歌悠扬，如懿自知嗓音不如嬿婉的悠扬甜美，声声动人。可是此时金波潋滟浮银瓮，翠袖殷勤捧玉钟。对一缕绿杨烟，看一弯梨花月，卧一枕海棠风。手指轻叩，悠扬之曲娓娓溢出，深吸一口清冽的空气，淡淡菊香散尽，幽怀袅袅。

“晁错原无罪，和衣东市中，利和名爱把人搬弄。付能刓刻成些事功，却又早遭逢著祸凶。”

如懿心念微动，含了一抹沉稳笑意，抱紧怀中的孩子。

离去时已是夜深时分，唯有李玉带着十数小太监迎候在外。趁着李玉扶上辇轿的时候，如懿低声道：“多谢你，才有今日的永珹。”

李玉笑得恭谨：“奴才只是讨好主子罢了，四阿哥为皇上所喜，奴才自然会提醒四阿哥怎样讨皇上喜欢。奴才也只是提醒而已，什么舌头说什么话，全在四阿哥自己。来日成也好，败也罢，可不干奴才的事。”

如懿笑道：“他的事，自然与咱们是无碍的。”

二人相视一笑，彼此俱是了然。如懿抬首望月，只见玉蟾空明澹澹，心下更是澄明一片。

京城的四季泾渭分明，春暖秋凉，夏暑冬寒，就好比紫禁城中的跟红顶白，唯有城中人才能冷暖自知。半余年来，如懿固然因为一双子女颇得皇帝恩幸，地位稳固如旧。而金玉妍也甚得宫人奉承，只因四阿哥永珹得到皇帝的重视。而曾经与永珹一般得皇帝青眼的五阿哥永琪，却如昙花一现，归于沉寂。

待到乾隆十九年的夏天缓缓到来时，已然有一种说法甚嚣尘上，那便是嘉贵妃金玉妍的四阿哥永珹有继承宗之象，即将登临太子之位。

这样的话自然不会是空穴来风，而皇帝对永珹的种种殊宠，更像是印证了这一虚无缥缈的传言。

四月，和敬公主之夫、额驸色布腾巴勒珠尔腾入觐，皇帝欣喜不已，命大学士傅恒与永珹至张家口迎接，封额驸为贝勒。

五月，准噶尔内乱，皇帝命两路进兵取伊犁，又让三阿哥永璋与四阿哥永珹同在兵部研习军务。然而明眼人都看得出，皇帝只问永珹军事之道，并请尚书房师傅教导兵书，而对永璋，不过尔尔。

到了八月，皇帝驻跸吉林，诣温德亨山望祭长白山、松花江。赈齐齐哈尔三城水灾，阅辉发城。除了带着如懿与嫡子永琪，便是永珹作陪。九月间，又是永珹随皇帝谒永陵、昭陵、福陵。

荣宠之盛，连朝中诸臣也对这位少年皇子十分趋奉，处处礼敬有加，恰如半个太子般看待。

而内宫之中，皇帝虽然宠幸如懿与嬿婉、颖嫔、忻嫔等人居多，对年长的玉妍的召幸日益稀少，却也常去坐坐，或命陪侍用膳，或是赏赐众多。比之绿筠的位高而恩稀，玉妍也算是宠遇不衰了。

绿筠人前虽不言语，到了如懿面前却忍不住愁眉坐叹："臣妾如今年长，有时候想起当年抚养过永璜，母子一场，眼前总是浮起他英年早逝的样子。如今臣妾也不敢求别的了，只求永璋能安安稳稳地度日，别如他大哥一般便是万幸了。”

如懿捧着一盏江南新贡的龙井细细品味，闻言不由得惊诧：“永璋虽然受皇上的训斥，那也是孝贤皇后过世那年的事了。怎么如今好好的，你又说起这般丧气话来？”

绿筠忍不住叹息道：“臣妾自知年老色衰，自从永璜和永璋被皇上叱责冷待之后，臣妾便落了个教子不善的罪过，不得皇上爱幸。臣妾只求母子平安度日。可是皇后娘娘不知，嘉贵妃每每见了臣妾冷嘲热讽之外，永璋和永珹一起当差，竟也要看永珹脸色，受他言语奚落。我们母子，居然可怜到这个地步了。也怪臣妾当年糊涂，想让永璋争一争太子之位，才落得今日。”她越说越伤心，跪下哭求道，“臣妾知错了，臣妾只希望从此能过得安生些，还求皇后娘娘保全！”

绿筠处境尴尬，如懿不是不知。三阿哥永璋一直不得皇帝青眼，以致庸碌。绿筠所生的四公主璟妍虽然得皇帝喜爱，但到底是庶出之女。而六阿哥永瑢才十一岁，皇帝幼子众多，也不甚放在心上。绿筠虽然与玉妍年岁相差不多，却不及玉妍善于保养，争奇斗艳，又懂得邀宠，自然是过得不尽如人意了。

如懿见绿筠如此，念及当年在潜邸中的情分，且永璜和永璋被牵累的事多少有自己的缘故在，也不免触动心肠，挽起她道：“这话便是言重了，皇上不是不顾念旧情的人，嘉贵妃的性子你又不是不知道，有什么额娘就有什么儿子，一时得意过头也是有的。永璋如今是皇上的长子，以后封爵开府，有你们的安稳荣华呢。”

绿筠闻言稍稍安慰，抹泪道：“有皇后娘娘这句话臣妾便安心了。说来臣妾哪里就到了哭哭啼啼的时候呢，愉妃妹妹和永琪岂不更可怜？”

话音未落，却见李玉进来，见了绿筠便是一个大礼，满脸堆笑：“原来纯贵妃娘娘在这儿，叫奴才好找！”

绿筠颇为诧异，也不知出了何事，便有些慌张：“怎么了？是不是永璋哪里不好，又叫皇上训责了？”

李玉喜滋滋道："这是哪儿的话呀！恭喜纯贵妃娘娘，今日皇上翻了您的牌子，且会到钟粹宫与您一同进膳，您赶紧准备着伺候吧。"

绿筠吃了一惊，像是久久不能相信。她的笑容僵在了脸上，摸了脸又去摸衣裳，喜得实在不知该怎么办才好，念念道："本宫多少年没侍寝了，皇上今儿怎么想起本宫来了？"

李玉笑道："贵妃娘娘忘了，今儿是您当年入潜邸伺候的日子呀！皇上可惦记着呢。"

绿筠这一喜可非同小可，呆坐着落下泪来，喃喃自语："皇上还记得，本宫自己都忘了，皇上居然还记得！"

如懿笑着推了她一把："这是大喜的事，可见皇上念着与你的旧情，怎么还要哭呢？"她心念一转，忽地想起一事，唤过容珮道："去把嘉贵妃昨日进献给本宫的项圈拿来。"

那原是一方极华美的赤金盘五凤朝阳牡丹项圈，以黄金屈曲成凤凰昂首之形，其上缀以明珠美玉，花式繁丽，并以红宝翡翠伏成牡丹花枝，晶莹辉耀。

如懿亲自将项圈交至绿筠手中，推心置腹道："这个项圈足够耀眼，衣衫首饰不必再过于华丽，以免喧宾夺主，失了你本真之美。"她特特提了一句，"这样好的东西本宫也没有，还是嘉贵妃孝敬的。也罢，借花献佛，添一添你今夜的喜气吧。"

绿筠喜不自胜，再三谢过，忙忙赶着回去了。

容珮见绿筠走远了，疑惑道："昨日嘉贵妃送这个项圈来，名为孝敬娘娘，实是炫耀她所有是娘娘没有的。"她鄙夷道，"这样的好东西，凤凰与牡丹的首饰，嘉贵妃也配！"

如懿缓缓抚摩雪白领子上垂下的珍珠璎珞："凤凰与牡丹，原本该是中宫所有。可是本宫没有的东西，嘉贵妃却能随手拿出，你说是为什么呢？"

如懿不待容珮应答，举眸处见永琪携了一卷书卷入内，不觉便含笑。如懿注目于他，这些日子的萧索并未为他爽朗清举的容止染上半分憔悴，反而添了岩岩若孤松之独立朗然。

如懿心下欣慰，忙招了招手，亲切道："拿着什么？给皇额娘瞧瞧。"

永琪见了如懿，便收了一脸颓丧怯弱之色，爽朗一笑，将书卷递到如懿跟前，兴奋道："儿臣自己编的书，叫《蕉桐剩稿》，虽然才编了一点儿，但总想着给皇额娘瞧瞧。"

如懿的手指翻过雪白的书页，笑道："你自己喜欢，便是最好的。自己找些喜欢的事做，也省得听了旁人的闲言闲语。"

永琪微微有些黯然："儿臣倒还好，只是不能为额娘争气，让额娘伤心了。今儿早起见额娘又在烦心，儿臣问了两句，才知是额娘母家的几个远亲又变着法子来要钱。额娘虽然身在妃位，但一向无宠，但凡有些赏赐和月银也都用在了儿臣身上，哪里禁得住他们磨盘儿似的要。但若回绝，人家又在背后恶言恶语。好容易搜罗了些首饰送出去，他们又像见了血的苍蝇，纷至沓来。"

如懿听得蹙眉，也知道永琪所言是愉妃唯一的侄子扎齐，那人游手好闲，最是好赌。她只得劝道："谁家没有几个恶亲戚，你叫你额娘不用理会就是。也是的，这些事你额娘都不曾告诉本宫。"

永琪黯然摇头："家丑不可外扬，额娘也是要脸面的人，所以不曾说起。连儿臣都是反复追问才知道些。额娘提起就要伤心，总说家世寒微帮不上儿臣，才生出这许多烦恼。"

"愉妃只有你一个儿子，操心是难免的。"如懿淡然一笑，温和道，"只要有来日，一时的委屈都不算什么。"

永琪用力点了点头："皇额娘的教诲，儿臣都记住了。"

如懿颔首道："外人都说你是闲来无聊丧了心志，才以编书为寄托，还整日闭门不出，出门也不多话。告诉皇额娘，除了编书，平日还做些什么？"

永琪认真道："写字。皇额娘告诉过儿臣，写字能静心。"

如懿温然一笑，和煦如初阳："无事时戒一偷字，有事时戒一乱字。你能这样，便是最好。对了，你额娘如何？还这么为你哭哭啼啼么？"

永琪道："已经好多了。儿臣安静，额娘自然也不会心乱。"

如懿稍稍放心："你额娘久在深宫，这些分寸总还是有的。"

永琪思忖片刻，有些不忿道："只是今日儿臣路上过来，见四哥好不威风，去启祥宫向嘉贵妃娘娘请安，也带了好些随从，煊煊赫赫，见了儿臣又嘲讽了几句。"

如懿浅浅含笑，以温煦的目光注视着他："这半年来，永珹见了你，不都爱逞些口舌的功夫么。你忍他了么？"

永琪低头："是。儿臣都会忍耐。"

如懿笑而不语，闲闲地拨弄着手中的白玉透雕茶盏，浅碧色的茶汤蒸腾着雪白的水汽，将她的容颜掩得润泽而朦胧。如懿倒了一盏清茶，递与永琪手中："尝一尝这龙井，如何？"

永琪不解其意，喝了一口道："甚好。"

如懿徐徐道："龙井好茶，入口固然上佳。但皇额娘喜欢一种茶，不仅要茶香袭人，更要名字清雅贴切，才配得入口。譬如这道龙井，额娘觉得用来比喻你此时此刻的处境最是恰当。"

永琪不解地皱了皱眉，恭敬道："儿臣不懂，洗耳恭听。"

如懿看着盏中杏绿汤色，映得白玉茶盏绰然生碧，恍若一方凝翠盈盈："如今的你，好比龙困井中，该当如何？"

永琪眉峰一扬，眼中闪过一道流星般的光彩，旋即低首一脸沉稳："是龙，便不会长困于井中。一时忍耐，只待时飞。"

如懿为他添上茶水，神色慈爱："龙井味醇香郁，入口齿颊生香。但好茶不仅于此，更可以清心也，皇额娘希望你可以潜心静气，以图来日。"

盏中茶叶在水中一芽一叶舒展开来，细嫩成朵，香馥若兰，如同永琪舒展的笑容。"皇额娘的苦心，儿臣一定细细品味。"他想了想又道，

“儿臣听说四哥结交群臣，场面上的应付极大。每每北族进献人参，或黄玉、红玉等各色玉石，四哥都分送群臣府中，连各府女眷也得到北族所产的虹缎为佳礼。”

“北族的虹缎素以色泽艳丽、织物精密而闻名，常以锦绣江山、秀丽景致映在彩虹上，再将彩虹七色染在缎子上。北族人力、物力不足，这虹缎极费工夫，实在难得，也难为了永珹这般出手大方。”如懿微微一笑，眸中神色仿若结冰的湖面，丝毫不见波澜，“你的心思本宫都明白。只是这样的话不必你亲自去告诉你皇阿玛，自然会有人去说。你要做的无非是让人多添些口舌便是。口舌多了，是非自然也就多了。”

永琪心领神会：“皇额娘嘱咐的事，儿臣都会尽力做到最好。”

如懿轻轻握住他的手，细心地抚平半旧的青线云纹袖口间稀皱的痕迹：“皇额娘知道你这大半年来过得不好。但，你若忍不得一时，便盼不得一世。会很快了。”

永琪郑重颔首，眸中唯余一片墨色深沉的老练沉稳。

贰伍 茶心

隔了几日便有消息传来，乃是皇帝的一道谕旨，下令朝中官员不得与诸皇子来往。

这道谕旨来得甚是蹊跷，然而明眼人都明白，三阿哥永璋和五阿哥永琪被冷落，其余皇子都还年幼，能与朝中官员往来的，不外是风头正盛的四阿哥永珹。

李玉来时，见如懿兴致颇好，正抱着病情尚稳的璟兕赏玩青花大缸中的锦鲤。廊下养着时鲜花卉，檐下养着的红嘴相思鸟啁啾啼啭，交颈缠绵，好不可人。

因天气暑热，如懿又喜莲花，皇帝特意命人在庭院里放置了数个青花大缸，养着金色锦鲤与巴掌大的碗莲。缸中红白二色的碗莲开了两三朵浮在水面，游鱼穿梭摇曳，引逗得如懿和几个宫女倚着栏杆，坐在青绸宝莲绣墩上拿了鱼食抛喂嬉笑。

如懿看璟兕笑得开怀，便将她交到了乳母怀里，因着去逗弄鸟儿，方才道："皇上怎么突然下了这样的旨意？也不怕伤了永珹的面子。"

“面子是自己给自己的，若要旁人来给，那都是虚的。”李玉一笑，“前几日皇上陪伴纯贵妃，见她戴着的项圈夺目，便问了句来历，纯贵妃便老实说了。这样规制的项圈难得，奴才记得两广总督福臻所进献的礼物里便有这一样，只是不知怎么到了嘉贵妃手里，便如实回禀了。”

“你这般回禀，皇上当然会疑心去查，是不是？”如懿掐了几朵新鲜玉簪在手中，留得一手余香。

李玉道：“皇上要查的，自然会雷厉风行查得明明白白。四阿哥结交群臣之事早已流言如沸，如今不过是在适当的时候让皇上的耳朵听见而已。更何况四阿哥敢从两广总督处收受如此贵重的礼物赠予嘉贵妃，如此内外勾结，皇上哪有不忌讳的。”

“听说封疆大吏们争相结交四阿哥，送礼予他，可是总还是有明白人的吧？本宫听说忻嫔的阿玛那苏图便不是这样随波逐流的人。”

李玉低眉顺目：“可不是么？所以皇上连带着对忻嫔都格外恩宠，这两日都是忻嫔侍寝。”

如懿随手将玉簪花簪上丰厚漆黑的发髻：“虽然有这样的旨意，但皇上还是重视四阿哥的，不是么？”

李玉的目光透着深邃之意：“皇上是重视四阿哥。可五阿哥自被皇上叱责冷落之后，反而得了皇太后的青眼。塞翁失马，焉知非福啊！”

如懿微微垂头，细细理顺胸前的翡翠蝴蝶流苏。一截湖水色绣青白玉兰的罗纱袖子如流水滑落，凝脂皓腕上的紫玉手镯琳琅有声：“不管怎么说，木兰围场救父的功劳，四阿哥可是拔得头筹啊！”

李玉笑得高深：“皇上喜爱四阿哥是不假，木兰围场救父的功劳也是真。可是那日救皇上的，不只四阿哥，还有五阿哥和凌大人，咱们可是有目共睹的。至于是不是头筹……”他话锋一转，“奴才当时不在，得问问在场的人才好。”

如懿笑着剜了李玉一眼：“越发一副老狐狸的样子了。人呢？”

李玉躬身笑道：“凌大人早已候在宫外，只等娘娘传见。”

如懿摇了摇手中的团扇，懒懒道：“外头怪热的，请凌大人入殿相见吧。容珮，凌大人喜欢的大红袍备下了么？”

容珮含笑道：“早备下了。”

凌云彻疾步入殿。他立在如懿跟前，被疏密有致的窗格滤得明媚温淡的阳光覆过他的眉眼。一身纱质官服透着光线浮起流水般光泽，整个人亦失了几分平日的英武，多了几分温润之意。

如懿不知怎的，在凝神的一瞬想起的是皇帝的面容。多少年的朝夕相对，红袖相伴，她记忆里骤然能想起的，依然是初见时皇帝月光般清澈皎洁的容颜。时光荏苒，为他添上的是天家的贵胄气度，亦是浮华的浸淫，带上了奢靡的风流气息。如今的皇帝，虽然年过四十，英姿不减，依旧有着夺目的光华，但更像是一块金镶玉，固然放置于锦绣彩盒之内，饰以珠珞华彩，但早已失却了那种摄人心魄的清洁之姿。更让人觉得太过易碎，不可依靠。

而眼前的凌云彻，却有着风下松的青翠之姿，生于草木，却独立丛中，可为人蔽一时风雨。

这样的念头尚未转完，凌云彻已然躬身行礼。他礼敬而不带讨好的意味，凛然有别于众人。

如懿十分客气，示意他起身，看着容珮奉上茶来，又命赐座。

橙滟滟的茶水如朝霞流映，如懿示意他喝一口，柔缓道：“这大红袍是道好茶，红袍加身，本宫在这里先恭喜凌大人升官之喜了。”

茶香还留在口颊之内，凌云彻不觉诧异道：“微臣在皇上身边侍奉，何来突然升官之喜？”

如懿的眉眼清冽如艳阳下的水波澹澹，说得十分坦然：“凌大人能再度回宫，凭的是木兰围场勇救皇上的忠心。只是与其三人分享功劳，不如凌大人独占其功，如此岂能没有升官之喜？”

凌云彻眼中有一片清明的懂得：“微臣如何敢独占其功，那日木兰围场之事，明明是五阿哥冒险救父，挡在皇上身前，功劳最大。微臣不过是偶然经过而已。”

如懿轻叹如风：“冒险救父的是永珹，若不是他放箭射杀受惊的野马，皇上也不能得保万全。说到底，永琪不过是个最痴傻的孩子，只会挡在皇上身前以身犯险罢了。”

凌云彻道：“以身犯险舍出自己才是最大的孝心。背后放箭，说得好是救人，若放的是冷箭，或许也是伤人了。”

如懿忽然目光一凝，冷然道：“凌大人，虽然本宫当日未在木兰围场的林中，但一直有些疑惑。皇上遇险，怎么凌大人和永珹、永琪便会那么巧就出现救了皇上？”

如懿敛声注目于凌云彻，似要从他脸上寻出一丝半痕的破绽，然而承接她目光的，唯有些许讶异与一片坦诚。凌云彻拱手道：“皇上洪福齐天，也是上天垂恩，给微臣与两位阿哥这样救护皇上的机会罢了。”

他的淡定原在如懿意料之中，却不想如此无懈可击。如懿暗笑，她也不过是在疑心之余略做试探而已，时过境迁，许多事已无法再彻查。而凌云彻的表情，给了她的揣测一个阻绝的可能。

如懿盈然一笑，神色瞬间松快，和悦如暖风醺然：“凌大人无须急着辩解。本宫此言，不过是长久以来的一个疑问而已。自然了，永琪当年不过十二岁，能救护皇上也是机缘巧合而已。只是……”她略略沉吟，“自从围场之事后，这两年皇上每每去木兰秋狝，都要格外加派人手跟随，总不能畅快狩猎，也颇束手束脚。且当年暗中安置弓弩施放冷箭之人一直未曾查明，到底也是一块心病。连本宫也日夜担忧，生怕再有人会对皇上不利。凌大人时时追随皇上身边，有这样的阴狠之人潜伏暗中，只怕大人也要悬心吧？”

凌云彻的目光如同被风扑到的烛火微微一跳，旋即安稳如常：“当日皇上说过一句话，微臣铭记于心。皇上说：‘忠于朕的人都来救朕了！害朕的人，此时一定躲得最远！’”

如懿的语气隐然有了一丝迫人的意味：“本宫倒是觉得，有时候救

萬壽長夜歲歲涼

后宫 如懿传

人的人，也会是害人的那个。凌大人以为呢？”

凌云彻起身，一揖到底，以一漾温和目色相对：“娘娘说得是。当日微臣细查过，那两支暗箭都不曾喂毒。若皇上在原地不动，应当只是虚惊一场。”

“是么？”如懿目光澄明，如清朗雪光拂过于他，“那么凌大人，那日，你做了什么？”

凌云彻一滞，眸光低回而避，额上已生出薄薄汗珠。片刻，他决然抬首：“皇后娘娘，当日微臣牵颖嫔娘娘的爱驹在外遛马，曾先入林中，发现架于树枝间的弓弩。”

如懿疑惑道：“本宫记得那时查明，那弓弩并非需要有人当场施放冷箭，而是架在树枝间以银丝绷住。只要银丝一受触碰断裂，冷箭自会发出。”

“是。因树林偏僻，少有人来，所以微臣只是好奇，因而掩在树后观望。谁想皇上起兴追马至林间，枝上弓弩便发，骇然眼见变生肘腋。且当日那野马骤然闯入林间，也是因为草木间涂上了发情母马的体液，才引得野马奔来躁动。围场官员也有说是有人备下弓弩只为射杀野马。”

如懿道：“凌大人不觉得这话是推托之词么？难怪皇上之后震怒，要严惩木兰围场的官员。依本宫看，只怕真是有人费尽心机要暗害皇上，借以自重。”

凌云彻将肺腑之言尽数吐出：“今日皇后娘娘既然疑心，那微臣一定细细查访。只要是皇后娘娘吩咐的，微臣都会尽力去做，尽心去做，以还娘娘一个明白交代。”

如懿涂了胭脂红蔻丹的指甲映在白玉茶盏上，莹然生辉。她轻抿茶水，柔声道：“本宫何曾吩咐你什么，一切皆在大人自己。”

午后的日光被重重湘妃竹帘滤去酷热的意味，显得格外清凉。凌云彻有一瞬的怔忡，望着眼前的女子，梨花般淡淡的妆容，隐约有兰麝逸香，那双水波潋滟的明眸似乎比从前多出一丝温柔，是那种难得而珍贵的温柔。似乎是对着他，亦像是对着她所期许的未来。她秀长的眉眼总是隐着浅淡的笑意，那笑意却是一种惯常的颜色，像是固有的习惯，只是笑而已，却让人无法捉摸到底是喜是怒。

他在自己怔忡醒来的须臾，有一个念头直逼入心，若她的笑是真心欢喜便好。

凌云彻默然躬身，徐徐告退，走出重重花影掩映的翊坤宫。有带着暑热的风灌入衣衫的缝隙，他只觉得凉意透背，才知冷汗已湿透了一身。举首抬目，凌云彻望见一片湛蓝如璧的天色，仿佛一块上好的琉璃脆，通透澄明。恰有雪白的群鸟盘旋低鸣，振翅而过。

他的心在此刻分明而了然，若不为她，亦要为了自己。千辛万苦走到这里，岂可便宜了旁人，都得是自己的、是她的才好。

如懿看着凌云彻离去，面上不觉衔了一丝温然笑意："容珮，这大红袍还有多少？"

容珮答道："这大红袍是今春福建的贡品，咱们吃了小半年，还有一些吧。"

如懿笑道："那便尽数留着给凌大人，贺他来日升迁之喜。"

容珮取过一把翠绿黄边流苏芭蕉扇，一下一下扇出清凉的风。如懿牵动湘妃竹帘上的五色丝线流苏，半卷轻帘。一眼望去，庭院中错错落落开着龙胆、合欢、凤仙、石榴、木香、紫薇、百日红、千叶桃、玉绣球、飞燕草，红红翠翠，缤纷绚烂，如堆出一天一地的繁花锦色。彼时荷钱正铸，榴火欲燃，迎着雕梁燕语，绮槛莺啼，静院明轩，溶溶泄泄。谁会想到这般气序清和、昼长人倦的天地里，会有着让人心神难安的来日。

容珮眸光一转，已然猜到几分："娘娘是说……"

"虽然已经过了两年，但皇上从未真正放下木兰遇险之事。没有捉住放冷箭的活口，皇上寝食难安。而且本宫总觉得永瑊救驾，事情太过巧合。”

容珮吃惊：“娘娘是怀疑救驾之人中有人自己安排了这一出？”

如懿眼波中并无一丝涟漪：“宫中许多事背后都有嘉贵妃主使的痕迹，本宫不能不疑心。本宫要凌云彻查明回来，木兰围场的事永琪与他都是忠心之人。还要查出谁最可疑，让皇上警惕。”

容珮着实不安，一把芭蕉扇握在手中，不觉停了扇动：“几年来四阿哥母子是有不少举动，那娘娘不告诉皇上？”

“告诉皇上？”如懿凝眸看她，“如果皇上问起，为何本宫不早早说出这疑心，而是等永琪寥落之时再提，是否有庇护永琪攻讦永瑊之心，本宫该如何作答？此事本宫并未眼见，只是耳闻才有疑虑，并无如山铁证啊！”

容珮慨叹道：“如此，娘娘的确是两难了。可是这件事若是凌大人做的，这样一个居心叵测的人在皇上身边，对皇上岂不有害？”

“不会。”如懿看得通透，“他苦心孤诣只是想回到紫禁城中争得属于他的一份荣华富贵。为了这个心愿而布下杀局，他没这个本事，也没这个必要。如今他心愿得偿，更不会有任何不利于皇上的举动，来害了自己辛苦挣来的这份安稳。”她弹了弹水葱似的半透明的指甲，“既然这件事本宫有疑心，那么迟早皇上也有疑心。你不是不知道皇上的性子，最是多疑。等哪日他想起这层缘故来，凌云彻也好，永琪也好，都脱不了嫌疑。与其如此，不如早点儿有个了断。”

容珮轻轻叹息，似有几分不放心。连如懿自己也有些恍惚，为何就这般轻易信了凌云彻，宁可做一个懵懂不知之人。或许，她是真的不喜金玉妍与永瑊，宁愿他们落了这个疑影儿；抑或是因为昔年冷宫扶助之情，是他于冰雪中送来一丝春暖。

纱幕微浮，卷帘人去，庭中晴丝袅袅，光影骀荡，远远有昆曲袅娜飞云，穿过宫院高墙，缥缈而来。

那是一出《玉簪记》[1]，也唯有嬿婉缠绵清亮的嗓音唱来，才能这般一曲一折，悠悠入耳，亦入了心肠。

“粉墙花影自重重，帘卷残荷水殿风。抱琴弹向月明中，香袅金猊动。人在蓬莱第几宫？”[2]

午后的阳光有些慵懒，温煦中夹着涩涩而蓬勃的芳香。那是一夏最后的绚美，连花草亦知秋光将近，带着竭尽全力欲仙欲死的气性，拼力盛放至妖冶。

如懿本与嬿婉心性疏离，此刻听她曲音绵绵，亦不禁和着拍子随声吟唱。

“朱弦声杳恨溶溶，长叹空随几阵风。仙郎何处入帘栊？早是人惊恐。莫不为听云水声寒一曲中？”[3]

这样阳光熏暖、兰谢竹摇的日子，就在平生浮梦里愈加光影疏疏、春色流转。待到恍然醒神时，已是乳母抱了午睡醒来的永琪过来寻她。

儿啼声唤起如懿的人母心肠，才笑觉自己的恍惚来得莫名。如懿伸手抱过扑向她的爱子，听他牙牙学语：“额娘，额娘。”片刻又笑着咧开嘴，“五哥哥，五哥哥。”

永琪一向待这个幼弟十分亲厚，如同胞手足一般，得空儿便会来看他。如懿听永璂呼唤，便唤进三宝问：“五阿哥这两日还不曾来过，去了哪里？”

三宝忙道：“回皇后娘娘的话，五阿哥陪着太后抄录佛经去了。”

---

① 《玉簪记》：明代戏曲作家、著名藏书家高濂的《玉簪记》，描述道姑陈妙常与书生潘必正的爱情婚姻故事。剧中写少女陈娇莲在金兵南下时与家人离散，入金陵女贞观为道士，法名妙常。观主之侄潘必正会试落第，路经女贞观，陈、潘二人经过茶叙、琴挑、偷诗等一番波折后，私自结合，终成连理。

② 出自《玉簪记·琴挑》。

③ 同上。

如懿哄着怀中的永琪，随口问：“这些日子五阿哥常陪着太后么？”

三宝道：“也不是常常，偶尔而已。太后常常请阿哥们相伴慈宁宫说话，或是抄录佛经。不是五阿哥，便是六阿哥。”

太后喜爱纯贵妃苏绿筠所生之子，众人皆知。不过六阿哥永瑢长得虎头虎脑，十分活泼，原也格外招人喜爱。如懿含着欣慰的笑，如今，太后的眼里也看得见别的阿哥了。

如懿问道：“不显眼吧？”

三宝忙压低了声音：“不显眼。愉妃小主和五阿哥都受皇上冷落，没人理会延禧宫的动静。”

容珮怔了怔：“怎么太后如今也看得上五阿哥了？从前因为五阿哥是娘娘名分上的养子，太后可不怎么搭理呢。”

如懿瞟了她一眼：“问话也不动脑子了，你自己琢磨琢磨。”

容珮想了又想，眼神一亮：“哎呀！奴婢懂了。当日五阿哥为端淑长公主思虑，固然是见罪于皇上，却是大大地讨了太后的喜欢！”

如懿轻轻地拍着怀中的永琪，口中道：“端淑长公主是太后的长女，太后虽然不顾及达瓦齐，但端淑长公主的颜面与处境，她总是在意的。皇上善待车凌，达瓦齐大怒，自然也不会给端淑长公主好脸色看了。有永琪这句贴心窝子的话，即便受了皇上的训斥，太后一定也会念着永琪的好的。”

容珮道：“左右这几年在皇上跟前，是哪位阿哥也比不上四阿哥。能另辟蹊径得太后的喜爱，那自然是好。可是太后虽然受皇上孝养，但不理会朝政的事，即便有太后疼爱，便又怎样呢。”

如懿但笑不语，只是看着孩子的笑脸，专注而喜悦。

这便是太后的厉害之处了。她在先帝身边多年，与朝中老臣多是相识，哪里会真的一点儿用处都没有。可她偏偏这般淡然无争，仿佛不理世事。如懿却是清楚的，连皇帝的后宫也少不得有太后的人。而玉妍与永珹只眼看着皇帝，却无视太后，便是目光短浅，大错特错了。

自从木兰汤泉回来，嬿婉便更得恩幸。六宫粉黛三千，唯她摸准了皇帝的心思，知他久在宫中，厌倦了嫔妃千人一面的模样，才会远至行宫，讨皇帝喜欢。有时皇帝召她至养心殿，她正唱“朱弦声杳恨溶溶，长叹空随几阵风。仙郎何处入帘栊？”皇帝握住她雪白一痕臂膊，亲她鬓发：“这本《玉簪记》你唱得越发好了。朕且问你，仙郎何处去了？”嬿婉一拧水蛇似的腰身，揽住他脖子道：“入了臣妾帘栊，皇上还要走么？”

有时皇帝也会来永寿宫，着白衣书生的衣服临窗读一卷书：“青丘之山，有兽焉，其状如狐而九尾。”嬿婉披素帛，衣轻衫，散发结珠络，顶鲜花锦环，抓着一羽狐狸尾轻轻挠皇帝的脸。皇帝轻笑：“可是青丘九尾狐到来？”

嬿婉身形柔软若无骨：“书生深夜烦心，妾特来慰藉枕席。”皇帝一把抓过她的尾巴，将她扯到了自己的怀里：“朕烦心的时候，也就你还能让朕高兴。”

嬿婉低首咯咯笑出声。这么多年，终于能投其所好，怎样都是不辛苦的。

十数日后，凌云彻带着木兰围场进献的数匹刚驯化的野马养入御苑，供宫中赏玩。皇帝颇为有兴，便携嫔妃皇子前往赏看。金风初起，枫叶初红，烈烈如火。雪白的马匹养在笼中，映着园中红叶，十分好看。想是初到宫中陌生的环境，那些马儿到底野性未驯，并不听驯马师的话，摇头摆尾，不时低嘶几声，用前蹄挠着沙地，似乎很是不安。

马蹄踢铁栏的声音格外刺耳，忻嫔依偎在皇帝身边，脸上带着几分娇怯，一双明眸却闪着无限好奇，笑道：“这些驯马师也真无用！平素驯惯了的畜生也不能让它们安静下来。”她目光清亮，逡巡过皇帝身后数位皇子，笑生两靥，“听说诸位阿哥都善于狩猎，若是野马不受驯，一箭射死便也罢了。是不是？”

永珹虽未受皇帝训斥，然而也感受到皇帝对他的疏远。且这些日子皇帝宠爱忻嫔，并不去玉妍宫里，他难免为额娘抱不平，便朗声争强道：“忻娘娘这话便差了，这些马匹驯养不易，若是都一箭射杀了，哪里还有更好玩的供给宫里呢？”

忻嫔本与永珹差不了几岁，也是心性高傲的年纪，有些不服，道：“听四阿哥的意思，是能驯服了这些野马么？”

永珹轻笑一声，也不看她，径自卷起袖子走到笼前，逗弄了片刻。谁知那些野马似是十分喜欢永珹，一时也停了烦躁，乖乖低首打了两个响鼻。

玉妍见状，不免得意，扯了扯身边的八阿哥永璇，永璇会意，立刻拍手笑道：“四哥，好厉害！好厉害！”

忻嫔见永珹得意，不屑地撇了撇嘴道：“雕虫小技。哪里及得上皇上驯服四海平定天下的本事！”

皇帝见忻嫔气恼起来一脸小儿女情态，不觉好笑：“永珹，那些野马倒是听你的话！”

此时，凌云彻陪伴皇帝身侧，立刻含笑奉承道：“四阿哥熟悉野马脾性，每年木兰围场秋狝之时，四阿哥都会亲自喂养围场中所驯养的马匹。所以年年秋狝，四阿哥骑马打猎最出色。”

皇帝悬在嘴角的笑意微微一敛，仿佛不经意道：“凌云彻，你是说四阿哥每年到围场都和这些野马亲近？”

凌云彻的样子极敦厚：“微臣在木兰围场当值两年，都曾眼见。后来随皇上狩猎，也见过几次。”他满眼钦羡之色，“四阿哥天赋异禀，寻常人实难企及。”

皇帝看着铁笼外几位驯马师束手无策，唯独永珹取了干草喂食马儿，甚是得心应手，眼中不觉多了一分狐疑神色。当下也不多言，只是说笑取乐。

当夜皇帝便不愿召幸别的嫔妃，而是独自来到翊坤宫与如懿相守。红烛摇曳，皇帝睡梦中的神色并不安宁，如懿侧卧他怀中，看他眉心深锁，呓语不断，隐隐心惊，亦不能入梦，只听着夜半小雨淅淅沥沥叩响窗棂。良久，雨声越繁，打在飞檐琉璃瓦上，打在中庭阔大的芭蕉叶上，打在几欲被秋风吹得萎谢的花瓣上，声声清越。

心潮起伏间，又是风露微凉的时节啊。

夜色浓不可破，皇帝从梦中惊坐起，带着满身湿漉漉的冰凉的汗水，疾呼道："来人！来人！"

即刻有守夜的宫人闻声上前叩门。如懿忙忙坐起身来，按住皇帝的手心，向外道："没什么事！退下吧！"

九月初的雨夜，已有些微冷，晚风透过霞影绛纱糊的窗微微吹了进来，翡翠银光冷画屏在一双红烛微光下，闪烁着明灭的光。如懿取过床边的氅衣披在皇帝身上，又起身递了一盏热茶在皇帝手中，柔声关切："皇上又梦魇了么？"

皇帝将盏中的热茶一饮而尽，仿佛攫取了茶水中的温热，才能稍稍安神。"皇上，您今夜一直不说话，睡下也不安稳。怎么了？"

"如懿，朕虽然君临天下，可是午夜梦回，每每梦见自己年少时无人问津的孤独与悲苦。朕的生母早逝，皇阿玛又嫌弃朕的出身，少有问津。哪怕朕今日富有四海，一人独处时，也总害怕自己会回到年少时一无所有的日子。"

如懿紧紧握住皇帝的手："怎么会？皇上有臣妾，有皇额娘，有那么多嫔妃、皇子和公主，怎么会一无所有？"

皇帝的神色无助而惶惑，仿佛被雨露沾湿的秋叶，薄而脆枯。"朕有皇额娘，可她是太后，不是朕的亲额娘。朕有那么多嫔妃，可是她们在朕身边，为了荣宠，为了家族，为了自己，甚至为了太后，有几个人是真心为朕？朕的儿子们一天天长大，朕在他们心里，不仅是父亲，是君王，更是他们虎视眈眈的宝座上碍着他们一步登天的人。至于朕的女儿，朕疼她们爱她们，可若有一天朕要为了自己的江山舍出她们的情爱与姻缘时，她们会不会怨朕恨朕？父女一场，若落得她们的怨怼，朕又于心何安？”

翠竹窗栊下，茜红纱影影绰绰。如懿心下微凉，仿佛斜风细雨也飘到了自己心上：“那么臣妾呢？皇上如何看臣妾？”

皇帝的声音有些疲倦，闭目道：“如懿，你有没有算计过朕？有没有？”

如懿的心跳陡然间漏了一拍。她看着皇帝，庆幸他此刻闭上了双眸。因为连她自己亦不知，自己的神色会是何等难看。这些年来，她如何算计过皇帝，只有她自己明白，可是皇帝也未曾如她所期许一般真心诚意待她。他许她后位荣华，她替他生儿育女，做一个恪尽职守的皇后。到头来，也不过是落得这般彼此算计的疑心而已。

也罢，也罢，不如不看。如懿看着床帏间的镏金银鸾钩弯如新月，帐钩上垂下细若瓜子的金叶子流苏，一把把细碎地折射着黄粼粼的光，针芒似的戳着她的眼睛。她静了片刻，衔了一丝苦笑：“皇上如何待臣妾的，臣妾也是如何待皇上。彼此同心同意而已。”

有风吹过，三两枝竹枝细瘦，婆娑划过窗纱，风雨萧瑟，夜蛩寂寂。皇帝的气息稍稍平稳，他睁开眼，眼中却有着深不可知的伤感和畏惧：“如懿，朕方才梦见了永璜，朕的第一个儿子。朕梦见他死不瞑目，问朕为何不肯立他为太子？然后是永珹，朕这些年所疼爱、欣赏的儿子，朕梦见自己回到追逐野马独自进入林间的那一日，那两支射向朕的冷箭，到底是谁？是谁想要朕的性命？”

皇帝疑心的答案已经呼之欲出，如懿将惊惶缓缓吐出口：“皇上是疑心永珹？永珹可是皇上的亲子啊！”

皇帝黯然摆首：“亲子又如何？圣祖康熙晚年九子夺嫡是何等惨烈。皇位在上，本没有父子亲情。”他的神情悲伤而疲惫，“今日朕才知原来永珹善于引逗野马，朕从来不知……而那日，就是一匹野马引了朕入林中的……”他长叹一声，“那日凌云彻赶来救朕时，明明看见永珹骑马在朕之后立刻入林，为何他不出声寻朕，而险情一出，他就能立刻赶出。时机这般凑巧？”

时已入秋，宫苑内有月桂悄然绽放，如细细的蕊芽，此刻和着雨气渗进，香气清绵，缓和了殿中波云诡谲的气氛。

“父子连心，自然扣得准时机。”如懿的声音从喉舌底下缥缈而出，“当日皇上表彰永珹，未曾想到这一层？”

“朕不是不知道自己的儿子。嘉贵妃当初对后位有多热切，永珹对太子之位便有多热切。朕也知道嘉贵妃的用心，只有她身份高贵，她的儿子身份高贵，她的母族才会牢牢依附于大清，地位更加稳固。”皇帝静了静神，“可是凌云彻的话也不能全信，朕虽然知道他当年是被罚在木兰围场做苦役，才机缘巧合救了朕。可真有这么机缘巧合么？所以朕连夜派人赶去承德细细查问那日永珹的行踪，是否真如凌云彻所言。如果永珹真的以朕的安危博取欢心……”他眼中闪过一丝狠戾的阴光，“那他就不配做朕的儿子了！”

寝殿中安静极了，檐下绵绵不绝的雨水缀成一面巨大的雨帘，幕天席地，包围了整座深深宫苑。满室都是空茫雨声，如懿的欣慰不过一瞬，忽而心惊。皇帝是这样对永珹，那么来日，会不会也这样对自己的永琪和永璂？

自己这样步步为营筹谋一切，是不是也是把自己的儿子们推向了更危险的境地？她不能去想，亦容不得自己去想。这样的念头只要一转，她便会想起幽禁冷宫的不堪岁月。她也曾对别人留情，结果让自己落得不生不死的境地。她无数次对自己说，一旦寻得敌人的空隙，便不会再留半分情面。

若来日永珹登上帝位，金玉妍成为圣母皇太后，自己想要凭母后皇太后的身份安度余年，都只能是妄想了。

像是漂泊在黑夜的雨湖上，唯有一叶扁舟载着自己和身边的男子。

对于未来，他们同样深深畏惧，并且觉得不可把握。只能奋力划动船桨，哪怕能划得更远些，也是好的。

这样的深夜里，他们与担忧夜雨会浇破屋顶、担忧明日无粟米充饥的一对贫民夫妇相比，并无半分差别。

窗外冷雨窸窣，绵密的雨水让人心生伤感，想要寻一个依靠。皇帝展臂拥住她："如懿，有时候朕庆幸自己生在帝王家，才能得到今日的荣耀。可是有时候，朕也会遗憾，遗憾自己为何生在帝王家，连骨肉亲情、夫妻情分都不能保全！"

如懿知道皇帝语中所指，未必是对着自己。许是言及孝贤皇后，也可能是慧贤皇贵妃，更或许是宫中的任一妃嫔。可她还是忍不住打了个寒噤，若有一日，他们彼此间的算计都露了底，所谓的帝后，所谓的夫妻，是否也到了分崩离析、不能保全的境地？

到头来，不过都是孑然一身，孤家寡人罢了！

雨越发大了。竹叶上雨水滴沥，风声呜咽如诉。雨线仿佛是上天洒下的无数凌乱的丝，绵绵碎碎，缠绕于天地之间。如懿突然看见内心巨大的不可弥补的空洞，铺天盖地地充满了恐惧与孤独。

他们穿着同色的明黄寝衣，宽长的袖在烛光里薄明如翼，簌簌地透着凉意。

她贵为一国之后，母仪天下。他是一朝之君，威临万方。

可是说到底，她不过是一个女人，他也不过是一个男人。在初秋的雨夜里，褪去了所有的荣耀与光辉，不过是一对心事孤清、不能彼此温暖的夫妻。

夜深，他们复又躺下，像从前一样，头并着头同枕而眠。他的头发抵着她的青丝，彼此交缠，仿佛是结发一般亲密，却背对着背，怀着各自不可言说的心事，不能入眠。

风雨晦暝，长夜幽幽，如懿轻轻为他掖紧衾被，又更紧地裹住自己，紧紧闭上了眼睛。只期望在梦境中，彼此都有一处光明温暖的境地可栖，来安慰现实不可触摸的冰凉。

从承德归来的密使带回来的是模棱两可的答案。当日的确有人见到永琪策马入林，却不知去的是不是皇帝所去的方向。

所有的决断，永琪的未来，皆在皇帝一念之间，或者说，皇帝的疑心是否会大于父子骨血的亲情。

如懿所能做的，凌云彻所能安排的，也仅止于此。若答案太过分明，只会让皇帝往其他的方向去怀疑。这是她所不希望，也不敢的。

如懿深知皇帝的踌躇与不悦，便备下点心，抱着璟兕来到养心殿探视，希望以女儿天真无邪的笑意，宽慰皇帝难以决断时的暴躁与迷乱。而更要紧的，也只有怀中幼女的不谙世事，才更显得成年的皇子是如何野心勃勃，居心叵测。

步上养心殿的层层玉阶，迎接她的，是李玉堆满笑容的脸。可是那笑容底下，分明有难以掩饰的焦虑与担忧："皇后娘娘，皇上不愿见任何人，连令妃小主和忻嫔小主方才来请安，都被挡在了门外呢。"

如懿微微蹙眉："不只是为四阿哥的事吧？"

李玉道："娘娘圣明，于内是四阿哥的事烦心，在外是前朝的事，奴才隐隐约约听见，是准噶尔的事。今儿晌午皇上还连着见了两拨儿大臣一起商议呢。这不，人才刚走，又赶着看折子了。"

如懿凝神片刻，温然道："皇上累了半日，本宫备下了冰糖百合马蹄羹，你送进去给皇上吧。"李玉躬身接过。如懿努努嘴，示意乳母抱着璟兕上前："五公主想念皇上了，你带公主进去。等下纯贵妃也会派人送四公主过来，一同陪伴皇上。"

李玉拍着额头笑道："是呢。早起皇上还问起五公主，还是皇后娘娘惦记着，先送了公主来。"

如懿深深地看了李玉一眼，眼神恍若无意掠过站在廊下的凌云彻，摸着璟兕粉雕玉琢的小脸："等下好好送公主回来就是。"

她携了容珮的手步下台阶，正瞧见绿筠亲自送了四公主前来，见了如懿老远便含笑施礼，恭谨道："皇后娘娘万福金安。"

如懿忙扶住了，见纯贵妃一袭玫瑰紫二色金银线华衫，系一痕浅玉银泥飞云领子，云髻峨峨，翠华摇摇，戴着碧玉瓒凤钗并一对新折的深紫月季花，显然是着意打扮过。如懿笑吟吟道："纯贵妃何须这般客气，皇上正等着两位公主呢，快送公主进去吧。"

绿筠示意乳母抱了四公主入殿，极力压低了嗓音，却压不住满脸喜色："不知怎的，皇上如今倒肯惦记着臣妾了，打发了两拨儿人送了东西来给臣妾和永璋、永瑢，都是今年新贡的贡品呢。多少年皇上没这么厚赏了。听说愉妃那儿也是一样呢。"

有风拂面，微凉。如懿紧了紧身上的玉萝色素锦披风，丝滑的缎面在秋日盛阳下折射出柔软的波纹似的亮光，上面的团绣暗金向日葵花纹亦是低调的华丽。

"皇上疼你们，这是好事。惦记着孩子就是惦记着你，都是一样的。"

绿筠眼角有薄薄的泪光，感慨道："皇后娘娘，臣妾自知不能与年轻的宠妃们相较。只要皇上疼爱臣妾的孩子，别忘了他们，臣妾就心满意足了。”

她的话，何尝不是一个母亲最深切的盼望。

如懿的手安抚似的划过绿筠的手背，像是某种许诺与安慰：“好好安心，永璋和永瑢有的是机会。”

绿筠喜不自禁，再三谢过，目送了如懿离开。

行至半路时，如懿惦念着永琪仍在尚书房苦读，便转道先去看他。尚书房庭院中桐荫静碧，琅琅读书声声声入耳。

“北路古来难，年光独认寒。朔云侵鬓起，边月向眉残。芦井寻沙到，花门度碛看。熏风一万里，来处是长安。”

如懿含了一抹会心的笑意，走近几步，行至书房窗边，凝神细听着越来越清晰的读书声。

容珮低声问：“皇后娘娘不进去么？”

如懿轻轻摆手，继续伫立，倚窗听着永琪的声音。里头稍稍停顿，以无限唏嘘的口吻，复又诵读另一首诗。

“吾家嫁我兮天一方，远托异国兮乌孙王。穹庐为室兮旃为墙，以肉为食兮酪为浆。居常土思兮心内伤，愿为黄鹄兮归故乡。”

听罢，如懿默思一阵，似是触动，才命容珮道：“去看看吧。”

容珮扶了如懿的手进去，满室书香中，永琪孑然立于西窗梧桐影下。永琪见她来了，忙上前亲热地唤道：“皇额娘。”

如懿环顾四周，唯见书壁磊落，便问：“只有你一人在么？其他阿哥呢？”

永琪娓娓道来：“三哥和六弟回纯娘娘宫中了。四哥这几日心绪不定，无心读书，一直没来尚书房。八弟年幼贪玩，四哥不来，他自然也不肯来了。”

如懿替永琪理一理衣领，含笑道：“旁人怎样你不必管，自己好好读书就是。”

永琪有些兴奋，眼中明亮有光：“皇额娘，昨日皇阿玛召见儿臣了。”

如懿颔首："你皇阿玛可是问了你关于准噶尔之事？"

永琪连连点头，好奇道："皇额娘如何得知？是皇阿玛告诉您的么？"

如懿笑着在窗边坐下："你读的这些诗虽未直言边塞事，却句句事关边塞事。皇额娘才隐约猜到。"她停一停，"那你皇阿玛是什么意思？你又如何应答？"

永琪眼中的兴奋之色退却，换上一副少年老成的语气："儿臣年少懵懂，能有什么意思？自然以皇阿玛的训示为上。"

如懿油然而生一股欢喜。皇帝自然是喜欢有主见的儿子，可太有主见了，他也未必喜欢，反生忌惮。永琪善于察言观色，能以皇帝马首是瞻，自然是万全之策。如懿欣慰道："那你皇阿玛怎么说？"

永琪道："皇阿玛十分思念远嫁的亲妹，儿臣的姑母端淑长公主。"

只一言，如懿完全了然："你方才念的第一首诗，是杨巨源的《送太和公主和蕃》。唐宪宗女封太和公主，远嫁回鹘崇德可汗。"

永琪微微思忖："比起终身远嫁不得归国的王昭君与刘细君，太和公主远嫁二十年后，在唐武宗年间归国，也算幸运了。"

"所以你读细君公主的《黄鹄歌》时会这般伤感。"如懿伸手抚摸永琪的额头，"你也在可怜你的端淑姑母，是不是？"

永琪的伤感如旋涡般在面上一瞬而过，旋即坚定道："但愿公主远嫁在我朝是最后一次。儿臣有生之年，不希望再看到任何一位公主远离京城。儿臣更希望五妹妹嫁得好郎君，与皇额娘朝夕可见，以全孝道。所以儿臣已经向皇阿玛言说，当年端淑姑母远嫁准噶尔多尔札已是为难，为保大清安定再嫁达瓦齐更是不易。如今达瓦齐既然不思姻亲之德，如此不驯，皇阿玛也不必再姑息了。不如请端淑姑母还朝便是。"

永琪的话既是恳请，也是情势所在。皇帝对达瓦齐的姑息，一则是因为达瓦齐在准噶尔颇有人望，他若驯顺，则准噶尔安定，反之他若不驯，准噶尔便更难掌控，更会与蠢蠢欲动的天山寒部沆瀣一气，皇帝势必不能容忍；二则自杜尔伯特部车凌归附，皇帝更是如虎添翼，得了一股深知准噶尔情势的力量；三则太后对端淑长公主再嫁之事耿耿于怀，常以母女不能相见为憾事，皇帝此举，也是缓和与太后的关系。这样一箭三雕的妙事，可见对准噶尔用兵，势在必行。

如懿的心被永琪的这句话深深感动："好孩子，你的愿望令皇额娘甚是欣慰。"她握住永琪的手，"从前惹你皇阿玛生气的话是为了保全自己，免得成为永珹母子的眼中钉，成了出头椽子。如今永珹眼见是被你皇阿玛厌弃了，是该到你崭露头角的时候了。"

永琪仰着脸，露出深深的依赖与信任："皇额娘，当初儿臣故意说那句话给四哥听见，惹皇阿玛生气，但得皇阿奶欢心。如今达瓦齐无礼在先，儿臣对准噶尔的态度转变，顺着皇阿玛说，为接端淑姑母成全皇阿奶的母女之情，更为大清安定才对准噶尔用兵，皇阿玛自然欢喜。"

如懿深深欢悦，永琪自然是她与愉妃悉心调教长大，然而十三岁的永琪，已经展露出她们所未能预期的才具。幼聪慧学，博学多才，习马步射，武技俱精。不仅娴习满、蒙、汉三语，更熟谙天文、地理、历算。尤其精于书法绘画，所书八线法手卷，甚为精密。然而才学事小，更难得的是他心思缜密，善于揣摩人心，真真是一个极难得的能如鱼得水的孩子。

如懿这般想着，不免升起一腔慈母心怀："有你这般心思，也不枉本宫与你额娘苦心多年了。"她殷殷嘱咐，"好好去陪你额娘，这些日子她可为你担足了心思。"

永琪爽朗笑道："额娘一开始是担心，但时日久了，又与皇额娘知心多年，多少猜到了几分，如今也好了。"他忽然郑重了神色，一揖到底，"儿臣多承皇额娘关怀，心中感念。额娘出身珂里叶特氏小族，家中人丁凋零，仅有的亲眷也是来讨嫌的多，成事不足败事有余，只会叫额娘烦心的。幸好宫里还有皇额娘庇护，否则儿臣一介庶子，额娘又无宠，真不知会到如何田地去。"

如懿叹口气，爱怜地看着他："你这孩子什么都好，偏生这样多心。

什么庶子不庶子的话，都是旁人在背后的议论，你何苦听进去这般挂心。只要你自己争气，哪怕你额娘无宠，自然也会母以子贵。”

永琪尚显稚嫩的脸上含着感激的神色，郑重其事地点头：“儿臣都听皇额娘的。”

如懿回到宫中，因着心中欢喜，看着秋色撩人，便起了兴致，命宫女们往庭院中采集新开的金桂，预备酿下桂花酒。永璂在旁看着热闹，也伸出胖乎乎的小手，想要参与其中。

容珮看着众人欢欢喜喜地忙碌，一壁哄着永璂，一壁趁人不备低声向如懿道：“娘娘倒是真疼五阿哥，五阿哥有愉妃小主心疼，又有娘娘庇佑，真是好福气。看如今这个样子，四阿哥是不成了，不知道太子之位会不会轮到五阿哥呢？”

容珮嘴上这般说，眼睛却直觑着如懿。如懿折了一枝金桂在鼻端轻嗅，道：“永璂年幼，哪怕皇上要立他为太子，也总得等他年长些才是。可要等到永璂年长，那还得多少年？夜长梦多，比永璂年长的那些阿哥，哪个是好相与的？一个个处心积虑，都盯着太子之位呢。与其如此，被别人争了先，还不如让永琪占住了位子。”

容珮有些把握不定：“占住了位子，还留得住给十二阿哥吗？到底，十二阿哥才是娘娘亲生的啊。从前的大阿哥虽然也得娘娘抚育几年，到底还是变了心性，五阿哥他……”

“永璜要为自己争气，一时用力用心过甚，错了主意也是寻常。到底后来本宫没有在他身边事事提点。至于永琪，海兰与本宫一直同心同德，情如姐妹。若是连海兰都不信，这宫里便没有本宫可以相信的人了。”如懿温然一笑，含了沉沉的稳笃，“容珮，眼睛看得见的不要只在眼前一隅之地，而要考虑长远，是不是永璂登基为新帝不要紧，要紧的是本宫是笃定的母后皇太后！”如懿弯下腰，抱起永璂，笑着逗弄道：“天家富贵难得，皇帝之位更是难坐。好孩子，额娘只要你一辈子平安富贵就好。何必一定要做皇上呢？”

如懿正逗着怀中的孩子，看着他天真的笑颜，只觉得一身的疲惫皆烟消云散。凌云彻跟在李玉身后，陪着璟兕和乳母们一同进到翊坤宫庭院。只见丛丛桂色之后，如懿的笑颜清澈如林间泉水，他心中不觉一动，好像耳根后头烧着一把灼灼的火，一直随着血脉蔓延下去。

如懿听得动静，转首见是他们，便淡了笑容道："有劳李公公了，还特意送了公主回来。"

李玉知道如懿的心意，便道："公主是千尊万贵的金枝玉叶，奴才能陪伴公主，是奴才的福分。而且奴才怕自己手脚没力气，乳母们也伺候得不当心，所以特意请了凌大人相陪，一路护送。"

如懿只看着怀中的永琪，淡淡道："凌大人辛苦。"

凌云彻躬身道："是公主不嫌弃微臣伺候不周。"他再度欠身，"许久没向皇后娘娘请安了。娘娘万福金安。"

李玉忙道："方才凌大人来之前，皇上刚下了口谕，晋凌大人为御前一等侍卫。凌大人是该来向皇后娘娘请安的。"

"恭喜凌大人。凌大人尽心侍奉皇上，是该有升迁之喜。容珮，拿本宫的一对玉瓶赏给凌大人。"如懿将永琪递到乳母怀中，转身入了殿内。

二人跟着如懿一同入了正殿。

容珮一拍额头道："李公公，那对玉瓶我不知搁在哪儿了，您帮我一起找找。"

李玉何等乖觉，答应着便转到里间和容珮一起去寻。如懿侧身在暖阁内的榻上坐下，慢慢剥着一枚红橘道："你倒是很能干。承德传来这样的消息，虽然没有实指是永珹做的，但皇上既然封赏了你，便是落定了信的是你，疑心了永珹。"

凌云彻长舒了一口气："不是微臣能干。蝼蚁尚且偷生，微臣的命虽然卑微，但也不想失了这卑贱性命。"

如懿的手指沾染上清凉而黏腻的汁液，散发出甜蜜的甘香："你既然是皇上的御前侍卫，得皇上器重，就理应护卫皇上周全。若皇上再有了什么差池，那便是你连自己的脑袋也不要了。”

凌云彻深深叩首：“微臣谨记皇后娘娘教诲。”

如懿盯着他，轻声道：“当年木兰围场的事若真是有人精心布置，那人便真是心思长远了。”

凌云彻的目光触上她的视线，并不回避：“微臣当日被罚去木兰围场，本是因为心思鲁直，才会受了他人算计。幸蒙皇上不弃，才能再度侍奉皇上身边，微臣一定尽心尽力，为皇上和皇后娘娘办事，肝脑涂地，万死不辞。”

如懿听他再三撇清，又述说忠心，心中稍稍安定：“你有本事保得住自己的万全，本宫就可以用你这个有本事的人。反之，再多的忠心也不顶用。所以你凡事保得住自己再说。”

凌云彻心头一热，如浪潮迭起，目光再不能移开。如懿鸦翅般的睫毛微微一垂，落下圆弧般的阴影，只低头专心致志剥着橘子，再不看他。

这样的静默，仿佛连时间也停住了脚步。外头枝叶疏疏，映着一轮秋阳。她的衣袖轻轻起落，摇曳了长窗中漏进的浅金阳光，牵起幽凉的影。

他明知道，见她一面是那样难。虽然如懿也会常常出现在他的视线之中，如同嬿婉一般。但他亦只能远远地看着，偶尔欠首示意而已。如何能这般在她面前，隔着这样近的距离，安安静静地听她说话。

他喉舌发热，好像神志亦远离了自己，脱口道：“皇后娘娘不喜欢的性命，微臣可以替皇后娘娘除去。皇后娘娘在意的性命，微臣一定好好替皇后娘娘保全。”

如懿抬首瞥了他一眼，目光清冷如霜雪，并无半分温度：“你自己说什么话自己要知道分寸，好好管着你的舌头，就像爱惜你自己的性命与前程一样。”她顿一顿，“惢心进宫的时候偶然说起，说你与茂倩的夫妻情分不过尔尔？”

凌云彻一怔，仿佛有冰雪扑上面颊，凉了他灼热的心意。他只得坦诚道：“微臣忙于宫中戍卫之事，是有些冷落她，让她有了怨言。”

如懿凝视他片刻：“功名前程固然要紧，但皇上所赐的婚事也不能不谐，你自己有数吧。”说罢，她再不顾他，只是垂手默默，恍若他不在眼前一般。

容珮与李玉捧着一双玉瓶从里头出来。容珮笑吟吟递到凌云彻手里，道：“凌大人，恭喜了。”

凌云彻忙收敛心神，再三谢过，才与李玉一同退了出去。

次日，皇帝下旨以准噶尔内乱之名，命两路进兵取伊犁，征讨达瓦齐。车凌因熟悉准噶尔情形，洞悉军务，被任命为参赞大臣，指挥作战，并征调杜尔伯特部两千士兵参战。同日，皇帝以永珹早已成年之故，出居宫外贝勒府，无事不得入宫，连向生母请安亦不被允准，形同冷落宫外。而玉妍所生的另两子，八阿哥永璇已经六岁，住在撷芳殿方便往尚书房读书，而十一阿哥永瑆因为不满三岁，才被允许留在玉妍宫中养育。

这般安排，分明是嫌弃玉妍教子不善了。

永珹的事本是莫须有，只在皇帝心中揣度。皇帝并未直接明说，但也再未见过玉妍，连她在养心殿外苦苦跪求了一夜，也不曾理会，只叫李玉扶了她回去静思安养。

如此，宫中顿时安静，再不敢有人轻言太子之事了。

此时的永琪，如冉冉升起的红日，朝夕随奉皇帝左右，十分恭敬谦和，多半以皇帝之意为己意，又常与三阿哥永璋有商有量，处处尊重这位兄长。待到皇帝问及时，才偶尔提一两句，也在点子上。哪怕得到皇帝赞许也不骄矜，处处合皇帝心意。

如此这般，绿筠也格外欢喜，虽然永璋早年就被皇帝绝了太子之念，但永琪尊敬兄长，提携幼弟，连着绿筠的日子也好过许多。宫中无人不交口称赞这位五阿哥贤良有德，比昔日骄横的永珹，不知好了多少。

玉妍与永珹受了如此重大的打击，颜面大伤，一时寂寂无闻。除了必需的合宫陛见，便闭上宫门度日，连晨昏定省也称病不见。然而细细考究，也不是称病，而是真病下了。玉妍生生这般母子分离，一时间心神大损，日夜不安。每每入睡不久，便惊醒大呼，时时觉得有人要加害于她母子。癫狂之时，便直呼是如懿、绿筠、海兰或是嬿婉等人都要害她。如懿连连打发了几拨儿太医去看，都被玉妍赶了出来。皇帝知道后更是生气，亲自派了太医去医治，又开了安神药，却总是效用不大。

因着害怕有人加害，玉妍命人搜罗了各色名犬豢养在启祥宫中，才能安静许多，也不再那么害怕了。如此一来，一时间宫中犬吠连连，闹得合宫不安，烦不胜烦。旁人还只是烦扰，璟兕却是第一个受不住的。这孩子有心症，骤然受到惊吓，被吓得浑身抽搐，脸色煞白。幸好江与彬在旁，赶紧喂了安神丸药，才救治了过来，又嘱咐道："五公主有心症，受不得惊吓。宫里养着那么多狗，叫声不绝，五公主实在是受不了啊。"

如懿心疼不已，如何能忍，一壁叫三宝去将玉妍宫里的狗好生挪出去，不许她再养着了，一壁又去通知皇帝。

三宝立刻带人去启祥宫驱逐那些狗，然而玉妍大哭大闹，不能成事。谁去拎狗笼子，玉妍便尖叫喝骂，恶语不休。她挡在前头，底下人如何敢动手。彼时皇帝听得禀报时，湄若陪伴在侧。皇帝正赞湄若的父亲将准噶尔详情述得详细。永珹结交亲贵时，朝廷中多有阿附之人，湄若父亲身为朝廷大员，却从不随波逐流。一时皇帝知道了璟兕受惊发病，心疼得立即赶去翊坤宫。谁知才到了启祥宫门口，玉妍已经抱着狗儿拦在了长街上，哭求道："皇上，皇后娘娘不容臣妾母子也罢了，为什么连几只畜生也容不下，非要逼迫臣妾。"

皇帝惦记璟兕，哪里肯与她纠缠，呵斥道："你养的狗吓着了璟兕，还不立刻送走。璟兕要有什么好歹，朕不会容你！”

玉妍哭得发髻都散乱了，蓬着头道：“皇上，人不如狗忠心，把狗送走之后臣妾成日惊惶，怕也不久于世。”

湄若刚有身孕，见玉妍这个样子，也怕被冲撞，便拉着皇帝的袖子道：“皇上，嘉贵妃怕真是失心疯了。自从四阿哥挪出了宫去，嘉贵妃便有些不大对劲。”

皇帝越发皱眉：“嘉贵妃，将启祥宫中的狗全番送走，免得惊着了永珵。你若不肯，就叫永珵挪去撷芳殿住。”

玉妍痛哭流涕，满脸的泪水冲花了妆面：“皇上，五公主是命，臣妾母子也是命。还请皇上怜悯臣妾，皇上……”

皇帝看她哭得这般可怜，到底也有些不忍，也不愿再耽搁了去看璟兕，便道：“罢了。留一条你最喜欢的狗在宫里，余者都送走。”

玉妍待要再求，皇帝一阵风儿似的走了。李玉忙扶起玉妍道：“嘉贵妃娘娘，皇上的意思您都明白了么？”

玉妍一怔，看李玉似笑非笑，心底的恐惧又升了上来：“都送走，都送走。只要永珵能留在本宫身边。”她死死抱着怀里的小狗，“富贵儿，只有你陪着本宫了。”

玉妍这般哭闹不休，连连失仪，于是宫里的人说起来，都说玉妍和永珹是结交外臣谋夺太子之位被皇帝知晓，才骤然失宠。玉妍也因此发了失心疯。

皇帝却是再无心理她，只和如懿陪着好容易平静下来的璟兕，看她熟睡，才稍稍安心了些许。江与彬是一步也不敢离开的，守着调药开方：“有惊无险，五公主已经无碍，皇上、皇后娘娘宽心。”

如懿一直回不过神来，她的手还在发抖。细心养育了这么久，小心翼翼的，没有一日不是在惊慌担忧中度过。可幸好，只是担忧，也从来没出过事。这是她头一回见到璟兕发病是如此可怕。手足抽搐，脸色雪白如纸，嘴唇是暗紫色的。小小一个人，仿佛随时会停止了心跳，离她而去。皇帝紧紧搂着她：“如懿，过去了，已经没事了。朕已经让嘉贵妃挪走了她那些狗儿，只留了一只，不会吓着璟兕了。”

纵然是这般安慰，如懿还是惊惧不已。最后，还是江与彬反复提醒：“皇上，皇后娘娘，公主心症发作，以后更得万分小心。一旦被吓得厉害，救治不及，可是要坏事的。”

皇帝连连点头：“朕知道。如懿，务必小心看护璟兕。”

如懿什么也说不出来，她一手握住璟兕微凉的小手，一手握住皇帝温热的手，似乎这样，才能寻得一点力气和依凭，支撑下去。皇帝待要再说什么抚慰的话，准噶尔战报传来，皇帝再舍不得，也只能往养心殿去了。

再见到皇帝时，已是两日后了。如懿往太后处请安，却见太后愁容满面，正为准噶尔之事而忧心忡忡。

如懿想来想去有些不安，便往养心殿里去。秋日的阳光落在养心殿的澄金地砖上有明晃晃的光影，如置身于金灿浮波之内。

皇帝颀长的身影背对着她，面对着一幅巨大的江山万里图，手里握着一个金丝蝈蝈笼子，出神不已。

如懿知道那是端淑出嫁前最心爱的一件玩物。远嫁前留下，也是自怜不过是一只被关在金丝笼里的蝈蝈，此身不得自由。皇帝每每念及这位妹妹，便会看着这笼子出神。

如懿缓步走近，柔声道：“皇上恨不能以目光为剑，直刺准噶尔，是不是？”

皇帝的专注里有肃杀的气息：“朕忍得太久了。从恒娖远嫁准噶尔那一日起，朕就在想，有朝一日，可以不用再遣嫁皇女了。让恒娖改嫁达瓦齐时，皇额娘责怪朕，嫔妃劝朕，但只有朕自己知道，朕有多为难、多无奈。恒娖是长公主，也是朕的妹妹，可是朕不能不暂且忍耐一时，等待最好的时机。如今杜尔伯特部归来，巴林部与我大清关系紧密，朕终于等到这个时机了。”

如懿心中触动，她知道的，她选的这个人，从来不是一味隐忍不图来日的人。

如懿满心喜悦，欠身道：“恭喜皇上，终于等到这一日。臣妾万幸，能与皇上一同等到这一日。”

皇帝盯着江山万里图上准噶尔那一块，以朱笔一掷，勾画出凌厉的锋芒。他不掩踌躇满志之情，长叹如啸，胸怀舒然：“朕隐忍多年，舍出亲妹的一段姻缘，如今终于能扬眉吐气，直取楼兰！”

如懿婉声道：“能有这一日，端淑长公主终于可以归来，她一定也很高兴。母女团聚，太后多年郁结，也可欣慰少许了。只是……”她觑着皇帝被日光拂耀的清俊面庞，轻声说出自己的担忧，“可是端淑长公主虽然嫁给达瓦齐，但我朝军马攻向准噶尔，乱军之中本就危险万分，若达瓦齐恼羞成怒胁持公主，或欲杀了公主泄愤，那么……”

她的话语尚未完全说出口，已听得殿外太后含怒的声响。她老迈而微带嘶哑的声音随着龙头拐杖的凿地声怆然入耳：“皇帝，皇帝，哀家召唤你来慈宁宫，你一直迁延不肯前来。好！你既然不肯来，那么哀家来求见你，你为何又避而不见？”

李玉的声音惊惶而焦灼，道：“太后娘娘，皇上正忙于国事，实在无暇见您！”

“无暇见哀家？难道陪着自己的皇后，便是国事了么？”

如懿这才想起，自己前来养心殿，辇轿自然就在养心殿外停着，才受了太后如此言语。如懿顿时大窘，忙跪下道：“皇上，臣妾疏忽，让臣妾出去向太后请罪吧。”

皇帝神色冷肃，伸手扶起她，微微摇了摇头。他的面庞映着长窗上“六合同春”的吉祥如意的花纹，那样好的口彩，填金朱漆的纹样，怎么看都是欢喜。可是一窗相隔，外头却是太后焦痛不已的慈母之心。

皇帝的神色在光影的照拂下明暗不定。如懿见他如此，越发不敢多言，只得屏息静气立在皇帝身旁。

“皇后与皇帝真是同心同德，长公主陷于危难之中而不顾，哀家求见却闭门不见，真是一对好夫妻啊！”

太后说得太急，不觉呛了一口气，连连咳嗽不已。福珈惊呼道：“太后，太后，您怎么了？”

李玉吓得带了哭腔：“太后娘娘！您万圣之尊，可要保重啊！”

“保重？”太后平复了气息，悲愤道，“哀家还保重什么？皇帝下令攻打自己的妹婿，达瓦齐是乱臣贼子，哀家无话可说，可是恒娖是皇帝亲妹，身在乱军之中，皇帝也不顾及她的性命么？哀家只求让皇帝你以恒娖性命为重，能不开战尽量和谈，就算开战了，万事顾及恒娖安危，皇帝也不愿听么？”

李玉的磕头声砰砰作响：“太后娘娘，皇上善于用兵，前线的军士都会以保护长公主为先的！您安心回慈宁宫吧？”

太后冷笑道：“刀剑无眼，准噶尔蛮横，皇帝要怎么保恒娖？万一达瓦齐以恒娖性命要挟，皇帝是否同意和谈？”

皇帝再听不下去，他深吸一口气，霍然打开殿门，跪下身道：“皇额娘，您身为太后之尊，自然明白社稷重于一切。不是儿子舍出了皇妹，是社稷舍出了皇妹。”他郑重地磕了个头，目光沉静如琥珀，一丝不为所动，“儿子一心维护恒娖，可真若被达瓦齐要挟，儿臣也不能不顾数万将士性命，牺牲大清的利益与之和谈。儿子只期盼君臣一心，平定准噶尔，带回恒娖。”

如懿跪在皇帝身后，听得这一句，心头一颤，如坠寒冰之中，不自觉地抬起头去看太后。太后身体微微一晃，踉跄几步，仰面悲怆笑道：“好儿子，果然是哀家教出的好儿子，懂得拿社稷江山来压哀家了。”她的伤感与软弱不过一瞬，便狠狠拿龙头拐杖支撑住自己的身体，冷下脸道，“既然皇帝撂下这句话来，那好！哀家就回慈宁宫静养，日日诵经念佛，求佛祖保佑皇帝一切遂心，那么皇帝也能怜悯哀家的女儿，保她万全！”

太后伤心欲绝，将手中的一只金丝蝈蝈笼子掷在地上。皇帝眼中微湿，珍重地捡起笼子，取出自己的那个，摆在一起。

太后怔住了，不觉落泪：“你……”

皇帝郑重叩首，伤感无比：“皇额娘珍重的，儿子也万分珍重。这个金丝蝈蝈笼子是恒娖远嫁之前留给儿子的。儿子一直记得这份兄妹情谊，一定会顾念她的安危。”

话到此处，太后也再说不出什么，只是颤颤叮咛：“但愿皇帝一言九鼎。”

太后说罢，扶过福珈的手缓缓步下台阶。如懿看着太后的背影，华服之下，她的脚步分明有些摇晃，再不是记忆中那泰山崩于眼前而不乱的深宫贵妇了。

如懿的眼角忽然有些湿润，像是风不经意地钻入眼底，吹下了她眼前朦胧的一片。神思恍惚间，有尖锐的恐惧深深地攫住她的心，会不会来日，她也会如太后一般，连自己的儿女也不能保全？

她不敢，也容不得自己做这样悲观而无望的念想。打断她思绪的是皇帝沙哑而低沉的声音。皇帝神色黯然：“如懿，你会不会觉得朕太过不顾亲情？”

这样的话，她如何答得出。若是说皇帝不顾亲情，固然是冒犯龙颜。若是说皇帝顾念亲情，那么端淑算什么？来日若轮到自己的璟兕，那又算什么？她胸腔内千回百转，终究只能道：“皇上心中，大局重于私情。若在寻常人家，固然是兄妹之情与大局之间选择两难，可是生在天家，人人都有自己的不得已。但愿从此以后，皇上再无这样的不得已。”

皇帝默然一叹，揽过如懿的肩：“朕知道你在担心什么。当日许恒娖再嫁之时，朕就已经想好，这是最后一次，大清的最后一次，再也不会有被迫远嫁的公主了。”

自此，太后果然静守在慈宁宫内，半步都不出，只拈香礼佛，日夜为端淑长公主祝祷。便是福珈劝她用嬿婉去皇帝跟前进言，太后也只道：“皇帝的心思哀家已经很清楚了，令妃根本左右不了。哀家还不如静心为恒娖祈福，再不理后宫与前朝之事了。”

此时，如懿抱了永琪在怀，听着嫔妃们在座下闲谈，亦不过淡淡含笑。绿筠因着三阿哥永璋不似从前那般在皇帝跟前没脸，也多了几分从前的开朗，奉承着如懿道：“话说回来，还是嘉贵妃和四阿哥太贪心不足了。皇上略略抬举些，便得陇望蜀，盯着她不该想也不配想的东西。”她递过一个黄金柑逗着永琪笑道，“现放着皇后娘娘亲生的十二阿哥呢，她也做起这样的梦来了。”

如懿浅笑道：“本朝并无非要立嫡之说。太祖高皇帝努尔哈赤立过多位大妃，元妃佟佳氏生了褚英和代善，继妃富察氏生了莽古尔泰和德格类，最后一位大妃乌拉那拉氏生了阿济格、多尔衮和多铎。可是最后继位的却是生前为侧妃的叶赫那拉氏所生的太宗皇太极。说来太祖早年也不过是庶子而已。所以本宫看来，只要有才学，能为江山出谋出力，才是皇上的好儿子。咱们不论嫡庶，只论贤能。”

这一席话，听得绿筠心悦诚服。海兰亦柔缓笑道：“论起来除了嘉贵妃，就是纯贵妃皇子最多，三阿哥又是长子，更是其他皇子们的榜样。永琪每每回来都说给我听，三阿哥是如何如何沉稳，有三阿哥在，他做事也有个主心骨了。”

这话是谦逊，亦说得绿筠眉开眼笑，欣喜不已：“永琪这话最懂事，真真他们几个都是好兄弟，不像嘉贵妃教出来的孩子，没个好脸色对人。”她说罢，继而正色，竖起双指，“只是臣妾的阿哥无论好与不好，臣妾都在此发誓，臣妾的孩子只懂效忠大清，效忠皇上，效忠未来的主子，绝无半分夺嫡妄想。”

如懿似是十分意外，便沉静了容色道：“好端端的，说这样的话做什么？”

绿筠无比郑重地摇头，缓缓扫视周遭众人：“臣妾有着三阿哥和六阿哥两位皇子，难免会有人揣测臣妾会倚仗着儿子们不尊皇后。今日，臣妾便索性在这里说个明白。在座的姐妹们或有子嗣，或来日也会诞下皇嗣，不如今日一并分明，以免以后再起争端，叫人以为咱们后宫里都失了上下尊卑，乱了嫡庶规矩了。”

她说罢，海兰亦郑重屈身：“纯贵妃姐姐久在宫中，见事明白。臣妾跟随纯贵妃姐姐，唯皇后娘娘马首是瞻，绝无夺嫡生乱之心，否则神明在上，只管取了臣妾满门去便是。”

她这一说，何人还敢不起身，一一道了明白。

如懿听众人一一起誓，方示意容珮扶了为首的绿筠起来，含了温煦笑意道：“纯贵妃与愉妃都教子有方，连本宫看着都羡慕。”她望着座下一众年轻妃嫔，尤其注目着忻嫔和颖嫔等人道：“你们都年轻，又得皇上的喜爱，更该好好为皇上添几个皇子。”

忻嫔和颖嫔忙起身谢过。嬿婉坐在海兰之后，听着嫔妃们莺声呖呖地说笑不已，又句句说在孩子上，不免心中酸涩，有些落落寡合。且她虽得宠，但在如懿跟前一向不太得脸，索性只是默然。

如懿见嬿婉讪讪地独坐在花枝招展的嫔妃之中，话锋一转：“令妃，今日是你的生辰，皇上昨日便嘱咐了内务府备下银丝面送去你宫里，还另有赏赐。咱们也贺一贺你芳辰之喜。”

嬿婉骤然听见如懿提起自己的生辰，忙撑起一脸笑容：“臣妾多谢皇后娘娘关怀。”

如懿看她一眼，神色淡淡：“今夜皇上大约会去你宫里，你好好伺候着吧。”

嬿婉听如懿对自己说话的语气，十足是一个当家大妇对卑下侍妾的口吻。想着如懿也不过是由侍妾而及后位的，心口便似被一只手狠狠攥住了揉搓着，酸痛得透不过气来，脸上却无论如何也不能让笑容有稍许褪色。

忻嫔与颖嫔都与嬿婉正当宠，年轻气盛，便也不大肯让着，嘴上贺寿，脸上笑容却淡淡的。如此，大家说笑一晌，便也散了。

到了午后时分，皇帝果然派了小太监进忠过来传旨，让嬿婉准备着夜来接驾。进忠笑眯眯道："皇上晚膳时分就惦记着小主亲手做的旋覆花汤和松黄饼，可见皇上多想念小主。"

春婵故意打趣儿笑道："旋覆花汤易得，拿旋覆花、新绛和茜草煮成就好，可这松黄饼却不好做。春来松花黄，和蜜做饼状，得用三月的松花调了新蜜做成，现在哪儿得呢？"

进忠的目光黏在嬿婉身上，觍着脸拉着嬿婉的衣袖道："小主，春婵惯会哄人玩儿。皇上惦记着令妃小主，就没有小主做不到的。否则皇上怎么会日思夜想着呢？"

春婵哪里不晓得嬿婉的心思，忙扯了进忠的手挥开，道："小主，您瞧进忠这个猴崽子的油滑样儿，都是小主惯的。"

嬿婉取过一双翡翠嵌珍珠手钏套在玉臂上，笑吟吟道："本宫肯惯着进忠，那是进忠有值得本宫惯着的地方。进忠，你说是不是？"

进忠忙打了个千儿道："奴才多谢小主赏识之恩。"

嬿婉试了试那手钏，对着窗外明朗日色，手钏上翡翠沉静通透，如同一汪绿水，那珍珠在日光照耀下，更是光华流灿，熠熠生辉。嬿婉摇了摇头，顺势将手钏脱出，放在了进忠手上："皇后当年怎么赏识你师傅李玉，本宫就怎么赏识你，都是一样的。"她浅浅一笑，如娇花初绽，"去吧，去皇上跟前好好当差，有你的好。"

进忠攥着犹带着她手臂余温的手钏，笑眉笑眼地出去了。

春婵瞥了进忠一眼，看他走远了，方才狠狠啐了一口道："没根的东西，也敢对着小主拉拉扯扯。小主没看他的眼睛，就盯着您不放。也不打量打量自己是什么玩意儿！"

嬿婉目光冷厉，看了看被进忠扯过的袖子：“陪本宫去更衣，这件衣裳剪了它，本宫不想再穿了。”

春婵立刻答应了，扶着嬿婉进去了。

清夜无尘，月色如银。半弯月亮挂在柳树梢头，透着霞影窗纱映照殿内，朦朦胧胧，仿佛笼了一层乳白色的薄雾。寝殿的窗下搁着数盆宝珠山茶，碗口大的花朵吐露芬芳，其中一株千叶大红尤其艳丽，映着红烛成双，有一股甜醉的芳香。

花梨木五福捧寿桌上搁着几样精致小菜，酒残犹有余香在，醺得相对而坐的两人眉目含春，盈然生情。

嬿婉只穿着家常的乳白撒桃红花纹琵琶襟上衫，金丝串珠绲边，华美中透着轻艳。下面是绛紫细裥褶子海棠缠枝软纱长裙，杨柳色的绵长丝绦飘飘袅袅，缀了鸳鸯双喜玉佩的合欢刺绣香包。她绾着蓬松的云髻，插玉梳，簪银缀珠的蝶恋花步摇，眉心有珍珠珊瑚翠钿，眉眼轻垂，肤白胜雪。

皇帝带了几分薄醉，笑道：“这样的装束，更像是汉家女儿了。”

嬿婉的眉眼点了桃花妆，像是粉色的桃花飞斜，瞋了皇帝一眼：“皇上说臣妾腰肢细柔，穿窄肩长裙最好看，臣妾才胆敢一试。”她媚眼如丝，低低啐了一口，“皇上说什么汉家满家，还不都是皇上的人罢了。”她说罢，低首拨弦，拂筝起音。

那秦筝的音色本是清亮刚烈，施弦高急，筝筝然也，可是到了嬿婉指间，却平添了几分妩媚柔婉、千回百转之意。

她轻吟曼唱，是一曲《长生殿》。

“那君王看承得似明珠没两，镇日里高擎在掌。赛过那汉飞燕在昭阳。可正是玉楼中巢翡翠，金殿上锁着鸳鸯。宵偎昼傍，直弄得那官家丢不得、舍不得、那半刻心儿上。守住情场，占断柔乡，美甘甘写不了风流帐。行厮并坐一双。端的是欢浓爱长，博得个月夜花朝真受享。”[①]

素来不曾有以秦筝配着昆曲的唱腔低吟浅唱，嬿婉这般不按章法，却也别出心裁。皇帝擎着羊脂白玉盏，那杯盏是白璧莹透的玉，酒是清冽透彻的琥珀色。他似沉醉在歌喉清亮之中，一盏接一盏，痛饮欢畅。

那筝音悠悠扬扬，俨若行云流波，顺畅无滞，时而如云雾绵绵萦绕于雪峰，时而如秋水淙淙幽咽于山间。嬿婉抚挑筝弦，素腕如玉，眼波笑意却随着玉颈优雅起伏流转，飞旋于皇帝身侧。须臾，筝音渐渐低柔下来，絮絮舒缓，好似少女在蓬蓬花树下低声细语，那唱词却是数不尽的风流袅娜，伴着嬿婉的一颦一笑，漫溢幽延。

一曲终了。皇帝闭着双眸，击掌缓缓吟道：“哀筝一弄湘江曲，声声写尽湘波绿。纤指十三弦，细将幽恨传。当筵秋水慢，玉柱斜飞雁。弹到断肠时，春山眉黛低。”[②]他睁开眼，眼底是一朵一朵绽放的笑色，“你喜欢的曲子也和旁人不一样。”

嬿婉的眼波如柔软的蚕丝萦绕在皇帝身上，一刻也不肯松开，娇嗔道：“若臣妾都和别人一样，皇上就不会喜欢臣妾了。”她似嗔似怨，吐气如兰，“多少人背后多嫌着臣妾呢，说臣妾邪花入室。”

皇帝的呼吸间有浓郁的酒香，仿若夜色下大蓬绽放的红色蔷薇，也唯有这种外邦进贡的名贵洋酒，才会有这样灼烈而冶艳的芬芳。他大笑不止：“邪？怎么邪？”

嬿婉的身段如随风轻荡的柳条，往皇帝身上轻轻一漾，便又蜻蜓点水般闪开。她媚眼如星，盈盈道：“就说臣妾这般邪着招引皇上，邪着留住皇上。”

“还邪着勾引朕是么？”皇帝捏着她的脸，故作寻思，“然后便是那句话，等着看邪不胜正是么？”

---

① 出自清代洪昇《长生殿》。

② 出自北宋晏几道《菩萨蛮》。

嬿婉背过身，娇滴滴道：“皇上都知道，皇上圣明。”

皇帝搂过她在膝上，朗声笑道：“朕就是喜欢你邪，如何？邪在里头，对着爱假正经的人却也能正经一番，你这是内邪外正。”皇帝面颊猩红，靠近她时有甜蜜的酒液气息，“朕喜欢你，会在准噶尔战事之时还惦记着你的生辰来看你。”他舒展身体，难掩慵倦之意，“金戈铁马之事固然能让一个男人雄心万丈，但对着如花笑靥、百转柔情，才是真正的轻松自在。你就是让朕自在舒心，常觉新奇有趣。”

嬿婉笑得花枝乱颤，伏倒在皇帝怀中。皇帝拥抱着她，仰首将酒液灌入喉咙。他的唇色如朱，显然是醉得厉害了，放声吟道：“长爱碧阑干影，芙蓉秋水开时，脸红凝露学娇啼。霞觞熏冷艳，云髻袅纤枝。”①

皇帝吟罢，只是凝视着她，似乎要从她脸上寻出一丝印证。

两下无言，有一痕尴尬从眼波底下悄然漫过，嬿婉垂首脉脉道：“皇上说的这些，臣妾不大懂。”她露出几分戚然，几分娇色，“皇上是不是嫌弃臣妾不学无术，只会弹个筝唱个曲儿？”

皇帝笑着捏一捏她的脸颊：“你不必懂，因为这阕词说的就是你这样的美人。你已经是了，何必再懂？”

嬿婉悠悠笑开，唇边梨窝轻漾，笑颜如灼灼桃花，明媚得让人睁不开眼睛，可是心底，分明有一丝春寒般的料峭生生凝住了。她忍了又忍，趁着皇帝浓醉，耳鬓厮磨的间隙，终于忍不住问：“皇上，臣妾伺候您那么多年，您到底喜欢臣妾什么呢？”

皇帝将沉重的额头靠在她肩上，丝绸柔软的质地叫人浑身舒畅：“朕白日里见着你还寻常，到了夜里，却总想着和你在一块儿，总是有些不一样。”

嬿婉心头微微一松：“臣妾不想让皇上对臣妾腻味了。”

---

① 出自北宋晏几道《临江仙》。全词为：“长爱碧阑干影，芙蓉秋水开时，脸红凝露学娇啼。霞觞熏冷艳，云髻袅纤枝。烟雨依前时候，霜丛如旧芳菲，与谁同醉采香归。去年花下客，今似蝶分飞。”

皇帝醉意深沉，口齿含糊而缓慢：“所以你很会花心思，又会唱昆曲。”

嬿婉娇怯不已：“皇上喜欢，臣妾就会做。”

他伸手爱惜地抚摩嬿婉月光般皎洁的脸：“你跟如懿年轻的时候真是像。有时候朕看着你，会以为是年轻时的如懿就在朕身边，一直未曾离去。”

嬿婉仿佛是挨了一记重重的耳光，这样猝不及防，打得她眼冒金星，头昏脑涨。她只觉得脸颊上一阵阵滚烫，烫得她发痛，几欲流下眼泪来。她死死地咬住了嘴唇。那样痛，仿佛只有这样，才可以抵抗皇帝的话语带给她的巨大的羞辱。嬿婉原是知道的，她与如懿长得有些像，但是她从不以为那是她得宠的最大甚至是唯一的原因。她懂得自己的好，她懂得的。可是她却未承想，他会这样毫不顾忌，当着自己的面径直说出。

他，浑然是不在乎的，不在乎真相被戳破那一刻她的尴尬，她的屈辱，她的痛悔。

有夜风轻叩窗棂，她的思绪不可扼制地念及另一个男子。曾经真正将她视若掌中瑰宝的、心心念念只看见她的好的那个男子，终究是被她轻易辜负了。

而眼前这个人，与自己肌肤相亲、要仰望终身的男人，却将她所有的好，都只依附于与另一个人相似的皮相之上。

她看着醉醺醺的皇帝，忍不住心底的冷笑。如懿？他就是那样唤皇后的闺名。他唤颖嫔、忻嫔、庆嫔、晋嫔，还有自己，令妃，都是以封号名位称呼，全然忘记了她们也有名字，那些柔美如带露花瓣般的文字聚成的名字。

原来她们在他心里，不过如此而已。人与人啊，到底是不一样的。

她轻吁一口气，以此来平复自己激荡如潮的心情。她擎起酒杯，默默地斟了一盏，仰头喝下。酒液虽有辛辣的甜蜜，入口的一瞬却是清凉。她又斟一盏，看着白玉酒盏玲珑如冰，剔透如雪，而那琥珀色的酒液，连得宠的忻嫔和颖嫔也不能一见。唯有她，伴随君侧，可以随意入喉。

她这样想着，胸口便不似方才那般难受。皇帝只醉在酒中，浑然不觉她的异样。嬿婉想，或许在深宫多年沉浮，她已经学会了隐忍，除了笑得发酸的唇角，自己也不觉有任何异样。

皇帝爱怜地望着她："朕与皇后初见，听的就是一曲《墙头马上》。皇后那时性子俏皮，又有主意，不喜欢《墙头马上》的结局，背着所有人偷偷改了。"

嬿婉贝齿微咬，挤出了笑容道："皇上想听什么，臣妾再唱给您听。您喜欢什么，臣妾都不会改的。"

皇帝轻笑："你和皇后不一样。"

嬿婉叹道："是啊。皇后娘娘会改戏，臣妾会唱戏。而且臣妾只认定您所爱所想，臣妾没有性子。"

这话本是自伤，也是赌气，可是皇帝听不出来，或许，他也无心去听她话里的深意："那也很好。你的性子，比如懿柔软多了。如懿，如懿，她即便温柔的时候，也是带着清刚气的。"

十月二十三的夜，已经有疏疏落落的清寒，殿中的宝珠山茶硕大嫣红的花盘慵慵欲坠，红艳得几乎要滴出血来。每一朵花的花瓣都繁复如绢绡堆叠，映得嬿婉的面庞失了血色般苍白。

嬿婉眼睁睁看着皇帝骤然离去，拥拥簇簇的一行人散去后，唯有风声寂寞呼啸。她想要呼唤些什么，明知无用，只得生生忍住了。有抽空力气一样的软弱迅疾裹住了她，她在春婵身边，两滴泪无声地滑落："皇上是嫌弃本宫了，皇上念的诗词，本宫都不懂。"

春婵忙劝道："小主别在意，宫里有几个小主懂这些汉人的诗词呢？"

嬿婉默然垂泪："本宫也想有好一点儿的出身，也想有先生教习诗书。可是本宫的阿玛在时无暇顾及这些，他心里只有儿子，没有女儿。等阿玛过世了，便更没有这样的机会了。本宫每每见皇上和皇后谈论诗书，心里总是羡慕。为什么本宫前半辈子，就这么潦潦草草过去了。”

春婵的手上加了几分力气，牢牢扶住嬿婉如掌上飞燕般轻盈的身子：“前半辈子过去了不要紧，小主，咱们要紧的是下半辈子。”

有泪光在嬿婉眼底如星芒一闪，很快便消逝不见。嬿婉站直了身子，声音瞬间清冷如寒冰般坚硬：“是。咱们只看以后！”她顿一顿，“春婵，本宫和皇后的脸像不像？”

春婵仔仔细细看了许久，怯怯道：“只有一点点，实在不算很像。”

嬿婉的笑声在夜风里听来玲玲玎玎，有玉石相击的冷脆：“哪怕脸像，本宫的心也断断不会和她一样！”

嬿婉的话音散落在风中，回应她的唯有远远的几声犬吠。嬿婉的脸上闪过无可掩饰的厌恶，烦憎道：“讨厌的人，养的狗也讨人厌！”

春婵忙忙劝道：“小主讨厌，除了便是了！反正猫儿狗儿的，病死的也有许多。”

心念旋转如疾电，嬿婉沉闷的心头刹那被照亮，微微一笑不言。

贰捌 西風涼

夜色如轻纱扬起，四散弥漫。倏尔有凉风吹过，不经意扑灭了几盏摇曳的灯火。容珮侧身逐一点亮灯盏，动作轻悄无声。偶尔有烛火照亮她鬓间的烧蓝点珠绢花，幽蓝如星芒的暗光一闪，仿佛落蕊芳郁，沉静熠熠。

如懿拿拨子挑抹琴弦，反反复复弹着一曲晏殊的《蝶恋花》。宋词原本最合红装浅唱，何况是晏殊的词，是最该十六七岁女郎执红牙板在雨夜轻吟低叹的。如懿一向不擅歌艺，只是爱极了宋词的清婉秀致，口角吟香，便取了七弦琴细细拨弄，反复吟诵。

“碧草池塘春又晚，小叶风娇，尚学娥妆浅。双燕来时还念远，珠帘绣户杨花满。绿柱频移弦易断，细看秦筝，正似人情短。一曲啼乌心绪乱，红颜暗与流年换。”

这样哀凉的词，念来犹觉心中沁凉。

容珮默默上前添上茶水，轻声问道：“花好月圆之夜，娘娘正当盛时，怎么念这么伤心的词呢？”

如懿轻哂，该如何言说呢？晏殊明明是个男子啊，却这般懂得女儿心肠。若是有这样一个人，在这样苍苔露冷、花径风寒的日子里常相伴随，明白自己种种不可言说的心事，那该有多好啊！这样的心念不过一转，自己也不禁失笑了。她是皇后啊，高高在上的皇后，在这金堆玉砌的锦绣宫苑中，到头来不过是怀着和平凡妇人同样的梦想而已。

正沉吟间，却见一道长长的影子不知何时映在了地上。如懿举眸望去，却见皇帝颀长的身影掩在轻卷的帘后，面色如霞，深深望着她不语。

惊异只在一瞬，如懿连忙起身下拜："皇上万安。"她抬首，闻到一阵醺然的酒气，不觉道，"夜深了，皇上喝了酒怎么还过来？李玉呢？"

皇帝缓步走近，脚下微微有些踉跄，却迎住她，将她紧紧揽入怀中："朕在永寿宫陪令妃过寿，秦筝那么刚冷的乐器都能被令妃弹得如斯甜腻。如懿，你的月琴却是醒酒的。朕从翊坤宫外经过，听见你的琴音，便忍不住进来了。"

如懿在他突如其来的拥抱里动弹不得，只得低低道："臣妾琴音粗陋，惊扰皇上了。"她微微侧脸，吩咐退在一旁低首看着脚尖的容珮，"给皇上倒上热茶，再去备醒酒汤来。"

皇帝并不肯放手，只将脸埋在她的颈窝里，散出温热潮湿的气息，每一字都带了沉沉的酒气："如懿，你比朕前两日见你时又清减了些许。你穿戴得真好看，天水碧色很衬你，可是你的眉梢眼角略微带了一丝郁郁之气。"

如懿低首，看着自己身上的天水碧色暗绣芙蓉含露寝衣。那样清素的颜色，配着自己逐渐暗转的年华，大概是很相宜的。只是皇帝突兀的亲昵，忽然唤起了她沉睡已久的记忆。初入潜邸的那些年岁里，他也喜欢这样拥着自己，细语呢喃。

皇帝抬起头，盯住她的眼睛，醉意里有一丝漠漠轻寒："如懿，朕与你几十年夫妻，你陪着朕从皇子成为君王，朕陪着你从嫔御而至皇后，朕和你有一双儿女，聪慧可爱。如懿，你还在难过什么？”他靠得更近一些，“不要说你很高兴，朕听你念那首词，朕知道，你心里其实是难过的。”

阁中立着一架玉兰鹦鹉镏金琉璃立屏，十二扇琉璃面上光洁莹透，屏风一侧有三层五足银香炉，镂空间隙中袅袅升起乌沉香。那是异邦进贡的香料，有厚郁的芬芳，仿佛沉沉披拂在身上。如懿侧首看见自己不饰妆容后素白而微微松弛的肌肤，不觉生了几分自惭形秽。她知道的，宫苑之中，她并非最美，彼时有意欢，近处亦有金玉妍。而皇帝的秀目丰眉、姿容闲疏，仿佛并未被年岁带去多少，反而多了一层被岁月浸润后的温和，像年久的墨，被摩挲多年的玉，气质冷峻高远而不失温润。

哪怕有一双儿女，他们之间，终究是会慢慢疏离的吧？这样的念头在如懿心间一跳，竟扯出了生生的疼。她从未想过，自己会有这样不祥的念头。

如懿的声音低微得像蝴蝶扑棱的翅：“臣妾只是伤感红颜易老，并无他念。”

皇帝轻轻一嗤：“红颜未老恩先断，是不是？那种末等嫔妃的伤感之念，皇后尊贵之身，何必沾染？且朕自问嫔妃虽多，但不算寡恩，便如婉嫔之流，每隔一两月也必会去坐坐看望。”

“皇上自然不算寡恩之人。”如懿勉强一笑，“臣妾虽得皇上厚爱，但思及平生，总有不足之念。譬如，臣妾出身乌拉那拉氏；譬如，臣妾的阿玛早亡，不得看见臣妾封为皇后的荣光；譬如，乌拉那拉氏族中凋零，无依无傍。哪怕皇上赐予臣妾正位中宫的荣光，有些遗憾总是在的。”

如懿语中的伤感好似蒙蒙细雨，沾染上皇帝的睫毛。他摩挲着光腻的茶盏，静静听着，良久，轻声道：“朕有时候总是做梦，尤其是在百日大典之后，朕会梦到自己的额娘。”皇帝的声音像被露水沾湿的枯叶，瑟瑟有声，“朕从来就没有见过她的样子。真的。朕出生的时候她就难产而死。朕从懂事起就知道这样出身卑微的额娘是朕的耻辱，朕的母亲只有如今的皇额娘，当年的熹贵妃。朕也很想太后就是朕的亲额娘。”他苦笑，“如今看来，朕竟也是做梦。哪怕朕以天下之富奉养太后，哪怕平日里可以母慈子孝，可到了要紧时候，不是骨肉血亲便到底也不是的。”他一哂，眉眼间有风露微凉，“母子不似母子……”

有半句话皇帝咽了下去，夫妻也不似夫妻啊！这不就是宫廷深深里的日子么？

如懿低低道：“太后还是不肯见皇上么？”

乌沉香细细，一丝一缕沁入心腑，耳边只剩下皇帝风一样轻的叹息：“太后心中只有亲生的公主而已，并没有朕这个儿子。”他的叹息戛然而止，“自然，无论太后怎样待朕，准噶尔之战是不会停止的。朕能做的，只有尽量保全恒娖的安全。仅此而已。”他的笑有些无奈，“有时候看来，太后真是一个倔强而强势的女子。哪怕近日她在慈宁宫闭门不出，潜心祈愿，前朝仍有言官不断向朕进言，请求先救恒娖再攻打准噶尔。”他苦笑，“朕对太后，着实敬畏，也敬而远之。”

如懿的手以蝴蝶轻触花蕊的姿势温柔拂上他醺红的面颊：“太后的确威势，也足以让人敬畏，但是皇上不必太过放在心上。太后曾对臣妾说过，一个没有软肋的人，才能真正强大。而两位长公主，正是太后最大的软肋。”

“软肋？”皇帝轻笑，眼中却只是寒星般的微光，并无暖意，“那么朕的软肋是什么？如懿，朕会是你的软肋么？”

是。她最重情分，这就是她的软肋。

皇帝拥住如懿：“不过朕是皇帝，朕希望自己永远没有软肋。”

锦帷绣幔低低垂落，夜寒薄薄侵人。清夜漫漫，因着他此身孤寒寥寥，撩起如懿心底的温情。

原来，他们是一样寂寞的。她默然靠近他，伸手与他紧紧拥抱，拥抱彼此的默契。

这一刻，心如灯花并蕊开。

宫中的夜宁静而清长，并非人人都能和如懿与皇帝一般安稳地睡到天亮。

外头风声呜呜，嬿婉一整夜不能安枕，起来气色便不大好。春婵知道嬿婉有起床气，和澜翠使了个眼色，越发连梳头也轻手轻脚的。小宫女捧了一碗花生桂圆莲子羹进来，澜翠接了恭恭敬敬奉在嬿婉跟前。嬿婉横了一眼，不悦道："每日起来就喝这个，说是讨个好彩头，喝得舌头都腻了，还是没有孩子。什么'莲'生贵子，都是哄本宫的！"

澜翠如何敢接话，这粥原本也是嬿婉求子心切，才嘱咐了每日要喝的。嬿婉抬头见镜子里自己的发髻上簪着一支金镶珍珠宝石瓶簪，那簪柄是"童子报平安"图案，一颗硕大的玛瑙雕琢成舞蹈状童子，抱着蓝宝石制宝瓶，下镶绿松石并珊瑚珠，枝杈上缠绕金累丝点翠花纹、如意，嵌一"安"字。那本是嬿婉特特嘱咐了内务府做的，平日里甚是心爱，总是戴着。此刻她心里有气，伸手拔下往妆台上一撂，便是"咚"的一声脆响。

澜翠和春婵吓得噤若寒蝉，更不敢说话。嬿婉正欲站起身来，忽然身子一晃，扶住额头道："头好晕！"

她话未说完，俯身呕出几口清水。澜翠和春婵急急扶住她，脸上却不觉带了喜色："小主头晕呕吐，莫不是……"

二人相视一眼，皆是含笑。嬿婉半信半疑，满面欢喜："那，是不是该去请太医……快请太医。"

话音未落，却是太监王蟾在外头回禀道："小主，包太医来请平安脉了。"

包太医在太医院多年，也算医术精妙。只是太医院里从前齐汝当道，重的是有家世的太医。后来是江与彬为强。包太医总在中游，也不显眼。自嬿婉当宠后他倒得了机会，一直为她调理脉息，也算有了个依靠。嬿婉当下不敢怠慢，喜不自胜道："来得正好，还不赶紧请进来！"

包太医进来便恭恭敬敬行过礼，待澜翠取过一方手帕搭在嬿婉手腕上，他方才伸出手凝神搭脉。片刻，他又细看嬿婉神色，问道：“小主今日有呕吐么？”

“这是第一次。”嬿婉急切道，“包太医，本宫可是遇喜么？”

包太医摇头道：“脉象不是喜脉。”他见嬿婉的笑意迅疾陨落，仍继续问道，“微臣开给小主的汤药，小主可按时吃了么？”

春婵忙道：“小主都按时吃的，一次也没落下。”

包太医微微点头，又看嬿婉的舌苔，神色似乎有些凝重。

嬿婉着急道：“本宫一直按照您所言调养，更加了好些滋补汤药，就是希望尽快遇喜，可为何迟迟没有动静？”

包太医神色郑重，亦是叹惋：“微臣伺候令妃小主已经有一段时日，小主一直急着遇喜，不听微臣之言，进补过甚，反而闹得气血虚旺，不能立即遇喜。”

嬿婉的身体迫向前一些：“那到底有没有快些遇喜的法子？”

“这个么……”包太医沉吟，捋须不语。

嬿婉使一个眼色，春婵转入内室，很快捧出一个锦盒，打开，里头的珍宝闪耀，直直送到包太医脸跟前，晃得他睁不开眼睛。

包太医一怔，忙起身道：“小主，小主，微臣不敢。”

嬿婉衔了一缕浅浅的笑意：“这么点儿心意，当然让包太医不为所动。您放心，这只是十分之一的数目，若本宫能快快遇喜，为皇上诞育子嗣，来日一定奉上十倍之数，供大人赏玩。”

包太医望着锦盒中闪耀的各色宝石，心想他在宫中当差多年，不过是一介太医，何曾见过这么多珠宝。想来嬿婉得皇帝宠遇最深，这些珠宝玉器在她眼中不过尔尔。他眼中闪过一丝贪婪之色，双手因为激动微微有些颤抖，目光不觉看向嬿婉。

嬿婉扬着水葱似的手指，轻笑道：“本宫得皇上宠爱，遇喜生子是迟早之事，只是希望得包太医相助，越早遇喜越好。这样简单的事，包太医也不肯帮本宫一把么？”

包太医拿袖子擦了擦脸上沁出的汗水，迟疑着道：“办法不是没有。要想尽快遇喜，可用汤药调理。譬如说每年十次月事的，可调理成每年十二次或者更多，这样受孕的机会也多。但是药皆有毒性，哪怕微臣再小心，总会有伤身之虞，何况是这样催孕的药物。小主三思。”

嬿婉秀眉一挑，急急道：“真有这样的法子？灵验么？”她到底有些后怕，“可有什么坏处？”

包太医不敢不直言：“这个么……月事过多，自然伤女子气血，容易见老！”

一丝惧色和犹豫凝在嬿婉眉心，她喃喃迟疑：“很快就会见老么？”

包太医忙道：“现下自然不会，但三五年后，便会明显。”

嬿婉情不自禁地伸出手，抚上自己滑若春绸的肌肤。对镜自照的时候，她犹是自信的。因着保养得宜，或许也是未曾生育过，比之更年轻的忻嫔、颖嫔之流，她并不见老，一点儿也不，依旧是吹弹可破的肌肤，丰颜妙目，顾盼生色。

所有的犹豫只在一瞬，她的话语刚毅而决绝：“那就烦请包太医用药吧！”

宫中的日子平淡而短浅，乾隆二十年的春日随着水畔千万朵迎春齐齐绽放，香气随着露水被春阳蒸熨得氤氲缭绕，沁人心脾。这一年的春天，就是这般淡淡的鹅黄色，一点一点涂染了深红色的干涸而寂寞的宫墙。

朝廷对准噶尔的战事节节胜利，很大一部分是因为车凌率部归附后，在平定达瓦齐的战争中出尽全力，所以前线的好消息偶尔一字半句从宫墙重重间漏进时，平添了嫔妃们的笑语，也隐然加深了慈宁宫中静修祈愿的太后的忧惧。

而后宫中也并非没有喜事，去岁入宫初承恩泽的忻嫔很快就遇喜了，这着实让皇帝欣喜万分。

如懿奉皇帝之命照顾遇喜的忻嫔，也添了几许忙碌，然而众人说笑起来，皆是孩子们的事，倒也十分有趣。太医院呈文，忻嫔的产期是在七月。夏日里坐月子，要当心的地方格外多。如懿便也格外上心叮嘱。忻嫔头回怀胎，不懂的事情多，便也都听着如懿和海兰的。

这一日，如懿和海兰正陪着忻嫔往宝华殿上香归来，转首见风扑落了忻嫔的帷帽，忙叮嘱道："仔细别着了风，这个时候若是受凉吃药，只怕会伤着孩子呢。"

忻嫔脸上一红："皇后娘娘说得是，只是哪里就那么娇贵了呢。"

海兰笑着替她掠去鬓边一朵粉色的落花："哪里就不娇贵了呢？等生下一位小阿哥，只怕指日就要封妃了呢。"

忻嫔自然高兴，也有些担忧："那若是个小公主呢？皇上会不会不喜欢？"

海兰忙道："怎么会不喜欢？皇上本就阿哥多，公主才两位。你瞧四公主和五公主就知道了，皇上多喜欢呢。"

如懿道："阿哥和公主自然都是好的。如今妃位上只有令妃和愉妃，是该多些人才热闹。"她的目光里皆是温暖的关切，"且你年轻，阿玛为准噶尔的事出力，皇上又这样疼你，封贵妃也是指日可待的。"

话音尚未被风吹散，只听横刺里一声犬吠，一只雪白的巴儿狗跳了出来。忻嫔吓得退了一步，正要呵斥，却见后头一个宫装女子缓步踱了出来，唤道："富贵儿，仔细被人碰着，小心些！"

如懿定睛一看，那人却是多日不出门的嘉贵妃金玉妍。她虽不比当初得意，衣饰却不减华贵，一色明绿地织金纱翔凤氅衣，挽着雪白绸地彩绣花鸟纹领子，垂下蓝紫二色水晶瓔珞，裙上更是遍刺金枝纹样，行动间华彩流波。她侧首，发髻间密密点缀的红晶珠花簪和并蒂绢花曳翠摇金，熠熠生辉。

忻嫔当下不悦，低声嘀咕道："都什么年纪了，还打扮得这样娇艳。"

海兰扯了扯忻嫔的衣袖，示意她不要多言。玉妍向着如懿草草肃了一肃，便横眼看着海兰与忻嫔，二人也屈膝：“嘉贵妃安。”

玉妍冷眼看着忻嫔，皮笑肉不笑道：“忻嫔，如今身子重了，人也见胖了。也不知道你肚子里怀了个什么东西，如今是欢喜，可千万别是空欢喜了！”

忻嫔年轻气盛，哪里受得了这样的话，当即道：“我也不知怀的是男是女，总比生下来不是东西，让皇上讨厌的好。”

玉妍如何听不出她言语中的讥讽，当下沉了脸道：“我生的什么孩子本宫自己知道。”她死死盯着忻嫔隆起的肚腹，“你敢对我指桑骂槐！”许是她的语调略高，脚下名唤“富贵儿”的小狗便凶神恶煞地朝着忻嫔连连吼叫。

忻嫔厌恶不已，又有些害怕：“我并无指桑骂槐，是直言其过。嘉贵妃得空多管教几个儿子吧，别总叫皇上心烦。”

玉妍冷笑道：“别以为皇上眼下和准噶尔作战，重用你们族人就得意了。我北族依附大清已久，比你们忠心更甚。”

忻嫔往后退了几步，脸上却毫不示弱：“如此忠心皇上也不待见你和四阿哥，可见不是北族的过错，是你们母子的错失。”

玉妍见忻嫔怕狗，眼中闪过一丝暗喜，用脚尖踢了踢“富贵儿”，驱它向前。忻嫔害怕地躲到海兰身后，急急唤道：“愉妃姐姐。”

如懿原本只冷眼看着，但见玉妍仗犬行凶，便道：“嘉贵妃不是身子不爽么？还是待在启祥宫好，何必与畜生一起让人不安宁。”

玉妍咬了咬唇道了声“是”，凤眼横飞斜斜看着忻嫔道：“忻嫔，有着身孕便少出来走动，若是磕着碰着了，别怪旁人不当心，只怪你这做娘的自己胡乱晃悠罢了。”她说罢，弯下身亲热地抱起“富贵儿”，兀自转身就要走。

如懿见她这般张狂，早含了一丝怒气，道：“跪下！”

玉妍见如懿发话，一时也不敢离开，只得转身道：“臣妾没做错，为什么要跪？”

如懿神色恬然，微冷的语气却与这三春景色格格不入：“你是贵妃，位分尊贵。你又早进宫，替皇上生儿育女，该知道如何体恤姐妹，照拂孩子。如今你的畜生冒失，自然是你管教不当。”

偏偏玉妍嘴上不肯饶人：“知道皇后娘娘的五公主宝贝，狗儿叫一声都能吓得她心症发作。这样的孩子生下来做什么，白叫爹娘操心，最后还是留不住。”

海兰生气，正要发作，容珮一步上前打了玉妍一个耳光。玉妍受辱，又是吃惊又是恼恨：“贱婢也敢打本宫！”

容珮义正词严：“满口诅咒，奴婢就替皇上和皇后娘娘教训嘉贵妃。”

海兰怒道：“畜生管教不当也罢了，连自己的孩子都管教不当。嘉贵妃这般胡言乱语，咱们立刻就去见皇上，看皇上知道你诅咒嫡公主，会如何惩治？”

玉妍气咻咻一哼：“别拿皇上压我！”

如懿最恨玉妍拿璟兕言语，亦冷着脸道：“上回你养的狗儿吓着了璟兕，若还有下次，皇上也不会饶恕你。你细想想，你们母子有多少底气敢承受皇上的雷霆之怒。”

玉妍悻悻，捂着脸忍着疼：“这一巴掌，我不会忘记的。”

容珮毫不畏惧：“嘉贵妃记着这打才是记住了教训。”

如懿正要说话，却见后头嬿婉携了春婵走近，人未至，语先笑：“好不好的总有五阿哥和十二阿哥做榜样呢。瞧皇上多喜欢五阿哥呀，真是最最孝顺有出息的呢。”

玉妍素来不喜嬿婉，见了她便蹙眉：“这样的话，没生养的人不配说！”

嬿婉怯弱弱地行了一礼，含了一缕温文笑意：“妹妹是没有生养，所以羡慕皇后和愉妃、忻嫔的福泽呢。至于嘉贵妃姐姐嘛……”她眼神一荡，转脸对着海兰道，“孩子多有什么好，个个争气才是要紧的呢。

听说五阿哥最近很受皇上器重，愉妃姐姐真是有福呢。”

海兰神色淡淡的：“有福没福，都一样是皇上的孩子罢了。”

有深切的嫉恨从玉妍姣好的面庞上一闪而过，她盯着海兰道：“我的孩子没福了，就轮到你的孩子有福？别做梦了！我就眼睁睁看着，你的永琪夺了本宫永珹的福气，便能有福到什么时候去！”她说罢，拂袖离开。

嬿婉掩袖道：“哎呀！嘉贵妃静养了这些时候，火暴脾气竟一点儿没改呢。当着皇后娘娘的面还这般口不择言，真是无礼。”

如懿看也不看她一眼：“嘉贵妃的火暴脾气不改，你的嘴也未曾说出什么好听的话来，惯会调三窝四挑人嫌隙。”

嬿婉忙忙欠身道：“皇后娘娘，臣妾只是看不过眼……臣妾……”她一急，眼中便有泪珠晃了晃。

如懿懒得看她，径自携了海兰的手离开，亦嘱咐忻嫔：“你怀着孩子，肝火不必那么大。等下本宫会让人送《金刚经》到你宫中，你好好念一念，静静心气吧。”

嬿婉看着如懿与海兰离开，久久欠身相送，神色恭谨异常。片刻，她方站起身，任穿过长街的风悠悠拂上自己的面庞，轻声道：“嘉贵妃真是恨透了这些人吧。”

春婵道：“恨有什么用？嘉贵妃母子失宠，还能做什么吗？”

嬿婉含了稳稳的笑意：“失宠的人最容易发疯。”

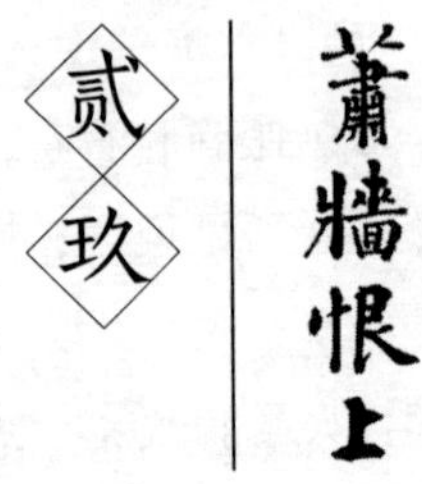

萧牆恨 上

三月的时节，天暖气清。

忻嫔自被如懿提点过几句，也安分了不少。她到底是聪慧的女子，识进退，懂分寸。闲来时海兰也说：“其实令妃似乎很想接近娘娘，求得娘娘的庇护。”

如懿望着御苑中开了一天一地的粉色杏花，风拂花落如雨，伸手接在掌心，道：“你也会说是似乎。难不成你怜悯她？”

海兰低首：“不。臣妾只是觉得令妃的恩宠不可依靠。没有孩子，在这个宫里，一切都是假的。”

“有孩子就能好过到哪里么？你看嘉贵妃便知了。”如懿抬首，见一树杏花如粉色雪花堆拥，又似大片被艳阳照过的云锦，芳菲千繁，似轻绡舒卷。枝丫应着和风将明澈如静水的大空分隔成小小的一块一块，其间若金粉般的日光灿灿洒落，漫天飞舞着轻盈洁白的柳絮，像是被风吹开的雪朵，随风翩翩轻弋，摇曳暗香清溢。

二人正闲话，却见三宝匆匆忙忙赶来，脚下一软竟先跪下了，脸色发白道：“皇后娘娘，八阿哥不好了！”

八阿哥正是玉妍所生的皇八子永璇，如今已经九岁，鞠养在撷芳殿。玉妍所生的四阿哥永珹已被皇帝疏远冷落，若八阿哥再出事，岂不是要伤极了玉妍之心。

如懿与海兰对视一眼，连忙问：“到底什么事？”

三宝带了哭腔道：“几位阿哥都跟着师傅在马场上练骑射，不知怎么的，八阿哥从马上摔了下来，痛得昏死过去了！”

海兰便问：“奴才们都怎么伺候的？当时谁离八阿哥最近？”

三宝的脸色更难看：“是……是五阿哥。五阿哥离八阿哥最近，伸手想救来着，可是来不及。那马儿跟疯了似的尥蹶子，谁也拦不住啊！只能眼睁睁看着八阿哥摔下马来了！”

海兰脸色发白，人更晃了一晃。如懿情知不好，哪怕要避嫌隙，此刻也不能避开了，忙问道：“永璇人呢？”

海兰亦急得发昏，连连问：“永琪人呢？”

三宝不知该先答谁好，只得道：“五阿哥和侍卫们抱了八阿哥回撷芳殿了，此刻太医正在救治呢。”

如懿连忙吩咐：“去请嘉贵妃到撷芳殿照拂八阿哥。愉妃，你跟本宫先去看看！”

撷芳殿内已经乱得沸反盈天，金玉妍早已赶到，哭得声嘶力竭，成了个泪人儿。见了如懿和海兰进来，对着如懿尚且不敢如何，却一把揪住了海兰的衣襟撕扯不断，口口声声说是永琪害的永璇。

永琪何尝见过这般阵势，一早跪在了滴雨檐下叩头不止。如懿看得心疼，忙叫宫人伸手劝起。不过那么一刻，海兰已经被玉妍揉搓得衣衫凌乱，珠翠斜倒，玉妍自己亦是满脸泪痕，狼狈不堪，口中喝骂道：“是你！一定是你指使你儿子害了我的永璇。你这个贱妇，有什么冲着我来，别对我儿子下手。”

永琪含泪叩首：“嘉娘娘，是儿臣没看顾好八弟，不关额娘的事。”

玉妍松开手，狠狠踹了永琪一脚，永琪跌翻在地上。他还来不及爬起来，玉妍又痛喝：“当然关你的事！你别以为自己脱得了干系。”

如懿当即喝道：“都闹成这个样子，叫太医怎么医治永璇！”

众人草草安静下来，如懿不容喘息，即刻吩咐道：“今日在马场伺候八阿哥的奴才，一律打发去慎刑司细细审问。还有太医，八阿哥年幼，容不得一点儿闪失，你们务必谨慎医治，不要落下什么毛病。嘉贵妃，你可以留在这里陪着八阿哥，但必须安静，以免吵扰影响太医医治。”

如懿这般雷厉风行地布置下去，玉妍也停了喧哗，只是睁着不甘的眼恨恨道：“臣妾听说，永璇坠马之时是永琪离他最近！”

如懿冷静道：“永琪是离得最近，但也是众目睽睽之下，永琪能做什么？”

她死死剜着海兰：“你的儿子夺了永珹的恩宠还不够，还伤了我的永璇！若是永璇有什么闪失，我一定不会饶过你们！”

如懿不动声色地将海兰护在身后，以不容置疑的口吻道：“嘉贵妃，你我都为人母，难免有私情。若是本宫来处置，你也不会心安。所以永琪是否牵涉其中，这件事本宫与愉妃都不会过问，全权交予皇上处置。你若再要吵闹，本宫也不会再让你陪护永璇！”

玉妍无言以对，只得偃旗息鼓，含泪去看顾榻上半身带血的永璇。

如懿见海兰惊惶，轻声安慰道：“事情尚未分明，只是意外也未可知。你自己先张皇失措，反而叫人怀疑。”

海兰忍住啜泣道：“永琪扯上这些说不清的事，可如何是好？”

“如何是好，不是你们母子能定的。本宫先去看看永琪。”如懿行至廊下，见永琪连连叩首，额头已经一片乌青，心下一软，忙扶住了他道：“好了！你又没错，忙着磕头做什么？”

海兰欲语，泪水险险先滑落下来，只得忍耐着道：“永琪，这件事是否与你相干？”

永琪脸上的惊惶如浮云暂时停驻，他的语气软弱中仍有一丝坚定："皇额娘，儿臣在这里磕头，并非自己有错，更非害了八弟，而是希望以此稍稍平息嘉娘娘的怒火，让她可以专心照顾八弟。"

如懿松一口气，微笑道："皇额娘就知道你不会的。至于今日之事，会让你皇阿玛彻查，还你一个清白。"

里头隐约有孩子疼痛时的呻吟呼号和金玉妍无法停止的悲泣。如懿心头一酸，永琪敏锐地察觉她神情的变化，有些犹疑道："八弟年幼，又伤得可怜，皇阿玛会不会不信儿臣？"

如懿正色道："你若未做过，坦然就是。"她低声道，"要跪也去养心殿前跪着。去吧，本宫也要去见你皇阿玛了。"

对于如懿的独善其身，皇帝倒是赞同："你到底是永琪的养母，这些事掺在里头，于你自己也无益。"

如懿颔首："是。臣妾的本分是照顾后宫，所以会命太医好生医治永璇，也会劝慰嘉贵妃。自然了，还有忻嫔呢，太医说她的胎象极好，一定会为皇上生一个健康的孩子。"

皇帝以手覆额，烦恼道："前朝的政事再烦琐，也有头绪可寻，哪怕是边界的战事，千军万马，朕也可运筹帷幄。可朕的儿女之事，实在是让人烦恼。"

如懿劝慰道："多子多福。享福之前必受烦忧，如此才觉得这福气来之不易，着实可贵。"

皇帝抚着她的手道："但愿如此。那么这件事，朕便交给李玉去办。"

如懿思忖道："李玉是御前伺候的内臣，若有些事要出宫查办，恐怕不便。此事也不宜张扬，叫人以为皇家纷争不断，还是请皇上让御前得力的侍卫去一起查办更好些。"

皇帝不假思索，唤进凌云彻道："那么八阿哥坠马之事，朕便交由你带人和李玉同去查办。"

凌云彻的眼帘恭谨垂下："是，微臣遵旨。"

凌云彻做事倒是雷厉风行，李玉前往慎刑司查问伺候永璇的宫人，他便赶去了马场细查。遇见如懿时，凌云彻正带着四名侍卫与李玉一同从慎刑司归来。

见了如懿，众人忙跪下行礼。为着看顾永璇和忻嫔，这两日她两处来往，不免有些疲倦，眼下也多了两片淡淡的乌墨色。然而嘉贵妃甚是警觉，也不愿让她过多接近，更多的时候，如懿亦只能遣人照顾，或问问太医如何医治。

众人行礼过后，凌云彻忍不住道："皇后娘娘辛苦，是为八阿哥操心了。"

长街的风绵绵的，如懿从他眼底探得一点关怀之意，也假作不见，只问："你们查得如何了？"

李玉忙道："慎刑司把能用的刑罚都用上了，确实吐不出什么来。但是……"

凌云彻眼波微转，浑若无事："是伺候的宫人们不够用心。至于如何责罚，该请皇上和皇后娘娘示下。"

如懿只觉得疲乏，身上也一阵阵酸软，勉强道："也好。你们去查问，给皇上一个交代便是。"

凌云彻见如懿脸色不大好，忙欠身道："娘娘面色无华，是不是近日辛苦？"

容珮忙道："娘娘方才去太医院看八阿哥的药方，可能药材的气味太重，熏着了娘娘，有些不舒服。奴婢正要陪娘娘回去呢。"

李玉忙忙扶住道："娘娘玉体操劳，还是赶紧回宫休息吧。"

如懿扶了容珮的手缓步离去。李玉凝神片刻，低声向凌云彻道："凌大人请借一步说话。"凌云彻示意身后的侍卫退下，与李玉踱至庑房檐下，道："李公公有话不妨直言。"

李玉袖着手，看了看四周无人，才低声道："听大人方才审问那些宫人的口气，像是在马场有所发现？”

凌云彻一笑：“瞒不过李公公。”他从袖中取出两枚寸许长的银针，“我听说当日八阿哥骑的马突然发了性子，将八阿哥颠下马来，事后细查又无所见，结果在那匹马换下来的马鞍上发现了这个。”他眼中有深寒似的凛冽，“银针是藏在皮子底下的，人在马上骑得久了，针会穿出皮子实实扎到马背上。马吃痛所以会发性，却又查不出伤痕，的确做得隐蔽。”

李玉听得事情重大，也郑重了神色：“八阿哥身为皇子，谁敢轻易谋害？凌大人以为是……”

凌云彻只是看着李玉：“李公公久在宫闱，您以为是……”

李玉脱口道：“八阿哥是嘉贵妃的儿子，自然是对谁有利就是谁做的。”他骤然一惊，“凌大人是在套我的话，这样可不好吧？”

“哪里哪里。”凌云彻摆手笑道，“李公公在皇上身边多年，眼光独到，不比我一个粗人，见识浅薄。”

李玉凑近了，神神秘秘道：“凌大人还来探我的话，只怕是心里也有数了吧？我啊不知道是谁。我只是想，这件事和五阿哥有关，五阿哥洗不掉嫌疑，愉妃娘娘就会被牵连，皇后娘娘也会惹一身污水。”

凌云彻脸上的严肃转而化作一个浅笑：“李公公在皇上身边多年，思虑周全。此事我与您想得一样，不能让皇后娘娘被攀扯进来。这回或许是意外也未可知。人生在世，谁没点飞来横祸呢。”他指了指蔚蓝的天空，“或许也是天意。”

李玉何等乖觉，即刻道：“那是。皇上交代给凌大人彻查的，凌大人查到什么，那我查到的也就是什么，绝对和凌大人是一样的。”他拱手，“皇恩浩荡，何必再查下去伤了圣上的心哪！而且嘉贵妃是什么性子，不必为她得罪对咱们有过恩惠的人。宫里的事儿淘澄不清，越查麻烦越多。到这儿就成了，谁都无事。”

凌云彻将银针笼进袖中，轻轻一笑：“公公的主意就是我的主意。”

二人相视一笑，结伴离去。

这样的主意，或许是在查到银针的一刻就定了的，所以即便是与赵九霄把酒言欢，谈及这件事时，他也是闭口不言。宫闱之中波诡云谲，嫔妃之间如何血斗淋漓，诡计百出，他亦有所耳闻，何况，玉妍一向对如懿不驯。

隐隐约约地，他也能知道，八阿哥永璇的坠马，固然是离他最近的五阿哥永琪最有嫌疑，也是五阿哥获益最多，让已经元气大伤的玉妍母子再遭重创。但若五阿哥有嫌疑，等同生母愉妃海兰和养母如懿都有嫌疑。他是见过如懿在冷宫中受的苦的，如何肯再让她陷落到那样的嫌疑里去。哪怕仅仅是怀疑，也足以伤及她在宫中来之不易的地位。

所以，他情愿沉默下去，仅仅把这件事视作一次意外。

于是连赵九霄也说："兄弟，你倒是越来越懂得明哲保身了，难怪步步高升，成了皇上跟前的红人。我呢，就在坤宁宫这儿混着吧，连我喜欢的姑娘都不肯正眼看我一眼。"

凌云彻是知道的，赵九霄喜欢永寿宫的澜翠，也曾让自己帮着去提亲，他只是摆手："永寿宫的人呵，还是少沾染的好！"

赵九霄拿了壶酒自斟自饮："你啊，一朝被蛇咬，十年怕井绳，永寿宫的主位不好，难道她手下的人都不好了？"他颓丧不已，"只可惜，连个宫女都看不上我！"

凌云彻捧着酒壶痛饮，只是一笑。赵九霄喜欢的姑娘看不上赵九霄，他自己喜欢的女子，何曾又能把他看在眼里呢？

幸好，赵九霄不是郁郁的人，很快一扫颓然："但是，我只要能远远地看着她就好了。偶然看见就可以。"

凌云彻与他击掌，笑叹："你可真是我的好兄弟！"

怎么不是呢？他也是如此，偶尔能远远地看见她就好。在深宫杨花如雪的回廊转角，在风露沾染、竹叶簌簌的养心殿廊下，或是月色如波之中，她被锦被包裹后露出的青丝一绺。

能看见她的安好，便是心安所在。

他这样想着，任由自己伏案沉醉。有隐约的呜咽声传来，恍惚是撷芳殿内金玉妍担心的哭泣声，抑或是哪个失宠的嫔妃在寂静长夜里无助的悲鸣。

他只希望，她永远不要有这样伤心的时候。

八阿哥永璇能起来走动已经是一个月后，无论太医如何精心医治，永璇的一条腿终究是废了。用太医的话说，即便能好，这辈子行走也不能如常人一般了。

金玉妍知道后自然哭得声噎气直，伤心欲死。连皇帝亦来看望了好几次，玉妍拿着永璇的伤替四阿哥永珹求一门好亲事，哭道："皇上，永瑆年幼，永璇腿伤，永珹更可怜，到了成婚的年纪也挑不好人家。皇上，臣妾求您恩典，让臣妾替永珹挑个好媳妇儿。万一来日臣妾不在了，还有兄嫂可以照顾永璇和永瑆。"

皇帝耐不住她求磨，只好答应了："罢了。你自己的儿媳，自己去挑了再来告诉朕。若真是好姑娘，朕会替永珹指婚。"他看着玉妍哭得可怜，又许她携了十一阿哥永瑆一直住在撷芳殿照顾永璇的伤势。

如此一来，玉妍养在宫中的爱犬富贵儿失了照顾，常日呜呜咽咽，更添了几分凄凉之意。不知哪一日，这富贵儿走丢了，也无人去管。到了节庆的赏赐，嘉贵妃也无心理会，一味由着宫女丽心排布。好像这春日的暖阳，即便暖得桃花红、柳叶绿，却再也照不暖嘉贵妃母子的哀凉之心了。

宫里的忧伤总是来得轻浅而短暂。说到底，哀伤到底是别人的，唏嘘几句，陪着落几滴泪，也就完了。谁都有自己新的快乐，期盼着新生的孩子，粉白的脸，红艳的唇，柔软的手脚；期盼着孩子快快长大，会哭会笑会闹；期盼着凤鸾春恩车在黄昏时分准时停驻在自己的宫门口，带着满心欢喜被太监们包裹着送进养心殿的寝殿；期盼着君恩常在，好像这个春天，永远也过不完似的。

永璇坠马之事，皇帝到底也没迁怒于永琪，如懿与海兰也放心些。闲来的时候，如懿便陪着一双儿女在御花园玩耍。

春日的阳光静静的，像一片无声无息拂落的浅金轻纱。御苑中一片寂静，春风掠过数株粉紫浅白的玉兰树，盛开的满树花朵如伶人飞翘的兰花指，纤白柔美，盈盈一盏。那是一种奇特的花卉，千干万蕊，不叶而花，恍如玉树堆雪，霞色漫天，绰约生辉。

忻嫔挺着日渐隆起的肚腹坐在一树碧柳下的石凳上，凳上铺着鹅毛软垫，膝上有一卷翻开的书。她低首专注地轻轻诵读，神情恬静，十足一个期待新生命降生的美丽母亲。因着有身孕，忻嫔略略丰腴了一些，此时，半透明的日光自花枝间舒展流溢，无数洁白、深紫的玉兰在她身后开得惊心动魄。她只着了一袭浅粉衣裙，袖口绣着精致的千叶桃花，秀发用碧玉扁方绾起，横簪一支简净的流珠双股簪。背影染上了金粉霞光的颜色，微红而温煦。

忻嫔对着书卷轻声吟诵古老的字句，因为不熟悉，偶尔有些磕磕绊绊："朝饮木兰之坠露兮，夕餐秋菊之落英。苟余情其信姱以练要兮，长顑颔亦何伤。"

她读着读着，自己禁不住笑起来，露出雪白的一痕糯米细牙："皇后娘娘，昨儿臣妾陪伴皇上的时候，一直听皇上在读这几句，说是什么屈原的什么《离骚》。虽然您找来了一字一字教臣妾读了，可臣妾还是读得不伦不类。"

如懿含笑转首："宫里许多嫔妃只认识满蒙文字。你在南边长大，能认得汉字已经很好。何况《离骚》本来就生僻艰难，不是女儿家读的东西。离骚，离骚，本就是遭受忧愁的意思，你又何来忧愁呢？"

"臣妾当然是有忧愁的呀！"忻嫔抚着高高隆起的肚子，掰着手指道，"臣妾担心生孩子的时候会很痛，担心会生不下来，担心像愉妃姐姐一样会受苦，像已故的舒妃一样会掉许多头发，还担心孩子不是全须全尾的……"

如懿赶紧捂住她的嘴，呵斥道：“胡说什么，成日想这些乱七八糟的！”她换了柔和的语调，“有太医和嬷嬷在，你会顺顺利利生下孩子的。”

忻嫔虽然口中这样说，脸上却哪里有半丝担心的样子，笑眯眯道：“哎呀，皇后娘娘，臣妾是说着玩儿的。”她指着正在嬉闹的永璂和璟兕道，“臣妾一定会有和十二阿哥与五公主一样可爱的孩子的，他们会慢慢长大，会叫臣妾额娘。真好……”她拉着如懿的手晃啊晃，像个年轻不知事的孩子，脸上还残存着一缕最后的天真，“皇后娘娘，您和皇上读的书，臣妾虽然认识那些字，却不知什么意思，您快告诉臣妾吧。”

这样的天真与娇宠，让如懿在时光荏苒间依稀窥见自己少女时代的影子，她哪里忍心拒绝，笑嗔道：“你呀，快做额娘的人了，还跟个孩子似的。”

忻嫔笑得简单纯挚：“在臣妾心里，皇后娘娘便是臣妾的姐姐了。姐姐且告诉告诉妹妹吧。”

如懿笑着解释道：“这句话的意思是，早晨我饮木兰上的露滴，晚上我用凋落的菊花花瓣充饥。只要我的情感坚贞不移，形销骨立又有什么关系。”

忻嫔忍不住笑道：“臣妾听说屈原是个大男人，原来也爱这样别别扭扭地写诗文。不过皇上读什么，原来皇后娘娘都懂得的。”

皇帝是喜欢么？一开始，是如懿喜欢夜读《离骚》，皇帝听她反复歌咏这几句，只是含笑拨弄她两颐垂落的碎发：“屈原过于孤介，才不容于世。他若稍稍懂得妥协，懂得闭上嘴做一个合时宜的人……”

如懿抵着皇帝的额头：“若懂得妥协，那便不是屈原了！”

皇帝轻轻一嗤，拥着她扯过别的话头来说。

忻嫔兀自还在笑：“一个大男人，老扯什么花啊草啊的来吃，真是可爱！”她一说可爱，永璂便拍起手来，连连学语道：“可爱！可爱！”

忻嫔与如懿相视一眼，都忍不住笑了起来。

永琪已经快三岁了，璟兕快两岁，一个穿着绿袍子，一个穿着红袍子，都是可爱的年纪。永琪跑得飞快，满地撒欢儿。璟兕才刚刚会走，虽然有着顽疾，可没有发病的时候，就像扑棱着翅膀学飞的小鸟，跟在哥哥身后，笑声如银铃一般。

永琪笑嘻嘻地指指自己，又指指璟兕："妹妹喜欢红衣裳，抢了我的红衣裳。"

忻嫔不解，如懿已经笑起来："永琪会告妹妹的状了。"她向忻嫔解释道，"这衣裳本是三月三上巳节的时候各宫嫔妃送来的礼物中的一件。庆嫔裁衣，晋嫔做的针线，且一红一绿，本是按红男绿女的穿法。而且为着穿了喜庆，红的那件缀了沙沙的金叶子，绿的是金线串珠，可偏偏璟兕喜欢红色，她个子又高，和永琪差不了多少，便换着穿了。"

忻嫔便咯咯笑："虽然换了衣裳，可见十二阿哥不满意呢。"

永琪不好意思地笑了，又去和璟兕玩闹。

柳桥花坞，落花飞絮，长与春风做主。大约就是这样的好时光吧。

叁拾 萧墙恨下

正笑闹着，远处金玉妍扶着八阿哥永璇拄着拐杖慢慢地走近。听见这里的笑语连连，愈加没有好气，狠狠啐了一口道：“有什么好笑的，今儿且乐，瞧你们能乐到什么时候？”她骂完，眼眶便红了。

永璇拄着拐杖，一步一步艰难地走着，没走几步便呜咽告饶：“额娘，我的腿好疼，我走不动，我走不动了！”

玉妍眼中含泪，死死忍着勉强笑道：“好永璇，好好走，走一走就不疼了！”

永璇听得母亲哄，勉强又走了两步，大概是疼痛难忍，丢了拐杖哭道：“额娘，我不走了！我不走了！”他脚下一滑，一屁股跌坐在地上，放声大哭道，“额娘！我的腿是不是残废了，永远也不会好了！”

玉妍心疼得直哆嗦，紧紧抱住永璇道：“儿子！额娘知道是他们害你，是他们一伙儿害你！他们害了你哥哥还不够，连你也不肯放过！”她生生落下泪来，“是额娘没用，不能护着你们。”她使劲推着永璇，用力推，用力推，仿佛这样就能代替他残疾的再也无法伸直的另一条腿，

“起来！起来！咱们再走走，额娘扶着你。”

永璇忍不住哭道：“额娘，可是我疼，我好疼！”

玉妍眼里含了一丝狠意，死死顶着永璇不让他倒下来，发狠道：“再疼你也忍一忍。永璇！你的哥哥已经失宠了，永珵还小，你若撑不住，额娘和北族就真的没指望了！咱们再走走，再走走！”

玉妍推着永璇，一点一点往前走，两个人紧紧依偎着，单薄的身影在春日迟迟里看来格外凄凉。

日色渐渐地暗淡下去，被花影染成浅浅的微红，如懿起身笑道：“天有些凉了，咱们回去吧！”

她的话音未落，横刺里一只灰色的动物猛窜了出来，一时狂吠不已。如懿吃了一惊，忻嫔早已躲到了如懿身后，惊慌道：“哪里来的狗！快来人赶走！快！快！”

宫人们乱作一团，赶紧去驱赶。如懿定睛看去，那是一只脏乎乎的巴儿狗，不知从哪里跑出来的，毛色都失了原本的雪白干净，脏得差点辨不出本来的样子。那狗的眼睛血红血红的，没命地乱窜，狂躁不已。

如懿只觉得眼熟，却想不起在哪里见过。她只怕伤着孩子，又怕伤着遇喜的忻嫔，立时喝道：“赶紧赶走它！”

那狗却像是不怕人似的，窜得更快了，任凭宫人们呼喝，却扑不住它。突然一个跳跃，它便绕到假山石上，向着忻嫔扑来。忻嫔哪里来得及躲闪，腿一软便坐在了石凳上，害怕得尖叫不已。那狗却不理会她，从她肩膀上跳下，直扑向永琪，偏偏永琪没见过狗，大概觉得好玩，站在原地拍着手又跳又笑。

如懿吓得心惊胆战，忙喝道：“永琪！那狗好脏，玩不得的！”

永琪愣了愣，停住了要上前的脚步。更年幼的璟兕看着众人忙乱不已，突然笑着扑了过来，牙牙道：“好玩！好玩！”

那是一身灼灼红色的苏绣衣裙，满满绣着麒麟绣球的花样，连衣角都绣着缠枝宝相花，缀着一片片小巧的金叶子。跑动起来，便玲玲作响，在阳光下如细细碎碎的金波荡漾，夺目而娇艳。

这样玲玲的衣裙，瞬间吸引了那癫狂的狗。那狗像是受到了极大的刺激，几乎是没有犹疑地发疯一样扑向了璟兕。乳母吓坏了，赶紧用整个身子护住了璟兕，自己却被那狗咬了一口。乳母尖叫起来：“救命！救命！”

璟兕娇养长大，哪里见过流血，早就怕得发抖。她又见那狗儿颠仆不止，横冲直撞，知道是会咬人的东西，顿时吓得浑身一抽，呼吸困难，脸色彻底紫了。她唤了一声：“额娘……”

也不过是一瞬，宫人们拼命驱赶，那狗跑开了。

忻嫔亲眼看着璟兕吓得心症发作，尖叫起来：“五公主，五公主！公主你喘不过气来了！”

如懿几乎要晕厥过去，声音变了调：“璟兕！你别吓额娘！”

忻嫔眼见着璟兕发病，大受惊吓，身体剧烈地摇晃着，却再也说不出话来，只是痛呼着，裙上蜿蜒而下如红河般的血水。

如懿直冲上去，抱起昏厥过去的璟兕，浑然不觉泪水沾了满面，无助地狂喊：“太医！太医呢？”

璟兕的心症发作得很快，抱回翊坤宫的时候，她已不省人事，如懿看着太医惊慌失措的面容，一颗心像是被辘辘碾着，分明已经碎得满是残渣，在冷风里哆嗦着，却又一遍一遍凌迟般被轧碾而过。

皇帝赶来时太医已经团团围住了璟兕，而璟兕的小脸惨白，完全人事不知。他这样的一个大男人，见惯了战事征杀的男人，他的双手居然也在颤抖，眼里也有止不住的泪。

如懿伏在皇帝怀中，被他紧紧地抱着，仿佛唯有这样，才能止住彼此身体的颤抖。

如懿一个字一个字抖着道：“皇上，璟兕抱回来的时候气息就很弱了。她被犬吠声吓着过，这回那狗是朝她扑过来的，又咬伤了乳母，她吓坏了。”

皇帝拍着如懿的肩："别怕！别怕！"他下手极重，拍得如懿肩头一阵阵痛，嘴里喃喃道，"璟兕福大命大，我们的璟兕……"

有温热的泪水落在如懿脸颊上，和她的泪混在一起，潸潸而下。此刻，他们的痛心是一样的。他们的手也紧紧握在一起，支撑着彼此。

这时，三宝进来，打了个千儿，语气里已经隐然含了一丝恨意："皇上，皇后娘娘，奴才已经带人查明了。那条疯狗……"他咬了咬牙，切齿道，"吓到公主的疯狗是嘉贵妃娘娘豢养的，叫作富贵儿！"

皇帝的怒意似火星般迸溅："那条狗呢？立刻打死！"

"回皇上的话，那狗已经死了，有小太监在假山石头缝里发现了尸体，大约是逃跑的时候自己撞死了！"三宝的语气里含着隐忍克制的恨意，"嘉贵妃娘娘此刻就跪在殿外，要向皇上陈情！"

皇帝怒喝道："她还敢来！"

皇帝夺门而出，赶来探视的嫔妃们因不得准许，都在庭院中候着，正议论纷纷，看见皇帝出来，忙鞠身行礼，顷刻间安静了下来。

金玉妍含了几分怯色跪在廊下，似是受足了委屈，却实在不敢言语。她一见了皇帝，如见了靠山一般，急急膝行到皇帝跟前，抱住了他的双腿放声大哭道："皇上！臣妾是冤枉的！臣妾一直在照顾永璇，臣妾也不知富贵儿怎么会突然发疯跑去吓五公主！臣妾是无辜的！"

玉妍嘴上这般哭喊，到底还是害怕的，眼珠滴溜溜转着，眨落大颗大颗的泪珠。皇帝气得目眦欲裂，伸手便是两个耳光，蹬腿踢开她紧紧抱住他双腿的双臂，厉声喝道："你无辜？那躺在里面的璟兕无辜不无辜？朕的女儿，她还那么小，就被你养的畜生吓坏了！你在宫里豢养这样的畜生，到底安的是什么心？"

玉妍满脸凄惶，正要辩白，忽见如懿跟了出来，满脸的恨意再克制不住："皇上，臣妾安的什么心！臣妾倒要问问皇后娘娘，她安的是什么心？"她凄厉呼号，如同夜鸮，"皇后娘娘，臣妾的儿子被人算计了，臣妾无能，不能替他们报仇。可你看，你的孩子也不好过，更没有好下场！”她呵呵冷笑，如癫如狂，“老天啊！你长着眼睛，你可终于看见了，替我报了仇呀！”

玉妍还要再喊，皇帝早已怒不可遏，一掌将她扇倒在地：“你这个毒妇，还敢污蔑皇后！”

嬿婉在旁忙道：“皇上，人人都说富贵儿很得嘉贵妃喜爱，最听嘉贵妃的话了！”

玉妍倒在地上，衣裙沾染了尘灰，满头珠翠散落一地，鬓发蓬乱，狼狈而不甘：“皇上细想，若臣妾真要害皇后娘娘的孩子，怎不动十二阿哥？不动五阿哥？而只伤了一个公主！”

嬿婉站在廊外，一树海棠衬得她身影纤纤。她满脸都是不忍的泪：“五公主打小就有心症，最禁不得吓，从前就被启祥宫的犬吠声吓着过的，这个嘉贵妃最清楚。”她声声叹息，抹去腮边的几滴泪，“真是可怜，五公主这么小的孩子，伤在儿身，痛在娘心啊！”

海兰凝视玉妍，将璟兕换下的红衣拎在手中：“皇上，听说富贵儿是朝着五公主扑去的。可五公主并未招惹它啊。臣妾左思右想，大约和这衣衫有关！”

颖嫔忍不住道：“是了。草原的牲畜最易受声音的刺激，这红衣上都是金叶子的声音，那畜生怕就是为了这个缘故才伤了公主。”

海兰立在皇帝身后，狠狠剜了玉妍一眼，那眼神如森冷而锋利的剑，恨不能一剑一剑剜出玉妍的肉来，碎成片片。她的语气如碰撞的碎冰，生生敲着耳膜：“臣妾记得，这件衣衫是庆嫔裁制，晋嫔绣成的！”

庆嫔陆沐萍和晋嫔富察氏本站在人群中，听得此言，吓得慌忙跪了下来。庆嫔连连摆手道：“皇上，衣衫是臣妾们的心意，但并未想谋害五公主啊！是了，做衣裳的料子是嘉贵妃赏的，她不赏料子臣妾怎么做衣裳啊！”

晋嫔亦道：“皇上，做衣裳的料子是嘉贵妃赏的，所以沾着她的花水气味，这和臣妾无关啊！”

玉妍变色："皇上，臣妾是送了庆嫔和晋嫔料子，可怎知她们会送给五公主，更不知她们会将金叶子缝上去。"

皇帝早已气昏了头，如何肯听她们分辩，当下吩咐道："李玉，拖她们出去，掌嘴三十，罚俸一年，无旨不许再出现在朕的跟前！"

李玉答应了一声，正要叫人拖了庆嫔与晋嫔出去，还是嬿婉道："皇上，事情尚未查清，咱们先别用刑。五公主已经这样了，若伤及无辜，只怕也伤了五公主的福祉。"

庆嫔与晋嫔如逢大赦："多谢令妃娘娘！"

皇帝极力镇静下来，沉声道："那就让庆嫔和晋嫔先去宝华殿跪着，替璟兕祈求平安。"

庭院中寂寂疏落，嫔妃们乌压压跪了一地，鸦雀无声。唯有风簌簌吹过，恍若冰冷的叹息，偶尔有花拂落于地，发出轻微的"扑嗒""扑嗒"的声响，好像生命凋落时无声的叹惋。

这样的安静让人生了几分害怕。直到一个小宫女急急奔近，才打破这惊惧的无声。

却是伺候忻嫔的贴身侍女阿宝，她慌不择路，扑倒在皇帝跟前，哭着求道："皇上！皇上！不好了！忻嫔小主受了惊吓见了红，陪着的太医说，小主胎气惊动，怕是要早产了！"

皇帝的手明显一搐，额上青筋暴起，瞪着狼狈不堪的玉妍道："瞧你做的这些好事！"他急忙问阿宝，"忻嫔如何了？接生嬷嬷去了么？"

阿宝哭道："嬷嬷们已经去了！可是小主的情况很不好，小主一直喊疼，出了好多好多血，一直喊着皇上！这是要临产了！"

皇帝急道："忻嫔不是才怀胎七个月吗？"

阿宝哭得止不住："就是才七个月就要临产了。太医说凶险得很！皇上您快去看看吧！"

皇帝咬牙："朕得守着璟兕！毓瑚，你和太医去守着忻嫔，务必要平安。"毓瑚答应着去了。

皇帝心悬两处，看见玉妍，更是恼恨不休，喝道：“李玉，带嘉贵妃回启祥宫，不许任何人探视，也不许她再陪着几位阿哥！”

玉妍还要呼号，李玉使一个眼色，两个小太监上前，死死捂住了她的嘴拉了出去。

皇帝一颗心如在热油里煎熬，正焦灼间，忽然偏殿里有哀绝的哭声响起，皇帝如滚雷轰顶，嫔妃们也意识到了什么，都变了脸色。婉茵离皇帝最近，赶紧扶住了摇摇欲坠的他，担忧地问：“皇上？”

海兰更是紧张，喊了声“姐姐”，直往偏殿冲去。皇帝挪了挪腿，似是怎么也迈不开步子。他不知自己是怎么进去的，宫人们跪了一地，哭声震天。

如懿瘫倒在地上。重重罗衣困缚在身上，端丽万方的轻绸软缎，流光溢彩的描金彩线，绣成振翅欲飞的凤凰翱翔之姿，凤凰的羽毛皆用细如发丝的金丝垒成，缀以谷粒大的晶石珠，一针一线，千丝万缕，无不华美惊艳，是皇后万千尊荣的象征。

可什么皇后啊，此时此刻，她不过是个无助的母亲，面对命运的捉弄，无能为力。她终于忍不住，倒在皇帝怀中放声大哭：“为什么？为什么是璟兕，是我的孩子？！她还不足两岁啊，她会笑，会哭，会叫阿玛和额娘，为什么是她啊？！若是我做错了，要了我的命去便罢了！为什么是我的孩子？！”

如懿从未那么无助过，仿佛自己成了一根细细的弦，只能任由命运的大手弹拨。整个人，无一处不被撕扯拉拨着痛。那痛，锥心刺骨，连绵不绝，哪怕断绝崩裂，她亦只能承受，什么办法也没有。

海兰紧紧抓着她的手臂垂泪，反复道：“姐姐，别哭。别哭。”

话虽这么说，海兰的泪亦如黄梅时节连绵的雨，不断坠落。如懿任由自己哭倒在皇帝怀里，声嘶力竭。最后，连如懿自己也恍惚了神志，仿佛是海兰的声音，不断地唤她：“姐姐，别忘了，你还有永琪啊。”

皇帝骇得脸都白了，食指栗栗发颤：“朕的璟兕怎么了？她到底怎么了?”

没有人敢说话，只以哀恸的哭声以对。

如懿几近晕厥，皇帝紧紧地抱住她，支撑着她的身体，自己的泪却是凄然不断地落下来。

那是一个父亲最深切的痛楚。

很久很久，是江与彬拜倒在地，轻声道：“皇上，皇后娘娘，公主已经去了。”

皇帝的手无力地垂落下来，他的双肩微微发颤，整个人如虚脱了一般。头颅里针扎似的作痛，巨大的哀痛如浪潮排山倒海席卷而来，如懿仿佛就要坠下去。她爬起来，又摔倒，带着痴惘的笑意，轻声道：“璟兕，你累了是不是?你困了，倦了。没关系，额娘抱你睡。来，额娘抱你。你什么都别怕，额娘在呢。”她的笑意温柔如涟漪般在唇边轻轻漾开，悠悠地哼唱着，“宝宝睡，乖乖睡……”

皇帝紧紧抱住了她，夫妻二人发出了撕裂般的哭声。如懿悲鸣数声，晕厥了过去。

入夜时分，海兰独自来见皇帝。如懿哭晕了过去，在她照拂下已经灌了安神药睡着。海兰思来想去，还是有许多话要对皇帝说。养心殿里并无掌灯。幽冷的月光像一张惨白的脸挂在窗外，皇帝一个人抱着头坐在地上，已是想哭也发不出声音了。海兰穿着素袍悄无声息地进来，行了一礼，便跪在了皇帝跟前。“皇上，景阳宫来回话，忻嫔小主生下一位公主。毓瑚姑姑还在那里照顾。”

皇帝微微松一口气：“知道了。可怜了忻嫔，幸好母女平安。”

海兰道：“是早产的孩子。报喜的人说，公主的哭声特别弱。”她掰着指头算了算，“七个月大的孩子，又受了惊吓，得好好养着。”

皇帝呆呆的：“按着规矩，以三倍之数赏赐忻嫔，嘱咐她好好养着。”

夜深幽幽，皇帝整个人埋在阴影里，像一只困兽。海兰絮絮地说了几句，嘉贵妃被禁足，永璇和永瑆还在撷芳殿。若此时永璇和永瑆再出什么事，旁人必定以为是皇后报复嘉贵妃，海兰便安排了最老实稳妥的婉嫔去照料。

皇帝终于抬起头，看着她："你来，不会只为说这些事。"

海兰沉声道："皇上虽然伤心，臣妾也想逃避，但五公主的丧仪不能不办。"

皇帝整个人都是木的，海兰问完了片刻，他才迟缓地回答："追封璟兕为固伦和宜公主。"

海兰盯着皇帝："皇上，是嘉贵妃害了五公主，绝不能放过她。"

皇帝重重地点头，正要说话，进忠几乎是连滚带爬进来的："皇上，六百里加急军报，我大军和准噶尔对战输了！"皇帝震动地抬起脸，还来不及反应，进忠一连串地说下去，"皇上，幸而北族押送粮草的军队遇上了巴林部的大军，又和忻嫔娘娘的族人一同抵抗准噶尔，我大军才未惨败到底。"

"北族？北族！"皇帝轻声呢喃。

海兰双眼血红，恨声道："皇上，您不能再顾念北族而对嘉贵妃留情了。"

皇帝的声音如冰霜凝雪："嘉贵妃剥去一切贵妃仪制，按答应处分，朕要看她日日受鞭刑之苦。"

"庆嫔和晋嫔也不可放过。"

"庆嫔与晋嫔降为贵人，在宝华殿抄录经文，非诏不得出。"

海兰埋下头，发出了沉闷的哭泣声。

玉妍在启祥宫紧锁的院落里发疯似的游荡，猛力敲着大门，发出沉闷的哭泣声："不是我害的，不是我！是天给的报应，为什么要怪我们母子！为什么！"她身上还带着上一日的鞭痕累累，毓瑚冷着一张脸，带着四个健壮仆妇进来，一把按住了玉妍捆在廊下的柱子上。仆妇举起了鞭子。毓瑚漠然道："奉旨对您施以鞭刑。"

一灯如豆，残影憧憧。

如懿孤单地躺在床上，默默流泪。仿佛除了这样，她是什么都不能做了。眼泪流成了海，璟兕也不会回来了。可她是一个无力的母亲，除了流泪，连起身去面对孩子离去的力气也没有。容珮每日苦劝："娘娘，您这么夜夜睡不着可怎么好？您要节哀啊。"如懿无措地痛哭着，身体蜷缩成一团："容珮！是我不中用，我连自己的孩子都救不了、护不住！"

如懿痛心疾首，额头抵在冰冷坚硬的墙壁上，连连撞击："我不配做她的额娘！我该拼命救她的，可我毫无办法！毫无办法啊！"

容珮挡在墙边，用身体防着她绝望的撞击："娘娘，您别这样！您别伤了自己！"

海兰不知何时走进来，紧紧攥住了她的手臂："姐姐！"

如懿紧咬下唇，眼中是烈烈恨意："璟兕……为什么是璟兕？"她的脸已经全然失了血色，侧过脸，声音微冷，一字字清如碎冰："她才两岁呵！若是我做错了，要了我的命去便罢了！为什么是我的孩子！"

海兰恨道："她们就是要伤了孩子让您伤心。姐姐，狗是不会轻易发疯吓人的，尤其是豢养的狗。但是人会发疯。人一疯，狗也跟着疯了。"

"你是说嘉贵妃为了儿子发了疯，所以要赔上本宫的孩子。是了，那日穿红衫的应该是永琪。只是和璟兕换了衣裳，才会引得那条疯狗扑向璟兕，吓得璟兕走了！璟兕真真是无辜的！"

"是！若那富贵儿直奔十二阿哥咬坏了他，又吓着了五公主，那才是嘉贵妃的目的。"

冤有头债有主，万事皆有因果。眼前，的确是没有人比金玉妍更有做这件事的由头。

海兰眼里含着锐色："姐姐不能只顾着伤心了。"

她眼底的痛楚随着烛火跳跃不定，"永琪应该是首当其冲的。"她的手指紧紧攥起，指甲深深嵌入皮肉，厉声道，“我……我还要护着永琏。”

有女子凄厉的呼号声交缠着汗水与血水战栗着红墙与碧瓦，旋即又被夜风吹得很远。

海兰轻声道：“那是嘉贵妃挨鞭刑的声音。”她语中的怜悯如雾轻散，“可惜了，皇上居然没有处死她。还有庆贵人和晋贵人，总归是有嫌疑的。尤其晋贵人，她可是富察氏的女儿啊！姐姐继位为后，富察氏怎忍得下这口气！”她脸上的荫翳越来越重，“无论是谁，这个人都狠毒至极，惊了忻嫔，伤了五公主，也险险伤了十二阿哥，真是一箭三雕啊！”

如懿心口一窒，觉得自己就像被火烤着的一尾鱼，慢慢地煎熬着，焦了皮肉，沁出油滴，身心俱焚。

可怜的孩子，真是可怜！如懿咬着牙，霍然起身推窗，对着清风皓月，冷然道：“有本事一个个冲着本宫来！”

海兰依在如懿身侧，摇头道：“她们没本事，动不得姐姐，才只能使这些阴谋诡计！”她的声音清晰且没有温度，“所以姐姐切不可心志软弱，给她们可乘之机！”

如懿缓缓吐出两个字：“自然。”

海兰靠得她更近些，像是依靠，也是支撑，语中有密密的温情：“姐姐，这宫里有很多的不可信，我们要总在一起！”

如懿用力点头。须臾，“嗒”的一声响，铜漏里滴下了一颗极大的水珠，仿佛滴在如懿的心上，寒冷如九玄冰雪，瞬间弥漫全身。

图书在版编目（CIP）数据

如懿传：典藏版．4／流潋紫著．-- 北京：作家出版社，2025.8． -- ISBN 978-7-5212-3066-6

Ⅰ．I247.5

中国国家版本馆CIP数据核字第20248LN285号

如懿传4（典藏版）

作　　者：流潋紫
插　　图：麟鲤君
书 法 字：严　忠
责任编辑：袁艺方　卓尔文
装帧设计：王　悦
出版发行：作家出版社有限公司
社　　址：北京农展馆南里10号　　　**邮　　编**：100125
电话传真：86-10-65067186（发行中心）
86-10-65004079（总编室）
E-mail: zuojia@zuojia.net.cn
http: //www.zuojiachubanshe.com
印　　刷：唐山玺诚印务有限公司
成品尺寸：145×210
字　　数：345千
印　　张：12.5
版　　次：2025年8月第1版
印　　次：2025年8月第1次印刷
ISBN 978-7-5212-3066-6
定　　价：55.00元